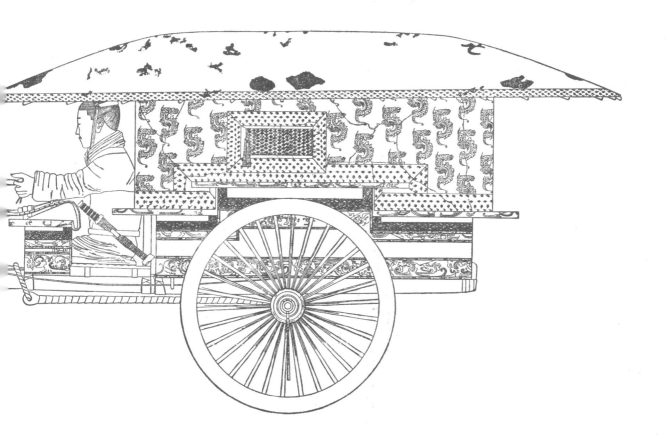

中 國 藝 術 史

中國藝術史

蘇立文 著
Michael Sullivan

曾　堉
王　寶連 編譯

中文國際版

台北南天書局發行

THE ARTS OF CHINA

by Michael Sullivan

Third Edition

University of California Press
Berkeley and Los Angeles, California

University of California Press, Ltd.
London, England

Library of Congress Cataloging in Publication Data

Sullivan, Michael, 1916–
    The arts of China.

— 封面圖片說明 —

李迪:「紅白芙蓉圖」册頁,絹本着色, 南宋慶元三年
(紀元1197年), 25.2×25.5公分, 日本國寶。東京
博物館藏。

— 扉頁圖像說明 —

秦銅車馬及車夫測繪, 秦(紀元前211年),1980年陝
西臨潼兵馬坑出土。

目　　次

地圖、彩圖與圖片目次

xvi

謹將此書獻給　環

著 者 序

—— 一本寫了二十五年的書 ——

由於魏德文先生（南天書局發行人）懇切的要求，我很樂意為中國藝術史的中文譯本寫一篇序文。

1956年當我參與重新編寫席科克 *Arnold Silcock* 的中國藝術導論 *Introduction to Chinese Art*（1935年初版台北正中書局，王德昭譯1961年中譯初版）工作時，發現自1935年以來累積了許多關於中國藝術的新資料，應該再重新編寫一本新的中國藝術史。1959年倫敦的法伯與法伯 *Faber and Faber* 及美國加州大學出版社第一次印行我的中國藝術導論 *Introduction to Chinese Art,* 1962年重新編訂此書，以中國藝術簡史 *A Short History of Chinese Art* 的面貌出現，之後就是經三次重編的中國藝術史 *The Arts of China*。此書涵蓋了最近中國藝術考古發掘的新資料及學術上的新發展。

凡是從事編寫中國藝術的外國學者都應該了解，對於中國文化與藝術他們自始至終都是局外人，因為許多關於中國文化方面的問題，是中國知識份子從小在生活環境中培養成熟的，這是外國人所無法獲得及知道的修養。照這樣說，那麼為什麼西方學者要寫中國藝術通史之類的書呢？我想對西方人有利之點就是，他們沒有受到中國傳統態度的束縛，也不容易接受中國古人的看法，同時西方人還有他們傳統的藝術史寫作方法，這種專業的傳統在中國尚不存在。所謂西方的藝術史寫作方法，就是要以簡括、整體性的文化通史方式來討論藝術品，例如岡不里奇 *Gombrich* 所著精彩的藝術的故事 *The Story of Art* 這類書（雨雲譯，台北聯經書店出版1980初版）。在這本書中，藝術史家將不同類別的文化、藝術及哲學思想連貫在一起，給人一種整體性的時代觀念。這種西方的學術態度及方法也許能引發中國讀者的興趣。

中國藝術史二十五年來由於不斷的編寫增訂，已成為我身邊離不開的伴侶。我看著它成長、演進，冀望它能變得更完美。這些年來，由於本身研究工作與經驗的增加，娶中國夫人與結交許多中國朋友，使我對於中國古代及現代文化有更深一層的了解與敬慕。此書是我獻給中國人民一份卑微的禮物。

此書第三版重編出版時，我要感謝那些提供我新圖片的朋友，尤其是研究中國藝術的學者們及我的學生，此書早期的版本他們供給許多寶貴的意見，使我們能有所改進。另外還要特別感謝克里斯頓生 *Allen Christensen* 夫婦，他們長年支持我的寫作、教學及研究工作。

非常高興我的老友曾堉先生及夫人能將這本書翻譯成中文，他們的文筆通暢，忠於原文。倘若原文內容有任何錯誤，他們毋須負責任。

蘇立文

麥可·蘇立文　Michael Sullivan

牛津大學　1985

編 譯 者 序

蘇立文 (Michael Sullivan) 的中國藝術史 (Arts of China) 經過二十五年的編寫與修改，這種鍥而不捨的精神，非常令人欽佩。此書最早於1961年，以中國藝術導論的面目在倫敦出版，1967年為第一版，後經過73、77、84年三次增訂改編。本中文版是根據1984年4月最近的一版翻譯。除了中文版外，此書早先已有法文、德文、義大利文、日文等翻譯版，尤其是日文版（新藤武弘譯，新潮社出版）自1973年出版以後，至今已九次再版。

中國藝術史所以能暢銷世界各地，主要因為它能多方面談到中國藝術的成就，不管是繪畫、彫刻、建築或器物，每個主題及時代背景皆有全面性的探討。對於目前藝術史學尚未形成一門專業學問的台灣，可提供一種書寫藝術史的模式。此外，這本書還匯合各項零散的藝術專題，將它們統一成一個整體性的通史樑構。

1900年以來，中國藝術品大量流往國外，目前任何一個國內外博物館都無法自稱能涵蓋中國藝術的各項成就。蘇立文的中國藝術史並不侷限於一國一地的收藏，而是包含海內外各地區的藏品及發掘，使中國藝術成為一種國際性的文化現象。就筆者所知，台灣坊間出版的中國藝術史，不是資料陳舊就是編寫的內容不太平衡。作者往往偏重於自己熟悉的部份，不熟悉的部份隻字不提。書中內容更是缺乏藝術史的組織樑構，藝術品成為帳本式的登記，缺乏線型的風格分析與聯貫性的撰述。

雖然蘇立文的中國藝術史仍有許多缺點，惟今日中國藝術考古發展得如此迅速，短時間內很難編寫一本合於現代學術水準的中國藝術史。因此我們認為翻譯這本書不但可滿足目前中國青年讀者的迫切需要，填補大學中國藝術史課本的缺乏，同時對國內讀者有一種激發的功能，開曠大眾認識中國文化的視野。

在中國傳統文化中也有一些接近藝術史學的先例，譬如明末清初畫商從事書畫鑑賞及畫家兼史家的情形。前者可以吳其貞為代表，吳其貞是十七世紀楊州的畫商，由於生意上過手的書畫很多，長年的經驗造成他敏銳的鑑賞眼力，他編過書畫記（1677）一書。現代的張大千、王季遷都是吳其貞的繼承人。但明末清初的畫商以營利為出發點，他們所寫的書畫鑑賞沒有穩定的客觀標準及學術道德。書畫鑑定只能提供點的肯定，而現代藝術史則須要有線型縱橫的連貫。

另一種畫家兼史家的情形可以董其昌（1555－1636）為代表。董其昌具有領導當時藝壇的野心，他的藝術史觀出發點在於為自己的作風及所領導的運動尋找歷史淵源。我們回顧董其昌的畫學，發現經董其昌鑑定及落款的「天下第一董源」名畫現在都已發生問題。董其昌之後畫家兼史家的風氣却在中國逐漸形成一種傳統，民國時代的黃賓虹、傅抱石、潘天壽等都可說是董其昌遺風的繼承人。

當然畫家兼史家，由於切身體會繪畫這行業的甘苦，直覺上比常人更敏銳，更能深切地領悟

藝術的奧妙。但一位畫家既然成家對於藝術必然有固執的觀感及成見，很難包容各種不同的意見。尤其對於走相反路線的藝術家及畫派，常由於私見及主觀而不能給予公平的評價，缺乏史家客觀的胸懷。

十八世紀工業革命之前，西洋社會亦發生過類似的情況。但工業革命之後，藝術史學漸漸脫離藝術市場的鑑定及藝術運動，形成一門獨立的學問。十九世紀中期，西歐大學開始設立藝術史系。從事藝術史工作者必須要有廣泛的藝術常識，語言能力，及多年的科班訓練。現代西洋藝術史學最大的特色是把藝術品的風格歸成類型，以多數量的成例來詮釋一個時代的風格。藝術史學是一種人文科學，是工業物質文明的產物。由於研究實物，在風格分析上有其客觀的科學性，比起中國傳統中單憑直覺的眼力及主觀的偏見來看藝術品，有更深一層的說服力。

最早，德國人溫克門 (*Johann Winckelmann* 1717－1768) 在羅馬以文物為基礎撰寫藝術史，一反過去的人以文獻為撰寫的依據。十九世紀末，瓦爾佛林 (*Heinrich Wölfflin* 1864－1945) 以自然科學觀察事物的態度來研究藝術品，奠定了西洋藝術史學的科學基礎。瓦爾佛林的分析及風格歸類方法，對於現階段中國藝術史學的發展尤為重要。

德國、奧國及義大利是西歐最早發展近代藝術史學的國家，次為英、法，再次為美國，這些國家也依序在大學中成立藝術史系。亞洲地區香港大學設有藝術史系 (1982，由時學賢教授主持)，日本東京的私立大學似和光，成城有藝術史系，韓國大學中尚無此系。 1945－1950年間雖然留學日本的陳衡格、傅抱石及溫肇桐帶回一些西洋藝術史學編寫美術年表的方法，但藝術史學在中國教育系統中始終沒有紮根，造成目前台灣藝術教育、藝術評論、博物館及文化中心管理專業人才真空的現象。

中國第一本由國人滕固撰寫的中國美術史於1925年出版，接著有1954年大陸出版由李浴編寫的中國美術史及1980年閻麗川的中國美術史略。台灣方面唯一的一本中國美術史由凌嵩郎教授執筆（自編自印）。事實上，記錄與分析一件藝術品的風格須要經驗、技術及專業訓練。這些由國人撰寫的中國美術史，在技術及方法上顯示中國藝術史學尚在萌芽階段，仍有許多地方應該向先進的西方學習。這裡牽涉到工業社會的價值觀與現代文化樑構等複雜的問題。

中國社會正急速從農業社會邁向工業科技的社會，要迎接中國新工業時代的來臨，加速國人在思想觀念及品味上的轉變，藝術史有其潛在推動物質文明的力量。從事中國藝術史工作者應該盡力將國外對中國藝術研究的方法與成果，以及最近的藝術史資料介紹給國內讀者。「他山之石，可以攻錯」，希望此書的翻譯能將西方藝術史學的科學方法與專業性樑構引進中國。

就物質文化的層次而談，在世界古文明中，埃及及兩河流域文化早於中國一千年；在近代文明中，歐美的工業革命領先中國兩百年。然而由於歷史及地理上的特殊發展，中國文化藝術能延綿不斷，成為世界上最悠久的傳統。在藝術通史上，尤其可以充分表現出這種特性及優點。

「藝術通史」在西洋藝術史學中是一種基本的架構，亦是現代國民教育的基礎。由於它所牽涉的問題與項目相當複雜，因此寫通史的藝術史家，正如世運會中的十項選手一樣，必須要顧慮到整體性的平衡。有些學者以寫藝術通史為一生的專業，他們在藝術史這個行業中，享有最高的榮譽。

目前台灣由於經濟繁榮，彩色畫冊泛濫市場，出版界匆促地推出一套套中國藝術全集、中華

文物等圖册。文字介紹缺乏系統，選件良莠不齊，使讀者有「見林不見樹」，無所適從的感覺。事實上，一本好的藝術圖書，文字必需有組織，圖片方面應該選擇有代表性的作品，印刷應力求精美，顏色要忠於原作。本書製作時歷經反覆校對，重製及增加許多重要的圖片，希望能達到圖文並茂，充實與通俗普及的目標。魏德文先生不辭辛勞地往返奔走印刷廠，對色對版，充分表現了年輕中國出版家的敬業精神。

　　現代藝術書籍的製作，可說是印刷科技與學術知識的結合。相信中國的出版家，只要敬業，工作嚴謹，亦能到達品質精緻的國際水準。

曾堉　1985台北

中國古文化遺跡

中國原始人

1. 元 謀 人元前 1,700,000 年1965年雲南元謀上那蚌村發現，只有兩枚臼齒(人猿)
2. 藍 田 人元前 650,000 年1963年陝西藍田發現，有完整頭骨，上下頜骨(人猿Maxilla)
3. 北 京 人元前 500,000 年1927年北平西南周口店龍骨山洞穴內發現。舊石器時人猿化石。1929年又發現頭蓋骨。1949年及1967年又陸續在該地發現頭骨及遺物。
4. 馬 壩 人元前 120,000 年1958年廣東韶關馬壩鄉獅子山洞穴中發現。
5. 長 陽 人元前 120,000 年1956年湖北長陽趙家堰洞中發現，有左頜骨和牙齒三枚，舊石器時代中期人類化石。
6. 丁 村 人元前 120,000 年1954年山西襄汾丁村有門齒二枚，臼齒一枚，舊石器時代中期人類化石。發現石器，及動物化石。
7. 柳 江 人元前 100,000 年1958年廣西柳江通天岩洞穴中發現，舊石器晚期人類化石。
8. 河 套 人元前 60,000 年1922年甘肅銀川發現。另一具1923年內蒙古伊克盟發現。
9. 山頂洞人元前 25,000 年1933年北平周口店龍骨山山頂洞穴中發現，軀體八具，舊石器晚期，有骨器及裝飾物（中國藝術品之開始)，以漁獵爲生。
10. 資 陽 人元前 7,000 年1951年四川資陽黃鮑溪發現之人類化石。

世界最早的人類

1. Hominide 'Lucy'女性，元前3,000,000年左右。1982年美國加州大學喬漢生(Don. C. Johanson)在東非依索比亞Ethiopia, Awash河河牀發現，四英尺高。
2. Homo Eretus，人猿，元前 2,700,000 年左右1978年Louis 及Mary Leakey 在東非坦桑尼亞Tanzania 發現。
3. 人類Homo Sapiens①Petralona, Greece 希臘，元前300,000。
②Broken Hill, Zambia非洲，元前200,000。

中國新石器時代

　　新石器時代是近年來中國歷史演變及發現最多的一段時期，文化年代在不斷的調整中，並且一文化遺址及另一文化遺址間的關係，尚待進一步的澄清。現就比較重要的新石器時代的文化遺址，依年代先後排列似下：

1. 裴李崗文化(黃河流域文化)1977年河南新鄭裴李崗發現，約在元前7350＋1000（年代皆爲碳14⑦③B. C. 　斷代，下列各年代全)
2. 莪溝北崗文化(黃海流域文化)河南地區，約在西元前5916－5737年。
⑥⑨B. C.
3. 磁山文化　(黃河流域文化)1973年河北武安磁山發現，分佈在河北南部與河南北部約在西元⑥⑥-⑤⑦ B. C. 　前6005－5794年。

4.仰韶文化
C50-C29 B. C.
(黃河流域文化)，新石器文化主流之一，分佈遍及河南，山西，陝西，河北，隴東，寧夏，內蒙古東部，河南，及湖北的西北部，包括整個中原地區及關陝一帶，約在西元前5150－2960年左右，延續二千多年左右。仰韶文化最早以1921年河南澠池仰韶村遺址的發現而得名，但最具代表性的是1954年陝西半坡村遺址的發現。仰韶文化遺址中有磨製石器，打擊器及骨器等出土，農業以種植粟稷爲主，漁獵爲輔，飼養家畜(豬狗)，以彩繪飾紋的陶器著名。

5.河姆渡文化
C50-C47 B. C.
(長江流域文化)1973年浙江餘姚，河姆渡發現，約西元前5005－4790年，長江流域早期文化，有低溫夾炭黑陶，所製彩陶，以灰白泥塗於黑陶表面，再施以彩繪。早期的水稻栽種方式，最早的木構干欄式住屋皆產生於河姆渡文化。

6.馬家濱文化
C47-C36 B. C.
(長江流域文化)1959年浙江嘉興馬家濱發現，分佈在太湖流域，約西元前4746－3655年，同北方中原文化有交流，水稻耕作，用砂，小礫石，陶片，營舖居屋之地基；開鑿渠道，發明引水工程。

7.大汶口文化
C44-C26 B. C.
(黃河及長江流域間文化，包括舊稱青蓮崗文化)；一分佈在山東西南和蘇北一帶，包括1959年山東寧陽堡頭村西，山東泰安大汶口的遺址，及1951年江蘇淮安青蓮崗遺址，約在西元前4494－2690年。早期受北方仰韶文化的影響，但後來又影響河南東部的仰韶文化。大汶口文化石器笨重，紅陶器粗陋；中期有慢輪修整之灰陶黑陶等；畜牧養豬。青蓮崗文化，有紅，灰，黑三色彩繪的陶器。

8.良渚文化
C33-C22 B. C.
(長江流域文化)1936年浙江餘杭良渚鎮發現，分佈在江淮地區，約在西元前3310－2250年，有薄胎灰陶，上塗以黑色，黑彩陶器圈足常鏤孔，並飾以弦紋，可能仿山東龍山的黑陶。農業水稻耕作，有木竹用具及精美的玉器(禮器)。

9.廟底溝文化
C27 B. C.
(黃河流域文化)1957年河南三門峽廟底溝發現，分佈地區在河南，山西，陝西交界，約西元前2780±145年,爲仰韶及龍山間的文化。

10.龍山文化
(黃河流域文化)1928年山東章丘龍山鎮城子崖發現，分佈在黃河中下游，爲新石器時代的晚期文化，其中分成四個地區

①**河南龍山**，爲仰韶文化的直系後裔，分佈在河南，山西南部河北南部，約在西元前2515－2155年。農具中有耒，鐮，骨鏟以粟稷爲主要農產品，產量比過去的新石器增加許多。有輪製陶器；村落建有圍牆；有宗教信仰，有骨卜等特殊葬儀，蛋殼陶器用作祭器。

②**山東龍山**，約在西元前2405－1810年，與河南龍山約同時產生，並互相影響，但山東龍山直接由大汶口文化發展而來，有獨立特殊的本質。有高溫黑陶，蛋殼陶，小型銅器，骨卜及複雜的墓葬。工具上有石製及骨製的箭鏃。

③**陝西龍山**，約在西元前2400年。

④**甘肅龍山**約在西元前2250－1900年。

11.屈家嶺文化
C30 B. C.
(長江流域文化)1954年湖北京山屈家嶺發現，約在西元前3070－2635年，分佈在湖北北部及河南西南一帶，長江漢水平原，與中原龍山文化有相互連係。農業以稻作爲主。入葬頭骨多缺左右對稱門牙，有特殊葬禮。湖北東部是中原，東部及東南部間的文化走廊。

12.大溪文化
C29 B. C.
(長江流域文化)1959年四川巫山大溪發現，約在西元前2995±195年。有石器及紅陶。農作以稻爲主。分佈在四川，湖北，三峽地區。

地方性文化

紅山文化　　　(中國東北)1953年遼寧赤峯紅山發現。分佈在遼西一帶有石器玉器等。約在西元前5000年以前。

世界最早的新石器文化

1. 巴勒斯坦・結列果 (Jericho, Palestine)　約在西元前8000－7000年耕種五穀，畜牧；有陶器，紡織品，及磚建城牆。

2. 土耳其・卡戴兒・呼育克 (Catal Huyuk, Anatolia, Turkey)，有屋頂上開入口的民居，多子母神，壁畫等。

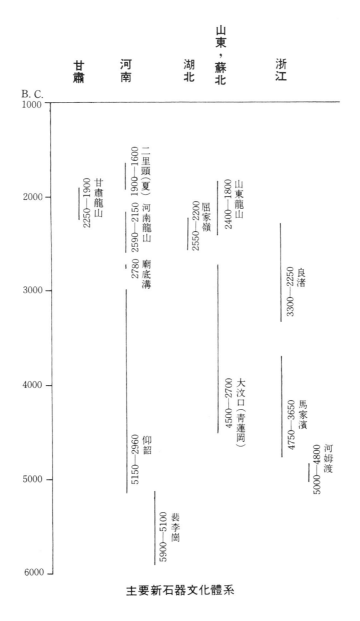

主要新石器文化體系

商遺址

1. **安陽殷墟**   1899年以來，在河南安陽小屯村附近出土大批獸骨及甲骨上刻有文字，經學者研究，認定爲中國早期文字，目前可識之甲骨文單字已有五千餘。1928年中國考古學家，在殷墟展開首次具有規模的科學性考古工作，發現武官村，候家莊等重要陵墓，在小屯發現司母戊方鼎重875公斤，1973年發現甲骨卜片7000餘。1976年發現商王武丁之妾婦好墓，大批玉器及文物。殷墟遺址在商晚期元前13－12世紀。

2. **鄭州商遺址**   1952年河南鄭州發現商二里崗文化的城市遺址（元前15世紀）。1972年發現城垣，周長6960公里。

3. **二里頭遺址**   1949年河南偃師二里頭發現遺址，1959出土宮殿地基大批陶器銅器骨雕等文物。二里頭文化爲夏商交接時期的重點，可能是夏朝的重要都城。(元前21至16世紀)

4. **盤龍城遺址**   1959年湖北黃陂縣發現的遺址，出土宮殿地基，及墓地，城牆等。

5. **辛店文化遺址** 1923－24年發掘，分佈於甘肅洮河中下游，大夏河和青海的湟水流域，爲商周時的邊疆文化。

6. **周原遺址**   1977年在陝西周原出土的文化遺址，有甲骨1700片。

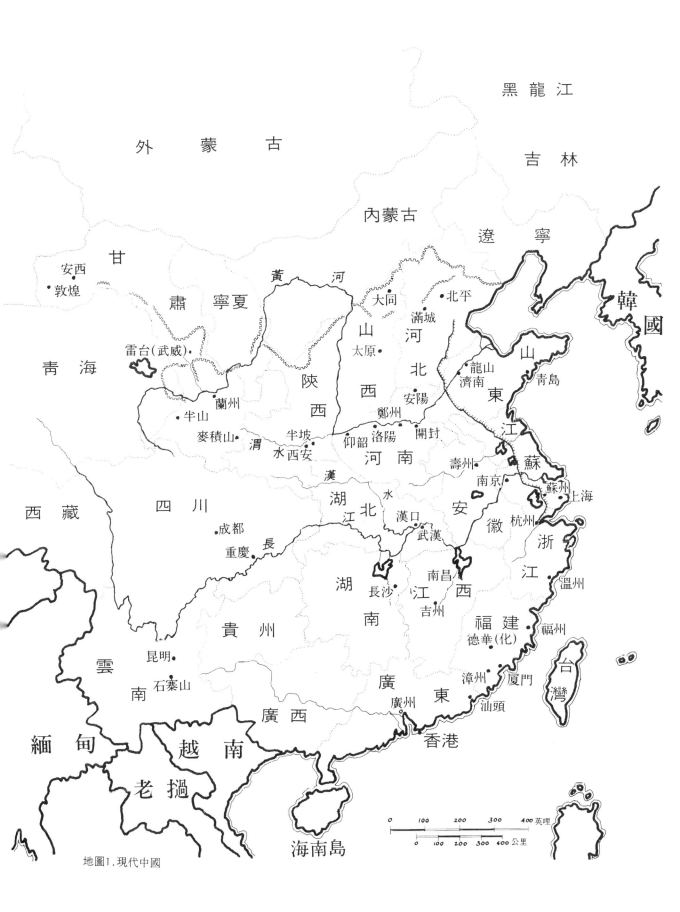

黑龍江

外　蒙　古

吉　林

內蒙古

遼　　寧

韓

甘

安西
敦煌

黃　河

大同

北平

國

肅　寧夏

滿城

河

山

雷台(武威)

陝

山

太原

北

青海

蘭州

西

西

安陽

濟南

龍山

東

青島

牛山

鄭州

麥積山

牛坡

洛陽

開封

江

西藏

渭
水西安

仰韶

河　南

蘇

四　川

漢

湖

壽州

南京

蘇州
上海

成都

江

水

北

安

杭州

浙

重慶

長

漢口
武漢

徽

江

湖

南昌

溫州

貴　州

長沙

江

西

吉州

福

建

福州

昆明

南

德華(化)

雲

石寨山

南

廣

東

漳州

廈門

南

汕頭

緬　甸

越

南

廣　西

廣州

香港

台
灣

老撾

海南島

地圖1.現代中國

0　　100　　200　　300　　400 英哩
0　100　200　300　400 公里

中國歷史年代總表

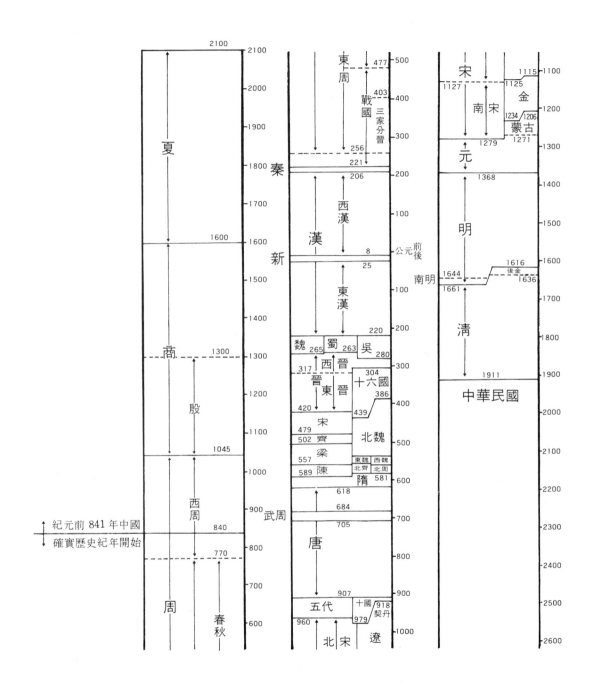

（註：紀元前841年以前，中國朝代興亡有數種不同的紀年方式，840年以後才有統一的看法。）

明清皇帝年表

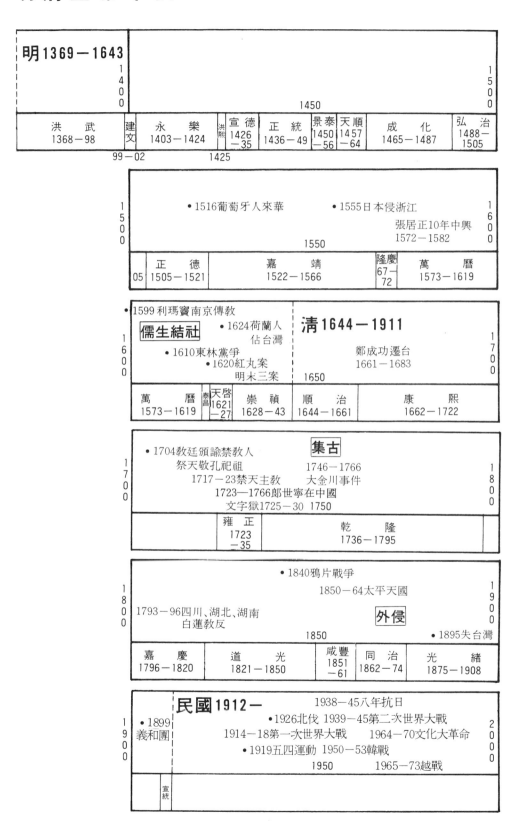

明 1369－1643

1400 ... 1450 ... 1500

| 洪　武
1368－98 | 建文
99－02 | 永　樂
1403－1424 | 洪熙 | 宣德
1426
－35
1425 | 正　統
1436－49 | 景泰
1450
－56 | 天順
1457
－64 | 成　化
1465－1487 | 弘治
1488－
1505 |

1500 ... 1550 ... 1600

- 1516葡萄牙人來華
- 1555日本侵浙江

張居正10年中興
1572－1582

| 正　德
05 1505－1521 | 嘉　靖
1522－1566 | 隆慶
67－
72 | 萬　曆
1573－1619 |

1600 ... 1650 ... 1700

- 1599利瑪竇南京傳教

儒生結社

- 1624荷蘭人
佔台灣

清 1644－1911

鄭成功遷台
1661－1683

- 1610東林黨爭
- 1620紅丸案
明末三案

| 萬　曆
1573－1619 | 泰昌 天啓
1621
－27 | 崇　禎
1628－43 | 順　治
1644－1661 | 康　熙
1662－1722 |

1700 ... 1750 ... 1800

- 1704教廷頒諭禁教人
祭天敬孔祀祖
1717－23禁天主教
1723－1766郎世寧在中國
文字獄1725－30

集古
1746－1766
大金川事件

| 雍　正
1723
－35 | 乾　隆
1736－1795 |

1800 ... 1850 ... 1900

- 1840鴉片戰爭
1850－64太平天國
1793－96四川、湖北、湖南
白蓮教反

外侵

- 1895失台灣

| 嘉　慶
1796－1820 | 道　光
1821－1850 | 咸豐
1851
－61 | 同　治
1862－74 | 光　緒
1875－1908 |

1900 ... 1950 ... 2000

民國1912－
1938－45八年抗日

- 1899義和團
- 1926北伐　1939－45第二次世界大戰
1914－18第一次世界大戰　　1964－70文化大革命
- 1919五四運動　1950－53韓戰
1950　　1965－73越戰

| | 宣統 | |

1

史 前 時 期

中國傳說的開始

　　近十幾年中國大陸的局勢動盪不安，使得國外的中國藝術愛好者，對於中國文化的去向感到迷惑與惶恐。他們親眼看到大陸現代的中國人明顯的在否定，甚至於破壞中國固有的文化傳統。多年來，中國大陸發生社會與政治大革命，中共當局關閉門戶，唯有對一些專事恭維，不作任何批評的外國學者開放。尤其從文化大革命到1976年毛澤東去世這段時期，藝術的發展受到嚴重的打擊，藝術家亦遭到迫害。儘管處於動盪不安、黯淡的時期，中國人並沒有忘記其歷史與文化傳統，部份考古工作仍繼續不斷。這種延續歷史傳統的態度，亦充分表現出中國傳統中自古已有的歷史觀念，即使是文化大革命也無法破壞。

　　中國古代的傳說與神話並沒有被人遺忘，中國人對於歷史的觀念根深蒂固，譬如從古代一直流傳到現在「愚公移山」的故事，這個寓言主要是鼓勵人們去完成不可能的事。另外還有一個一般人不太熟悉的寓言，就是關於開天闢地的神話故事（註一）。傳說遠古時代，宇宙像一個大鷄蛋，有一天鷄蛋爆裂開來，上爲大，卜爲地，盤古生於其中。盤古是最早的人類，每天他長高10呎，天跟著升高10呎，地也增厚10呎。一萬八千年後盤古死了，他的頭殼一分爲二，成爲日與月。他的鮮血流成江河與大海，頭髮變成森林與草原，汗水成爲雨滴。他的呼吸化爲風，聲音轉爲雷擊，身上的跳蚤變成人類的祖先。

(註一)這不是一個很古老的傳說，中國早期的歷史並沒有任何創世紀的說法。一般中國人都相信宇宙是自生自發的單元。費德力克‧莫特 *(Fred. Mote)* 所著中國思想基礎(1971，紐約)書中17－19頁，根據德克‧伯德 *(Derk Bodde)* 的說法，中國創世紀的傳說並非來自中國本身的文化。然而我們所談到的這種開天闢地的傳說，至少能被一般的中國人所接受。

我們從一個民族對於「產生」自己的傳說，可以了解什麼是這個民族所認為世界上最重要的事，中國古代的傳說也不例外。從這些傳說我們可以看出中國悠久的傳統觀點，那就是人類並非宇宙創造的中心，而是許多事物中次要的部分。人類與雄偉瑰麗的大自然（山谷、雲霞、瀑布、樹木、花卉等皆為「道」的一種可見徵象）相比較，顯得非常渺小。世界上沒有一種文化如此強調自然的形態與模式，而把人類的地位看得如此卑微。事實上中國人這種觀念來自中國古老的歷史。早期中國北部地區的天氣與物產條件，都比現代優厚。五十萬年前中國北京人時代，北方地區的天氣非常暖和、潮濕，大象與犀牛奔馳於樹木茂盛的山野中，不像現在中國北方，到處是荒山與冷風刮颳的高原。當時北部地區包括今日的河南、河北、陝西、山西等省份，中國「天人合一」，「人與自然合為一體」的觀念就是在這裡產生。這種觀念，不管在哲學、詩歌或繪畫上，都有崇高的表現。這種與自然結合的觀念，不只限於哲學與藝術，還具有其它實用的價值。譬如一個農夫的富裕與否，乃至於整個社會的繁榮與否，都必須依賴人類對天時變化、季節變遷的了解，人類必須要順應天意。後來農業上的操作，逐漸變成一種季節性的典禮，當皇帝主持春耕典禮時，皇帝親自耕犁，除了祈求這一年有好的收成外，還由皇帝代表老百姓向自然的力量表示敬意。

　　天人合一的宇宙觀是中國思想的基礎。個人不但要與自然調和，與他人也應該互相協調。這種調和作用，從家庭發展到朋友，進而推展到朋友以外的圈子。因此中國人過去所追求最高的理想，就是要發現種種事物間的規律及常理，同時要求在行為上能合於這種常理。當我們後面談到中國藝術史時，會發現中國藝術的特徵與美的特點，主要就是由於這種天人合一的表現。可能由於這個原因，使得某些西方人，雖然對於中國文化沒有多大興趣，但也會熱衷於收藏及欣賞中國文物。是否他們感覺到中國藝術家與手工藝匠所創造器物的外型是一種自然的造型？這種自然的造型是由於創造者在動作中不自覺形成，然而在感覺上是否也能配合大自然的韻律？中國藝術對觀眾來說，並不像印度藝術那樣，必須要先了解許多形而上學哲學性的內容，才能欣賞它的外型。觀眾事先也不須要有許多思想上的準備才能接觸與欣賞藝術。（這種事前的準備工作，使得亞洲人不容易欣賞或了解西洋藝術。）中國藝術的造型很美，主要因為它們給人一種調和感。我們欣賞中國藝術，因為我們發現中國藝術的韻律能與大自然的韻律相配合，同時能啟發人類本性的美感。這種自然的韻律感與內在的生命力，不管是線條或

輪廓線，從中國藝術一開始時就已存在了。

舊石器時代

今天幾乎每位愛好中國藝術的人，對於中國新石器時代的彩陶都非常熟悉。但在50年前，這段時期或這段時期之前的器物却鮮爲人知，直到1921年我們才開始了解中國也經過一段舊石器時期。這一年瑞典地質學家安特生 (*J. Gunnar Andersson* 1874－1960）與他的中國助手有兩項重大發現。第一是在北京西南周口店山坡的洞窟中，安特生挖掘出一些石片作成的工具，顯示出原始居民曾經活動於這個地區。雖然安特生後來並沒有繼續挖掘，但他的發現引發後人進一步的發掘。後來裴文中博士無意中發現人類化石的骨骼，這些化石就是所謂的北京人 (學名 *Sinanthropus Pekinensis*)，事實上，北京人已是人類，不再是猿人。根據安特生的研判，北京人生於洪積世中期(*Middle Pleistocene*)，距今約五十萬年(最近有些人認爲北京人應該早於這個年代)。北京人的遺跡被發現於岩石裂縫中，上面覆蓋50公尺厚的泥層，顯示北京人在這個地區居住了好幾千年。北京人使用的工具材料爲石英、石片、石灰石等，這些石器有的是利用小石塊敲打成形，有的是從一塊大圓石敲下來的碎片製成。北京人爲食人者，他們將征服對象的骨頭敲開，吸食骨髓。北京人已知道使用火及食用穀糧，可能也懂得應用原始的語言來傳達。1964年，在陝西藍田縣一座山丘旁的土堆中，人類學家發現一具原始人的骨骸，土堆中其它的化石經過化驗後，確定藍田人比北京人早十萬年，約與爪哇人同時。1965年雲南元謀所發現猿人牙齒的化石年代更早，根據舊石器磁性感應檢驗(*Pallomagnetism*) 距今約170萬年。今天我們仍然繼續不斷的在追溯中國古代的人種。

洪積世時代晚期，原始人在中國發展得相當快速。最近幾年，中國許多地區皆發現原始人的骨骸。周口店的山頂洞人(約紀元前25000年）比他們的祖先使用更多的石器工具，身上可能穿著獸皮縫製的衣服。婦女們以石頭製成的珠子作爲身上的裝飾，她們在石珠子的表面上打洞，並以赤鐵礦畫上花紋。這類裝飾品可以說是中國最早的人造首飾。在寧夏與黃河流域，考古學家發現許多精工敲製的細石器，包括各種不同形態及用途的石刀和石片。再往南走即到達河南北部地區，這是古代商朝最後的遺址。1960年，在一間民房中發現一千多件細石器。此外，中國西南部四川、雲南、貴州等地區，也有相當豐富的考古發現。雖然這些考古遺址彼此之間的關係與正確的年份目前尚不清楚，但這些散佈很廣的遺跡顯示出中國舊石器時代早期的文化，正不

地圖2.新石器時代中國

著痕跡的溶入中石器時代(Mesolithic Age)。

新石器時代

　　中石器時代的人以捕魚狩獵爲生。中華民族的祖先定居之後開始
建立村落，同時已懂得農耕的操作、蔬菜的種植及陶器的製作，此時
才開始所謂新石器時代的生產革命。每一次的新發掘，都可把新石器
時代的革命時期推得更早。當筆者寫完這本書時，早期最重要的遺址
是<u>裴李崗文化</u>。裴李崗是河南洛陽的一個小村落，許多裴李崗文化的
遺址，已分別在<u>河北</u>南部與<u>河南</u>北部被發掘，這個地區可說是<u>中國</u>

文化的搖籃。考古學家在裴李崗的遺址上發現了墳墓、地基、飼養家畜的痕跡，另外還發現窯場。窯場內有粗糙的陶器，上面刻劃著圖案。根據炭素十四測定，裴李岡文化產生於紀元前6000－5000年間。

繼中國早期文化演進而來的就是六十多年來——自安特生(*J. Gunnar Andersson*)開始——河南地區的發掘。安特生原先在河南考察礦產，偶然的機會中，在河南仰韶村一些簡陋的墓中發現許多精美手繪的彩陶。仰韶文化產生於紀元前5000～3000年間，是中國史前一個重要的時期。1923年，安特生已察覺到仰韶的彩陶與古代近東彩陶有部分非常相似。這個構想引發他移向西方甘肅地區繼續追查，試圖找出一些連續性的窯址。安特生後來在甘肅半山地區發現到類似的陶器。繼安特生之後，中國考古學家在北方發現許多彩陶遺址，然而關於中國彩陶與西亞的關係，已很少人再深一步的去研究。

仰韶文化最重要的發掘是1953年西安東部的半坡村。半坡村佔地約2.5英畝，是新石器時代的一個村莊及墓地，在3公尺深的文化積層下發現4個不同層次的民居建築（相當於好幾世紀人類居住的痕跡）。根據炭素十四年代測定為紀元前五千年。最早的居民是住在枝條及泥

1.河南廟底溝彩陶，直徑36.5公分，高22.5公分，紀元前25世紀。

2.陝西半坡村，新石器時代村落的一部分，發掘後的情形，現為博物院。

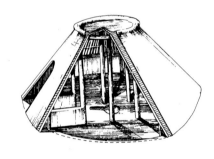

3.陝西半坡村，新石器時代房
屋重建（張光直繪），紀元前
5000年。

土作成的茅房中，屋頂搭蓋蘆葦草，地上舖著灰泥，屋子中間有一個
爐子（這種房子的形式可能來自早期的帳篷或蒙古包）。後來的人開始
應用木板建造長方形或圓形的房子，房子的地面低於水平線約一公尺，
利用石階進入房內(圖3)。鄭州附近大河村所發現的中國石器時代晚期
的住家建築有三個房間，這些住家的外牆經烘烤過，表面硬而堅固。

　　半坡村的陶工，除了製造灰色與紅色的粗陶外，還製造紅泥磨光
的細陶。在這類細陶上有黑色幾何型圖案、魚或人面裝飾圖案(圖6)。
這個時期他們可能還不知道使用陶輪，他們的陶器多半利用長條陶土
盤繞製成。此外，陶工還應用陶土製造織布用的紡輪，束髮的針等；
至於精細的工具如針、魚鉤、湯匙、箭頭等都用獸骨製成。現在半坡
村部分地區已搭蓋屋頂，成為中國新石器時代博物館(圖2)。

最早的彩陶由安特生所發掘，後來在河南及甘肅又發現許多彩陶遺址。這類彩陶的造型優美，質地細緻，是其它新石器時代器物所無法媲美。他們的形態主要分為陪葬用的陶罐、寬而深的碗、高醇等，通常兩邊有耳，耳在腹部下方。雖然陶器器身很薄、造型粗壯，然而輪廓線給人一種寬大的感覺。主要由於陶器外表以黑色染料畫上圖案，使得整個外型顯得更加壯麗。這些圖案利用原始的毛筆畫成，有些圖案呈幾何型，由平行的細線或菱形構成(圖5)，菱形又包括同心方型、十字型或鑽石型。陶器下半部沒有任何裝飾，很可能原來下半部埋於沙中以防止翻倒，其中許多容器是用波浪型流暢的細條紋裝飾，條紋旋轉成渦形。另外有些容器則畫上人物、魚、青蛙或鳥類的圖案。紀元前2500年，甘肅省馬家窯地方發現一些碎片，碎片上面的植物畫得相當細膩，植物的葉子以畫墨竹的方式提筆畫成。這種技巧在3000年後，宋朝藝術家（譯註：如文同）以同樣的技巧來畫墨竹。事實上這類較接近自然的主題，在仰韶彩陶中並不常見，常見的圖案是幾何型或經過修飾的花紋，這些圖案所象徵的意義到現在還沒有人知道。

最近許多人認為後期以山東為中心，磨亮的龍山黑陶，多少繼承了仰韶文化的傳統。但最近一連串的新發掘，使得早期簡單的構想變得更加複雜、有趣。譬如甘肅省所發現的馬家窯與半山彩陶（約紀元前2400年）(圖8)，根據炭素十四的測定比仰韶村半坡彩陶(圖6)晚了兩千多年，仰韶村半坡彩陶的年代可以推到紀元前4865年±110年(註二)。這個發現使我們了解，新石器時代的彩陶是從中國的中原（以仰韶為中心）慢慢地傳播到各地。這種看法推翻了過去的猜測，當時認為中國彩陶的產生是受到西方的影響，這種影響並不是由於民族的遷移，而是由於西亞文化的東漸；尤其是新石器時代晚期，中原文化與西亞文化有相互交流的可能。事實上這些彩陶所表現的特點，如活潑往上升的造型、充滿動力、靈活不呆板的圖案，可以說是中國彩陶獨一無二的特質。

中國東部與東南部每年皆有許多新遺址被發掘，中國新石器時代文化的根源也愈來愈明朗化。1973－74年間，江蘇北部的河姆渡發現一個紀元前五千年的村莊，村莊內遺物與半坡村出於同一年代。房子

4.江蘇沛縣彩陶盆，直徑18公分，紀元前40－32世紀，新石器時代晚期青蓮岡文化，現藏大陸。

5.山東寧陽縣彩陶壺，高17.2公分，紀元前25－16世紀，新石器時代晚期龍山文化。

(註二)這是最近所公佈的資料，是根據松針與松實紀年法 (Bristle-Cone Pine)。然而這種測定並不完全正確，我們應該謹慎小心。最近在大英博物館與其它實驗室均採用放射性炭素來測定年代，然而根據實驗顯示，即使在十年中大氣炭十四的含量亦有巨大的變化。因此有許多考古學家開始懷疑炭素十四實驗的不穩定，也許所得到的結果會有好幾百年的差誤(參考自然雜誌262期，1976年7月號)

6.陝西半坡村彩陶盆,直徑44.5
公分,紀元前50至40世紀,新
石器時代仰韶文化初期,現藏
大陸。

7.山東濰坊縣黑陶高足杯,高
19.2公分,紀元前20世紀,新
石器時代晚期龍山文化,現藏
大陸。

以木材架高於沼澤地上,人民種稻米及製作陶器,有大象與犀牛的存在(註三)。同一時期,中國東部新石器時代還有江蘇北部青蓮崗文化。青蓮崗生產極漂亮的陶盆(圖4),表面以紅、白、黑三色旋轉紋作為裝飾。從青蓮崗沿著海岸線往北會發現山東南部的大汶口文化,此文化年代較晚(圖5)。 寧陽縣所出土的彩罐即為大汶口文化,約製於紀元前四千年。大汶口文化的陶器影響到四周各個地區,甚至於影響到仰韶彩陶的傳統。許多中國學者認為大汶口彩陶製作的年代約為紀元前2500～2000年,表面上的彩繪紋飾可以代表中國第一種文字符號,是中國商代甲骨與青銅器銘文的前身。

　　紀元前2400年的大汶口文化,後來逐漸滲透到1928年吳金鼎教授

(註三)關於中國東部介於黃河與長江之間的史前歷史,目前尚在爭論中。多年來我們一直採納張光直所謂的「龍山文化型」,作為此地區龍山前期的文化分期。現在某些中國學者認為青蓮崗附近的遺址較為突出,另外有些學者認為還有兩個主要的地區:1)大汶口是山東龍山主要中心2)河姆渡與江蘇的遺址,青蓮崗具有兩個遺址的特徵。關於這個時期的摘要可參考許倬雲所著「向文明推進,中國文化的發展」(故宮季刊1981,16期1～18頁)

8.甘肅半山彩陶罐，直徑40公分，紀元前22至20世紀，新石器時代仰韶文化，瑞典斯德哥爾摩遠東博物館。

在山東龍山所發現的黑陶文化中。龍山窯中最著名的是黑灰陶土製成的精細陶器，外表磨成黑色，厚度僅有$\frac{1}{2}$毫米，薄而易碎(圖7)。這種陶器的外型優美，上面的裝飾主要爲陰紋、陽紋或環型印花，使得整個器物外表看起來像金屬或機械製成。這種黑陶很不容易製造，在當時顯然不是當作日常用具，由於後面緊跟著青銅時期，促使黑陶製造的傳統完全消失。最近在山東濰坊所發現的黑陶文化也有白色陶器，它的造型非常有力，並具有高度的創意。在這裡我們特別以圖片介紹一個非常突出的水罐，稱爲鬶(圖9.10)，這種水罐外表看來像是模仿皮袋水囊束起的容器。

　　彩陶與黑陶是器物中最引人注目的，然而它們只是中國新石器時

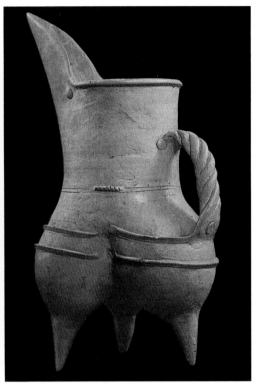

9.山東濰坊縣灰陶鬹,高29.7公分,紀元前20世紀,新石器時代晚期龍山文化,現藏大陸。

10.山東日照紅陶鬹,高33.5公分,紀元前20至15世紀,新石器時代晚期龍山文化,現藏大陸。

代陶器中很小的一部分。除此之外還有許多簡單的紅陶及粗糙的灰陶,這兩種陶器可以代表中國早期陶器延緜不斷的傳統。對於藝術愛好者來說,灰陶所以能引人注意並不是由於它本身的美感,而是由於它的歷史價值。後來的時期我們發現一些灰陶的造型如鼎、三足鬲、蒸器甑(這種蒸器上部為鍋子,鍋子底部鑿洞,整個鍋子放在鬲上面)(圖11),它們在青銅時期被當作禮器,尤其是商朝專門用於祭祠祖宗的典禮。陶工在潮濕的陶器表面壓印花紋,這種技術後來在中國東部地區大力發展,另外在裝飾青銅器上也使用。

從山東往西走進入河南境內,我們發現龍山黑陶文化的遺跡覆蓋於早期仰韶文化之上。黑陶文化代表中原新石器時代文化晚期的發展,而甘肅的齊家坪文化可作為晚期黑陶文化遺跡的代表,根據炭素十四測定,它的年代約為紀元前2000-1750年。在齊家坪文化遺跡中,我們發現純黃銅器物,黃銅是偉大青銅時代的前驅,下一章我們將討論青銅文化(圖11)。

新石器時代晚期的石器雖然製造得非常精美,但多半為日常用品,如斧、削、鋤等。斧頭中有一種到商朝時發展成戈,戈是匕首與斧頭的併合。這類器物中最精美的是用磨光的玉石製成(圖12),玉石由於表面光滑,顏色純正,在中國文化史中特別受人尊重。新石器時代的玉

器包括環(手鐲)、玦(不完整的圓圈)、璜(半圓圈)、璧（平的圓盤，中間有一圓孔)、琮（內爲圓筒型，外爲方筒型)等。在後期，這種形態的玉與國家禮制有關，譬如璧——禮天，琮——禮地。現在我們還不知道石器時代晚期，這些玉器是否已具有禮儀的意義。

就藝術史來說，關於早期文化之發展，我們應以最不容易受破壞之手工藝陶器作爲該文化之代表。至於誰製造這些陶器？目前我們尚無法確定，因爲史前的<u>中國</u>有許多氏族，有的相互聯絡，有的從不來往，有的進步，有的落後。中國大陸發掘了好幾百個新石器時代的遺址，雖然還有許多問題等待解決，然而關於史前<u>中國</u>的容貌已愈來愈清晰：譬如早期的<u>中國</u>社會如何形成，民間的風俗與手工藝如何發展等等，這些問題已開始明朗化。

儘管地區之間有所差別，但到新石器時代末期即紀元前2000年，<u>中國</u>一些較進步的地區已過著有組織的社會生活。此時<u>中國</u>以農立國，以禮制來團結民心，有高度的手工藝水準，應用有彈性的毛筆作爲藝術表現的工具，以玉器作爲禮器，由於對人死後命運的關懷而特別重視葬禮。這種原始文化即使當青銅文化來臨時，在<u>中國</u>西南部仍然繼續延綿下去。青銅時代的來臨，在<u>中國</u>歷史上展開嶄新豐富的一頁。

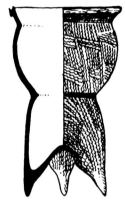

11. 甗(hsien)，紀元前18世紀，河南鄭州出土。

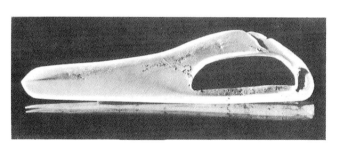

12. 刀或首叐，長約13公分，紀元前 18 世紀，江蘇邳縣出土，新石器時代晚期，現藏大陸。

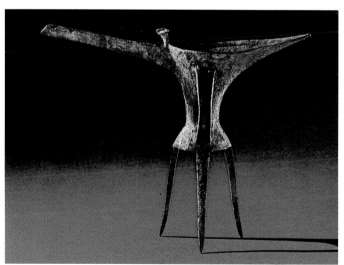

13. 青銅禮器爵，河南偃師，商朝初期，紀元前17世紀，高25.6公分，偃師縣河南文化管理局。

2
商 代 藝 術

好幾世紀前，住在河南安陽附近小屯村裡的農夫在耕田時或下雨後，常發現一些奇怪的骨頭。其中有些骨頭經過打磨，表面像玻璃般光亮；另有些骨頭背面排列著一行行橢圓形凹糟及 T 形裂紋；還有些骨頭上面留著非常原始文字的痕跡。當地的農夫們常將這種骨頭賣給安陽或附近城鎮的藥舖，藥舖將骨頭上的痕跡磨去，以龍骨的名稱出售。傳說這種龍骨藥材可使病人恢復元氣。1899年，一些刻有文字的骨片傳到劉鶚（1857－1909）手中，他很快地發現這些骨片上所刻的文字比周朝青銅器上的鐘鼎文年代更早。不久其他的學者如羅振玉（1866－1940）、王國維(1877－1927)等開始著手研究這些骨片上的文字，他們發現甲骨殘片上記載著商朝王室的文獻。雖然商朝的文獻庫至今尚未發現，但中國的史學家始終相信有文獻庫的存在。

甲骨的出現促使小屯地區的農民擁向安陽發掘，他們比過去挖得更深。不久北京及上海古董市場出現許多名貴的青銅器、玉器及其它器物，然而出土的地點並沒有被透露出來。三十多年來，這個地區的農人及古董商在晚上偷偷進行挖掘，尤其是冬天農忙之後他們積極進行盜掘商代的古墓，直到 1928 年國立研究所（中央研究院的前身）才開始在安陽作一系列重要的發掘，第一次以考古資料證實商朝這個朝代的存在。這些資料反駁了一些西方學者的猜想，他們認為商朝是出自中國人崇拜過去的一種虔誠的杜造。1935年又發現三百多個墓，其中十個墓的面積相當廣濶，顯然是屬於皇族的大墓。

這些發掘引發了許多問題到現在還不能解決，譬如商代的人民到底是誰？他們來自何處？為何他們最早的遺跡能顯露出如此高度的文明與高度的鑄銅技術？如果商朝真正存在，那麼比商朝更早的夏朝也可能有遺跡留傳下來。

14. 商銅面具，紀元前12世紀，高25.4公分，寬23.5公分，台北中央研究院。

依據古老的傳說，中國人是黃帝的子孫，黃帝活了一百歲。他繼承伏羲氏，伏羲氏是第一位畫八卦圖的人，從八卦圖中產生了中國文字。神農氏是農人的始祖，他發明農耕，教百姓使用藥草。接著是堯與舜，他們被認為是中國最理想的統治者。最後是大禹，他建立了夏朝。中國人常把生活上最神聖的事，譬如農業、良政、孝道、文字藝術等，以這些傳說人物為代表。現在我們相信這些人物都是人們杜造的，後人將這些美德加在他們身上。堯、舜、禹最早出現在周朝末年的文獻上，黃帝可能是道家所杜撰。至於「夏」這個名詞，雖然在商朝甲骨文上提到，但不是用來指朝代，可能是周朝人自己造的，主要是要使周人對於商朝所發動的征服戰變得合法，且能自圓其說。因為周朝人認為商人是由於叛亂而奪得政權。在商朝興起之前有許多原始部族（見第一章），夏可能是商朝第一位君主所征服的原始部族之一。這些部族是新石器時代晚期與青銅時期之間主要的政治集團。

1950年之前，人們對於商朝文化的了解多半來自安陽殷墟。紀元前1400年盤庚建都於安陽，紀元前十一世紀後半葉，安陽被周朝軍隊所佔領。青銅文化在安陽發展到最高峯，當時鑄銅工人所製造的祭

15. 商嵌綠松石斧，紀元前12世紀，美國佛利爾博物館。

16. 青銅禮器鼎，上有獸面紋及乳丁，1974河南鄭州出土，器型龐大，手工精細，為商朝中期遷都安陽之前的風格，紀元前1600－1400年，比我們過去所想像的銅器要精細的多，喬爾(Seth Joel)提供照片。

13

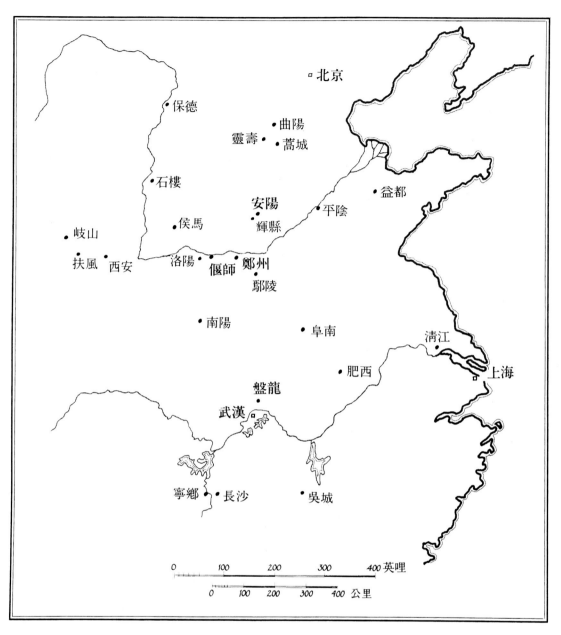

地圖3.商周古代中國

祠用青銅器，品質高超，舉世無雙，顯然是經過好幾世紀的演變才能到達如此高度的文化領域。從甲骨文上我們獲知盤庚之前十八位皇帝的名字。根據傳統文獻的記載，商朝曾經五次遷都，最後定居安陽。倘若早期國都的遺址皆能在考古上找到證據的話，那麼從新石器晚期的文化到安陽青銅文化成熟時期間的空隙就可以彌補了。

下面所談到以純銅製成之手工藝品，於紀元前3000年甘肅彩陶文化遺址中被發現，另外在山東省三里河（約紀元前2100年）亦發現過。至於純青銅（黃銅與錫之合金）製成之器物，曾經在甘肅馬廠與馬家

窯遺址中發現過（紀元前2300－2000年）。因此仰韶晚期與龍山文化皆屬於石器時代的晚期，是中國金屬時期的開端及發明時期，這段期間，金屬製品還很稀少。

　　1950年代中國考古學家開始在河南北部與山西南部尋找青銅時代文化的發源地，此地區傳統上被稱為「夏墟」。發掘的結果，出土了一百多個遺址，其中以洛陽與偃師之間二里頭出土的文物最為豐富。在二里頭，考古學家發現了城鎮、皇宮（建立在平壇上）、青銅器鑄造場、容器、軍器及其它器物。有些器物上鑲嵌著松綠石及玉石。中國考古學家將二里頭文化分成四個時期，大約從紀元前1900年至1600年。二里頭文化第三時期出土一種原始而典雅的溫酒容器，稱為爵（圖 13。這是中國早期的禮器之一，亦是後來商代比較成熟銅器的前身。

　　現在中國考古學家都在熱烈的討論，是否二里頭四個時期的文化皆屬於商朝的產品，或者僅是前面兩個時期才是夏朝的產品。如果以後者的方法計算，那麼這只爵應屬於商朝早期的作品。除非我們還能發現一些新的文獻資料，否則我們無法輕易的將任何遺址肯定為夏朝的遺址。

　　到紀元前1500年時，青銅文化已散佈到中國北部、中部及東部，如地圖 3 所示。 在安陽前期最重要與最豐富的遺址就是河南鄭州。這個地區遺跡的下層屬於典型龍山文化，考古學家並沒有發現青銅器，

17. 青銅禮器鼎，1974年湖北盤龍村出土，從這個遺址可以看出紀元前1400－1300年間，商朝文化向南發展的趨向，高48公分，現藏湖北省博物館。

15

然而在這一層上面（即二里岡遺跡的下層與上層）却有很大的改變。這一層考古學家發現超過一平方公里的城牆遺跡及60公尺厚的土台，裡面還有可能充為祭典用的廳堂、青銅器鑄造場、燒陶的窯場及製造骨器的場所。另外在一些大墓中還發掘典禮用的青銅器、玉器、象牙器物等；至於陶器則包括上釉的陶器及最早在安陽發現的白陶。雖然尚無確實的證據，鄭州很可能是商朝早期的國都，至於是三個首都中的那一個首都，現在尚無法肯定。

　　長江流域的湖北盤龍城也應與商文化列於同一時期。1974年，在長江武漢工業城北部盤龍地區，考古學家發現商朝中期鄭州(圖16)年代的一個大建築物遺跡及墓穴，墓穴中有許多器物(圖16)。筆者寫這篇文章時，尚不知這座被疑為宮殿的大建築物是否是商朝封建諸侯、地方官或獨立統治者的住所。雖然有些青銅器上有銘文，但這些銘文並不能告訴我們關於這方面的資料。但由於在中國南方找到如此重要的城市，可以想像在紀元前1500年青銅時代文化所到達的疆域及其影響。

　　無可置疑的，商朝文化在安陽時代已到達最高峯，安陽地區周朝人稱為殷。由於近五十年的發掘工作，我們對於安陽的社會與經濟生活相當了解。從安陽帝王墓穴的發掘可以證明商朝已有許多奴隸，這些奴隸曾經受到虐待。商朝之前封建制度已存在，從卜辭可以了解商王的將領、兒子與妻妾都接受分封，商朝鄰近的小國必須定期納貢。當時的朝臣中較特殊的是書記官「貞人」，他負責在甲骨上刻下卜辭，他能解釋甲骨上裂紋的意義。商人利用一根燒熱的金屬棒將甲骨的背面燒灼成一個個圓孔，如此一來甲骨正面會產生裂紋，再根據裂紋以卜吉凶。

　　卜辭通常是刻在甲骨上，只有小部分用筆或墨寫在上面。現有的商代甲骨文字總數約三千餘字，其中可識的字只達半數。這些文字以直行方式書寫，為了要對稱而決定下一行是往右或往左繼續書寫。鄭州早期常應用牛、豬或羊的肩胛骨來占卜，到了安陽後期只採用龜甲占卜，當時人在龜甲的末端鑽洞，以繩子穿起來，很像古代象形文字「冊」䇂的樣子。這些甲骨上的文字主要敍述一些事實、君主們的意圖或詢問未來，常常應用「是」或「否」字來回答。它們的內容主要是關於農業、戰爭、狩獵、氣候、出遊或重要的祭祀，祭祀是君主根據天意而執行的。從這些文字的記載，可以知道商人對於天文已有相當的認識，他們知道一年正確的長度，發明閏月，將一天分成幾個階段。商人的宗教信仰以天神中的「帝」為最高主宰，具有多種權能，如操縱雨量、風及人事，控制天神、地祇、河神、山神或特殊的地域

等。商人也祭祀祖先，相信祖先的靈魂與「帝」在一起，一樣可以影響到人間吉凶的命運。因此他們以複雜的祀典來感謝祖先的恩惠，祈求祖先降福，保佑子孫。

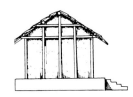

18. 安陽小屯房子的重建，紀元前12世紀，(石璋如與張光直資料)。

　　商朝的建築以木材為主(圖18)，中間填塞泥土。商朝的遺址中，考古學家發現幾座大型建築，其中一座長達九十餘呎，築在一平台上，上有兩排大柱（石作的柱礎現在還留著），屋頂覆以茅草。另外一座建築，階級位於南面中央，它的屋頂類似現在中國北方大型建築的屋頂。商朝較重要的建築以石彫野獸頭為裝飾，樑上的圖案與祭祀用青銅器的圖案類似。當時最普通的建築方式就是「版築」，這種技術是以圓木柱架著豎直的木板，然後在木板間填入泥土，圓柱直徑越小，牆越堅固。

　　安陽雖然經過六十年的考古發掘，至今仍是一個謎。考古人員注意到安陽並沒有防禦性的圍牆，而中國其它幾個主要的大城市，直到今天都有城牆包圍起來。安陽不像鄭州或盤龍的房子皆依南北方向排列，它的房子雜亂的陳列著。因此有人猜想安陽不是一國之都，可能是皇族的墳場。安陽遺址內有祭祠的大廳，青銅鑄造場及當時官員、祭祠官、工匠們的住宅，這些人有下層的僕人服侍。事實如果像我們所猜測那樣，那麼商朝晚期統治全國的首都在那裡？也許在鄭州或安陽附近地區，這有待考古人員進一步的查考與發掘。即使商朝晚期的首都不在安陽，安陽所發掘的廳堂、墳墓、工場、住宅等，在早期中國文化史上仍有舉足輕重的地位。

　　中國人相信應該對死者的靈魂供奉他生前所擁有的東西（或者他所想要的）。這種觀念，促使商人使用大批活人或動物殉葬。後來人們放棄了這種殘酷的行為，改在墓穴中放置陶製陪葬物，這種習俗一直延續到明朝。明朝的墓穴中不但放置陶製家具、農舍、房屋的模型，甚至於包括佣人、守衛、家畜等明器，同時替死者穿上最漂亮的衣服，戴上首飾及玉器，極盡豪華奢侈。傳說當時的收藏家甚至於與他們最喜愛的畫一起埋葬。有些人可能批評這是一種不良的風俗習慣，然而

從另一個角度來看，許多精美的古物因此而保存下來，流傳後世，不致於遺失或受損。

從商代的墓穴，我們可以了解中國早期文化的情況，其中有些墓穴面積相當廣濶，裡面裝滿銅器、玉器及陶器等。另有一位王族顯然很喜愛動物，因爲在他墳墓旁邊另外開了一個墓穴，專門埋葬他寵愛的動物，其中還包括一隻大象。在武官村所發掘的墓穴中有一個用彩繪皮革、樹皮及竹頭作成的華蓋。走進去的斜坡路上及正房門口有22具男人骨骸（墓室下有一具人骨）及24具女人骨骸，另外尚有50個人頭骨散佈在附近坑中(圖20)。有些人骨安祥躺臥的樣子看不出死前有任何掙扎抵抗。他們可能是墓主的親屬或佣人，自願犧牲用以殉葬。另有些犧牲者遭砍頭，他們可能是奴隷、罪犯或俘虜。安陽其它地方將輕型馬車、馬匹及馬車夫等安葬在特別的墓穴中(圖21)，穴內的地面還挖了幾道槽溝，以便嵌入車輪。現在馬車的木頭部分都已腐爛，但原先壓在泥土上的痕跡還保留下來。依照痕跡我們可以重建馬車原來的樣子，同時也可以知道一些漂亮的青銅配件在馬車上的原來位置及用途。周朝時已不再流行大規模的犧牲殉葬，雖然還有跡象顯示後來的

19. 商虎形石像，高37.1公分，1936年，河南安陽殷墟出土，紀元前12世紀，台北中央研究院。

20. 河南安陽武官村大墓（模型），紀元前12世紀，商朝晚期。

21. 河南安陽車馬葬，紀元前12世紀，圖中可看到青銅馬具所擺的位置，商朝晚期。

22. 青銅象形尊，湖南長沙醴陵發現，爲商朝晚期稀有的器物，紀元前12世紀，顯示商朝末年中國精美的青銅藝術已傳到南方。高22.8公分，現藏湖南省博物館。

23. 大理石牛首，河南安陽侯家莊出土，商朝晚期，紀元前12世紀，長29.2公分，台北中央研究院。

君主仍然斷斷續續恢復過這種殉葬的習慣，然而規模上要比商朝小得多。

在安陽考古發掘中，最令人驚訝的就是商朝的大理石立體彫刻，其中最顯著的例子就是牛頭彫刻（圖23）。漢朝以前沒有出現任何這一類的彫刻，我們只發現一小部分周朝石彫，然而它們的體積很小，稱不上彫刻。商墓中的彫刻除了牛頭外，尚有老虎、水牛、鳥、烏龜及一個跪著的奴隸（或是將被殺的犧牲者），他的雙手被反綁在後面。一些比較大型的彫刻背後有凹槽，可能是建築的裝飾或結構的一部分，而建築本身可能是祭祀的廳堂。在風格上，這些彫像的圖案與當時青銅禮器上的圖案非常相似。商朝彫刻家依四方形石頭的造型來彫刻，每一面都是呆板的正方形，具有埃及藝術中那種刻板的完美感。雖然這些彫像最大的不超過一公尺，然而造型結實，有巨大與重量感。彫像表面刻着幾何與動物混合體圖案，這些作品不像埃及彫刻給人一種表面緊張的感覺，相反的却顯得平穩與調和，這也是它們最吸引人的地方。

19

商代陶器

在中國早期藝術中，陶器相當重要，凡是有人生活的地方就有陶器。陶器一方面非常實用，另一方面能表現美感。許多金屬製品都根據陶器的外型與飾紋來鑄造，相反的，金屬製品的外型却很少影響到陶器。商朝最粗糙的陶器是灰陶，表面有繩紋，有的表面還印或刻著方形與渦卷形的圖案，這種圖案是雷紋的前身。另外有些製陶者在潮濕的陶土表面印上幾何型花紋，這類陶器在中國東南部新石器時代的遺址中曾被發現，尤其以福建省的光澤與廣西青江地區爲最多。這種技術在中國南部一直傳到漢朝，後來再傳到東南亞；然而這類製陶方式在中國北方新石器時代的陶器中却很難找到。從鄭州與安陽所出土的陶器可以看出(圖25)，商朝文化已開始受到南方民族文化的影響。

在中國陶瓷史中，商朝美麗的白陶顯得非常獨特。這種白陶製作的相當細膩，常被人誤認爲是瓷器，它們很容易破碎，應用近乎純白的高嶺土製成。陶工在陶輪上修飾完工後，送入1000度的窯爐中燒製。很多人曾經撰文指出這類白陶上的飾紋很像青銅器上的飾紋，但到目前爲止，還沒有直接證據可以證明白陶飾紋是發源於青銅器。剛才我們提到中國南方人在潮濕的黏土上印花，這種製作過程影響了青銅器的設計。目前收藏於美國佛利爾博物館 (Freer Gallery) 中的白陶罍(圖24)在設計上與裝飾上，很像赫爾斯托姆(Hellstrom)收藏的青銅器。鄭州的發掘顯示，有些白陶與青銅器上的飾紋取材於早期的灰陶，至於技術與設計應用木刻的方式，可能來自另外一個系統。在河南、河北一帶的商代遺址中，還發現一些灰陶或淺黃色陶器，上面有釉的痕跡，可能是木灰意外的落在窯中燒熱的陶器上所造成的，也可能是故意製造的。商朝上釉之陶器，在中國北部、中部、東部地區都曾經發現過。這類陶器可說是二千年後，江浙青瓷與越窯的原始形態。

青銅禮器

傳說夏禹「收九牧之金，鑄九鼎，象九州」，每個鼎依該州特殊的事物來裝飾。當時人認爲這種三足器具有特殊的巫術，能去邪降魔，不須火即能烹食，是家國重器。但在周朝末年，九鼎突然遺失了；秦始皇經過彭城時，想從泗水中撈出周鼎，漢朝藝術家以嘲笑的方式在浮彫上刻秦始皇撈鼎的故事。漢朝皇帝也曾經以犧牲祭祀方式欲獲得其中之一鼎，然而並沒有成功，九鼎因而成爲一種傳說。後來到了唐朝，武則天也鑄造九鼎，作爲她登王位的依據。

24. 安陽小屯出土白陶罍，商朝晚期，紀元前12世紀,高33.2公分，華盛頓佛利爾博物館。

25. 陶尊，瓷器的前身，表面有印花圖案及棕黃色玻璃釉，河南鄭州出土，商朝中期，紀元前13世紀，高28.2公分，現藏大陸。

在商朝考古文物出土之前，就有許多青銅禮器流傳下來，它們可以證明中國歷史遠古時期文化的蓬勃與茁壯。青銅器是中國收藏家幾世紀以來所珍愛的器物，譬如宋徽宗這樣一位大收藏家與博學多才的皇帝(1101－1125)，就曾經派人到安陽地區搜尋青銅器以作為收藏。青銅禮器正像漢斯福 (Hansford) 所說的是一種「大衆化的食器」，它們可以用來盛食物與酒，祭祀祖先。祭祖是當時皇帝與貴族舉行祀典中最重要的一項。其中一部份青銅器上有短的銘文，通常只有二、三字，代表古代國族之名號。這些銘文常用「亞」型的框子框起來（這種框子很像中文的亞字）⁽圖 26⁾。關於亞型的意義有許多猜測，最近在安陽所發現的青銅圖章，使我們有了進一步的了解，它們顯然與家族的姓名有密切的關係。

根據化學分析，青銅器含錫５％～30%、鉛２％～３%，其餘皆

26. 亞字型銘。

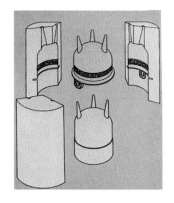

27. 塊范青銅器製作圖。

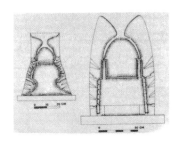

28. 塊范灌鑄青銅器（石璋如與張光直資料）。

29. 青銅禮器方鼎，1976安陽婦好墓出土，婦好為商王武丁之后（紀元前12世紀）。這是商朝第一個由墓中器物上的銘文來認定是某王朝的墓。這類細足過去一直被認為是周朝初期的風格，高42.5公分，大陸考古學院。

為黃銅（除了雜質外）。由於年代長久，許多青銅器上長滿了收藏家最喜愛的銅銹，銅銹的顏色有孔雀綠、翠鳥藍，有的帶黃色甚至於紅色。顏色的不同主要由於合金的成分、埋藏的泥土與墓中環境所造成。仿製古銅器的人常費盡心思去模仿銅銹的效果。英國中國藝術專家耶茲 (Yetts) 曾經撰文記載中國有一家專門製作仿古銅器，他們上一代將銅器埋入經過特別處理的泥土中，等到下一代再挖掘出來出售。過去許多專家都認為商周青銅器皆應用脫蠟法製造銅器，因為這些青銅器上精細的花紋唯有利用蠟的塑造才能達到。雖然我們知道脫蠟灌鑄法在漢朝以前已開始採用（譯註：春秋湖北隨縣擂鼓墩曾侯乙墓銅器已用脫蠟法，紀元前 443 年），然而最近在安陽與鄭州地區發掘許多殷商時代灌鑄青銅器所用的內外鑄模范塊及坩鍋。無可置疑的，殷商青銅器是用分開的泥模鑄成(圖27,28)，這些泥模皆向著中央的實心模。青銅器的足與耳都是另外單獨鑄成，最後再與主體焊接在一起。有些青銅器上出現凸痕或粗糙處，主要因為原來鑄造時兩個陶模銜接不正的緣故。

青銅禮器的形制至少三十種，它們的體積大小不同，小至幾吋高，大至巨型的鼎。1939年安陽所發現的一只大方鼎，重 875 公斤，高 4 呎，是商朝一位皇帝為了紀念他的母親而鑄造，稱為「司母戊鼎」。這些青銅器可根據祭祀禮儀中不同的用途而分類。烹飪器（神鬼先品嚐食物後，祭祀者再食用）包括三足鬲（足中空）和甗（蒸鍋）。這兩種器物我們曾經在新石器時代的陶器中看過，它們可能在原始時代的祀典中已兼具實用之外的其它功能。鼎具有三至四個實心足，是鬲的變體，像鬲一樣有很大的耳，以便提離火源。此外尚有盛器，包括帶耳的簋、

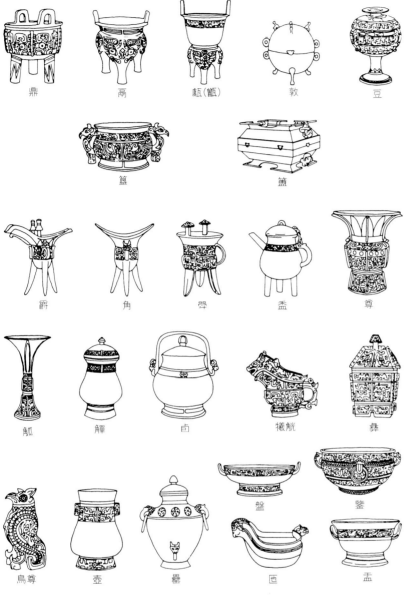

30. 商周主要青銅器型（張光直資料）。

盂及盛液體的容器（主要盛酒）包括壺（有蓋的罐子）、卣（與壺相似，但有鏈子或環銜接提耳，有的有壺嘴）、觶（類似杯子，腹部鼓起，口沿外撇）、盂（水吊子）、觚（祭神的高足酒杯，口向外撇作喇叭狀）、尊（形狀肥大，由陶器演化而來）、斝、角（斝與角可作為飲器及溫器）、觥（調酒器，船型，常附有蓋子及勺）、匜、盤（祭祀前用以盛水洗手）等(圖30)。

　　將近一千五百年，青銅成為中國主要的藝術形式。它們的風格不斷的在改變，鑄造的技術與裝飾花紋也不斷的修飾與改進，因此我們可依據其鑄造方式與裝飾形態來測定年份（以一百年或少於一百年為

31. 商司馬戊鼎，高133公分，長110公分，寬78公分，重875公斤，紀元前12世紀，1946年河南安陽武官村殷墟出土，大陸歷史博物館。

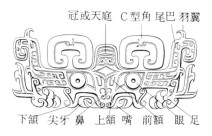

冠或天庭　C型角　尾巴　羽翼

下頷　尖牙　鼻　上頷　嘴　前額　眼　足

32.饕餮紋。

33.青銅體器卣 (yu)，商朝晚
期，紀元前12世紀，高36.5公
分。華盛頓佛利爾博物館。

差距）。安陽時期之前的青銅器，可以鄭州與盤龍鎮所發現之器物爲代
表。它們的器身很薄，形態怪異，表面有饕餮紋及類似龍形的動物紋飾，
突出的乳丁彷彿是龍的眼睛。這種花紋以細的線型浮彫構成（第一風
格）⁽圖34⁾或者是帶狀的飾紋，可能事先在黏土模子上用刀粗略的彫琢，
而後鑄成銅器（第二風格⁽圖35⁾）。第三風格⁽圖36⁾發現於鄭州與安陽，以
細密流暢的曲線作爲裝飾，飾紋佈滿了器物的表面，第三風格較第一
及第二風格細膩完整。第四風格器物⁽圖37⁾上的圖案如饕餮、蟬、龍等
紋飾，皆從細密的圓渦地紋上分開來；這些圖案以清晰凸起的平面來
加以塑造。第五風格⁽圖38,39,33⁾， 主要的動物合體(Zoomorphic)主題常
以浮彫方式大膽的表現出來，地上的圓渦紋則完全消失了。

當馬克斯・勒（羅越）*Max Loehr*教授於1953年第一次將青銅器分
爲五種風格時⁽圖34,35,36,37,38⁾， 他認爲一個風格是接著另一個風格產

生的，它們先後成一系列，然而考古發掘顯示事實並非如此。安陽時期之前的青銅器，第一風格與第二風格出於同時，至於第三、第四、第五風格之銅器，於1976年安陽婦好墓中同時被發現。婦好是安陽第三時期武丁皇帝的太太，由此可知此三種風格的銅器，皆屬於安陽早期的文物。第五風格是將第三、四風格加以提煉，後來的銅器則三、四、五等三種風格一起發展。

銅器上面所裝飾的動物合體形態使整個器物充滿生命力。乍看之下這些飾紋好像非常複雜，實際上只有幾種簡單的主題交互變化組合。最主要的紋飾包括老虎、水牛、大象、野兔、貓頭鷹、鸚鵡、魚、蠶、蟬等，有時器物上加了一圈橫飾帶。上面所說的這些動物，偶而以寫實的方式表現，多半都已圖案化，不容易辨認。動物的身體常被分離支解，每一部門都有它們獨立的生命力，有時甚至從旁邊可以冒出另外一種生物來。譬如夔龍，有時張牙裂齒，有時長出鳥啄、翅膀、角等，夔龍有時也變成饕餮紋中的眉毛。饕餮是一種非常生動，傳說性的神秘生物。

饕餮紋，這個奇妙的獸面常常從中間一分爲二，平舖在器物的腹部，成爲商朝青銅器最主要的圖案。宋朝博古專家根據紀元前三世紀呂氏春秋「先識篇」的記載：「周鼎著饕餮，有首無身，食人未咽，害及其身，以言報更也。」因而稱此紋飾爲饕餮紋。周朝末期，饕餮是一種怪物，後來被稱爲貪食者，當時應用這種獸面來警告人們切忌貪食。現代的學者認爲它代表老虎或野牛，日本學者水野清一博士指出在春秋左傳中，饕餮是舜帝所驅逐四鬼中的一個，它能保護土地，驅除惡魔(註一)。像西藏流行的鬼舞一樣，饕餮的臉愈猙獰保護的力量愈大。

下面舉出兩個例子說明青銅器器型如何與其表面飾紋結合爲一體。例一見圖37，觥的蓋子前端爲虎頭，後端爲梟頭，老虎的脚安置於器物前面，梟翼露於器物後面，兩隻動物之間有一條蛇從下面一直盤旋到蓋上，最後俯於背脊骨上，以龍首結束。例二見圖38，這是大英博物院 (Kansas) 收藏的著名罍，器物表面有許多條稜紋將饕餮紋一分爲二，以渦卷紋爲地（中國古物專家稱爲雷紋，因爲這種飾紋類似中國古文雷字）。事實上這種圖案很像仰韶陶器上旋轉不止的渦紋，它們的意義現在已無從查考。這件器物上饕餮的眉毛（或角）相當粗，橫飾帶上部飾以長尾鳥，唇部下端飾以長帶形花紋浮雕，上面有經過圖案化的蟬紋（蟬在中國藝術中象徵再生）。器物上端有一隻蹲著像徽

（註一）水野清一所著古代中國青銅器與玉器（日本經濟新聞社，1959）第8－9頁。

34. 青銅禮器斝(chia)，第一期風格（商朝中期）。高33公分，舊金山亞洲藝術博物館，布朗地舉Brundage收藏。

35. 青銅禮器鬲盉(li-ho)，第二期風格（商朝中期），高25.4公分，舊金山亞洲藝術博物館。

36. 青銅禮器瓿 (p'ou)，第三期風格（安陽早期），高20.4公分，沙里格蒙 Seligman 收藏，倫敦藝術委員會。

37. 青銅禮器觥 (kuang)
四期風格(商朝晚期)，高20.2
公分，美國康橋福格 Fogg 藝
術博物館。

38. 青銅禮器斝 (chia)，第五
期風格(商朝晚期)，高24.5公
分，寬16.5公分，大英博物館。

39. 青銅禮器觚 (ku)，第五期
風格，高25.6公分，1976年河
南安陽婦好墓出土。

章似的野獸，兩旁有巨大的立耳，可利用鉗子夾住兩耳將整個器物提
離火源。四足上裝飾著成對的夔龍。

　　事實上當時有好幾種非常清楚的青銅風格同時存在，有些器物非
常樸實(註二)，有些充滿裝飾風味，另有些器物飾紋只出現在腹部寬條
處。至於簋，器身上可能有饕餮紋，或像英國喬治王時代 (George I-
George IV) 的茶壺一樣有垂直的波紋。它的兩個提耳正如許多商代青銅
器一樣，喜歡用動物的造型如大象、野牛、老虎或混合型動物來裝飾。
事實上這種精湛的技術並不只限於安陽地區，譬如1957年安徽阜南出
土的尊 (圖40)，剛發現時許多人認為如此精美的銅器不可能在這個地
區鑄造，一定是來自安陽。現在我們了解商代文化傳播得相當廣，包
括中原以外廣大的地區。圖40這個巧妙複雜的尊，它上面的裝飾比安
陽晚期銅器更充滿彫刻的趣味；很顯然這個時期中國東南部也有相當
蓬勃的地方性傳統。儘管這個地區的銅器看起來有點古怪或過於誇張，
不太吸引人，然而其中較精美的器物，主要飾紋皆在表面。正如音樂
的主調，這些主要的飾紋靠背景上的雷紋「和聲」所襯托。如果我們將
這個比喻再推進一步的話，這些主題彼此能融合在一起，好像音樂中
的遁走曲 (fugue) 一樣，同時還以有力的韻律感相配合。事實上，從仰
韶彩陶流暢的飾紋中，我們已經看到中國人以特有的線條韻律來表現
一種生命力。在青銅器上，這種裝飾特質更為明顯有力，幾百年後，
中國人應用毛筆來表現同樣的生命韻律。

　　商代人所使用的青銅武器，足以代表他們多面貌的文化。其中最
具有中國味的就是戈，戈是刺刀與斧頭併合的武器，它有一個尖刀刀
頭，刀插於柄中，柄上有洞，有時刀套於刀柄上。戈可能是新石器時
代的武器，除了當武器外，可能也用於祀典中，因為商代比較精美的武
器都用玉作成刀片(圖41)，刀柄上常嵌著松綠石。除了戈之外，尚有鉞
斧，鉞斧也是從石器演變而來，它有一個彎形的刀口 (像西洋中古時
代砍頭的斧一樣)，寬大的刀背上常飾以饕餮紋或其它圖案。圖43是類

(註二)幾年前，高本漢(Bernhard Karlgren) 博士研究許多商朝青銅器的器型與飾紋
後，將它們分成A、B兩種風格。高本漢本人並沒有解說為什麼分成兩種類型，
最近張光直對於這個問題提出非常簡單的解答。他認為商朝的統治者應用雙軌制
度來治理國家，政權的繼承是由皇族的兩個家族交互輪流。因此甲骨文分成兩種
體系，王室祭祖的宗廟分成兩道平行的建築，皇墓也分成兩羣。一般人猜想這兩
種青銅類型與王室的兩種繼承體系有關。參考張光直「古代中國考古」第255頁。
大衛•卡特雷David Keightley (亞洲研究報導Journal of Asian Studies, 41期3，1982
年5月。552頁) 認為這種大膽與富於想像的解說須要有更多的證據來證明。

似1976年一把山東益都出土的鉞斧，斧頭上刻了一個可怕的面具，它的面頰兩端有亞型飾紋，飾紋中我們看到一個人在祭壇上用勺子獻酒。至於青銅刀與短劍比較缺乏中國風味，鄭州所發現的形式非常簡單。安陽出土的刀與短劍較爲複雜，刀柄末端常以圓環或馬、山羊、鹿、麋鹿等動物的頭來裝飾(圖44)。這類短劍與刀在西伯利亞南部、河套沙漠地區及內蒙古都曾經發現過。

　　這些青銅器風格到底發源於中國或中亞細亞？這個問題雖然經過長期的討論仍然沒有結論。許多學者認爲是起源於西伯利亞南部的考古遺址，如卡拉蘇克(Karasuk)；事實上我們要眞正確定那個地方年代最早，才能解決起源的問題。從一般情況看來，紀元前1500－1000年間動物風格在亞洲西部(魯里斯坦 Luristan 第三時期)、西伯利亞(卡拉蘇克)及中國(安陽)同時產生。中國可能從西方鄰近國家引進這種風格，由於中國本身也有動物風格的傳統，兩者相互融合而產生更豐富的形態。當時的傢俱、武器及馬車上的青銅配件也常以動物形態裝飾。

40. 青銅禮器龍耳尊，1957年，安徽阜南縣出土，商朝晚期，紀元前12世紀。高50公分，現藏大陸。

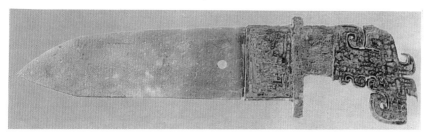

41. 嵌松綠石商玉戈，長27.8公分，紀元前12世紀1976年，河南安陽殷墟婦好墓出土，中國大陸歷史博物館。

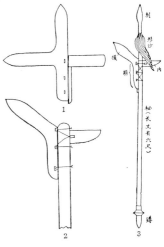

42. 戈的重建圖。

43. 商青銅鉞，紀元前12世紀高30.4公分，西柏林東方藝術博物館。

44. 羊頭青銅刀，安陽出土，
商朝晚期，紀元前12世紀，長
27.5公分。

最近由於安陽的新發掘，我們可能要重新考定商代馬車配件（如轂、馬鈴、端飾、轅端Ｖ字型馬軶）的正確位置。

追究青銅器上裝飾圖案的淵源是一個相當困擾的問題。這些圖案中最引人注目的就是動物形態，這種形態從未在中國新石器時代出現。商代民族顯然與西伯利亞草原及森林民族在文化上有密切的關係，甚至與美國阿拉斯加 (Alaska)、英屬哥倫比亞 (Columbia) 及中美洲民族也有遙遠的關聯。譬如商朝的圖案與美國西部印地安人的圖案非常相似，這種相似之處並非出於偶然。李濟曾說過許多裝飾的青銅方鼎是從北方木刻藝術演變而來，卡爾．漢茲 (Carl Hentze) 曾經收集許多證據來證明中國青銅器上的裝飾與北方遊牧民族藝術，在風格上有許多相同之處。此外東南亞太平洋羣島上的居民，到現在仍在木頭或葫蘆上彫刻野獸面貌。亞洲東南亞地區，近代仍流行在潮濕的陶土上壓印圖案，這種技術可能是青銅器上圈紋、渦形紋、螺旋紋等飾紋的起源。雖然有些部分不屬於中國傳統的，然而整體而言，仍是相當具有中國特徵的裝飾藝術。

儘管目前還不能確定青銅圖案的來源，但我們不認為只有祭祀用的青銅器才有這類圖案。如果我們有機會參觀安陽富裕家庭的房子時，會發現這些房子的柱子上畫著饕餮紋、有啄的龍、老虎等動物圖案。除了柱子之外，皮革、房間地舖及絲織衣服上也可看到這類圖案。當我們研究商朝墓穴中的器物時，發現這類花紋並非青銅器所專有或專用的，它囊括了整個商朝的藝術，一半為裝飾性，一半具有巫術的作用。

玉器

在某些新石器時代的遺址中，我們發現了玉器，玉器由於它本身的堅硬性與純潔性而具有某種特殊的意義及功能。商代玉器的製造已有相當的進展，因此我們開始研究這類玉器的來源、彫琢方法以及在中國早期文化中所佔領的地位。雖然早期文獻中記載中國許多地方產玉石，然而許多世紀以來，絕大部分的玉石來自中亞和闐 Khotan 的河床。和闐，西方學者則認為中國本地並不產玉，最近的發掘證實了某些古代文獻的說法，即河南南陽出產硬玉 (Jadeite)。今日北京玉器店玉匠所使用的玉石就是來自南陽。事實上，早期中國人所重視的真玉屬於軟玉 (Nephrite)，軟玉是一種結晶體石頭，硬度很高。依理論而言，玉石為純白色，如果含有一少部分的雜質時，就會使玉石轉變成許多顏色，包括綠、藍、紅、黃、棕色及黑色等。十八世紀時，中國玉匠

在緬甸發現另外一種硬玉——翡翠，它的顏色為蘋果綠或祖母綠，製成首飾在中國或海外都非常受歡迎。玉石由於特殊的品質，自古以來中國人極為重視它，漢朝學者許慎在說文解字中解釋：玉，石之美有五德者。潤澤以溫，仁之方也；鰓理自外，可以知中，義之方也；其聲舒揚，專以遠聞，智之方也；不撓而折，勇之方也；銳廉而不忮，絜之方也。」（註三）上面這段話所有研究中國藝術的學者都非常熟悉，它主要是針對眞玉而言。事實上，玉這個字不只包括硬玉及軟玉，它還包括其它的寶石，如蛇紋石（Serpentine）、透角閃石（Tremclite），甚至於大理石（漢白玉）。

　　玉質堅硬，不易琢磨，必須藉助於解玉砂，才能琢磨。漢斯佛德（Hansford）曾經應用一把竹鑽子及金剛砂作實驗，證實經過一段相當時間可以在一片玉石上鑽出洞來。最近的發掘顯示早期安陽已使用金屬工具來彫琢玉，種種跡象顯示出商代的玉工可能使用一種比近代金剛砂更硬的鑽子。在商朝遺址中發現一些小件的立體圓形玉器，其它大部分為武器、禮器及裝飾物，它們是從一塊只有半吋厚的石板上彫出來的。在鄭州發現製作相當精美的長形玉刀、戈形斧頭、環、圓盤、龜、片狀鳥形或其它生物的形態等。這些小裝飾品兩邊都鑽洞，作為衣服的裝飾或佩飾物。

　　安陽所發掘的玉器不管琢工或造型，都比鄭州精細，種類亦較多。這些器物包括玉片製成之鳥、魚、蠶、虎及禮器璧、琮、瑗、刀（圖48）、斧、珠子等。最近所發現較罕見的文物，就是婦好墓出土的一些小型跪著的僕人或奴隸彫像。這些彫像使我們對於安陽早期的服裝與髮飾（圖47）能有更深入的了解。大理石磬（圖50）是安陽出土器物中最大的一件，放置於武官村墓地上，石磬本身相當薄，上面穿洞可以懸掛起來。磬的表面以凸出的雙線浮彫彫刻老虎的造型。這塊磬可以證明，音樂在商朝宮廷典禮中，佔著極重要的位置。

　　商朝彫刻並非全使用玉或大理石如此堅硬的材料，有許多商朝美麗的圖案是彫在骨頭或象牙上（圖49）。根據文獻記載，至少有一位商朝皇帝飼養大象作為寵物，這頭象可能是越民族的貢禮。當時的中國人，可能從南方鄰近的國家獲得許多象牙，彫工們常在小到僅幾立方英吋的骨頭或象牙上彫刻饕餮圖案（可能作為馬車、家具或盒子上的裝飾品）。這類圖案出乎尋常的複雜與精美，上面有時還嵌松綠石。正如青

45. 商短辮女俑，紀元前13至12世紀，1976年河南安陽婦好墓出土。

46. 商石人（男俑），紀元前12世紀，1976年河南安陽婦好墓出土。

47. 插尾玉人，石器與玉器，紀元前12世紀，1976年河南安陽婦好墓出土，這件玉器對於商朝的服裝與頭飾描寫的非常仔細。大陸考古研究所。

（註三）侯渥・漢斯佛德（Howard Hansford）所著中國玉器彫刻（1950，倫敦）第31頁。

29

銅器一樣，中國獸骨及象牙彫刻物，與北美西部印地安人的彫刻藝術非常相似。近年來學者們都在尋求它們相似之處，試圖找出中國與北美洲的直接文化關係；然而至今尚未發現任何考古上的證據來證實這種關係的存在。

48．玉斧，安陽出土，商朝晚期，紀元前12世紀。長14.9公分，舊金山亞洲藝術博物館。

49．骨彫手把，河南安陽出土，長15公分，台北中央研究院。

50．石磬，彫刻虎紋，安陽武官村出土，商朝晚期，紀元前12世紀，長84公分，大陸歷史博物院

3

周 代 藝 術

商朝末期，西部邊境的周諸侯國興起，勢力強大，周文王時已控制商朝三分之二的領土。約紀元前1045年，文王善於戰術的兒子武王發動大規模攻擊，佔領安陽，商最後一位皇帝紂王自焚而死。周武王死後，子成王繼位，因年幼由王叔周公旦攝政，周公穩固國勢後，建立諸侯國，將一部分新得之土地分給諸侯國，又封商王後裔於宋，以統治商的遺民，讓他們能繼續供奉祖先。周公是中國歷史上統治最久的皇帝，僅管周朝晚年不斷發生內戰，情勢相當混亂。西周末年，諸侯相互攻伐，戎人屢次寇邊，最後一位皇帝幽王爲戎人所殺，西周因而結束。周朝在中國史上相當重要，它留下許多王朝結構的形式，爲後代所爭相模仿。

周朝時，商代的傳統並沒有因滅亡而中斷，相反的却有進一步的發展與改善。商代傳下來的封建制度、朝廷宗廟社稷祭典及祭祀祖先的禮節變得更爲複雜，周人靠這些禮節制度來鞏固國家，效果非常顯著。即使到了東周末年極混亂的局面下，仍有許多儒教保守派人士推崇文王、武王、周公治世時期爲盛世。周代宗教生活方面仍崇拜上帝，對於「天」的觀念愈趨複雜，取代原先僅崇拜上帝簡單的看法。鐘鼎文與早期文獻均顯示當時有一種道德規律存在，人們必須依從「天」，遵從「德」。「天」與「德」，後來成爲孔子儒教學術傳授的基礎。周朝宮廷建立複雜的禮儀制度，包括音樂、美術、詩歌、儀式等，這些都由司祭（擯相）負責指揮，以維護國家道德與外表的威嚴。皇帝於清晨及黃昏時上朝（此習俗一直延續到公元1912年），每日的勅令書於竹簡上，由朝廷的史官高聲誦讀，爾後傳令給行政官執行。穆王（947－928）以後勅令開始鑄刻於青銅禮器上，早期銘文很短，後來愈來愈長。青銅器上的銘文是研究早期周史最重要的文獻，其它重要的文獻包括詩

51. 周鳥型青銅飾物，長19.8公分，高9.1公分，紀元前10世紀，法國威爾David Weill收藏。

52. 西周虎型車飾，長31.7公分，高14.3公分，紀元前10世紀，法國威爾David Weill收藏。

31

經與書經。詩經是古代朝廷內的禮儀歌、民謠與情歌，相傳爲孔子所編纂。書經主要談論商朝的滅亡與周朝初年的史實。從這些文獻，我們可以了解中國文化的一大特徵，就是對於歷史的重視；更進一步的研究，我們發現中國人的生活中亦非常重視文獻記載。

周朝的歷史由於紀元前 771 年幽王被殺而告一段落。次年周由陝西遷都洛陽，此時封建諸侯勢力大增，平王是東周第一位皇帝，他的即位得力於晉、鄭兩諸侯國的擁護。後來王室因疆土大削，日見衰微，完全靠周圍強大的列國輔助，苟延殘命。周王事實上已成諸侯的傀儡，他們所以擁護周王室，只因爲「天命」還沒有終結。紀元前722－481年，這段時期稱爲「春秋時代」，由於其大部分歷史記載於魯國的春秋一書而得名。這段時期其它的史實在另一本古書左傳中可以看到。春秋時代的封建君主彼此勾心鬪角，小國成爲強國爭奪的對象，這種爭奪即所謂的「爭霸」或「爭盟」。另一方面他們還要防衛地方異族南下及迎奉日趨衰微的周王室，直到紀元前 256 年秦國統一中國爲止。

周朝的城市

現在我們所獲得的商朝建築資料比早期周朝資料多，關於早期周朝建築的知識完全依賴文字的記載。研究周朝政治組織唯一的文獻就是周禮，這本書主要記載周朝的中央統治機構與祀典，相傳於前漢時所完成。此書作者回顧到遙遠的黃金時代，雖然他把周朝的禮節與生活加以理想化，然而並不因此而失去周禮的價值。周禮中的記載成爲後人遵循的榜樣，後代人都希望能重建周朝的政治組織。周禮中記載一段關於古代周朝的城市：「匠人營國方九里旁三門，國中九經九緯涂九軌，右祖左社面朝後市」（譯註：周朝都市設計爲方形，每邊九里，每邊有三個城門。城內橫與直大路各有九條，每條約九輛馬車寬。左邊有祖先祭祀的宗廟，右邊有社稷的祭壇。正面爲宮殿，後面爲市場。(圖53)）

許多年來我們始終不知道早期周朝的首都與政治中心之所在地，直到1970年代後期，考古學家在陝西西安西面一百公里處岐山發現古代周朝的城市與宮殿建築。周朝統一全國後，一段時間以岐山爲首都。中國考古學家三十年內在西安附近汾水兩岸，先後發現許多周朝的墳墓與大批青銅器^(圖54)。這些青銅器可能是紀元前771年，當周朝將首都遷往洛陽時所埋葬的。

周朝晚期，獨立的諸侯國不斷的增加，同時亦出現許多新興的城市。其中有些城市的規模很大，譬如山東齊國首都由東到西約一英里，

53. 周代城市重建圖，根據周禮冬官考工記，取自「三禮圖」。

54. 西周，陝西，扶風縣青銅
器發掘現場。

南到北有二英里半。都城周圍的城牆以實土壘打而成，高約三十呎。
河北燕國首都規模更龐大。周朝晚期的城市與諸侯國家的墓地，提供
給考古學家與藝術史家許多珍貴的物證。

建築與彫刻

關於古代的大堂與宮殿，詩經有幾段描寫得非常生動：

似續妣祖，築室百堵，西南其戶，爰居爰處，爰笑爰語。
翔之閣閣，椓之橐橐。風雨攸除，鳥鼠攸去，君子攸芋。
如跂斯翼，如矢斯棘，如鳥斯革，如翬斯飛，君子攸躋。
殖殖其庭，有覺其楹，噲噲其正，噦噦其冥，君子攸寧。
下莞上簟，乃安斯寢。乃寢乃興，乃占我夢。

（馬持盈譯：

既經建成了祭祀先祖的宮廟，而後築室百堵，其戶向
西，或其戶向南。於是在這裡有居有處，說說笑笑的過生
活。夾板一道道的纏好，把土壘進去，用杵子把土搗堅實。
牆壁牢固了，風雨吹不進，鳥鼠鑽不透，君子因而得以安
居。宮室的整莊如人立正那樣嚴肅。廉隅的聳峭如箭射出
那樣迅直。棟宇的峻起如鳥張翼，房簷的軒飛如雉翻飛。
如此美侖美奐，正是君子所要升入之堂。平正的庭堂，高
大的楹柱，明亮的正廳，使人心情愉快，幽奧的內室，使
人思想深廣。這種住室，正是君子修心安身之地。牀的下
面鋪著草蓆，上面敷著竹蓆，睡覺的地方安置好就可大睡
一覺，大作好夢，醒後就起床。（註一）

（註一）亞瑟‧華利 *(Arthur Waley)* 所著詩經（1937，倫敦）第282-283頁。

從上述這段詩歌中，我們對於當時的建築大致的概念是：一座大的建築以堅實的泥牆造成，矗立在高台上。堅固的木材柱子支持著屋頂。屋簷沒有翹角，屋頂像鳥翼一樣向兩邊張開。地板鋪著厚的布毯，像日本的塌塌米。這種房子可以保暖，非常輕巧舒適。當時的大建築物皆是祭祀祖先的宗廟，宮殿與私人的住宅規模也不大，可能像中國傳統的四合院一樣，一層層排列，有好幾進庭院。周朝的文獻勸戒諸侯不要太奢侈，不要踰越皇權。譬如孔子亦曾經責備一個當時的人，因為他將飼養的烏龜（可能為占卜用）放在涼亭中，亭柱繪有山林圖案，中柱更是繪上水萍圖案，當時只有皇帝才能擁有這種豪華的裝飾。周朝的作家常在文章中讚美古人的簡樸，譬如古代一位賢君以茅草搭建宗廟，吳國闔閭的坐位並沒有雙層墊子，他居住的房間並不高大，皇宮也沒有望樓，所乘的車，舟等交通工具都非常簡便。

周朝最顯著的建築除了王室與祭祀的宗廟外，尚有「明堂」及「台」。明堂」是舉行典禮的場所，早期有許多文獻記載的相當詳細，但資料內容却相互矛盾。「台」是用木材架起來的高樓台，地面上有泥土作成非常堅實的高壇。左傳曾提到當時的皇子利用台作為城塞、瞭望台或宴會的場地。然而這種建築形態在現在中國南方的農莊或村莊中還可以看到，他們用來作為穀倉或防守的瞭望台。

周朝遺址中並沒有發現類似商朝屋內裝飾用的石頭彫刻，但種種跡象顯示周朝的工人有足夠的能力與技術去彫刻充滿活力的立體彫像。譬如美國佛利爾 (Freer) 博物館收藏的一對著名青銅老虎(圖55)，它們的四肢與身上都雕刻花紋，這種半抽象的飾紋產生動態的韻律感，同時能使這兩隻野獸洋溢著異樣的生命感，這種效果並不亞於寫實的塑造。據初步考定，這對老虎作於紀元前十世紀，它們粗糙的外型與全身類似巴洛可 (Baroque) 形態的圖案裝飾，可說是周朝中期風格的前奏。

青銅禮器

西周早期的青銅禮器大致說來仍然延襲商朝的傳統，唯一不同之處就是銘文。西周的銘文不只是簡單記載器物主人的姓名，同時很詳細的敍述該器物為何而造，因此銘文成為非常珍貴的歷史記載(圖57)。近年來在江蘇丹徒縣煙墩山所發掘成王時代（紀元前1024－1005）的一件青銅器，上面刻有 120 個銘文；另一件康王時代的鼎，上面刻有 291 個銘文。西周中期或晚期青銅器的銘文更長。在亞佛雷‧皮爾斯伯里 (Alfred Pillsbury) 的收藏中有一件青銅器—簋，上面很清楚的記載

55. 一對青銅老虎之一，西周，紀元前10－9世紀。長75.2公分，高25.2公分，傳在陝西省寶雞出土。華盛頓佛利爾博物館。

56. 西周蟠龍紋蓋付罍，1973年，遼寧喀喇沁（蒙古自治縣出土）。一般人認為此遺址與周初的燕國有關，紀元前10世紀。高45.2公分，可能不是當地所作，不過可以看出周朝文化在紀元前10世紀已傳到東北，遼寧省博物館。

57. 青銅禮器方彝(fang-i)，高35.6公分，林氏銘文，傳河南洛陽馬坡出土，華盛頓佛利爾博物館。

這件器物的用途：「維王伐迷魚，徙伐淖黑。至禁干宗周，賜郭伯厨貝十朋。敢對揚王休，用作朕文考寶尊殷，其萬年子子孫孫,其永寶用。」(譯註：君王攻迷魚，後再出擊淖黑。當君王回來時，在宗周舉行燎祭，同時贈我十連郭伯厨貝，為了感謝君王的恩惠而鑄造「死父簋」，希望此器物子子孫孫永寶用。）(註二)

　周朝征服商朝最初一百年間，雖然有些商人的青銅器受到西方侵略者（周人）的影響，然而大致說來，商朝青銅器的風格仍然保存下來，尤其在河南北部洛陽。紀元前十世紀末商朝較流行的器形如觚、爵、觥、卣等已逐漸消失，取而代之的是盤（淺盆），開始盛行。這種器物的流行顯示出周朝典禮中酒器的使用大量減少，增加了洗手的禮節。鼎變成寬而淺的匜(圖58)，由三個彎足架起來。

　此時的青銅器鑄造的相當粗糙，造型下垂有重量感(圖59,61)，兩側寬大有稜刺。這個時期的容器為中國收藏家所爭相收藏，因為上面有許多銘紋。中國收藏家一般皆以銘文之多寡為收藏標準，而非以造型之美觀來收藏。商朝所流行的獸形圖案如饕餮紋，到周朝時已逐漸溶化成一種寬大帶狀的紋飾，不但曲折變化大，且有鱗紋。商朝人視真實或幻想的野獸為祖先氏族的標誌或神旨之傳達者。然而這些傳統到周朝時已被遺忘殆盡，鳥與野獸對周朝人來說不再是一種保護性的精靈，而是一種兇猛的生物，是人類應該共同抵抗的敵人。譬如名射手后羿，曾一口氣射下天上的九隻太陽鳥，因為這九隻鳥帶來了九個太陽焚燒地面，禍國殃民。

(註二)這一節文字是從高本漢(Karlgren)所著亞佛雷德·皮斯伯里(Alfred F. Pillsbury)收藏中國青銅器目錄書中摘錄下來(第105頁)。最後一句是青銅金文中常見的句子，同時可以顯示出這些青銅器是專為祭祀用，而不是墓葬用。

58. 春秋初人足獸鋬匜,紀元前7世紀,高24.5公分,寬34.2公分,重5.175公斤,台北故宮博物院。

59. 青銅禮器簋(kuei),紀元前9世紀晚期,高30.4公分,舊金山亞洲藝術博物館。

61. 西周青銅壺,銘文說明約作於紀元前862或853年,銘文謂此壺為其長子結婚之禮物,高39.3公分,舊金山亞洲博物館。

60. 春秋蓮鶴方壺,紀元前6世紀,高12.6公分,口徑30.4公分,河南新鄭縣城關李家樓墓出土,河南博物院。

　　紀元前八世紀與七世紀,銅器在風格上又有新的發展,可能是周王北伐時從異族帶回來的影響,此時興起的諸侯國也開始發展他們自己的藝術風格。北方異族影響最顯著的地方就是採用野獸搏鬥的造型,將它們組織成極複雜的飾紋。這種風格最早發現於河南省新鄭與陝縣上村嶺(約紀元前七世紀)。另外一個發展得更明顯的例子是河南新鄭出土的壺(圖60),這個壺置於兩隻虎上(約650年)。壺的兩側另有長著大角的虎,扭轉攀登直上,成為器物的把手,足下還跟着小老虎。整個器身平鋪著無數像纏繩一樣的交龍,蓋子上有一片片往外撇的葉狀稜飾。早期青銅器圖案與造型統一調和的特點以及中期那種粗糙充滿力

量感的特點，到了周朝晚期已完全消失。新鄭出土的青銅器代表著不穩定過渡時期的風格，它們是戰國時代精緻藝術的前身。

玉器

　　周朝早期與中期玉器出土的實物非常少，近年來由於許多新發掘，這些實物不斷的在增加。第二次世界大戰之前，河南省濬縣辛村發現一批玉器，它們多半是商朝的樣式，但造型比較粗糙。玉器表面可以看到浮彫，但絕大部分為淺的線彫。1950年後在洛陽及西安近郊，普渡村所發現的玉器，顯示出西周早期玉彫技術相當落後。事實上，周代玉器的年份很難考定，主要的原因有三：①經過科學考古發掘的玉器數量相當少②傳統的造型流傳得相當久，後代常一成不變的模仿前代作品③玉器埋入地下時可能已是當時非常珍貴的古董(註三)。

　　所幸的是玉器中的禮器與喪葬玉的意義及功能並沒有產生疑問。根據周禮的記載(可靠性極高)，「以玉作六瑞，以等邦國」，六瑞是國內六位最高職位者權力的象徵：

　　「王執鎮圭，公執桓圭，侯執信圭，伯執躬圭，子執穀璧 (圖64-2)(圓形板狀體，穀紋，中間有孔)，男執蒲璧 (蒲紋)」。

　　玉器亦作為符節器用：「牙璋」(64·4)是天子發兵專用，「虎符」為整體的虎形，從背部向下剖開分成兩片，用來傳達軍事機密及號令。「琰圭」 (圖64·5)是當諸侯有不義之舉，使者持之，傳達王命，加以征伐。在喪葬方面，傳說以玉殉葬可使屍骨不朽，考古學家在墓中發現許多玉，它們仍保留在原來的地方。一般說來，死者的屍體仰臥（不同於商朝

62. 西周初青玉虎，呈斑點，紀元前13至11世紀，高5.3公分，舊金山亞洲博物館。

63. 西周鳥紋珮，圖上長7.7公分，寬3公分；圖下長 4 公分，寬2.6公分，紀元前10世紀，美國佛利爾博物館藏。

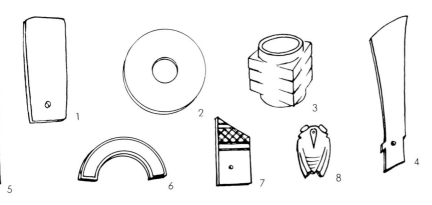

64. 玉器器形：1.圭 2.璧 3.琮4.牙璋 5.琰圭 6.璜 7.璋 8.唅 。

(註三)關於中國玉器鑑定的困難，可參考1978年 7 月號「文物」第15頁廣東曲江縣石峽所發現的兩個玉琮，很像圖49的玉琮，這件被認為是周朝早期的作品。

65. 玉琮(tsung)，周朝。高47.2公分，寬6.73公分，台北故宮博物院。

的習俗)，胸前放一圓璧(圖64·2)(象徵天)，身體下面置玉琮(圖64·3) (象徵地)，東面置玉圭(圖64·1)，西面置玉琥，北面(即脚處)置玉璜(圖64·6)(半圓形)，南面置玉璋(圖64·7)似圭，但短而肥胖(圖64·1)。傳說「金玉在九竅，則死人爲不朽」，其中放在口中的玉稱爲「唅」(圖68·8)，主要爲蟬的形狀。人死後，身體各處擺置玉片可抵擋外害，使屍骨不朽，同時可防止體內惡氣的發散。

　　1968年河北滿城所發現西漢劉勝與其妻竇綰所穿的金縷玉衣，證實了古代文獻記載玉可以使屍骨不朽的說法。在此之前，考古學家也曾在其它墓中發現玉片，但都是碎片，散亂不堪。滿城墓中的劉勝(紀元前113年去世)與其妻，全身包裹在玉作的面具、珠襦(上衣)玉甲(下衣)中，總計有2000塊玉片，以金線穿連在一起。據估計，一件玉衣可能要花上十年的功夫才能完成(圖145)。

　　除了喪葬玉之外，周朝初期的玉匠還彫刻許多佩飾玉或裝飾玉，雖然是延襲商朝的習俗，然而戰國時期玉器的琢工更爲精美細緻，第四章我們將詳細討論。

陶器

　　比起青銅器來，西周與早期東周的陶器顯得樸素多了。陶器中比較漂亮的都是仿造青銅器，但是它們的外表非常粗糙。至於飾紋，陶器通常選擇簡單的銅器飾紋，如牛頭或饕餮面具作爲器物側面的裝飾。紅陶雖然也曾經被發現過，然而西周的陶器多半爲粗糙的灰陶，最普遍的形態是圓底寬口，以繩紋裝飾作爲儲藏用的罐子。

　　近年來的發掘，除了大量無釉陶器外，還有此時期發展出來比較

66.西周鹿型玉飾，西周中期作品，紀元 9 世紀初，陝西寶雞茹家莊出土。

67. 陶罐，表面一層黃青色釉，洛陽北窰村出土，西周，約紀元前10世紀，高27.5公分，現藏大陸。

精細的陶器。中國人把這類器物分成兩種：陶器與瓷器（瓷器包括高溫燒成之陶器 *Stoneware* 與瓷器 *Porcelain*）。1972年，在河南北窰村西周的墳墓中發現一件上釉的罐子(圖67)。另外在西安近郊普渡村周穆王時代的墓中也發現類似的器物，上面裝飾橫的條紋，同時塗上一層青綠色的釉藥，這種釉藥不同於商朝黑色或黃色釉。此外在河南、江蘇、安徽各省的古墓中也發現上釉陶器，根據墓中青銅器銘文，這些陶器約製於紀元前十一世紀至十世紀。這種周代上釉的陶器可以說是後代青瓷的老祖宗。

4

戰國藝術

在紀元前六世紀中國的地圖上，我們看到一個領土極小（相當於現在澳洲坎培拉Canberra），但政治地位很重要的周國。它的四周圍繞著許多強大的諸侯國，它們或結盟，或爭霸，形成不同的政治勢力，唯有遇到宗主與繼承問題時，這些諸侯國才禮貌性的去請問周國。北方的諸侯國晉獨立抵抗沙漠野蠻民族的侵擾，直到紀元前403年晉滅亡為止。晉被趙、韓、魏三國所分割，有一段時期這三個國家與東北燕、齊兩國相處得非常和睦，目的在於連合對抗西面半野蠻民族——秦國。至於宋與魯兩個小國則佔領黃河下游地區，雖然軍事上不是重要的國家，但在中國歷史上卻非常著名，曾出現過幾位偉大的思想家（如宋國莊子，魯國孔子）。吳和越佔領現在的江蘇、浙江地區，也逐漸在中國文化上嶄露頭角。至於中國中原那片廣大的地區，則由一部份漢化的楚國所統治。此時楚國文化主要向南面發展，楚國與秦國的勢力日益強大。紀元前473年，吳為越所破，後來越為楚所滅。秦在勢力上的擴展最為成功，紀元前256年秦國併吞了苟延殘喘的周國，33年後又擊敗最大的勁敵楚，乘勝再殲滅魏、趙、燕，最後於紀元前221年併吞齊國統一全中國。

像歷史上常發生的事件一樣，幾百年政治的混亂帶動了社會與經濟的改革，哲學思想與藝術活動亦獲得豐碩的成果。這個時期，鐵製日用工具與武器已普遍的使用，私人可以擁有土地所有權，工商非常活躍，通貨的發明帶動商業交易的迅速。當時中國中部使用青銅鋤形錢（布錢），北部及東部使用刀形錢幣（刀貨）。戰國時期百家並興，許多周遊列國的思想家（說客）紛紛提出他們的策略，各國諸侯名士也聽信於說客們的建議。列國中以齊宣王最為開明，他麋集各派高明學者與思想家於齊門之下。其它諸王並不如此開明，譬如當時最偉大的

68. 戰國銀製胡人像。高8.8公分，河南洛陽金村韓君墓出土，日本東京博物館。

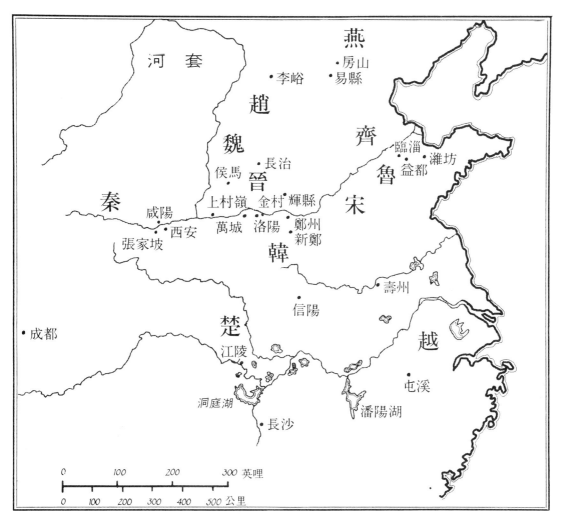

地圖4.戰國時代中國

哲學家——孔子在魯國並不受重視。事實上，在此混亂時期裡，很少
君王會注意哲人所強調的「德」與「仁」（即道德、社會美德、格物致知、
修身等問題）。這些政治統治者對內要執掌大權，對外要殲滅敵人，他
們所感興趣的是函鞅與法家的理論，譬如法家會促使獨裁政權興起，
他們為秦王的所作所為辯護。

69. 戰國嵌金銀銅輨飾，高8.8
公分，長13.7公分，紀元前 4
世紀，1950河南輝縣固圍村出
土。

　　除了關心社會問題的儒家（如孔子與孟子）及缺乏道德觀念的法
家外，道家闢出第三條道路。道家認為人應該順從宇宙的法則「道」來
生活，毋須依據國法或社會的準則。老子反對人類壓制或歪曲自然的
天性，主張回歸於現實生命的源流而生活。道家有一部分思想是反對
沒有伸縮性的其它學派，從某方面來說是在動亂不安的時局中逃避現
實，陶醉於幻想世界的一種哲學。事實上，道家思想強調許多只有從
直覺上能感覺到的經驗（這種事務既不能衡量，也不能從書上得到），

70. 戰國嵌金銀狩獵紋鏡，直徑17.5公分，河南洛陽金村出土，日本永青文庫。

這是唯有中國詩人與畫家才能到達的高超的幻想境界。當時楚國是道家新解放運動的中心地區，而神秘的偉大詩人兼哲學家莊子（約元前350－275）實際上是宋國人（河南、湖北），正如馮友蘭博士所說莊子的思想非常接近鄰國楚的文化，楚國屈原與宋玉的詩歌與騷詞，充分表現了奔放的感情。這個時代最優秀的詩歌與現存中國最早的絹本繪畫（圖92）皆產生於楚國（湖北、河南、安徽）。（註一）

戰國初期，陝西南部與河南仍是中國文化的心臟地區。這個地區北面有不同時期興建的防衛性城牆，最早的長城，建於紀元前353年，穿越現在陝西地區。長城興建的目的主要是抵擋塞外蠻族的入侵，同時可以防止境內的中國人被外族同化。南北朝時，塞外民族大舉侵犯中國北部廣大的地區，部分中國人因此而被同化。

過去考古學家的注意力大半集中於商朝，最近也開始注意周朝。第二次世界大戰之前，只有一個晚周重要遺址——河南新鄭經過科學

（註一）亞瑟•華利 (Waley) 所著中國繪畫導論 *An Introduction to the Study of Chinese Painting* （1923，倫敦，第21－23頁）。他是第一位學者指出楚文化在中國古文明的藝術創造與想像力方面具有領導地位。最近大衛•霍克斯 *(David Hawkes)* 在他所著「楚辭——南方之歌」*The Songs of the South* （1959，牛津）中再談到楚中心的貢獻。上面所說楚文化的重要性，不但有湖南長沙（當時長沙為一次要的城市），還有楚的首都江陵與信陽的發掘來證明。1980年四川成都附近所發現的楚墓中，有一具與長沙相似的木廓，足以顯示西漢時代楚文化的影響已到達遙遠的中國西部。這本書導論最後第19頁說到：當我們從考古發掘中進一步去了解楚文化的偉大及楚國的噩運時，我們深深感覺到楚辭中一部分早期詩歌所描寫的景象並不是孤立不可解的文學表現，而是一種極為精彩的文化表現。

71. 西周東馬坑，馬車二台，馬二匹，陝西西安東郊張家坡出土，成康王期間，約紀元前10世紀。

的考古發掘，在這個地區發現許多墳墓，出土的青銅器包括從東周近巴
洛可 (Baroque) 的誇大形態直到戰國早期簡單的造型與更細緻的裝飾花
紋。另外住在洛陽與鄭州間的農夫，多年來不斷的在盜掘洛陽近郊金村
附近的古墓。這個地區的青銅器有許多不同的風格，包括從新鄭晚期
比較保守的風格直到紀元前四世紀與三世紀非常細緻成熟的風格。

　　1980年代的考古發掘充分顯露出當時封建朝廷的衰微。河南輝縣
琉璃閣魏國皇帝墓中出土十九輛馬車與有裝備的馬匹(圖71)，足以證明
商代習俗還保存著。戰國以後，人們開始以陶器、青銅器或木彫俑來
取代真實的動物。

　　雖然金村與輝縣都在當時強國境內，然而並非所有精美的青銅器
皆發現於該遺址中。譬如1978年，考古人員在北京南部中山墓中發現

73. 春秋前期青銅鼎，李峪風格，紀元前 6 至 5 世紀，蓋子可以倒置，高23.5公分，舊金山亞洲藝術博物館。

許多大型青銅器，製作之精美爲前所未見。圖72即是一個例子，這隻嵌金銀青銅怪獸，不管造型或手工皆精美絕倫。近年來最引人注目的發掘就是中部湖南省的曾侯小國，此小國於紀元前 473 年被楚國所併吞。在曾國滅亡之前，曾侯乙墓中埋葬了一批巨大而精美的青銅鐘（圖79）。這個地下發掘，顯示當時的諸侯國不管如何弱小，都想利用青銅器來誇耀他們的財富與勢力，以及超越鄰國與敵人的高度文化。中國在秦漢統一之後，再也看不到這種國與國之間文化藝術上的競爭。從這一方面亦可解說爲何漢朝青銅器的風格較爲平凡與統一化。

青銅風格的演變

青銅器風格到七世紀時有了顯著的變化，周朝中期裝飾花紋誇大的作風已逐漸地沒落。由於不適當的突出部分被除去，因此表面顯得非常光滑，輪廓線亦相當嚴謹。表面圖案有嚴格的限制，多半在器物下部，有時嵌著金或銀紋。至於復古方面仍重視三足鼎，饕餮怪獸面很拘謹的應用在提耳上，這種風格的演變是漸進的。1923年在山西北部渾源李峪村，以及最近在山西南部長治所發現的器物上，有許多交扭在一起的龍紋（蟠螭紋），可以說是戰國成熟風格精緻動態飾紋的前驅。然而它們非常結實的造型，譬如足上端的老虎形態、寫實的鳥或蓋子上的生物，常使我們連想到早期傳統動物生動的造型。

周朝中期比較粗獷的風格，到了晚期逐漸變得細緻。這種趨向在

74. 戰國金銀錯扁壺，紀元前 4 世紀晚期至 3 世紀初期。高 31.3公分，華盛頓佛利爾博物館。

75. 戰國嵌金青銅鼎，1966陝西西安出土，紀元前 4 世紀，陝西咸陽市立博物館。

1. 虎食人卣　殷（紀元前十二世紀）傳出土於湖南寧鄉與安化交界　高32公分　巴黎塞紐斯基博物館藏

　　卣（You）為盛酒器。相傳這類祭神器專盛黑黍釀成的酒。惟青銅器中無銘為卣的器物，這類銅器名字多半為宋代金石家所創造。

　　通器作猛虎踞蹲形，以前肢與虎尾支撐，與廟底溝的黑陶鷹形尊、安陽婦好墓銅鴞尊同。器有蓋及提梁，梁首各飾一小虎頭，蓋背上蹲一鹿型獸。虎的前爪捉住一赤足人，正張口吞食其頭。人的雙足踩於虎前爪上，人腿部有兩條蛇紋，虎腿有小虎紋。日本住友寬一收藏一件類似的酒器。

　　商代南方長江流域的銅器如湖南寧鄉的四羊方尊、禾大方人面鼎、湖南醴陵的象尊、安徽阜南的龍虎尊等，造型上均具特殊的雕刻性，極富於幻想，可能是長江流域楚文化早期的面貌。

2. 執燈台男俑　戰國（紀元前314年）　高66.4公分　1976年河北平山縣中山國王譽墓出土 大陸河北省博物館藏

　　這座燈台為了便於拆散，是由大小不同配件併合而成。燈台分上中下三組燈盤，中下組燈盤由兩條盤龍結合。上組燈盤由一根嵌花紋的長桿支持，中間攀著一隻猿猴，下面纏繞著一條夔龍。

　　兩組燈盤之間立著一位結髮蓄八字鬍的男俑，男俑左右手均執龍尾，右手的龍首長有雙耳，注上伸展咬住長桿的末端。男俑的眼珠嵌著黑石，銀製長袍上嵌著青銅雲紋及有黑朱色漆繪，腰間以帶鉤繫住腰帶，裙尾分叉。法國一位學者認為男俑所持的三盞燈有天、地、人三種層次的象徵意義。

3. 虎吞鹿屏風台座　戰國（　元前314年）　高21.9公分　長51公分　1977年中山國王譽墓出土

　　這隻尖牙利爪的猛虎是屏風的基座，它前爪緊抓住小鹿後腿，正想生吞活剝小鹿，鹿的三條腿露在外面，拼命掙扎。老虎遍體金銀錯斑紋，捲尾跨足，氣宇軒昂。這件台座由於前後兩根支柱不在一直線上，可能是支撐兩塊成直角銜接的屏風。

4. 嵌銀扁壺　戰國（紀元前四世紀）　高31.2公分　寬30.5公分　美國華盛頓弗利爾博物館藏

　　此件扁壺稱得上是中國裝飾藝術的傑作。遍體飾紋，紋路粗細適中，對於整個器面空間的安排恰到好處。這些嵌銀的線紋主要來自殷商的饕餮紋，唯在轉折處加上彎鉤的增細處理，以配合扁壺橢圓型的輪廓造型。雖然扁壺上的花紋，已將早期的動物紋加以抽象圖案化，但有些地方我們不難看出這些圖案源自動物及配掛的流蘇、絲帶造型。

2

3

4

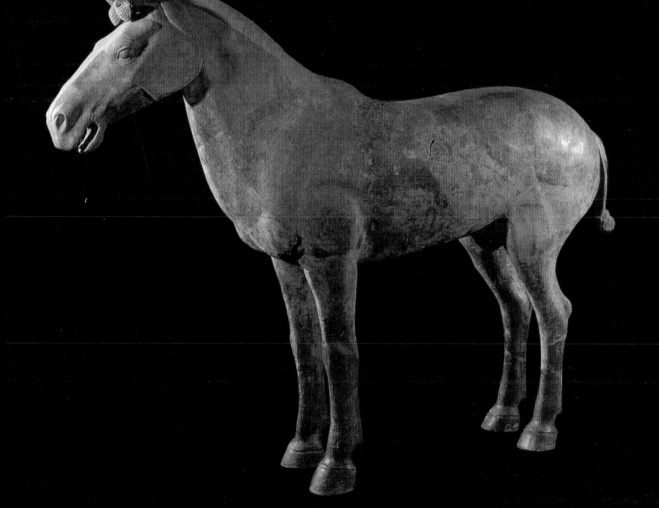

8

9

5. 鎏金馬　西漢中期（紀元前117年）　高62公分　1981年陝西興平縣茂陵東側出土　大陸茂林博物館藏

　　這類鎏金馬為第一次出土，其在墓葬中的功用尚不清楚。這匹馬雙耳豎起，耳間與背節上長有鬃毛。馬尾與生殖器是後來銲接上去。口內可清晰地看到十二顆牙齒，前腿右側劃有人字型刀痕。馬的精神抖擻，兩眼張瞪。墓中同時出土「陽信家」銘之銅器，陽信家為漢武帝之親家。

6. 戰車之馬　秦（紀元前211年）　高172公分　長205公分　1979陝西臨潼秦陵一號坑出土　大陸秦俑博物館藏

　　秦馬分為戰車之馬與騎兵之馬，兩種很容易分辨。騎兵之馬有馬鞍與馬具，戰車之馬沒有。陶馬的軀體與頭部均為空心，四肢為實心。馬的軀體並非靠模型壓製成，而是用陶棒盤旋成型後，加以修正拍打。最後附上耳朵及馬鬃，放入窯中烘烤後，再加裝尾巴。陶馬身上可以看到圓形洞口，可能作為烘燒時的排氣口。在搬運這些龐大笨重的陶馬時，洞口亦可作為攀手用。

　　戰車之馬是中國境內所產蒙古種矮腳馬。為了防止被後面所拉的戰車拌住，而在尾部紮個結。這種秦馬顯得穩重自恃，由於習慣拖拉笨重的戰車，前身有向前傾的趨勢。秦代彫塑家，對於馬的神態、體型、心理等觀察入微，能表現出戰車之馬內在的精神。

7. 二佛論經像　北魏（紀元518年）　高26公分　巴黎季美博物館藏

　　根據蓮花經記載，一日佛祖講道，天空忽然顯現一尊寶塔，寶塔內坐著多寶如來。多寶如來是遠古時代的佛祖，早已進入涅槃的境界，他曾許願在佛祖宏法時顯現佛身，以證明涅槃並非死滅。釋迦牟尼見到多寶如來，立即飛入寶塔，坐於多寶如來身側，開始對眾人講道宏法。

　　這座金銅像是洛陽龍門風格的代表，鳩形鵠面、傲骨嶙峋的造型與當時清談食丹之風可相印證。釋迦側身曲膝盤坐，額方、頸長、嫣然而笑。兩佛相對，右手向下，左手向上作施無畏印相，臉上的表情、手勢及坐態，充分表現出彼此心領意會的默契。佛祖（代表現在）與多寶如來（代表過去）的對話，像兩盞燃燒的明燈，開導眾生沉迷的心關，指引眾生未來的方向。

8. 虎牛祭台　戰國（紀元前314年）　雲南省江川縣李家山出土　高43公分　大陸雲南省博物館藏

　　這是罕見的滇文化祭台彫刻，一端彫著牛首，另一端有一隻猛虎咬住牛尾。牛腹部下方鑽出一隻小牛，牛背平滑可供人坐或放置祭物。此件虎牛祭台1955年於雲南出土。

9. 彩繪銅車馬　秦（約紀元前210年）　高104.2公分　長328.4公分　1980年陝西臨潼秦陵出土陝西秦陵兵馬俑博物館藏

　　秦銅車馬約為實物三分之一大。銅人銅車的表面有彩繪與貼金。銅車馬出土時，共計八匹馬、銅車夫兩人、兩組車廂，馬具與車廂配備保存得相當完整，使我們對於二千年前的皇家交通工具，有進一步的認識。

新鄭、金村及李峪青銅器新的風格上都可以看到。李峪與長治出土典型寬潤的三足鼎（圖73），遍體皆飾以寬帶蛟龍紋，龍紋之間以瓣子紋分隔。這個時期銅器造型常仿造其它質料的器型，譬如皮袋水囊，有時仿獸皮編織品或皮革表面的花紋。這種花紋研究青銅器學者稱為「密集的鈎子」(teeming books)，在圖77鐘上部的地紋可以看到。銅器仿皮囊器形中最漂亮的就是圖74這件扁壺，它的表面有對稱方形、彎角、渦紋嵌銀圖案，可能採自漆器上的花紋，這些花紋使整個器物看起來典雅生動。這件扁壺是金村晚期最精美的嵌銀青銅器，它簡單的外型常令人連想起早期的陶器。扁壺除了兩側獸耳銜環外，整個表面都是平的，上面嵌著幾何型金銀飾紋，金工特別運用大弧度的曲線與器物輪廓線相配合。安陽很早就開始使用黃金，到了晚周金工技術已成為專門的手藝。戰國時代金銀錯青銅器，不管是形制、裝飾或技術，皆以洛陽地區為上品（圖75）。

76. 上圖青銅馬具裝飾華盛頓佛利爾博物館，長11.4公分；下圖61.5公分，紀元前5至4世紀。黃河河套地區出土，倫敦大英博物館藏。

　　由於舊的統治階級逐漸沒落，新一代富裕的中產階級開始崛起，這些人很少懂得傳統的祭禮，因此祭祠用的食器變成家庭用的食器。有錢的人可能為自己的女兒打造金銀錯青銅器作為嫁妝；他自己則應用金銀與孔雀石 (Malachite) 來裝飾家具或馬車上的青銅配件。當他去世時，後人會將這些裝飾品一起埋入墓中，讓死者來世時還能使用。假如有人批評他奢侈，他可能會引用當時著名的哲學與經濟學家——管仲的理論來自我辯白。管子曰：「長喪以毀其時，重送葬以起身財……，巨瘞培，所以使貧民也。美壟墓，所以文明也。巨棺槨，所以起木工也。多衣衾，所以起女工也。」（譯註：喪期盡量長，如此可使人花更多時間在喪禮上。葬禮盡量隆重繁複，如此可使人有更多花錢的機會。墓穴規模要大，可使窮人有工作做。墓室要盡量華麗，可使工匠獲得工作。棺材不但要有內棺，還要有外槨，可使木匠多做些生意。死者的壽衣要多件，如此可使女紅業繁榮。」

　　孔子視音樂為一種感化社會的力量，這種看法與同時代的希臘大哲學家畢達哥拉斯Pythagoras相同。當時在諸侯宮廷中祭祠典禮時常舉行莊嚴的舞蹈，認為這種禮節的舞蹈可糾正人們的思想，使人們的行動協調（圖80）。因此東周與戰國時代最精美的青銅器應該是鎛鐘，都是成對，最多可達十六對。另外還有一種附帶長柄的鐃鐘，它的嘴向上，下面放在木架上。假如這種鐃鐘的嘴向下，垂直掛在木架上，就成為鐘。鐘在周朝有了充分的發展，（圖77,78）這個鎛鐘是周朝中期的樂器，鎛鐘到戰國時發展到最高峯。鐘上的乳丁已變成旋轉蛇形紋，鐘的兩側空際上常嵌著奉獻者的銘文。

77. 戰國青銅鎛(po)鐘,高66.4公分，紀元前4世紀，華盛頓佛利爾博物館。

78. 青銅鎛(po)鐘上部紋飾，紀元前4世紀，華盛頓佛利爾博物館。

中國古代的鐘，橫切面皆爲橢圓形，是世界上這類樂器中唯一能發出兩種不同的音調。兩種不同的音調主要是看敲打在邊上或近中間部分。到目前爲止，最完整的樂器發現於曾侯乙墓中的音樂房 (圖79)，房內靠牆兩旁排滿鐘架，架上有65個雙音鐘、32個石磬、古琴、樂管及鼓。另外一間房內有21位女樂伎的遺體。顯然在戰國時期，音樂不光是使用於祭禮，諸侯在宮中消遣娛樂時亦使用。

當都市裡的貴族們正在享受逸樂的生活，陶醉在歌聲舞影中時，有一批人却在北方邊疆上與入寇的野蠻民族作殊死戰。死命的搏鬪。這些野蠻人使用雙弩弓，騎著馬入侵中國北部邊境，開始時中國軍隊無法戰勝他們，但不久中國軍隊開始放棄馬車而採用野蠻人的戰術與

79. 戰國青銅編鐘及武士型鐘虡鐘架，65個鐘，南樑高335公分，西樑高745公分，紀元前433年，湖北省隨縣擂鼓墩曾侯乙墓。

80. 紀元3世紀山東沂南擊鐘圖拓本(東漢)，紀元220年。

軍器。很顯然這些遊牧民族對於中華文化的影響並不只限於戰術，還包括藝術。遊牧民族的藝術雖然簡單但却充滿生命力，幾百年來他們與西部近鄰中亞細亞草原遊牧民族皆採用野獸圖案來裝飾刀、手叉及馬具。這些工具開始以木頭製成，後來改用青銅鑄造，一般人相信是由奴隸或俘擄所製造。這種被稱爲動物風格的青銅器，與中國抽象及富於幻想的青銅器截然不同。遊牧民族的青銅器較爲寫實，造型粗糙，沒有中國線條那種優美感。然而在河套地區的游牧民族，充滿著野蠻人的生命力（包括黃河以北及以西地區），他們圖案的主題有麋鹿、馴鹿、牛及馬等，我們常看到他們以殘忍簡潔的方式來表現老虎或老

81. 戰國時期狩獵紋壺。高39.3
公分，紀元前 4 世紀，舊金山
亞洲藝術博物館。

鷹撲在一隻驚駭獵物的背上 (圖76)。這是遊牧民族常見的景象，他們以
這些主題爲圖案裝飾，可能是希望他們的狩獵成功。這種野獸風格在
安陽出土的小刀上 (圖44)也可看到。戰國及漢朝正是鮮卑、匈奴及其它
北方遊牧民族影響中國最大的時期。我們看到許多描寫狩獵的景象（
如野獸打鬥）是採用非中國、極粗糙的造型，唯有器物的基本輪廓線
與幾何型裝飾圖案是遵循中國的傳統 (圖81)。

　　除此之外尚有許多野獸圖案出現在青銅盔甲或皮帶帶鉤上。事實
上帶鉤本身純粹爲中國風格，主要應用河南金村與安徽壽縣非常精巧
的嵌金銀技術打製而成。這個時期，幾乎所有宮廷內的舞者皆佩著帶
鉤，屈原於「楚辭招魂章」中云：「二八齊容，起鄭舞些，晉制犀比，
費白日些」(註二)(譯註：兩排八人相同裝扮的美女跳起鄭國的舞蹈，晉
國的帶鉤更是耗費時光來打製)。(圖82)是一個鎏金青銅製成的精美帶鉤，
上面嵌著一條玉龍及彩色玻璃球。有些帶鉤描寫草原上的動物相互打

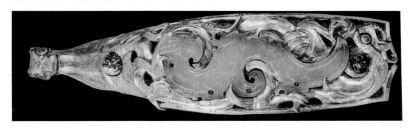

82. 戰國金質嵌玉帶鉤，長15.5
公分，寬4.2公分，紀元前 4 世
紀，哈佛大學福格博物館。

(註二)霍克斯 (Hawkes) 在 「楚辭——南方之歌」第108頁中解釋犀比爲帶鉤，原文
可能是西域土耳其蒙古語，他們稱衣鉤爲Sarbe。

83. 戰國袖珍陶繪，紀元前4世紀，河北長濱出土，現藏大陸。

84. 戰國灰陶彩繪方壺，高71公分，紀元前4世紀，北平昌平縣松園村2號墓出土，大陸文物管理處藏。

鬭的情景，它們的圖案有純河套地區風格，也有混合風格。最近在河南輝縣出土的帶鈎裝飾著玉環，底部有兩條嵌銀的龍，外面飾以金線。龍本身是純中國風格，而彎色流暢的表面則受到北方草原藝術的影響。

陶器

此時中國北方並沒有發現受到塞外北方民族影響的陶器。事實上，北方遊牧民族並不使用陶器，也沒有製陶工具。這個時期仍然流傳著灰陶製陶傳統，周代初期粗糙的繩蓆文陶器已被淘汰，器形變得較為典雅，似乎在模仿青銅器。最常見的器形為尊、三足鼎、加蓋的豆、蛋形三足敦。這些陶器一般說來簡樸而笨重，但金村所發現的陶器却出現動物與狩獵圖。陶工在黏土入窯之前潮溼的狀態下，印或刻上飾紋。當時的陶工為了要仿造金屬器，刻意在陶器表面加一層發光的黑色染料，甚至於貼一層錫箔。

1940年代初期，輝縣附近發現傳說為周朝末年的墓穴，裡面有一些小型的陶器與陶俑。後來這些器物在北平古董市場出現，雖然造型相當笨重，然而表面却製作的非常精細。這些器物包括小型的壺、有蓋的鼎、盤、帶鈎、鏡子等。陶器黑色光亮的表面上以紅色顏料描繪，類似金村青銅器上的幾何型圖案，其中有幾件顯然是近代的仿古贗品。從近年來的發掘可以獲悉這些贗品所仿造的來源。1954年在山西南部長治的一座小墓中發現一些小型紅色彩繪陶俑，它們的軀體造型非常簡單（品質較輝縣出土的器物差）。這些陪葬物可能模仿1959年北平附近昌平縣出土的戰國彩陶（圖83,84）（註三）。

楚國藝術

當中國古典傳統繼續在河南、陝西地區發展時，中部楚國境內一種與眾不同的風格醞釀而成。到現在我們還不知道楚國國境究竟有多大？南面發展的區域有多廣？但至少我們知道現在安徽省淮河流域的壽州是當時楚國的重鎮〔譯註：楚國首都初在湖北江陵（郢），後遷湖北宜城（郡），最後在紀元前241年遷往安徽壽縣（壽春）〕。河南輝縣與河北北部出土的青銅器皆受到楚國藝術的影響，後來西面秦國的興

（註三）參考文物1959年9月，蘇天鈞所寫「北京昌平區松園村戰國墓葬發掘記略」（第53—55頁）。1966年用熱發光儀器(Thermoluminescence)對22件輝縣器物作分析研究（22件器物皆來自英美的收藏），結果發現它們都是現代的仿造品。分析報告參考佛雷明(S. J. Fleming)及山普森(E. H. Sampson)所著「關於輝縣風格——人物俑、獸俑、仿青銅陶器的可靠性」1972年考古化學雜誌，2月14日，（第237—244頁）。

起，對楚國來說是一大威脅。有一段時期，楚國在長江及其支流物產豐富的地區發展出極豐富的文化、詩歌與視覺藝術；即使在秦朝征服楚國最後一個首都壽州時（紀元前223年），楚國藝術蓬勃的現象並沒有因此而衰微，楚國文化直到漢朝仍是中國相當重要的文化。

紀元前六世紀晚期壽州仍在蔡國的統治下，最近發掘出此時期的墓，墓中青銅器顯露出新鄭風格較保守的作風。壽州被楚國征服的一段時期，仍保持過去傳統的地方風格，壽州當時也是一個重要的陶業中心，此地區出土的陶器非常漂亮，充滿了活力。這種陶器以灰色陶土製成，在線彫的飾紋上薄施一層黃綠色釉（圖86)，是漢朝越窯與宋代青瓷的前身。

最近幾年，楚地區尤其是近首都的江陵、長沙、信陽等地的考古發掘，充分顯露出楚藝術的南方特徵及非常豐富的傳統（譯註：至1980年爲止，已有三千餘座楚文化古墓被發掘）。看了這些遺物，我們不禁會想到如果紀元前223年的戰爭，勝利者不是西方野蠻的秦國，而是有高度文化與自由思想的楚國，那麼中國文化又將是何種面目？

1950年後湖南長沙市經過幾次的重建，許多大型墳墓被發掘。墓室中有多層的棺槨（圖88)（誠如管子所說「巨棺槨所以起木工也」），棺槨放置在很深的穴道中，四周舖一層木炭及厚厚的石灰。儘管墳墓浸於水中，然而這種防護方式却神奇完整的保存棺槨內的器物達二千餘年。棺槨與內室之間擺了許多明器，屍體放置在內室一塊長的木板上，木板彫著許多精美的渦形圖案。屍體周圍放著玉、石頭及玻璃作的壁（根據考古發掘，玻璃珠最早出現在西周）；除此之外還有青銅器（兵器、容器）、陶器及漆器。由於石灰與炭木的絕緣層，許多絲織品與麻織品殘片亦能保存下來。另外還發現毛筆寫的竹簡文獻，漆繪的皮革

85. 戰國黑陶鼎，高41.1公分，紀元前河北平山縣中山王𦥑墓出土。

86. 戰國綠褐釉蟠螭紋壺，高21公分，口徑11.9公分，底徑12.4 公分，傳河南省洛陽市金村韓君墓出土。

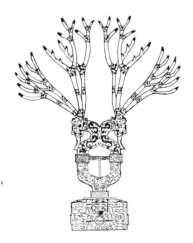

87. 戰國巫神座楚文化河南信陽出土。

57

88. 西漢湖南長沙馬王堆墓的
剖面圖，表現墓穴、墓室及三
層的棺槨，紀元前168年，1974
年世界地理雜誌梅爾塞 David
Meltzer 繪。

89. 戰國後期或西漢初期長沙
紅黑漆木俑，紀元前 2 世紀左
右(張光直資料)。

盾牌及樂器。

在楚國墳墓中，我們第一次發現一大堆陪葬的木俑奴隸與僕人。孔子曾經譴責以木俑陪葬的行爲，因爲它容易使人恢復古代以人殉葬的習俗，孔子認爲以草代替木俑較爲適當。漢朝時利用模子製造陶俑，旣經濟且耐久，也容易爲儒家所接受。長沙墓穴中所發現的木彫俑，上面還加彩繪(圖89)。對於戰國時代的服裝提供許多寶貴的資料。其中最精彩的就是護侍墓主的鎮墓獸，它們是一羣光怪陸離猙獰的怪獸，有的怪獸頭上揷著雙鹿角，有的吐出很長的舌頭(圖87,90)。鼓或鑼的架子常以一對相背的鳥、老虎或相交蟠繞的蛇裝飾，表面塗上一層紅、黃或黑色的漆。圖91是一個銅鑼架子，1957年在河南信陽楚城墓中發現，可以了解這個地區與南部文化有密切的關係，因爲在楚國青銅器的圖案中出現過這樣的鑼架。越南北部洞桑（Dongson）地區（漢代的交趾）也發現青銅鼓，上面有蛇與鳥的圖案，據說與求雨典禮有關。

繪畫藝術

很幸運地考古學家在楚國墓中發現兩張出土最早的絲帛，圖92爲其中的一張絹帛圖。畫工以毛筆畫出簡單的線條，圖中的女士穿著長袍，腰間束上寬帶，側立。她的上端飛舞著龍與鳳,尤其是龍充分表現出爬蟲類的特質。另一張在漢朝長沙馬王堆墓中發現的帛畫比較大些，我們將在第五章中討論。考古學家在長沙還發現一枝繫著免毛的竹桿（毛筆）、文具及其它繪畫材料。楚國最精美的繪畫表現在他們著名的

漆器上。商朝時中國北部最早發展漆畫，戰國時代楚國的漆畫已發展
到相當高的水準。漆器主要的原料是漆樹（學名 *Rhus Vernifilera*）的樹
脂，調製成各種顏色後塗於木或竹胎上。布作的胎較爲少見，非常輕
巧細緻。近年來考古學家在中部地區，戰國時代與漢朝的墓中發現大
量的漆器，種類繁多，像盃、盤、奩、盒、几、案等，它們都是黑色
繪於紅地上或紅色繪於黑地上。渦形雲紋圖案最爲常見，這些幾何線
條常轉變爲龍、鳳、虎等圖案，在雲中飛騰（圖93）。

　　與繪畫藝術一樣多采多姿的就是青銅器上活潑生動的嵌銀圖案。
圖94這只壺的表面嵌著當時生活的各種景象，譬如宴會、採摘桑葉、
攻打城牆、長船上的水戰、箭的末端繫長繩以射殺野鴨及其它的活動
等。這些景象皆以側面描寫，非常活潑、優雅，充滿幽默感。如果將
（圖94）壺上非常凶猛的北方圖案與（圖93）代表中國南部的圖案作一比較的
話，可以明顯的看出兩個地區不同的風格。

銅鏡

　　中國北部與楚國境內曾發現大量的青銅鏡。青銅鏡在中國除了用
來照形之外，另一方面還擴展到反映人的心性。左傳僖公二年（紀元
前658年）記述：「天奪之鑑，而益其疾也」（譯註：天把他的鏡子奪走，
使他不能自照，發現缺點而知警戒）。鏡子另一個涵義與西洋中古時代

90. 戰國後期楚河南信陽鹿角
伸長舌頭的彩漆怪獸，紀元前
2 世紀左右，高195公分，現藏
大陸。

91. 戰國後期楚木彫漆繪銅鑼
鼓架，紀元前 3 至 2 世紀，河
南信陽出土，高163公分。

92. 戰國後期湖南長沙楚帛人
物夔鳳畫，紀元前 4 世紀，
高37公分，1949年出土。

93. 戰國後期楚漆盤，紀元前
3 世紀。直徑35.4公分，美國
西雅圖藝術博物館。

94. 戰國後期，紀元前 3 世紀，
嵌銀紋銅壺。

95. 春秋前期河南上村嶺銅鏡
拓本，紀元前 7 世紀。直徑6.7
公分，河南上村嶺郭國墓葬出
土。

百科全書專家聖文生・波維 (St. Vincent of Beauvais) 所說的一樣「所有
知識都可以從鏡子上反映出來」。莊子天道篇記述：「聖人之心靜乎，
天地之監也，萬物之鏡也」。（譯註：聖人的心神寂靜，可以鑑造天地的
精緻，明察萬物的奧妙）鏡子能捕捉陽光亦能反射陽光，在墳墓中能
照亮永恒的黑暗，亦能驅除惡魔。

　　商朝時安陽已開始製造青銅鏡，東周早期的墓中曾發現過粗糙的
青銅鏡（圖95）。戰國時期製造銅鏡的手藝進展迅速，創造出許多新的形
式。這裡我們只能略舉幾個例子，譬如洛陽的青銅鏡上有龍形怪物
（圖96）圍繞著中央鏡鈕，鏡鈕上掛著流蘇，龍四周以細線幾何圖案填地。
這種旋轉的龍紋與漆器上的繪畫關係密切，至於幾何型地紋，可能是臨
摹織品上的飾紋。楚國地區出土之銅鏡，有許多採用朝中心旋轉的細膩

96. 戰國後期洛陽青銅鏡，紀
元前 3 世紀，直徑16公分，美
國波斯頓博物館。

97. 戰國後期壽縣青銅鏡，紀
元前 3 世紀。直徑15.3公分，英
國牛津亞須摩連 Ashmolean
博物館。

蛇紋或山型紋（圖97）。地紋方面有精細如豆點之紋飾。戰國時代青銅器上創新的設計後來爲西漢工匠所繼承，並加以進一步的發展。

玉器

戰國時期的玉器構圖大膽，能夠從一個簡單的器物身上彫出極其精巧複雜的細部，譜出充滿生命感的韻律，可以說是中國手工藝匠一項偉大的成就。玉器在戰國時期不再是用來祭天、祭地或喪葬時使用，而是作爲活人欣賞的器物。像璧或琮這類禮器，到了戰國時期已失去它們原來的象徵意義，而變成純裝飾品。另外玉器也被用來作爲髮針、珮飾物、帶鉤及刀劍上的配件，主要由於玉器有它本身的特質，在日常用具上尤其能顯露出來。到目前爲止，玉器很少經過考古科學的發掘整理。由於中國人非常喜好仿製古物，因此從純風格的基本觀點來研究玉器是非常不可靠的。唯1953年四川成都郊外羊子山所發現的玉器，却能讓人深信戰國時代玉彫的技術已到達爐火純青的境界。當時的彫工非常審慎的選擇色澤鮮明，質地溫潤的玉石，經過他們精密的彫琢，玉器表面光潔完美。英國大英博物館收藏一件戰國時代的四連環玉鍊（圖98），整條玉鍊是由一塊只有九寸長的玉石彫成，玉工的雕琢本領令人贊嘆不已。很顯然的，當時玉工已知道使用鐵鑽與圓盤。戰國時代的璧很少光素無紋飾，通常表面有一排渦紋，或凹入或凸出成穀紋，有時外圍以幾何紋圍繞著。至於平的玉片，常琢成龍、虎、鳥、魚之輪廓線，表面亦經過一番細膩的處理。下面我們要介紹一件設計極爲精美的中國古玉，就是現藏於美國堪薩斯市著名的兩個同心玉瑗，玉的外廓登上兩條龍，另一條龍攀於內廓（圖99）。

當我們研究金村嵌銀的青銅器、壽州的鏡子、長沙漂亮的漆器、玉器及其它器物時，我們不得不承認紀元前500－220年是中國藝術史上一個輝煌的時期。就在這個時期，中國古代象徵性動物如饕餮等已變得家畜化，經過工匠們的修飾成爲裝飾藝術的紋飾，亦爲後代取之不盡的圖案寶庫。

98. 戰國時期四連環玉鍊，紀元前 4 至 3 世紀。由一塊玉石彫成。長21.5公分，倫敦大英博物館。

99. 戰國晚期虺(huan)龍飾紋同心玉瑗，紀元前 3 世紀，外圈直徑16.5公分，美國堪薩斯市。

61

5

秦 漢 藝 術

100.西漢加彩婦人立俑，紀元前 2 世紀，高57公分，東京博物館。

紀元前 221 年，秦國強大的軍隊鎮壓古代封建殘餘，整個中國在秦王政嚴厲的統治下開始統一。秦王政在咸陽設立首都,自定尊號爲「始皇帝」,任法家李斯爲丞相，重新建設新的國家。秦始皇一方面加強北方邊境的防衛力量以抵抗匈奴，另一方面動用一百萬人將趙與燕興建的長城銜接起來，長達1400哩。此時秦國的版圖大規模的擴張，南中國與越南東京第一次歸屬於中國。古代封建貴族的特權被剝奪了，他們被迫流放到陝西。另一方面秦始皇推行統一文字、度量衡、車軸的長度（規定車廣六尺，對於中國北部驛路寬度的統一至爲重要）等制度。官制方面秦始皇實施中央集權的君主專政，另設御史大夫以監察百官。他極力要毀壞過去周朝輝煌的政績，燒除民間所有古籍，如發現任何人閱讀或討論詩經與書經，皆處以死刑。許多儒生因私詆始皇的不德而喪失了生命。雖然這種殘酷苛刻的政策使知識份子無法忍受，然而從另一方面來看，秦朝的政權却能統一散亂的部落與零星的小國家，形成中國政治與文化大一統的局面。後來漢朝繼續維持這個局面，並進一步加以鞏固。到現在，中國人回顧秦漢時期還引以爲榮可以說從這段歷史開始，中國人自稱爲漢人。

由於秦始皇好大喜功的天性，他在咸陽建造中國有史以來最大的宮殿。另外還有一系列宮殿造於河旁，主要模仿一些被秦始皇征服的國家的宮殿。宮殿中規模最大的就是阿房宮，直到秦始皇去世時阿房宮還沒有完成。像中國歷史上其它大宮殿一樣，阿房宮在秦國滅亡之前由於一場大火而全部燒毀。秦始皇一直怕人謀害他，因此在許多宮殿之間的道路兩旁修築高牆， 以防他人暗算。對於自然死他也感到懼怕，他非常相信道士，希望他們能爲他求得不死之藥。據說秦始皇曾派遣一羣貴族子女渡海前往蓬萊仙島尋求仙藥，傳說蓬萊仙島在人們靠

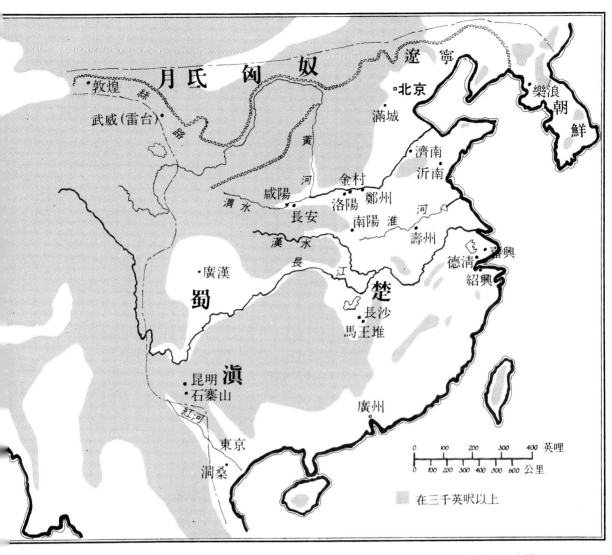

近時會自動遠離，當然這一批人再也沒有回來。後來人推測他們可能
日本海岸登陸。

　　秦始皇死於紀元前 210 年，始皇少子胡亥繼位，他在位期間相當
短，國勢大亂，紀元前 207 年爲趙高所弒。項羽與劉邦爲反秦軍的後
期領袖，聲勢頗大（劉邦早期過著亡命的山澤生涯），後來項羽自立爲
西楚霸王，劉邦自封爲漢王。四年中楚、漢兩國相持不下，紀元前202
年項羽被困於垓下，形勢已明朗化，最後項羽投江自盡。劉邦稱帝，
國號漢，初都洛陽，旋遷長安，開始了中國歷史上數一數二長時期統
治的朝代。

　　秦朝的專制政治令百姓深感厭惡，漢高祖有鑒於此，對封建制度
抱著有限度的承認態度，內政上則實施「老莊之治」。漢朝開始時相當

101.西漢金銀錯銅車飾,長26.5公分,徑3.6公分,西漢紀元前110－90年,1965年,河北定縣122號墓出土,河北博物館。

混亂,直到漢文帝即位(紀元前179－157年)才逐漸統一。漢文帝一方面恢復周朝上軌道的朝廷生活,以維持國家的尊嚴,另一方面復興古典學術。漢朝初年的皇帝,對於匈奴採取或戰或和的政策。匈奴乘秦朝滅亡之際,將他最大的敵人月氏驅逐到西邊中亞細亞的沙漠中去,同時開始侵犯中國北部。直到紀元前138年,漢武帝(紀元前140－87)才派遣張騫通使西域,希望能連合大月氏,兩國夾擊匈奴,然而月氏對於這種同盟政策並不感興趣。張騫在西域一住十二年,在那裡他發現中國的絹與竹,據說最早是從印度傳入西域。張騫回長安後寫了一份他在西域的見聞報告,就像馬可波羅(Marco Polo)與達伽馬(Vasco da Gama)所寫的遊記一樣,這份見聞報告使中國人的注意力開始轉向西方。後來又幾度派遣遠征隊,深入費爾干納(Ferghana)地區,除了為皇帝帶回汗血馬外,亦開闢了一條貿易路線,經由此線中國的絲、漆器遠傳到羅馬、埃及、大夏(Bactria)。當時到過西域的人回來述說該地區山脈高聳入雲霄,山頂白雪皚皚,兇猛的遊牧民族分佈在山岳地帶,以狩獵為生。天邊之外有崑崙山(地球之中心點),山中住著西王母,相對的東邊有浮於海上的蓬萊山,山上住著東王公。

漢朝立國以來兩百年,上至皇帝下至百姓都深信這類幻想神話傳說,古典的文獻如淮南子、山海經等都有記載。這種文獻對於漢朝藝術中許多神怪主題的解釋,提供相當重要的資料(圖103)。漢朝時由於全國的統一,各種宗教信仰與傳說皆集中於長安,同時還流入各地來的巫師、方士、命相家等。另外還有許多道士在山林中尋找靈芝,因為當時人相信靈芝以正確方法採集與處理,食用後能延年益壽,甚至於長生不老。此時朝廷裡恢復許多儒教的禮節,學者與百家也開始重新整理古典文獻。漢武帝在私人生活方面雖然偏向道家思想,然而對外提倡儒術,並任用一批愛好儒術的大臣。

漢朝文化由許多不同的因素形成:像本地或外來的因素、儒教與道教的因素,朝廷與民間的因素等等,使得漢代藝術充滿生氣,產生許多不同的風格與藝術主題。

武帝去世時國勢到達中國歷史上最高峯。北方草原上的遊牧民族皆畏懼其軍力,中國在越南、滿州、朝鮮及中亞細亞皆設有郡縣。武帝卒,子昭帝立,昭帝非常懦弱,朝臣相互私鬥,圖謀不軌,宦官成為政治上新的勢力。西元9年,王莽篡奪政權,改國號為新。他提倡全新的改革運動,如果當初他能找到適當的行政人才,可能對於中國社會與經濟制度會產生一種革命。然而王莽的改制執行失當,豪強地主商賈強烈的反對,改革徹底失敗。王莽死於商人杜吳之手,「新」帝

102.秦俑(執矛步兵),1977年陝西臨潼秦陵1號坑出土,紀元前210年,高167公分,陝西秦俑博物館。

103.漢朝山林狩獵圖，金銀錯青銅馬具，紀元前1世紀，日本東京細川 Hosokawa 收藏。

國亡（西元25年）。漢王室再興，遷都洛陽，是爲東漢。漢朝勢力重新穩固，西面到達中亞細亞，南面到達安南、東京，東面與日本首次接觸。一世紀末葉，東漢的聲譽遠播，遠處的大月氏（當時在印度西北與阿富汗地區建立貴霜王朝 Kushan）也派遣使節到長安朝貢。

貴霜王朝將印度的文化與宗教傳到中亞地區，在這個地區印度、波斯及地方性羅馬文化與藝術全部融合在一起。這種融合性文化經過塔里木盆地（Tarim basin）南北兩條路線東傳入中國。關於佛教，中國人可能在西漢時已聽說過，當時傳說中的崑崙山可能就是佛教中的須彌山（Sumeru）（或印度的卡拉斯山 Kailas，宇宙的中心）。東漢時佛教開始正式傳入中國。據說漢明帝在西元67年的一個夜晚夢見一位金人（可能是佛像）在西方出現，後來他派了一位特使去迎接金人。這個傳說顯然是後代人杜撰的，然而根據記載，西元65年，楚國王子劉英曾經設宴款待多位印度僧侶及他的同道。這項記載顯示當時中國中部有一個佛教教團存在。在張衡的西京賦中曾提到過佛教的資料。關於佛教最早的遺跡，有些學者認爲東漢晚期已經存在了，像青銅鏡上的一些造型、四川嘉定的粗糙石刻浮彫(圖105)以及最近在江蘇北部發現的連雲港石刻等，這些都被人認爲是佛教流傳到中國的遺跡。

漢朝滅亡時局勢相當混亂，除了佛教之外還有許多其它的宗教。由於朝廷方面崇信儒家思想，因此儒家教育日益發達，儒家政治勢力

104.秦俑（軍車車夫），1977年秦陵2號坑13溝道出土，紀元前210年，高172公分，陝西秦，俑博物館。

105.漢朝晚期四川嘉定佛坐像
紀元２世紀（約紀元159年)浮
彫拓本。

106.東漢陶屋，高129公分，美
國堪薩斯博物館。

日益膨脹。東漢時，設太學於京師（西漢武帝於紀元前136年最早設立太學)，對太學中的弟子員們授以經術，期限爲一年。畢業後，能通一經以上者即授以官職，等第高的可充任郎官。這種文官制度在中國維持了二千年長久的歷史。文官對於皇帝必須堅貞不移，遵從學術思想與嚴謹的保守觀念，以承襲自古以來的道統。這種思想與制度是中國社會與政治生活中一個有領導性的原則。然而這種思想並沒有啓發人們的想像力，直到宋朝，中國的儒學由於受到佛教形而上思想的影響，才引發畫家與詩人高度的靈感。

西漢以來設有黃門省，對皇帝能貢獻特殊才藝者即封以黃門侍郎等官，這是根據周朝理想的制度所設立。其中階層最高的稱爲「待詔」，亦即在皇帝左右待命的官。他們包括畫工、儒家、占星術家、雜技師、角力者、吞火者等，這些藝人隨時可能被皇帝召去表演。藝術家中職位最低的是那些裝飾朝廷家具及日用品的匠人，他們被稱爲畫工。事實上這種機構並不只限於朝廷，每個機關團體也都設立他們自己的「工官」，專門負責製造與裝飾禮器、服飾、武器及漆器（楚與蜀以製造漆器著名)，後來這種制度逐漸鬆懈。東漢時由於士大夫階級的興起，儒教在朝廷的勢力開始衰微，相反的老莊的個人主義思想開始抬頭。如此一來黃門下一大羣無名專業藝人的活動減少，漸漸失去其重要性。漢朝末年時，貴族知識階級與文盲技工之間的距離愈來愈大，這種現象對於後來的中國藝術影響很大。

關於當時長安與洛陽的盛況，在張衡及司馬相如的「賦」中描寫得相當詳細。雖然他們的描寫有時過份誇大，然而從某些事實可以猜想漢朝的宮廷與京城內宮府的壯觀情景。譬如長安未央宮的前殿有400呎長，比起明朝北京太和殿要長得多。漢武帝在長安西郊建造一座專門行樂的宮殿，此宮殿與未央宮之間有一道兩層樓的迴廊銜接，長達10哩。宮殿建於洛陽城中央，後面有御花園，花園中有人造假山與湖水，佈置成人間仙境的樣子，皇帝遊歷其間如置身於道家的幻境中。洛陽郊外亦興建御花園，規模更大，裡面飼養各種不同的珍禽異獸，這些動物都是國內四面八方送來的貢品。皇帝常會帶領一批人進行大狩獵（實際上是大屠殺)，待狩獵完後即舉行盛大的宴會與餘興節目。「賦」中詳細描述這種大規模的宴會，其間常有類似達文西 (Da Vinci)設計的層層機關佈景出現在表演中。譬如蓬萊與崑崙山上野獸打鬪的情景，野獸忽然出現於煙火中，此時躲在迴廊上的人從上面丟下大石頭以模仿雷擊的聲音。皇帝在山野中打獵的景象與獵後豪華放浪的饗宴亦是漢朝藝術中常描寫的主題。

建築

　　漢朝宮殿入口兩側建有瞭望用的「闕」(圖108)，宮內亦有高樓或高台建築，可作爲登高望遠、倉庫儲藏或享樂的場所。西元185年，洛陽著名的「雲台」被燒爲灰燼，雲台中收藏的大批繪畫、書籍檔案、藝術品以及台內武帝的32位名匠肖像壁畫全部付之一炬。這是第一個有文獻記載的史實，就是花一個朝代所收集的藝術品，在短短幾小時內全部被燒爲灰燼，這種災難在中國歷史上層出不窮。漢朝時不管宮殿、大邸宅或宗廟，都是木造，非常平實。瓦蓋的屋頂利用簡單的斗拱將整個重量放在木製的柱子上。木構的外表都畫上色彩鮮麗的圖案，屋內牆上像「雲台」一樣，常以壁畫裝飾。

　　楚辭招魂篇中將這類大邸宅描寫的栩栩如生。招魂是西漢一位軼名詩人對病中皇帝的遊魂所說的話。皇帝由於病重，他的靈魂離開身軀到天邊遊蕩，詩人試圖要招回他的靈魂，以宮廷中許多美景來引誘他，希望他早日歸來：

107.新漢禮制建築重建圖，陝西西安近郊，王莽時代（紀元9年）。

魂兮歸來	反故居些	砥室翠翹	挂曲瓊些
天地四方	多賊姦些	翡翠珠被	爛齊光些
像設君室	靜閒安些	蒻阿拂壁	羅幬張些
高堂邃宇	檻層軒些	纂組綺縞	結琦璜些
層台累榭	臨高山些	室中之觀	多珍怪些
網戶朱綴	刻方連些	蘭膏明燭	華容備些
冬有突廈	夏室寒些	二八待宿	射遞代些
川谷徑復	流潺湲些	九侯淑女	多迅衆些
光風轉蕙	氾崇蘭些	…………	…………
經堂入奧	朱塵筵些	魂兮歸來^(註一)	

　　傅錫壬註釋：魂魄啊！回來吧！回到您的舊宇，天地四方，充滿了害人的魔鬼。您的遺像已安置在居室，旣淸靜、寬敞而又安適。高高的殿堂，深深的屋宇，又有一層層高的欄杆，重疊的台觀，累次的水榭，面臨著高大的山嶽。羅網狀的窗戶，用丹朱爲飾，鏤刻著方與方相連的圖案。冬天有複室大廈，夏天的房室則又寒凉，小溪流過了園庭，激起淸脆的聲響。蕙草在微風中閃爍著露光，亦

108.漢朝四川石闕拓本，紀元2世紀，高41公分，現藏大陸。

　　(註一)霍克斯(*Hawkes*)英譯楚辭─南方之歌(1959，牛津)第105─107頁，他認爲楚辭寫於紀元前208年或207年。

109. 東漢加彩說唱俑，紀元前1世紀，高50公分，1982四川省新都漢崖墓出土。

110. 秦朝陝西臨潼秦始皇墓所發現真人大之騎兵與軍馬，騎兵高180公分；馬高163公分，長211公分，1977年秦陵二號坑12號溝出土。約紀元前210年，陝西臨潼秦俑博物館。

搖曳著叢叢的蘭蘭。經過門堂，步入內室，頭上是朱紅色的天花板，磨石子的內壁，用翡翠的羽毛加以裝飾，還掛著一列列玉鉤以承衣裳。翡翠珠璣飾的衾被，發出燦爛的光輝。葝蓆的壁衣，迫附在牆角的曲隅，羅帳業以張起，五色的縷帶，鮮麗的細繪，還結繫上玲璜美玉。

室中陳設的觀賞，盡是珍奇怪物，以蘭香熬煉的膏油，作成了明燭，美人也已齊備，十六位美女陪侍宴宿，厭倦了就能隨時更替，九服之侯的貞善女子，眾多而服侍迅疾。………魂魄啊！回來吧！

我們從漢朝墳墓石室與祠堂中的浮彫、線彫拓片上可以獲得許多關於漢朝建築的知識。這些畫像石的透視學相當簡陋，通常是兩層的門樓，兩側設有塔，宮樓上常以一隻徘徊的鳳凰裝飾(圖108)，鳳凰是南方與平安的象徵。山東武梁祠的畫像石上有一棟兩層的樓房，樓下廚房中許多人正為著準備饗宴而忙碌，主人在樓上招呼貴賓。除了這棟樓房外，旁邊還有許多簡陋的居民，像農舍、穀倉、豬欄及看守人的茅屋等。墓中留下許多陶製的明器。

在中國歷史上，沒有一個朝代像漢代花費如此多的錢財在墳墓與墓葬品上。現在地面下還保存著許多漢墓，幾乎每天都有新的發掘。漢墓不但裡面的墓葬品非常精美，而且隨著地區的不同，漢墓的結構

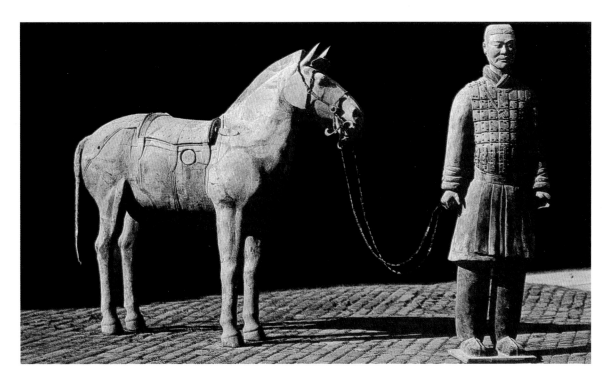

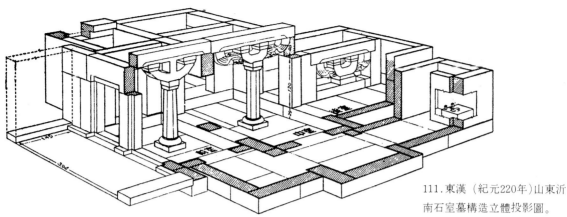

111.東漢（紀元220年）山東沂南石室墓構造立體投影圖。

也不相同。從漢墓的結構我們可以了解漢代建築的形式，當然漢墓並不能代表漢代建築，因爲當時的建築爲木構。漢代較爲創新的建築是用磚頭與石材搭建的圓頂與拱頂，但這種建築是用在墓穴方面，希望能永久保存。漢朝在朝鮮與滿州地方殖民地的墳墓皆爲方型或長方型，石槨室內的天花板是利用石條架於石柱上，或用磚頭砌成蜂窩型之拱頂。山東的漢墓也是用石頭建造而成，但都埋於地下，墓的前面有石構祠堂(石室墓)，專爲放置供物用。山東墓室相當複雜，圖111是山東沂南漢墓的透視圖。河南南部南陽地區的漢墓皆以磚砌成栱頂，非常狹長；兩側利用浮彫石片拚合起來。另有些漢墓的牆壁以石灰製成，表面裝飾著壁畫。四川漢墓大部分以磚頭砌成桶形拱頂，室內一側常印刻著極生動的浮彫圖樣。四川嘉定的漢墓是從山岩中挖入很深的坑道，坑道羣集，有一前室，依木構建築而造。中國中部楚民族的墓(楚國文化在漢代曾經歷過復興的階段)通常挖得很深，埋葬好幾層的棺槨或長方形墓室，以磚砌成栱頂。

　雖然這些墳墓非常複雜，但比起秦、漢皇帝的墓來，眞是小巫見大巫。秦、漢帝王墓是以人工製成小山，山中有石頭所作的走道與栱頂。小山前面闢一條寬濶的神道，沿著神道兩旁放置大型石造守護神像。陵墓裡面設有暗器密道防衛，過去的人都相信所有漢皇帝的墓皆被盜空。然而從漢武帝之兄中山靖王劉勝與其妻竇綰的墳墓來看，我們不得不相信在中國北方一定還有許多漢皇墓流傳下來，就像埃及圖騰哈門 (Tutankhamen) 隱藏的墓一樣，等待人們去發掘。劉勝與竇綰的墓都是深挖入絕壁內，兩人都穿著金鏤玉衣(第三章中曾詳細敍述)。

112.西漢加彩侍女，1966年陝西西安東郊任家坡漢陵出土，約紀元前160年。

113.西漢加彩騎兵，1965年陝西咸楊陽家灣出土，約紀元前175－145年。

彫刻與裝飾藝術

　中國藝術中，直到秦漢時期我們才發現巨型石彫。在世界古代文

114.西漢加彩持盾士兵，1965
年陝西省咸陽楊家灣出土，紀
元前175年， 高49.2公分，重
3.5公斤。

115.西漢陝西咸陽興平縣霍去
病墓前石馬，紀元前117年，高
188公分。

明史中，中國製造這類大型石彫的時代較晚，因此有人猜測它們受到
西亞文化的影響。陝西咸陽附近有一座小土丘，一般人相信是霍去病
（紀元前117年去世）的墓，霍去病以遠征匈奴而揚名。墓前有一匹如
眞馬大的石馬，非常端莊的站立著（圖115）。它的脚下有一個野蠻的兵士
正拿著弓箭要射殺它，然而這匹馬却一副毫不畏懼的樣子。這件石彫
的外型塑造得非常笨重，具有立體感，唯表面所刻的線條非常淺，像
是兩塊淺浮彫併合起來，不像三度空間的立體彫刻。從技術的觀點來
看，這種笨重的外型與表面粗糙的處理，很像伊朗塔基路斯坦 *(Taq-i
Bustan)* 地區沙珊 *(Sasani)* 時代的岩石浮彫，而不像中國早期的藝術作品。
許多作家撰文指出，以此石彫來紀念一位遠征匈奴的中國將軍是非常
恰當的，因爲霍去病就是利用敵人的馬匹來裝備中國的大將，以計攻
計而征服了敵人，因此用馬匹來紀念他最適當不過的。

　　顯然當時中國彫刻家尚無法掌握完全巨型立體彫刻的要領，他們
並不善長於石彫，陶塑才是他們的專長。當時的人像與野獸像都是應
用消蠟法燒製成青銅像。圖118是一隻1963年陝西興平豆馬村出土的青
銅犀牛，身上的線條花紋非常複雜，兩個玻璃作的眼睛現在只留下一
個。儘管犀牛身上原來所嵌的全銀線都已剝落，但仍舊是一件非常精

彩的作品。我們看到秦朝或漢初的工匠們，很成功地將活潑的寫實主義與表面裝飾融合在一起，這種特殊的技能在漢墓的陶俑上發揮得淋漓盡致，後面我們會詳細的談到這種發展。1975年，在秦始皇墳墓東邊發現一個大車馬坑，最初以為是地下搭的棚架，待進一步挖掘時，發現裡面藏有6000個與實物一樣大小的陶俑與陶馬。據一般猜測，秦始皇陵墓四周必定還有其它類似的坑道。出土的陶俑都是個別塑造而成，腿部為實心，身體中空，頭與手臂是利用模子壓製成型，插入軀體，然後在表面敷上一層像皮膚一樣細緻的黏土。身上的穿戴配件有的是用土塑造後黏貼上去，有的是用工具彫刻而成。不管是文官或穿著盔甲的兵士都配戴著發光的青銅刀，完工後身體表面再加一層彩繪，有的陶俑還刻上藝匠或工頭的印章（圖110,104,102）。這種大規模的發現，在數量與尺寸上都是史無前例。在陶俑之前可能有稻草作的俑，因為孔子曾說過要以這種俑來替代活人殉葬。1980年在秦陵西方的小墓坑中發現銅車、銅馬及銅馬車夫（約為真人三分之一大）。這些青銅還嵌著金銀線，秦陵的發現可說是史無前例，亦是考古發掘上的一大收穫（彩圖9）。

陶塑是鑄銅的第一步。漢朝藝術中最引人注目的器物就是墓中的青銅人像及野獸像，其中以劉勝之妻竇綰墓中跪著的侍女（圖119）最為精美。她的手中拿著一盞長信燈，袖子與手臂作為排煙道。1969年，在

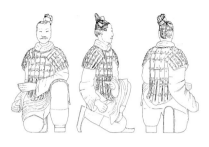

116. 秦弩弓手俑，高116公分，紀元前210年，1977年陝西臨潼秦陵2號坑出土。

117. 秦朝陝西臨潼秦始皇兵馬坑，約紀元前210年。考古現場，陝西臨潼秦俑博物館。

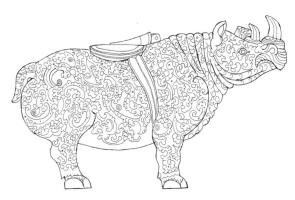

118. 約紀元前 3 世紀陝西興平
豆馬村西漢墓金銀錯雲紋犀尊。
1963年出土，長57.8公分，高
34公分，重13.3公斤，現藏大
陸。

119. 西漢河北滿城中山靖王劉
勝及其妻竇綰墓內錯金長信燈
(約紀元前113年)。高48公分，
大陸 河北省博物館。

甘肅武威東漢墓中發現一匹青銅飛馬(圖121)，彫塑家適時地捕捉住這匹馬飛跑最優美的姿態，馬的後蹄輕點在一隻飛燕的背上，腳下的燕子正要張翅往前飛翔。這座飛馬彫像充分表現出當時中國人如何應用豐富的想像力來表現一匹馬奔跑的神態。石頭浮彫的技術可能傳自西亞，到東漢時，技工們已能駕輕就熟的應用。石頭浮彫在中國每個地區都可以看到，其中以四川渠縣沈氏墓前一對墓闕上的彫刻最爲著名(圖122)，沈氏是漢朝的一位官吏。闕上的石柱採用木構造型，兩根主樑的末端夾著一隻怪獸，四個角有大力士(可能代表當時野蠻的俘虜)抬著上面的大樑。它們的臉上立著塑造精美的鹿與騎士。石闕上唯一的平浮彫象徵方位，如東邊的青龍、西邊的白虎、南邊的朱雀以及北邊的玄武(蛇與龜)。

　　漢朝的浮彫不能算是真正的彫刻，多半是石板上的平面浮彫或利

120. 東漢青銅馬車俑，甘肅武威雷台張氏墓出土，紀元186年。

121. 東漢甘肅武威雷台張氏夫婦墓中的青銅「飛馬踏燕」，紀元186－219年。長45公分，現藏大陸。

122.東漢四川渠縣沈府君墓之石闕，紀元122-125年。高410公分，寬76公分。

123.東漢山東嘉祥武梁祠石刻浮彫，紀元147年。描寫后羿射日、扶桑樹及廳堂。

用鑿子將浮彫背景打成不同的表面，稱爲「畫像石」。這種石板彫刻仍引用漢朝壁畫的構圖與主題，它們不但是當時漢朝日常生活的寫照，同時能表現出許多地方性的風格。譬如山東的畫像石在優雅中透露幾分威嚴，河南南陽的畫像石極其富麗堂皇，四川畫像石的外貌粗獷等等。漢朝以後，地方性的風格逐漸消除，中國文化出現整體劃一的現象。

漢墓前面祠堂的石室中常以石板浮彫作爲裝飾，其中最著名的是山東肥城縣孝堂山的祠堂及山東西南部嘉祥縣武梁祠的四個祠堂（現已遭破壞，圖123拓片），從銘文上可以知道它們作於西元145～168年間。這些作品顯示出漢朝藝術混合各種思想的本質，譬如儒學的思想、歷史事跡(眞實或傳說故事)、道教的神話及民間傳說等全融合在一起。祠堂東西兩面山形牆上有東王公與西王母的圖像，下面則敍述孔子與老子相遇的故事或古代帝王、孝子、列女的圖像。這些石彫故事中最受歡迎的是荊軻刺秦王以及秦王試圖從泗水中撈起夏鼎的故事。石板浮彫中間空白部分常裝飾饗宴的景象。圖123是石彫的一部分，左邊爲后羿射九日的故事，后羿用箭射扶桑樹的九個太陽（太陽以烏鴉爲代表，根據傳說，這九個太陽因爲太熱太亮而將整個大地都燒焦了）。右邊描述參加宴會的客人正對著主人行禮，樓上坐滿了許多正在享受盛宴的客人。另外在浮彫上還有一羣搖搖擺擺的官員穿著臃腫的長袍，一些中亞來的小型寬胸馬匹，非常輕巧的行走著。它們的頭頂上佈滿旋轉的捲雲、不同形態的神怪以及長翅膀的怪獸，非常熱鬧的到這裡來弔祭死者。在這種天人合一奇異的環境下，死者的靈魂很容易從人世間飛向鬼魂世界。

繪畫

　　這種畫像石的風格與主題，顯然是模仿當時宮殿與大廳上所畫的一系列壁畫。漢朝壁畫到現在幾乎全遭破壞。離武梁祠幾公里不遠處有漢武帝之弟所造的靈光殿，殿中的壁畫在當時非常著名。王延壽曾寫一首詩讚美殿中牆上的壁畫，這首詩作於武梁祠建造(145年)的前二、三年：

> 神仙岳岳於棟間……圖畫天地，品類羣生，雜物奇怪，
> 山神海靈。寫載其狀，託之丹青，千變萬化，事各繆形，
> 隨色象類，曲得其情。

> 譯註：神仙的形象隱約的在牆上飄動……在這道牆上天地全部用繪畫表現出來，所有存在於地面上的東西，各種不同類別的野外生物都可以看到。此外還有海中或山中奇異的神仙，畫家根據他們千變萬化的外型，用紅、藍五彩繽紛的顏色表現出來，畫家忠實的描繪生命神奇的各種形象，並根據不同的種類而施色。(註二)

124.漢朝四川渠縣沈府君墓之石闕鳳鳥，紀元125年。

　　這些繪畫現在只能留在人們的幻想中，因為有畫壁畫的漢朝建築現都已遭破壞。唯一可喜的是最近陸續出土的漢墓中發現許多壁畫。這些壁畫一般都採用活潑寫實的方式來描寫田莊的日常生活，很像英國在羅馬帝國的統治下，自給自足的田莊生活一樣。可惜漢朝的壁畫很難複製，到目前為止所出版的照片都不太精美。四川廣漢地區墳墓中的畫像磚也有這類寫實的描寫，其中有一塊陶磚是描寫當時的鹽礦。上端以竹頭製成運鹽水的長管，經過幾座小山後送到蒸發的鍋中，四川到現在還使用同樣的方法來煉鹽。另外還有一塊畫像磚，畫面中間以水平線將上下隔開，下部描寫農民在稻田中割稻的情形，左邊那個人為農人帶來午餐(圖125)。上部有兩個獵人跪在湖岸邊，他們用繫著長線的箭去射殺飛起的野鴨。這條河岸繞過獵人身後消失於遠霧中，獵人身後矗立著兩棵禿樹。水中有荷花及游魚，至於鴨子早已逃遠了。這種景象的描寫提示我們，東漢時期的四川工人已懂得如何去處理繪畫中深遠的問題。另外一種解決的辦法就是根本不描寫風景。遼陽有一幅壁畫(圖126)描寫一羣騎著馬匹或馬車的人正趕路去參加葬禮，畫面上雖然沒有任何背景，然而觀眾好像從上瞰視，看到一羣人與馬匹正

(註二)華利(Waley)將這首詩翻成英文。參考華利著中國繪畫導論(倫敦1923)第30～31頁。

125.漢朝四川廣漢畫像磚「射鳥與收割圖」紀元2世紀，印陶磚浮彫，高42公分，現藏大陸。

在曠野中奔馳。這幅畫自右到左表現出平行奔跑的流動性，同時暗示著一個比這幅畫版面還要寬濶的空間；這兩者都是後來中國長卷繪畫形式的特色。事實上，在漢朝以前中國畫家已發明這種處理空間的方法。

風景畫在漢朝壁畫系列中僅居次要地位。壁畫多半用來裝飾漢朝宮殿或宗廟的牆壁，它們的主題總是離不開儒學。漢書霍光金日磾傳云：

> 日磾母誨兩子甚有法度，上聞而嘉之，病死，詔圖畫於甘泉宮，署曰休屠王閼氏，日磾每見畫常拜鄉之涕泣，然後逝去。

> 譯註：日磾的母親以非常高的水準來教育兩個兒子，漢武帝聽見這件事情備加讚揚。當日磾的母親生病將去世時，漢武帝勅令將這位婦女的像畫於甘泉宮的牆壁上……。日磾每次經過看到這幅肖像時總是駐足膜拜，離去時淚流滿面。

漢書郊紀志中也記載漢代皇帝對於道教的信仰，譬如漢武帝在甘泉宮中建造一座高塔，塔內牆壁有天、地、泰一、諸鬼神的畫像以及一些專為供奉天神的祭器。

現在美國波斯頓 Boston 藝術博物館所保存的一片漢代墓室山形牆，就是以趣味性的方式來描寫一些充滿人情味、富於教育性的故事(圖128)。一長排的人物皆畫於磚頭上，其中有一景是描寫野獸打鬥的情形，另外一景如西克門 (Sickman) 教授所說的是描寫紀元前九世紀一位德性高超─姜后的事蹟。姜后取下身上的珠寶，要求將她關入監牢裡以抗議

126.東漢車馬圖，遼寧遼陽墓中壁畫模本，描寫賓客赴喪宴，遼寧遼陽北園漢墓（摹本）。

127.東漢車騎圖，遼陽棒台子漢墓壁畫。

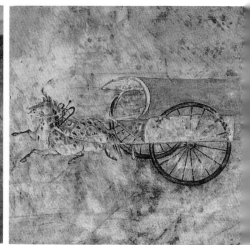

皇帝的荒淫無道。她這種犧牲行為使皇帝覺醒，最後能去邪歸正。磚上的人物以流暢的線條、敏銳的中鋒筆觸畫成。這些人都是站立著，他們的舉止優雅，男士們正嚴肅激動的在討論問題，女士們的儀態非常高雅，正以輕鬆的心情在一旁聆聽。有如此可愛的人物裝飾墓室，死者應該感到非常慶幸。

漆器

漆器方面，中國的藝工能使他們的主題充滿生命的躍動感，其中以四川漆器最為著名。就我們所知，蜀與廣漢兩地的漆器工廠產量相當多。漢朝桓寬在他的鹽鐵論(紀元一世紀)中曾提到當時的有錢人非常浪費，每年在漆器上花了將近五百萬兩錢。朝鮮平壤附近的樂浪墓中發現一批四川漆器(圖129)，其形狀包括碗、杯、箱盒等，分別製於紀元前85年至紀元後71年間。最著名的漆器應該是墓中所發現的一只彩繪籃(事實上是盒子)，這件器物沒有年款。

籃子上面有一個配合得很緊密的蓋子，下面有94位孝子、賢君、

128.東漢彩畫磚「人物交談圖」與「狩獵圖」，高19公分，河南洛陽出土，美國波斯頓博物館。

昏君及古聖賢的人物像。這些人全都坐在地板上，爲了避免單調感，彫工應用技巧與構想使某些人傾向左邊，另一批人傾向右邊，有的作手勢，有的則高談濶論。儘管擁擠在一個狹窄的場地裡，我們仍可看出每個人不同的個性。他們的神態很像剛才提到波斯頓博物舘收藏的畫像磚一樣，能充分表現人物的心理及彼此間的關係。另外在長沙水浸的馬王堆古墓中，發現許多精美的碗與茶盤(圖131)。這類漆器採用流暢的雲紋或渦形紋，大半是從戰國的漆器或嵌金的青銅飾紋發展而來。到了漢朝這種旋轉的花紋變成像火焰爆發般的丘陵小山，當圖案中有一隻飛翔的鳳凰時，火焰丘陵又變成了雲彩；當旋轉的花紋與虎、鹿、獵人搭配在一起時，火焰能變回小山。在日本細川 (Hosokawa) 所收藏漂亮的管狀青銅器上，這種花紋以垂直的線條來暗示青草或長在渦紋中的小樹。事實上漢朝藝工在圖案中並不想描寫眞正的山水風景，他們把流動的渦形紋變成所有自然事物共有的主要形態。如此一來，只要稍微改變一些配件，渦形紋即可變成火焰、雲彩、海浪或山丘，基本上是不會改變它本身的韻律感。因爲這些旋渦的造型，實際上就是隨著自然的韻律與藝術家手運轉的動作而畫成。

129.東漢北韓樂浪彩篋漆畫「孝子傳人物圖」，紀元1世紀末－2世紀初。篋高20.05公分，人物高5公分，韓國漢城國立博物館。

上面我所提到的漢朝繪畫藝術多半是地方性，相當粗糙，因此我們可以想像漢朝最好的畫是什麼面貌。漢朝繪畫多半畫在絹或麻布上，至於紙張，當時尚在初步發展時期。西安附近的西漢墓中發現一張麻布纖維製成的紙，用來包裝一面鏡子。西元105年，太監蔡倫主管宮廷上房時，終於研製出一種用植物纖維作成的精美紙張，他將這種紙

獻給皇帝。雖然紙發明了,然而當時並不用來繪畫,畫家仍以絲絹為繪畫材料。漢朝人物畫主要取材於四書中的史實或富於幻想的作品如淮南子、山海經等。至於山水,畫家常從「賦」中吸取靈感,裡面有許多描寫宮殿或皇帝狩獵的場所。

過去人都認為中國掛軸的型式是隨著佛教從印度傳入中國,因為根據記載,最早掛軸式的繪畫是唐朝敦煌的佛教幡幟。事實上,考古學家在漢朝軟侯夫人(軟侯被封於紀元前 193 年)與軟侯兒子墓中(長沙郊外馬王堆)發現兩幅帛畫(圖130,132),年代比我們所知道的掛軸早一千餘年。這足以證明掛軸不是來自印度,而是中國本地發明的。墓中的編目清單稱幡幟為「非幡」,它主要是用來捆紮屍體,形狀為T字形,長6呎,寬3呎(圖132)。帛畫中除了描寫天上、人間及陰間的景象外,還畫著死者的肖像與祭祀的情形。另外在漢墓中我們可以看到大幅掛軸,上面描寫宴會(圖132)、舞蹈、朝廷與家庭生活的景象、還有一張極正確、引人注目的地圖,上面標明軟侯所統治領土的疆域,包括現在湖南與廣東大部分地區。

青銅

周朝滅亡之後,傳統的祭祀禮儀被淡忘了。漢朝的青銅器多半為

130.西漢湖南長沙馬王堆一號墓帛畫細部, 約紀元前168年, (軟侯妻墓, 1972年出土)現藏大陸。 湖南博物館。

131.西漢湖南長沙馬王堆木製漆繪方壺,紀元前168年,高50.5公分, 大陸 湖南博物館。

132.西漢湖南長沙馬王堆一號
墓發現之飛幡線條測繪圖，高
25公分。約紀元前 168 年，19
72年軑侯妻利蒼夫人墓出土，
湖南博物館。

家族祭禮用，一般來說它們比商周銅器實用，裝飾風味也很濃。它們的造型非常簡單，最常見的器型是深碟子與酒壺，通體飾以金錯或銀錯花紋。另外一種器物「博山爐」與當時的祭祀習俗有關，是一種以仙山爲造型的香爐⒀圖133⒀。仙山上有野獸、獵人、樹木等浮彫，下面有東海的波浪。所有山峯的底背皆打著洞，煙可以從裡面冒出來，是仙山呼吸時湧出雲氣的象徵。根據中國傳統的信仰，所有山像其它自然中的東西一樣，都具有生命與呼吸的靈性。圖133是一個嵌著金線的博山爐，發現於西漢劉勝墓中（劉勝爲漢武帝之兄長，著金鏤玉衣葬於墓中）。

133.西漢河北滿城劉勝墓中之博山燻爐，紀元前113年，高26公分，大陸河北博物館。

滇文化

中國西南方鄰近的部族比北方、西北方的遊牧民族落後。近幾年來在雲南省南部石寨山發現晚周與漢初的青銅文化，它們與中原本地的青銅文化有很大的差異。考古學家連續發掘了幾十個墓，墓內有青銅兵器、禮器、金與玉之裝飾品等，其中最特殊的是青銅鼓與鼓形貯藏器(裡面裝滿了安貝売)。圖134是貯藏器的頂部，上面站滿了參加祭典的人像。祭禮用的銅鼓有的體積相當龐大，另外有一種成對的小鼓放在台上，上面搭著車篷。這種形態的鼓，現在在東南亞與蘇門答臘地區還可以看到。

134.紀元前2至1世紀，雲南石寨山青銅鼓形貝売容器，鼓上有殉人的景象，直徑34公分，現藏中國大陸。

81

135.西漢雙人盤舞透雕飾件，
高12公分，寬18.5公分，雲南
晉寧石寨山出土。

136.漢馬車配具與弩弓，金銀
錯，紀元1－2世紀。長分別
爲18.4、21.5、9.5公分，舊金
山亞洲藝術博物館。

137.漢馬車與弩弓配具復原圖。

從中文資料報告上我們知道這些是滇民族或非漢族統治者的墳墓，
這些民族在漢朝以前一直是獨立的民族。石寨山銅鼓上極爲寫實的塑
像可與漢朝中國墓俑相媲美，但石寨山的人物製造技術與裝飾較接近
中國西方少數民族的靑銅傳統，與越南北部進步的洞桑 *Dôngson* 文化略
有差距(圖135,139)。

在漢墓中可以發現大量的靑銅器物，包括馬具、馬車上的配件、
劍、小刀、日常器物、帶鉤等等。這些銅器都嵌著金、銀、綠松石或
五石(圖137)。弩弓的啓動手把上也有精巧的金銀錯紋飾，使得原本平庸
的工具也變成精美的藝術品。其中有些圖案受到黃河河套地區動物形
態的影響，而河套動物形態則受到北方草原文化的奇異圖案造型與寫
實主義的影響。

銅鏡

漢朝銅鏡繼承戰國時期河南洛陽與安徽壽州的傳統。壽州虺龍紋
在漢代變得相當複雜，給人一種擁擠的感覺。龍的身體以雙線或三線
畫成，地紋則採用交叉線。另外在壽州還發現渦卷地紋上有多角海扇
圖案，可能與天文學有關。最有趣的是刻著TLV字母的銅鏡(圖138)，它們
充滿象徵性的意義。紀元前二世紀這種飾紋已應用在靑銅鏡上，其中
製作得最精美的是紀元前一世紀至紀元後一世紀的作品。

典型ＴＬＶ鏡子的中間有一個凸出的乳丁，乳丁周圍有一方型的
框子，框子外圍繞著十二個小乳丁將ＴＬＶ分開來，ＴＬＶ三個字母
分散到周圍圓圈境內，外圈有動物圖案。事實上整面鏡子分成五個區
域，象徵五種宇宙元素,宇宙五行學說最早爲騶衍(約紀元前350—270
年間)所創，流行於漢朝。根據這種思想系統，太極生陰陽，陰陽生

138. 漢朝TLV紋星象青銅鏡，
紀元2世紀，美國斯普林費爾
Springfield，比德威爾 Bid-
well收藏。

五行，從五行中演變出一切事物。五行間的關係可以用下面的表格來
說明：

五行	作　用	顏色	方位	季節	象　　　　　　　　徵
水	水克火	黑	北	冬	黑色戰士，玄武(蛇與龜)
火	火克金	朱	南	夏	鳥，鳳凰
金	金克木	白	西	秋	虎
木	木克土	青	東	春	龍
土	土克水	黃	中央	／	中

　　ＴＬＶ鏡子中間的乳丁位於方形框中，是中原黃土的象徵。四個
方位、季節與顏色各以不同的象徵動物分佈於四方。有些鏡子上面有
銘文說明其設計的含義，譬如瑞典斯德哥爾摩遠東古物博物館收藏的
一面鏡子上刻有

139. 漢朝督工女坐像，鎏金銅
鑄，高47公分，雲南晉寧石寨
山20號墓出土。

　　　尚方作竟而毋傷，左龍右虎辟不詳，朱雀玄武順陰陽，

子孫備具居中央，長保二親樂富昌，壽敝金石如侯王，宜
牛羊。

譯註：宮內工房所製作皇帝的鏡子完美無缺。左邊青
龍，右邊白虎，可辟不祥。朱雀與玄武象徵陰陽兩種力量，
希望你的子孫滿堂，且居中央。希望你的雙親萬壽無疆，
你的壽命如金石，安享財富，最後成為皇帝或侯爵。(註三)

140.漢朝四川新津畫像石「仙
人玩六博圖」，紀元2世紀，
拓本。

ＴＬＶ最早是一種吉祥的象徵，宇宙符號的設計，包括天體與地
面上的象徵符號。地面上的許多象徵符號亦是漢朝流行「六博」遊戲中
的棋子。六博遊戲在漢代畫像石與畫像磚上，都有圖像的描寫(圖140)。
根據楊聯陞教授的解釋，這種遊戲主要是將對方圍起來，再逼到旁邊
曲折的小道中(可能就像銅鏡中Ｌ在外圈的地位)，如此一來就可以霸
佔了整個中心位置。也可能像卡門 (Cammann) 所說：「這種遊戲主要是
要建立一個軸心來控制宇宙。」根據漢朝的傳說，這種六博遊戲是當時
東王公或有野心的英雄們最喜歡的消遣，他們試圖利用技術來打敗神，
以獲得神的力量。從鏡子的設計來看，這種遊戲到了漢朝末年已不再
流行。因為到漢朝末年與三國時期，鏡背除了還保存方位的象徵符號
外，其它地區擠滿了立體人像，他們多半為傳奇人物或長生不老的仙
人(圖141)。紀元300年，銅鏡背上也有佛教主題出現。

141.東漢晚期青銅百乳神人紋
鏡，紀元3世紀，直徑23.7公
分，紹興類型，舊金山亞洲藝
術博物館。

玉器

戰國時期玉彫上進步的彫刻技術，到了漢朝時又有新的發展。當
時的玉匠善長於將一塊大玉石的中間部分淘空，形成奩盒或酒杯（稱

(註三)高本漢 (Karlgren) 所著早期中國銅鏡銘文 *Early Chinese Mirror Inscriptions*。*B.
M.F. .A. 6(1934)* 第49頁。一些仿古的製鏡商將「上房」兩字刻於鏡上，以提高其價
值，參閱王中書「漢代文化」（張光直譯）（1982年紐哈芬 *New Haven*）107頁。

為「羽觴」)(圖142,143)。羽觴是一種小的橢圓形酒杯，可當作酒器或食具用，兩側提耳像羽翼一樣揚起。羽觴在漢墓中由各種不同的材料製成，如陶器、銀器、漆器等，它們常常成對的放在盤子上。由於技術上的改進使得玉工在玉彫上變化無窮。他們開始彫三度空間的人像與動物，其中以英國維多利亞與亞伯特 (Victoria and Albert) 博物館收藏的玉馬最為著名(圖144)。漢朝的玉工不再丟棄有瑕疵的玉石，相反的利用它們的缺點(譬如棕色的斑點或沒有顏色的地方)，彫琢一條飛騰於白雲上的龍。玉在漢朝逐漸地失去其禮器的意義，變成學者與紳士們賞玩佩帶的器物。玉由於它美麗的色澤、質地以及傳統的歷史意義，能啟發人們深刻的思想與感性的樂趣。當時的文人品賞他們身上的佩玉、帶鉤、印章以及桌上的珍玩，他們相信玉在美學與道德方面能合而為一。這種看法不能用來解說圖145的金鏤玉衣，因為玉衣是專為漢皇族所作，花了很多人力與財力才完成。漢朝滅亡之後，一般人對於這種奢侈的葬禮產生很大的反感，到六朝時大部分的墳墓裝備都很簡單。

142.東周玉羽觴 (yu-shang)，紀元前 2 世紀，長13.2公分，華盛頓佛利爾博物館。

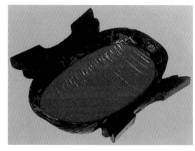

143.戰國羽觴酒杯，紀元前 4 世紀 華盛頓佛利爾博物館藏。

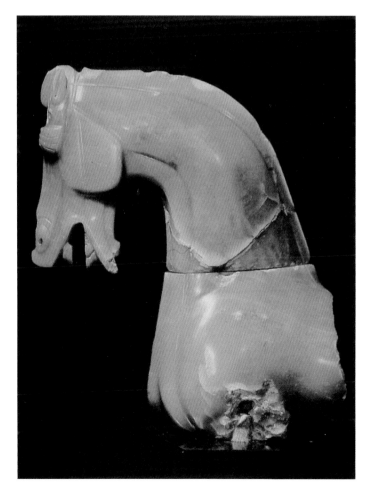

144.漢朝玉馬頭部與前身，高18.9公分，紀元 2－3 世紀。倫敦維多利亞與亞伯特博物館。

145.1968年西漢河北滿城劉勝
竇綰墓出土，金縷玉衣，2498
塊玉組合成，分成 5 個單元拼
合，紀元前113年。長188公分．
現藏大陸。

146.金縷玉衣玉枕解析圖。

織品

商周時期奢侈的風俗與生活習慣僅限於一小部分的貴族與少數地區。到了漢朝，分佈的地區較廣，所涉及的社會階層也很廣泛。此時中國的工藝品慢慢流到國外，像越南、西伯利亞、韓國及阿富汗等國都有出土。最近在西伯利亞南部發掘一座充滿中國風味的宮殿遺址，裡面有中國青銅馬具、錢幣、屋瓦與陶屋的模型。這種模型可能是當地中國陶工所作。中國考古學家猜測這座宮殿可能是為文姬的女兒而造。文姬於西元 195 年嫁給匈奴的酋長，後來被迫離開她忠實的丈夫及可愛的兒女，返回中國。

中國絲織品在漢朝時也流傳到一些有文化的國家。希臘文 Seres 的意思是有絲織品的民族，開始時可能不是指中國人。因為當時希臘與中國並沒有直接來往，可能是指西亞的民族與部落，他們以絲織品為珍貴的交易商品。西方與中國的貿易路線，直到張騫通西域，在中亞建立絲路之後才開始。這條馬車大道以甘肅玉門為起點，橫越中亞，經塔里木盆地南北兩路後在喀什噶爾（疏附）(Kashgar) 地方會合，然後一條往西經波斯到地中海，另一條往南到鍵陀羅 (Gandhara) 及印度。中國織品在俄國西南部克里米亞半島 (Crimea) 阿富汗、帕耳邁拉 (Palmyra)、埃及等地都發現過。至於羅馬帝國，當奧古斯都皇帝（

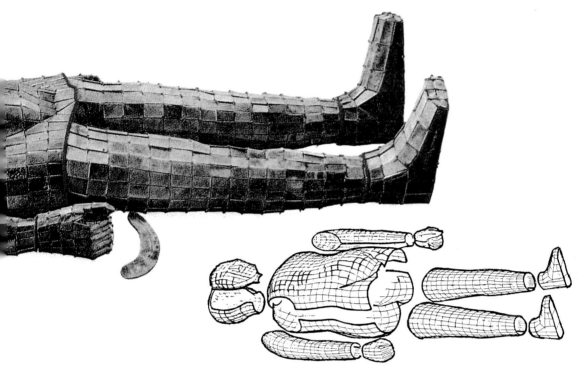

147.金縷玉衣分解圖。

Augustus) 在位期間，特別在維科斯·杜斯科斯 (Vicus Tuscus) 設立一個中國絲進口市場。根據傳說，黃帝的妃子最早種桑養蠶，她傳授紡絲與染織的方法給中國百姓。紡織業在中國是相當重要的工業，直到1911年辛亥革命之前，中國皇后每年在北京宮中都要舉行親蠶懿典。

在陝西西安東郊的半坡村，考古學家發現新石器時代中國織品最早的遺跡。商朝安陽的中國人正穿著裁製的絹或麻布衣服，詩經上也提過商朝人穿色彩豐富的絲織品。在長沙戰國時期的一個墳墓中，亦發現畫在絲帛上的繪畫；同時在中亞地區，尤其是西伯利亞南部浸於水中的諾安烏拉 (Noin-Ula) 墓中發現了早期中國絲織品。後者非常重要，1924－25年間由科斯洛夫 (Koslov) 率領的探險隊所發現（圖151）。二十世紀初期，英國探險家斯坦因 (Aurel Stein) 爵士在吐番 (Turfan) 與和闐 (Khotan) 發現埋於沙中的中國織品，最近中國考古學家開始在這些地區作進一步的探索。長沙馬王堆墓中也發現許多絲織品與絹織品，由於用途不同，織的方法也不同。一般可分為綾織法 (Moire)、大馬士革織法 (Damask)、薄紗 (Gauze)、墊綿 (Quilting)、綉花 (Embroidery) 等。圖案設計上大致可分為三類：㈠野獸打鬥的情景，類似河套青銅器上的圖案。㈡菱形花紋上有幾何主題，重覆地分佈在整個織品表面（圖150）。㈢連續不斷有節奏性的雲渦紋（金銀錯青銅器上已提過這種紋飾），在雲渦紋

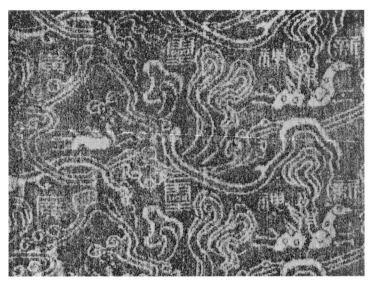

148.東漢新神靈廣五彩錦，公元1世紀，蘇聯列寧格特米達奇 Hermitage博物館。

149.東漢登高望四海五彩錦，新疆古樓蘭，印度新德里國立博物館。

150.西漢長沙馬王堆一號墓絹織物，紀元前168年，現藏大陸。

151.圖繪漢朝諾安烏拉帛畫，紀元1世紀，蘇聯赫米達奇博物館。Hermitage

中有騎馬人像、鹿、虎或其它神怪野獸(圖148)。圖151是諾安烏拉(Noin-Ula)織品的碎片，主要描寫道家的山水畫，圖中有巨型靈芝、怪石，石上立著鳳凰與經過圖案化的樹木。從這種中西混合的風格可以了解當時有專門爲外銷市場設計的識品。

日常與殉葬用陶器

漢朝陶器品質上的差異很大，有的沒上釉製作得相當粗糙，有的

為高溫上釉的陶器，品質與瓷器非常接近。墓葬用陶器品質都很粗糙，表面施一層鉛釉。這種鉛釉極易氧化，氧化後呈銀綠色五彩光澤，可說是漢代陶器最美麗吸引人的地方。關於鉛釉的技術，<u>漢朝以前在地中海地區已有人使用</u>，因此漢朝施鉛釉的技術如果不是中國人獨特的發明，那就是從中亞地區輸入的新技術。鉛釉陶器中最漂亮的是那些專門用來貯藏穀物與酒的壺，它們的外型非常簡單結實，為了要仿青銅器，表面加一層精細的釉彩，並飾以饕餮浮彫(圖154)。壺肩上還刻著線型幾何花紋，以增加外型的美觀。有時壺上有一道長型橫飾帶(Frieze)，在釉下以浮彫描寫山中的禽獸(圖155)，包括真實的動物及想像的神怪動物，它們繞著壺相互追逐不已。這種景象正如漢朝皇帝狩獵後宴會上所看到的蓬萊山把戲表演一樣。在這類立體浮彫中，常看到一連串起伏、重疊的小山，我們可以想像漢朝畫在絹上山水的模樣(圖155)。

152.西漢黃褐釉狩獵紋博山奩，高24.1公分，英國倫敦維多利亞與亞伯特博物館藏。

153.西漢灰陶彩雲紋鍾，高45.5公分，河南洛陽燒溝出土。

154.綠釉鍾，東漢紀元 1 世紀，高48.2公分，山東高唐縣出土。

155.圖繪漢朝綠釉陶壺肩部橫飾帶「山中狩獵圖」，紀元 2 世紀。帕爾姆葛蘭 Palmgren 手繪。

156.東漢明器綠釉望樓，紀元2世紀，高120公分，加拿大多倫多皇家安大略 Ontario 博物館。

157.漢朝湖南長沙出土紅褐色釉陶狗，紀元2世紀，高35.5公分，舊金山亞洲藝術博物館藏。

漢朝時有許多人相信人離開世間後，可以將他的家屬、僕人、家畜（圖157）、財產，甚至於住宅（圖156），一起帶到陰間。由於實際的財物、牲口無法帶上天，因此製作模型—即明器來替代。明器意指明亮的東西或屬於靈性的用具，人們將明器安置在墓中的習俗直到漢朝滅亡後還一直延續下去（註四）。因此在漢墓中，我們常發現一大羣僕人、衛士、農夫、樂師及雜耍者（圖158）（可能死者生前從未雇用僕人或看過這些表演）。除了人物外，還有好幾層樓的瞭望台（闕），闕上的木柱、樑或氣窗是彫於泥上或用紅色畫出來。中國南部墓中的陶製房子和穀倉都建在高架木柱上，很像現在一些東南亞的房子。農家的牲畜以一種非常寫實的方式來塑造，四川漢墓中守門的陶狗非常肥胖兇猛，長沙的陶狗，頭伸得很高，鼻子顫動的樣子好像在發出呼吸的聲音（圖157）。漢墓中的陶俑可以提供我們許多關於當時人的日常生活、經濟情況與信仰的資料。1969年，在山東濟南所發現的西漢墓中，有一系列雜技陶俑羣，包括樂師、鼓手、舞蹈者及雜耍者，他們正活潑的表演著（圖158）。這些人就像我們在墓中與祠堂牆壁上所看到壁畫描繪的景象一樣，充分顯示出中國與西亞接觸後所受的影響。另外在四川省內江縣的古墓中發現一個陶製的台座，上面有一棵青銅「搖錢樹」（圖160）。柱基上的橫飾帶浮彫描寫一些大象，彫刻家以一種極活潑的自然主義來塑造。這是漢朝浮彫中少見的，不禁使我們連想到印度沙納斯 (Sarnath) 地方阿育王 (Asoka) 石柱柱頭上朝向四方位的動物（圖159）。

有些漢俑是個別塑造的，但絕大多數的小型漢俑是利用模子壓製出來。儘管這些漢俑的造型非常簡單，然而却充滿活力，同時能表現出他們主要的特色。長沙由於當地黏土質地差，同時釉色很容易剝落，因此長沙的俑多半用彩繪木頭製成。這些木俑就像當地所產的絲織品與漆器一樣，經過許多年代還能完整的保存下來。

漢朝的陶器，尤其是浙江幾個製陶中心所生產含有長石(Felspathic)的高溫陶器，品質相當高，可以說是宋朝青瓷的遠祖。這種陶器胎身堅硬，表面施一層薄釉，釉色由灰色、黃綠色到褐色。有些陶瓷家稱它為「越窰」（圖161），因為它的窰址靠近浙江紹興的九巖，古代稱為越州。近年來，中國學者所謂的「越州窰」是指十世紀吳、越宮廷所製的半瓷質青瓷，這個時期之前的陶瓷統稱為青瓷。如此一來，在翻譯這個名詞時就顯得混淆不清，因為有些陶瓷並不是青綠色，它們也不是真正

（註四）一般人皆認為墓中的陪葬物包括黃銅錢幣在內，主要供死者用。漢墓中的一些竹簡上刻有文字，說明墓中的食物是供養土地神，錢是用於陰間購買土地。

158.西漢山東濟南墓出土樂舞
雜技陶俑羣及觀衆，紀元前 1
世紀，長67.5公分，現藏大陸。

159.東漢石刻象形畫像石，紀
元 2 世紀後半葉，山東滕縣出
土。

160.東漢四川內江陶製搖錢樹
之台座，紀元 2 世紀，四川博
物館。

161.西晉貼餅四耳盤口罐，高22.2公分，口徑13.5公分，4世紀，上海博物院。

的瓷器。在這本書中，越窰的定義較為廣泛，越窰包括所有在宋以前浙江地區所生產的青瓷(註五)。

「九嚴窰」最遲在西元一世紀時已開始生產陶瓷，杭州北部的「德清窰」年代可能比「九嚴窰」早些。這些窰業中心所製造的陶磁，有許多在南京地區能確定年份的墓中被發現。它們的器型都是仿造古代的青銅器，有的附著環耳及饕餮獸面，有的在釉下印著幾何或菱形圖案，充分保存古代中原與南方的傳統。這種傳統不但傳到北方，還傳到南海、東南半島及附近的島嶼。眞正高溫陶瓷逐漸的產生了，新的陶瓷上面有一層豐富亮麗的釉色。六世紀時「九嚴窰」已關閉，然而在浙江其它許多地區，越窰的傳統陶磁仍繼續在生產。當時主要的陶磁業中心就在近海餘姚縣上林湖的湖畔。近年來在這地區附近共發現20餘處青瓷古窰址。

(註五)新窰址的發現愈來愈多(本書只提到一小部份)，每種陶瓷愈分愈細密。除非現在中國陶瓷專家能對每種陶瓷的定義提出新的解說，否則我們仍延用過去熟悉的名稱，因為如果使用太多新的名詞與解說，讀者會感到混亂無所適從。現在新發現的窰址可參考米諾(Yokata Mino)與派翠西亞‧威爾森(Patricia Wilson)所著六朝到現在中國窰址索引(1973，多倫多，皇家安大略博物館)。最近發掘的窰址與殘片彩色相片，可參閱香港馮平山藝術館1981年中國古窰址碎片展覽會目錄。(這目錄尚不能包括所知全部窰址)

6

三　國　與　六　朝　藝　術

162. 西晉青瓷胡人騎獅俑，高 11公分，大陸故宮博物館藏。

163. 西晉青磁騎馬人物，高23.5 公分，西元302年，湖南長沙金 盆嶺出土。

　　漢朝滅亡與唐朝崛起之間相隔四百年，這段時期中國經歷過政治、社會與思想上的大變遷，這種變化很像現代的歐洲。在西元581年隋朝統一中國之前，至少換了30個朝代，起起落落的小國更是不計其數。漢朝於西元220年滅亡，中國由魏、蜀、吳三國分割。265年，魏國一位將軍篡位，280年全國統一，改國號為晉。北方的匈奴與鮮卑族密切地注意中原所發生的一連串內戰，中原帝國日益衰微，成為內戰的犧牲品。西元300年時，兩位敵對的皇子分別向塞外遊牧民族求援，匈奴因此正式入侵中原。311年匈奴佔領了洛陽，屠殺兩萬居民同時擄走皇帝，繼而進軍長安，焚燒搶劫整個長安城，晉朝廷於混亂中遷往南京。除了匈奴與鮮卑族外，尚有其它十六個小的野蠻民族乘機入侵早已疲憊不堪的中原帝國，這些野蠻民族時起時落。439年一支土耳其部族—拓跋魏終於征服了整個北中國，定都於山西北部的大同。他們放棄遊牧民族的生活，改穿中國服裝，他們的生活愈來愈漢化，後來索性廢棄拓跋語。拓跋魏一方面穩固北方邊境，防止其它野蠻民族入侵，另一方面他們的騎兵隊直深入塔里木盆地的庫車(Kucha)城，重新開放中國通往中亞的貿易路線。

　　北方異族入侵中國後，中國被分成兩個國家與兩個不同的文化。當中國北部淪陷，受野蠻民族統治之際，千萬中國難民移到南方。南京頓時成為「自由中國」的文化與政治中心，許多印度及東南亞地區的商人與僧侶來到南京。此時江南地區一直動盪不安，大量的藝術寶藏在戰亂中受到摧毀。後來的四個王朝宋、齊、梁、陳，皆以南京為中心統治整個江南地區，直到南北合併為止。此時儒教所建立的社會秩序受到破壞，相反的南方佛教勢力與廟宇的規模愈來愈大。尤其是梁武帝在位期間(502—550)，佛教對於當時穩定的政治經濟產生極大的

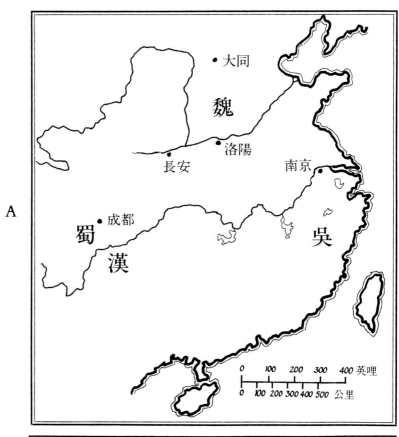

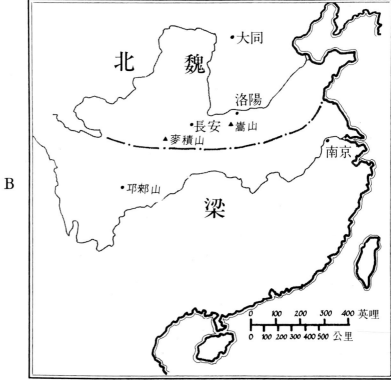

地圖6.三國及六朝中國

威脅。當儒教所建立的文官制度逐漸沒落時，政治與藝術受到當時大地主與豪族的操縱，即使在朝廷滅亡之後，這種勢力仍繼續存在。

道教

在戰亂環境下南方許多知識份子逃避現實,他們沈醉於音樂、書法、清談與道家思想。三世紀與四世紀間,崇尚道家思想者組成獨立的宗教集團,因爲它能滿足人們的幻想與要求,同時能引導人們進入永恒的世界,使人暫時忘記現實的動亂。這種對於民俗的信仰、自然的崇拜、形而上的思想,早已在中國本土上紮根。道家思想在東漢時正式形成一個宗教集團。四川一位懂巫術與仙道的張道陵自稱爲天師,他召集羣衆,試圖去尋找神秘生活的境界。有時張道陵會帶領他的羣衆到雲台山(四川蒼溪縣)上,藉以考驗他們的功夫。晉朝時,道教不過是一個反對現存社會架構的私人團體,後來慢慢變成一個有組織的宗教團體,他們創造自己的經典、階級、道館等。其中許多宗教的形式及組織大半取自佛教的成例。

在上流階層中,道家思想可說是當時的前衛思想。它反對許多儒教的看法,使保守的文學與藝術傳統能有所突破。尤其在詩歌方面,崇尚道家思想道家的作品是繼屈原「楚辭」以後最富於幻想的作品。當時最具有代表性的詩人是陶淵明(365-427),他由於家境貧困而出任官職,後來因不滿紊亂黑暗的社會而毅然辭官返鄉,樂琴書以消憂,或植杖而耕耘,或盡情暢飲。陶淵明自稱讀書不求甚解,但求通達大意。他同時假借一個理想的世界——「桃花源」來諷刺現實的環境。

美學

在這個混亂的時代中, 中國畫家與詩人首次認識了自我。 西元300年,陸機所寫的「文賦」就是一本非常尖銳、深刻且富於感情的書,正如英國大詩人艾略特(*T. S. Eliot*)所說的:「字與意義之間的糾纏, 必須絞盡心血去推敲。」「文賦」另外還討論到詩的靈感最神秘的根源(註一)。儒教傳統的立場認爲藝術基本上是對社會發生道德與教化作用,這種看法現已略有改變。530 年另外一種新的批評標準產生了,在蕭統的文選序文上可以看到。這篇序文說明選擇詩文的標準並非在於道德的考慮, 應以美的價值來作評價。這種高度的見解在當時並沒有立刻被人接受。西元三世紀至四世紀間,文藝評論開始以「品藻」來評價

(註一) 陳世襄所著〝文學是光明反對黑暗 *Literature as Light Against Darkness*,〞中的英譯非常好(1952, 美國緬因州, 波特蘭市)。

164.東晉灰陶彩繪女俑，1955年南京砂石山石子岡出土，高34.6公分，紀元4世紀，南京博物館。

165.北魏灰陶彩俑樂人，紀元5世紀，高18公分，紀元6世紀，日本收藏。

166.北魏灰陶彩繪武士俑，紀元5世紀，52公分，美國底特律Detroit藝術中心收藏。

作品，所謂「品藻」就是根據人與文章的好壞而分成九等。開始時先評估政治人物或社會名人，最後才應用到詩人身上。當時的大畫家顧愷之就是用「品藻」的方法來討論魏晉的畫家（如果留傳下來的文獻確實是他的作品的話）。謝赫（五世紀末，南齊人）在他著名的古畫品錄中，更有系統的引用「品藻」的方法。古畫品錄作於六世紀末期，謝赫在書中將過去43位畫家分成六等，雖然用處很大但不是一種藝術史高明的處理方法。這篇短文的序文對於中國繪畫史的貢獻頗大，謝赫創立六法，根據此六種標準來評價繪畫與畫家。

關於六法，到目前為止已有很多文章討論，我們不能忽略這些文章，因為後起的中國藝術批評家對於六法有新的解釋並加以重新編排。不管如何，這六個基本原則仍是中國藝術批評的重心。謝赫的六法如下：

㈠「氣韻生動」：（a）靈魂的調和、生命的躍動（華利 Waley 的解釋）
（b）靈魂共鳴所引起的生氣。 （蘇伯 Soper 註釋）

㈡「骨法用筆」：（a）以筆來建立骨架結構（華利）（b）以筆法來結構。（蘇伯）

㈢「應物象形」：造形時要忠於外物。（蘇伯）

㈣「隨類賦彩」：要忠於外物的顏色。（蘇伯）

㈤「經營位置」：各個要素在安置時要經過適當的構圖。（蘇伯）

㈥「傳移模寫」：應該經常的模仿古代的傑作。（坂西志保 Sakanishi）

第三、四、五法顯示早期繪畫發展中藝術家所遭遇到的技術問題。第六法一方面藝術家應該訓練自己的技術，以求獲得廣大的繪畫技法，另一方面必須尊重古代的傳統，所有畫家都應該自認為是古代傳統的繼承人。模仿古代的名作也是保存名畫的一種方式。中國後來的繪畫史中，有許多畫家一方面模仿古代大畫家的風格，另一方面加入一些自己的意見，在古代的傳統中添加了新的生命。

畫家的經驗誠如法國畫家塞尚 (Cézanne) 所云：「畫家要在大自然面前追求一種強烈的視覺感受。」這種說法很像第一法中的氣韻，也就是蘇伯 (Soper) 教授所稱靈魂共鳴所引起的生氣。氣是宇宙的生命（就字義來說，氣是氣息或雲氣之意），它賜予萬物生命力，使得樹木生長，使得河水旋轉流動，使得人類充滿精力，使得山川由於呼吸而產生煙霧。藝術家的任務是要同宇宙靈魂的韻律合拍，尤其當靈感來臨時，宇宙的靈魂使他有藝術創作的能力。如此一來，藝術家成為宇宙靈魂表現的媒介。威廉‧埃克 (William Acker) 曾問一位中國著名的書法家說：「為什麼當他寫字時，墨水弄髒的手指要深深扣入大毛筆的筆毛

中　？」書法家回答唯有如此他才會感受到氣從他的手臂經由筆傳達到紙上。埃克曾經說過:「氣是宇宙的動力，它像水一樣不斷的在旋轉流動，有時很深，有時很淺，有時集中於一處，有時分散到各處去。」(註二)氣分佈於萬物中，生物中有氣，無生物中也有氣。事實上，六法中的三、四、五法基本上就是要藝術家更正確的去描寫外物，因爲所有自然中有生命的造型，都可說是氣韻的表現。唯有將外型很忠實的表現出來，才能使藝術家洞悉宇宙力量的運行。

　　至於第二法「骨法用筆」，主要是使這種氣韻能夠發揮出來。關於筆力與繪畫的架構問題，在繪畫與書法兩方面都可以此來評價。漢朝末年書法大爲盛行，成爲一門獨立的藝術形式，這主要是由於草書的產生。草書使中國的書法從漢朝隸書端正有角的形式中解放出來，使中國藝術家更能自由發揮。草書的字體形態優美，充滿活力，能表現書法家的個性(圖167)。可說是人類所發明的書法中最具有藝術性的文字。這不是突然產生的，因爲這個時代許多偉大的書法家如王羲之(321?～379?)與王獻之(344～386?)都信奉道家。這種書法藝術的技巧與美學，對於漢朝以後三百年的中國繪畫影響很大(圖167,彩圖14,15)。

　　道家理想的表現，在當時宗炳的生活與作品上可以明顯的看到。宗炳是五世紀初極出色的佛學家與畫家，他與志同道合浪漫的妻子遨遊中國南部美麗的山川。當宗炳年老再也無法走動時，他的妻子就在書房牆壁上畫著他所遊歷過最喜愛的風景。宗炳留傳一篇很短的畫山水序，是中國山水畫最早的文獻。在這篇文章中，宗炳認爲山水畫是一門極高超的藝術「質有而趣靈」(譯註:「山水畫一方面描繪物質的世界，另一方面能通達到精神的領域。」)宗炳很想成爲一位道家的修行者，以詮釋「無」的眞理。他試圖探討與體驗這種空無的哲理，可惜沒有達到這個境界。宗炳曾說過如果山水畫家能夠再造出大自然的形態與顏色，這種形態與顏色正是道家思想靈感的根源，那不是一件很神奇的事嗎？宗炳驚於畫家「崑閬之形，可圍於方寸之內，豎劃三寸，當千仞之高」(蘇立文註:「畫家能將一大片山水濃縮於幾英寸的絲絹上」)。宗炳又認爲「嵩華之秀，元牝之靈，皆可得之於一圖矣。夫以應目會心，爲理者類之成巧，則目亦同應。心亦俱會，應會感神，神超理得，雖復虛求幽巖，何以加焉？」(蘇立文:「倘若山水畫能夠優美如眞的表現事實，畫中的造型、顏色與自然完全一樣，就能引起觀眾的共鳴。當我們靈魂

167.唐代仿王羲之(303－361)行襪帖行書體。美國普林斯頓大學藝術博物館。

(註二)威廉‧埃克 William R. B. Acker 所著唐朝與唐朝之前中國繪畫文獻 Some T'ang and Pre T'ang Texts on Chinese Painting (1954，荷蘭萊登)第30頁。

昇華時也能夠同時把握住真理。對於這樣的一幅藝術品，我們還有什麼更高的要求呢?」)

　　當時另外還有一篇短文「敍畫」相傳為王微(415－443)所作。王微是位書畫、音樂造詣極高的學者，死於334年享年28歲。在敍畫中他指出繪畫的標準應合於八卦，因為八卦是宇宙運行的象徵記號，因此山水畫應該是象徵性的語言。畫家所表現的並非某時、某地或一個確定性的自然現象，而是無時間限制的一般性真理。雖然王微也驚訝畫家在繪畫上神秘的表現，他們能把自然的精髓加以濃縮；然而他強調繪畫並不只是一種藝術的表現，繪畫的精髓應該由精神力量來駕御——「亦以明神降之，此畫之精也」。可惜王微與宗炳時代的繪畫都沒有流傳下來，我們只能讀到當時幾篇短文與文獻。這個時期是中國山水畫形成的關鍵時期，他們的思想到現在仍是中國畫家靈感啟發的淵源。

168.傳東晉顧愷之（約344－406)「洛神圖」手卷細部，約12世紀仿本，高27.1公分，大陸故宮博物院。

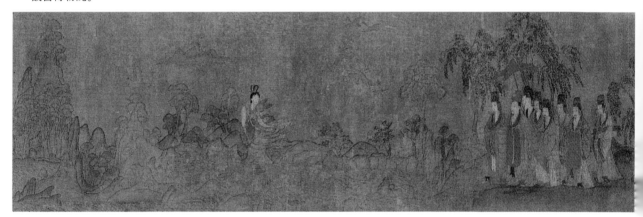

顧愷之與中國山水畫的產生

　　顧愷之（約344－406）一生的作品可以稱得上是這個激盪時代作品中最具有代表性的。顧愷之與宮廷顯貴交友，他的生活異於常人，是一位書法家兼山水畫家。顧愷之雖然擠身於政客與霸主之間，並且與京城內的閒雜人士交往，然而却能潔身自愛。他以瘋顛痴呆的舉止來保護自己，這種行為對道家來說才是真正的智者。從顧愷之的傳記上可以知道他以畫肖像畫著名。他的肖像畫不但能把握住人物的外型，同時能抓住人物內在的精神(註三)。雲台山記傳為顧愷之所寫，文中敍

(註三)顧愷之的官方傳記中有一些非常有趣的故事，尤其是世說新語中的傳說。參考亞瑟華利 (Waley) 所著中國繪畫導論第45—66頁及陳世襄所著中國歷代故事譯叢 Chinese Dynastic Histories 第二册(1953，柏克萊，加州大學)。

述他如何畫雲台山的風景。顧愷之要親身體驗張道陵弟子的經驗，因爲張道陵曾帶領弟子到雲台山的一個絕壁上，以考驗他們的膽識。在雲台山記中，顧愷之完全持道家的觀點，他在東邊看到靑龍，西邊看到白虎，中間佈滿旋轉的白雲，南邊有鳳凰飛翔。我們不知道顧愷之是否曾經畫過「雲台山圖」這樣的一幅畫，也許畫過。到目前爲止，有三張「洛神賦」圖卷傳爲顧愷之所畫，一張在遼寧博物館，另兩張爲宋朝仿本：一在華盛頓佛利爾(Freer)博物館，一在北京故宮博物館。(圖168)「洛神圖」主要描寫曹植「洛神賦」故事中最後的一段。這兩張宋代仿本，皆能保持顧愷之時代那種古拙的風格，尤其是處理山水畫的原始方式，風景主要作爲最後一段的背景。這段故事描寫洛神向那位年靑的詩人曹植告別，這位年靑人愛上洛神，眼看著她乘著仙舟逐漸離去。

　　「洛神賦圖卷」是應用連環圖的方式敍述。圖卷中同樣的人物一再地出現，尤其是當故事中不斷的須要這些人物存在時。人物連續出現的方式，可能與佛教一起從印度傳入中國。因爲在漢朝藝術中從未見過這種形式，但是關於漢朝畫卷形式，在顧愷之另外兩張流傳下來的作品中可以看到，即「烈女傳圖」與「女史箴圖卷」。「烈女傳圖」描寫四位古代著名烈女與她們父母的故事(註四)。「女史箴圖卷」(圖170)中的插圖以文字間隔，插圖主要根據張暉的一首詩而描繪。唐朝文獻中並沒有記載這幅畫，直到宋徽宗皇帝編藏品目錄(宣和畫譜)時才出現這幅畫

(註四)關於宋朝末年北京的「烈女圖」可參考中國歷代名畫第一冊(1978)圖20～32。這位臨摹專家對於衣褶的陰紋陽紋處理得非常忠實(蚊帳的陰影處理法在「女史箴圖」中可以看到)，這可以說是顧愷之風格的一大特色。

169.吉林通溝角力者墓狩獵壁畫，約5世紀。

170.傳顧愷之「女史箴圖卷」細部，描寫皇帝與妃子，約紀元9－10世紀仿本。高25公分，倫敦大英博物館。

的名字。畫中山水局部的風格與唐末五代初（九世紀或十世紀）的一幅仿本非常相似，很顯然「女史箴圖」是根據一幅更早的原本而畫。圖170描寫一位皇帝向坐在床上的妃子露出懷疑的眼光，圖左方寫著：「出其言善，千里應之，苟違斯義，則同衾以疑。」（蘇利文註：如果你所說的話是誠懇的，千里以內的人聽了都會感動而回答你，如果不是如此的話，就是睡在你旁邊的人也不會相信你的話。）「女史箴圖卷」第四景的顏色退了很多，且受到嚴重的破壞，它描寫妾班婕妤拒絕與漢成帝同行乘輿外出的故事。1965年山西大同司馬金龍墓中發現一塊彩繪木製屏風(譯註一)，屏風上描寫的故事及構圖與「女史箴圖」完全一樣(圖171)。司馬金龍是北魏的忠臣，死於西元484年，葬於北魏皇陵中。在

(譯註一)山西大同司馬金龍墓公元484年彩繪木屏風(1965年出土)，中之故事
(1)孫叔敖，春秋楚人，蔿賈之子，亦日蔿敖。兒時道見兩首蛇，以聞人言，見此蛇者必死，自以為將死，而恐後人見之而又死，乃殺而埋之。及長，性恭儉，代虞丘為楚相，施教遺民，三月而楚大治，莊王以霸，將死，戒其子曰：「王封汝，汝必無受善地，有寢丘者，前有妬谷，後有戾丘，其名惡，可長有。」王如其言封之，其祀十世不絕。見左氏，宣十二，史記119章。
(2)班女辭輦，漢成帝之寵姬班婕妤辭與帝同輦遊後庭的故事。見漢書外戚班婕妤傳；成帝遊於後庭，嘗欲與婕妤同輦載，婕妤辭曰：「觀古圖畫，賢聖之君皆有

100

彩　圖10—12

10. 狩獵出行壁畫　唐（706年）　陝西西安李賢墓道東壁

李賢（章懷太子）是唐高宗與武則天第二個兒子，曾利用儒士范曄著后漢書評擊武則天，並殺害武則天親信明崇儼，680年被武則天廢為庶人，後在四川巴中縣被殺。706年李賢的棺柩自四川運回長安，追封太子，以雍王禮葬。

李賢墓墓道東壁的狩獵出行圖，是現存唐代最精彩的奔馬繪畫，馬的造型與出土的唐代陶馬十分相似，線條非常靈活緊湊。整幅畫充分表現出浩蕩雄壯的馬隊奔騰追逐獵物的氣勢。

11. 引路菩薩圖　唐(九世紀末)　絹本貼金　敦煌彩畫　80.5×53.8公分　倫敦大英博物院藏

斯坦因敦煌絹畫收藏中，最精彩的作品就是這幅引路菩薩圖。圖中的觀音大士腳踩蓮花，右手執荷花幡旗，左手提香爐，香煙裊裊。在左上角雲端裡出現西方極樂世界，右方有綽約多姿，悠悠下降的祥雲，大氣中飄盪著五彩的香花。幡旗的飄帶在微風中飛揚，像四隻修長的手指在招引下方著紅袍的幽靈。白色的幡旗與觀音的左手、香爐遙相呼應，輕煙引導著亡魂昇向永恆的歸宿。有趣的是，唐末五代初期觀音大士的開相仍是男士，嘴上端蓄著髭鬚，但胸前垂掛著珠寶，腰間纏繞複雜的衣帶。這種衣香鬢影、珠圍翠繞的裝扮，顯然是繼承印度佛像的傳統，但織品花紋卻應用唐代的風格。

這幅畫顏色鮮艷，中鋒線條直下，創造出一種溫馨和祥的抒情氣氛，是一幅最具詩意的宗教畫。

12. 持蓮子觀音像　北周末年隋初（約580年）　灰岩略有彩繪　高249公分　相傳取自陝西西安青龍寺　美國波士頓博物館藏

這尊觀音像立於雙面蓮花座上，下有方石，石角各彫一立獅。觀音身上佩戴各種不同的流蘇與纓絡，是當時流行的佛像裝飾。從觀音頭上垂掛下一長條彩帶與蓮座相連，在結構上使這高瘦的彫像更為穩固。觀音頭戴阿彌佛陀像，手執四顆蓮子。根據佛經，蓮花開花，蓮子同時成熟，有聆聽佛法，立得善果之喻意。此與佛祖靈山說法，拈花微笑，不用言語意會的意義相同。1915年，日本人將此佛像運出中國。喜龍仁（SIREN）認為這是中國早期佛像中最具魅力、保存最好的作品。根據考古發掘，青龍寺遺址應在長安東南新昌坊、昇道坊、延興門附近，古代的青龍寺已不存在。

12

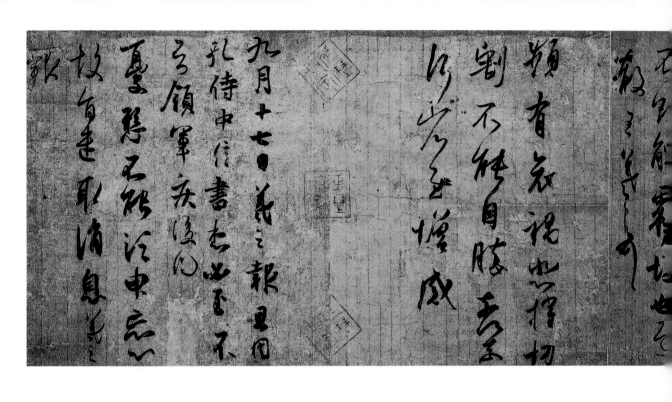
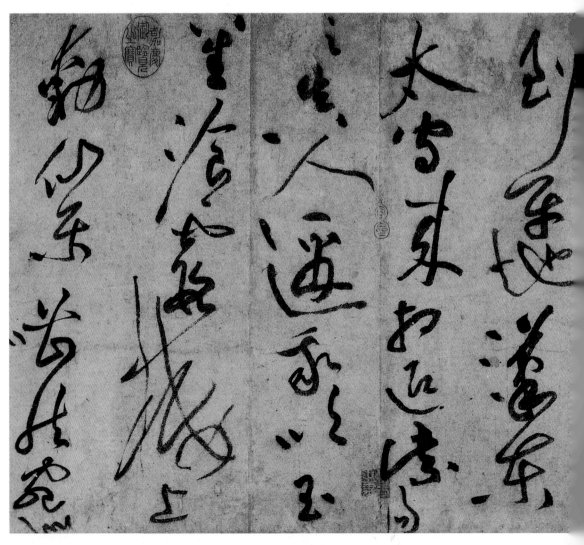

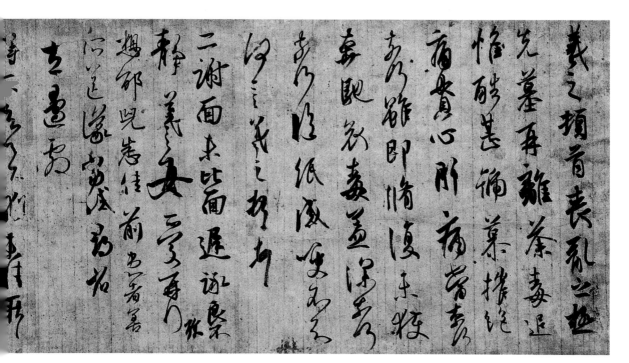

14

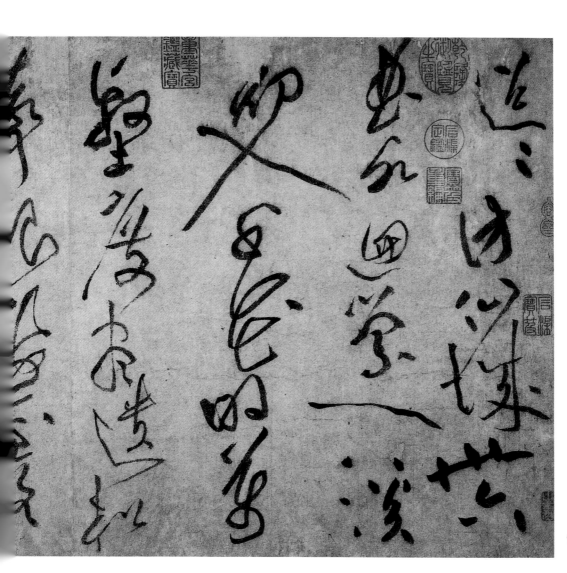

15

13. 石彫觀音像　東魏（約530年）　灰岩　高196.5公分　出自河南洛陽白馬寺　美國波士頓博物館藏

　　這尊石像同龍門第24洞內彫像的風格相似，約彫於530年左右。石像著長裙、短衫，衫角呈帶狀在腹前交叉以環套住。佛像背後亦精心彫鑿，顯然不是放置在石窟壁上的佛像，觀音一腿彎曲，呈半跏趺坐式，與一般彌勒佛（Maitreya）的坐姿同。

　　此尊觀音像雖然是立體彫像，但處處在強調平面線條的流暢性與動態。彫刻家將觀音的身體與頭部拉長、變型，更能增加佛像靜穆莊嚴、凝想入定的神態。

14. 王羲之（303？—361？）　喪亂帖　東晉永和12年（356年）　26.4×58.8公分　日本皇家收藏

　　喪亂帖是王羲之五十歲左右時寫的，此帖具有獨特的風格，已達到所謂圓熟期的最高藝術境界。有些人認為這是搨摹本，亦有人持無王論。但從藝術觀點來看，喪亂帖不論在行筆或造型上，完善而絕妙。在視覺上，王羲之的字體給人一種流暢與平衡對稱感。喪亂帖不幸於唐德宗時流入日本。

15. 黃庭堅（1045—1105）　李白憶舊遊詩卷　北宋紹聖元年（1094）　紙本37×391.6公分　日本藤井齊成會有鄰館藏

　　元人張鐸（1295）跋斷定為黃庭堅真跡。紹聖時期黃庭堅已謫黔州（四川・彭水縣），此詩卷為其中平精品。傳說黃庭堅有一次划船時，水浪波動盪漾的形態激發了他的靈感，他將這些形態引用於書法中。從此卷書法上，我們可以應證這種說法。

171.北魏大同司馬金龍墓中彩
漆屏風「故事人物圖」，描寫古
代孝子與烈女，紀元484年，高
81.5公分，現藏大陸。

172. 北魏後期，約紀元 520 年石棺線刻畫「孝子傳圖」，描寫孝子舜的故事，高61公分，美國堪薩斯博物館。

這塊珍貴的漆繪屏風上還有其它歷代烈女的故事，上面一塊是描寫舜帝遇見他的兩個未婚妻。許多人猜測這塊木板上班妾的故事，可能是當時北方畫家看過顧愷之在南方所畫的作品，也可能是「女史箴圖卷」與司馬金龍的漆繪屏風都依照更早的傳統主題而畫的。

西元 555 年梁元帝退位之際，故意將宮廷收藏的二十萬本書籍及他私人收藏的繪畫縱火燃燒，因此活躍於南京的南朝主要畫家的作品都沒有流傳下來。唐代張彥遠的歷代名畫記記載一部分的畫題，因此我們可以知道當時比較流行的主題。在這些畫題中，有許多關於儒教或佛教的繪畫，以及描寫賦或短詩的圖卷等。山水畫主要描寫當時的高山、名園。另外還有專門描寫城市、鄉村或部族的生活情景，幻想的道教仙境、天象、人物、歷史故事以及西王母之類的傳說故事。這

名臣在側，三代末主，廼有嬖女，今欲同輦，得無近似之乎。」上善其言而止，太后聞之，喜曰：「古有樊姬，今有班婕妤。」

(3)虞舜，名重華，性至孝，父曰瞽叟，甚頑固，弟曰象，甚驕傲，父與弟常欲之，一日投舜於井中，舜在井中，覓得一暗道，潛行而遁，自救而未被殺。見孟子及史記。

些畫多半以山水爲背景，有幾幅爲純山水畫，其中至少有三幅畫竹。
絕大多數的畫是直立的屏風畫或長的手卷。

關於當時的繪畫風格，從韓國北部墓中的壁畫上可獲得一些概念，
尤其是現在吉林省輯安縣鴨綠江中游通溝的「四神塚」、「舞踊塚」、「
角抵塚」的壁畫。雖然這些壁畫皆畫於六世紀北魏時代，但它們所描
寫山中饗宴、狩獵的景象（圖117）都是繼承遼陽地區漢墓壁畫的傳統。事
實上這個時代山水的發展並不能以地方性墓中壁畫爲依據，最具有代
表性的是中國北部所發現的棺槨石板線刻畫，其中最精彩的是現在保
存於美國堪薩斯市納爾遜 (Nelson) 畫廊中的一個石棺側面畫像石「孝子
圖傳」（圖172）。這個畫像石描寫古代六位孝子的故事（舜、郭巨、原谷、
董永、蔡順、尉）（譯註二），圖中的人物並不重要，重要的是背景上精彩的山
水描寫，背景的山水構想豐富，手法細緻。西克門 (Sickman) 教授認爲這些
樹木與山水是從某一手卷或畫上臨摹下來，必定是一位有相當經驗與
成就的畫家才有這種手法與技術。六位孝子的故事彼此之間皆以小山
隔開，山頂上都有「闕峯」，與當時的道教有密切的關係。這幅畫卷中
有六種不同形式的樹木，一陣狂風吹得樹幹與樹葉東倒西歪，遠山後
面有一排排雲彩在空中飄浮。　故事中，人物的姿態相當活潑，譬如
舜的父親瞽叟由於後母嫉妬，將舜丟入井中，畫面上描繪舜從井內爬
出來的情景。唯一的缺點是當時的畫家尚無法處理眞實性的中景，畫
面上只有近景與遠景的空間處理。　雖然這塊畫像石是描述儒教倫理
的故事，然而却以道家那種愛好生命與享受自然的哲理方法處理。這

(譯註二)美國堪薩斯市納爾遜博物館北魏洛陽石槨畫像石公元520－530年間，石
　　刻故事。有董永，蔡順，尉，舜，郭巨，原谷故事。
　⑴董永，(後漢)千乘人，少失母，奉父避兵，流寓汝南，後徙安陸，父亡，無
　　以葬，乃從人貸錢一萬，日後無錢還，當出身作奴。葬畢，道遇一婦人，求爲
　　永妻，永與俱詣錢主，令織縑三百疋以償。一月而畢。旋辭去，乃曰:「我天之
　　織女。天帝令我助君償債。」言訖，凌空而去。因名其地曰孝感。見鋒異記
　⑵蔡順，母終，未及葬，里中災火，將逼舍，蔡順伏棺號哭，燧樾燒，他室得
　　免。
　⑶尉爲後漢人王琳，字巨尉，幼喪父母，全鄉逃避戰亂，王及兄弟却獨守塚中，
　　弟王季出門，遇赤眉軍，將被殺，王琳自縛，請先死，赤眉軍因其孝行放之。
　⑷郭巨，漢隆慮人，家貧，養母盡孝，每供饌母，必分與孫。巨謂妻曰:「兒分
　　母饌，貧不能供，子可再有，母不可再得。」欲埋其子，掘地三尺，得黃金一釜，
　　上有丹書曰:「天賜郭巨，官不得有，人不得取。」
　⑸原谷，原谷之父，不孝，一日父子將原谷之祖父，以輦抬至田野，棄之不顧，
　　在棄輦歸家之時，孝孫原谷忽謂其父曰「請勿棄輦，以侍來日，再用於你。」原
　　谷之父，聞言大慟，用輦載父，歸去。

173. 釋迦牟尼頭像，青灰岩石 schist，高40公分，犍陀羅雕刻，紀元 2 世紀。東京博物館。

174. 釋迦牟尼石立像，青灰岩石(schist)，高109公分，犍陀羅雕刻，紀元 2 世紀，羅馬遠東近東藝術館，

幅圖使我們體會到當時道教思想對於藝術深刻的影響，道教對於藝術的要求與儒教完全不同。這時<u>中國</u>有一個非常純正的山水傳統，書法與繪畫的筆法也有許多共通之處。

佛教

漢朝滅亡之前，<u>中國</u>北部已有佛教教團的產生。<u>南北朝</u>時，由於政治與社會的混亂，百姓對於儒教傳統的秩序失去信心以及為了逃避戰亂等種種因素，而造成人們一窩蜂信仰佛教，佛教思想就在這種情形下傳播到全國各地。佛教被接受並不完全出於無知或盲信，除了社會最下層階級信奉佛教外，知識份子也能接受一部分佛教思想。一方面由於佛教是一種新的思想，可以填補當時<u>中國人</u>精神生活的空隙；另一方面由於佛教有相當複雜的哲理可以使人們拋棄現世的騷擾，在道德上建立名正言順的思想理論。這對於當時的知識分子有很大的吸引力，因為他們並不想從政。新的佛教信仰對於當時的人能產生一種慰藉，儘管在兵荒馬亂時期，人們仍願意花一大筆金錢來建造金碧輝煌的廟宇與寺院。佛教的存在自有它的道理。

這裡我們暫時轉換一下話題，先談談佛陀的思想與生涯，因為這是形成佛教藝術的重要因素。佛陀又稱為<u>釋迦牟尼 (Gautama Sākymuni)</u>或「覺者」，生於紀元前567年。他是<u>薩卡 (Sakya)</u>族的王子，<u>薩卡</u>族是<u>尼泊爾 (Nepal)</u>邊境上的小國。<u>釋迦牟尼</u>在宮廷豪華的環境下長大，後來結婚生子，子名<u>羅睺羅 (Rahula)</u>。<u>釋迦牟尼</u>的父親淨飯王故意將他關在宮中，與宮外苦難的人民隔絕，太子每次外出的行程都經過事先的安排。儘管如此，太子還是有機會看到生、老、病、死四種人生的痛苦。有一天他夢見一位修行者向他指點人生的遠景，這個夢一直困擾著他，使他心神不定。後來太子決心出家尋求人生苦惱的根源。有一天晚上，太子從宮中偷偷溜出來，剃髮後向他親信的馬夫與馬匹告別，出家遠行。經過許多年的流浪，太子不斷的在尋求生死的奧秘，他曾經請教過幾位有名的大師，然而他們的答案無法使他滿意。太子日夜不斷的深思人如何從痛苦生死的輪廻中求得解脫。根據因果輪廻的說法，所有生物都是死後又生，生後又死，永遠在痛苦中循環。有一天在<u>婆提加亞 (Bodhgaya)</u>菩提樹下，他敷草結跏趺坐三日夜，<u>魔羅王 (Mara)</u>派遣鬼怪來擾亂他，隨後又令三位漂亮的女兒在他面前跳舞誘惑他，但這些都無法使<u>釋迦牟尼</u>動心，相反的<u>釋迦牟尼</u>却使所有妖魔鬼怪失去他們的魔力。他把<u>魔羅王</u>的女兒變成醜怪的女巫。最後<u>釋迦牟尼</u>恍然大悟，得「一切種智」，於是成為「大覺世尊」，從此開始普渡眾生。 在<u>波羅</u>

奈斯城 (Beneras) 的鹿園，他對世界作第一次的說法， 即四諦法輪（四聖諦）：

　㈠生活全由痛苦組成。(Dukkha)

　㈡痛苦的淵源在於慾望。

　㈢當慾望能控制時，痛苦就可以消滅。

　㈣控制慾望可以利用「八正道」的方法。

　佛陀不相信靈魂的存在，他認爲所有生命都像過江之鯽，所有東西都是不斷地在演變。如果能根據八正道（正見、正思、正語、正業、正命、天精進、正念、正定 ）的方法，必能解脫生死的循環，因爲因果能永遠把我們束縛在大輪迴裡。假如人能從輪迴上解脫，最後必能融入永恒的境界，就像一杯水倒入大海中一樣。佛陀在他有生之年已達到眞理的覺醒，然而他仍然繼續遍遊各地、招收弟子、行使聖蹟及傳播其思想。當佛陀八十歲離開世間時已抵達「大般涅槃」(Mahāparini-rvāna)。他的思想相當嚴謹，只收少數準備拋棄現有世界一切的信徒，他們必須接受像乞丐一樣的苦行僧生活，還必須遵循修院中的戒律。佛教最大的吸引力就是它簡單的原則，這種原則比起印度教的教理及形而上的哲學，可說簡單多了。佛教能給一般人一種希望，而印度教由於它本身的宿命論，並不能給任何人希望。

　佛教的新思想在印度發展得很慢，直到阿育王 (Aśoka)（紀元前272?—232)的提倡佛教才正式成爲印度國教。阿育王極力推廣佛教思想，傳說他在一天之內興建八萬四千座佛塔 (stūpas)，他所建造的僧院與寺院數量也相當多。後來信奉佛教的統治者亦大肆興建寺廟，希望能超越阿育王的數量。阿育王時期，佛教傳到錫蘭、印度西北的犍陀羅 (Gandhara) 等地。在犍陀羅，佛教的思想與藝術形式開始與希臘羅馬邊區的藝術相結合。可能在犍陀羅這個地方，中西藝術的影響互相融合。西元二世紀正值貴霜王朝 (Kushans) 英明的皇帝迦膩色迦 (Kanishka) 統治時期，在他的領導下，佛教思想第一次有了蓬勃的發展。雖然佛教的中心思想並沒有改變，但當時自稱爲大乘佛教 (Mahāyāna)（大法輪）的新佛教派別極力反對保守的小乘佛教 (Hīnayāna)（小法輪）。他們認爲佛學的眞理是每一個人都能達到的，但必具有信心與苦修，此時佛陀不再是人間的良師，他成爲抽象性眞理的象徵，像宇宙的眞理一樣，成爲眾神之首。在佛陀身上，眞理正如佛學所說的「法」(Dharma) 一樣，以萬丈的光芒來普照整個宇宙。此時佛陀的地位亦如印度教中「婆羅門神」(Brahma) 的階級一樣，不同於一般人的層次。除了佛陀外，人們又創造比較人性化的神——菩薩 (Bodhisattva)，他就像印度教中巴克第 (Bha-

175.亞克希尼 Yakshini 手執把塵Chauri像，紀元前 1 世紀。

176.西晉金銅菩薩立像，紀元300年左右，日本藤井有鄰館。

113

177.六朝，釋迦牟尼金銅佛像，
紀元 338 年，高39.4公分，舊
金山亞洲藝術博物館。

kti)神一樣（巴克第曾對克利修那 Krishna 神表示愛慕）。菩薩是一位即
將進入涅槃境界的人，他盡量延長到達涅槃的過程，如此可幫助及安
慰受苦的大眾。諸菩薩中最受歡迎的是觀音菩薩 (Avalokitésvara)，他是
大慈大悲的救主。佛教傳入中國後，中國人稱他爲觀音，把男性改爲
女性的化身 (Tārā)，同時與中國古代的媽祖結爲一體成爲女性神，這
種變性的過程直到十世紀才完成。中國佛教其它重要的神包括文殊菩
薩 (Manjusri)（智慧之神）、彌勒佛 (Maitreya)（雖然他現在仍是菩薩階級，
但在下一個輪廻將自天以佛的身份降臨人間）等。中國的彌勒佛有一
個像皮鼓一樣大的肚子，又稱爲財神，常坐於廟宇門前笑口常開。經
過一段長時間，佛教中的神愈來愈多，以各種不同的佛與菩薩來表現
千變萬化無窮盡的佛相及佛陀的力量。這種演變與發展只有宗教專家
才會感興趣，一般民眾只求菩薩的保佑，同時相信只要唸著阿彌陀佛
的佛號，當他離世時就能到達西方極樂世界。

　　在西方影響下，犍陀羅 (Gandhara) 可能是出現第一尊佛像的地方。
犍陀羅彫像風格很奇怪地混合希臘羅馬地方藝術的古典寫實主義及貴
霜王國南部首都馬都拉 (Mathura) 的印度藝術。這兩種風格的混合將抽
象形而上的觀念變成具體的造型。佛教在犍陀羅有了混合的新宗教藝
術之後，開始向北推展到中亞細亞，從中亞細亞向東分成兩條路經塔
里木盆地南北側傳到中國（見地圖七）。

地圖7.佛教從印度向中亞及東
亞傳播圖

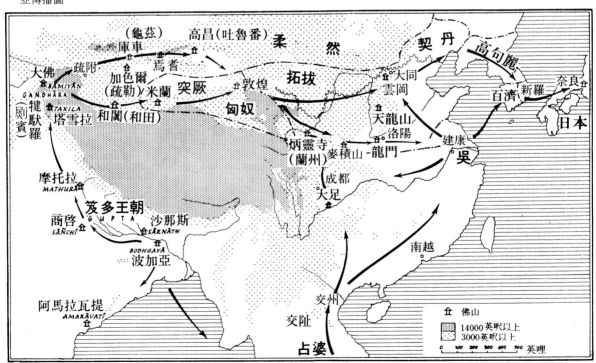

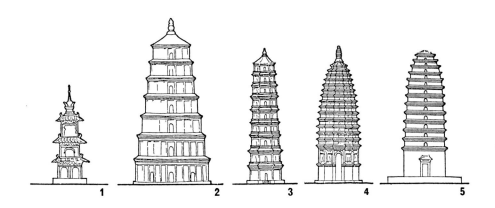

佛教藝術傳入中國

　　佛教的彫刻比建築更早傳入<u>中國</u>，當時的<u>印度</u>僧侶將佛像放在行李中帶到<u>中國</u>，他們宣稱所帶來的佛像都是<u>印度</u>或中亞地區人們所尊敬膜拜的佛像。到目前為止,我們所知道最早傳入<u>中國</u>的佛像鑄於338年(圖177)(譯註:1980年<u>江蘇連雲港孔望山摩崖石像</u>的發現,把<u>中國</u>最早的佛像推到<u>東漢</u>約紀元170年?), 它所代表的是<u>犍陀羅</u>典型的彫刻。早期這類佛像供奉於<u>中國</u>傳統形式的廟宇中。　後來廟宇的規模逐漸地增大,最後擴展為宮殿式廟宇,包括寬濶的天井、樓閣、畫廊、花園等。<u>中國</u>木構廟宇並不仿造印度廟宇的形式,佛塔(*Stūpa*)是<u>印度</u>唯一的廟宇建築形式。六世紀初,高僧宋雲從<u>犍陀羅</u>回來,就像在他之前許多西渡留學的僧侶一樣,<u>宋雲</u>也敍述<u>犍陀羅</u>的寺廟情形。他說<u>迦膩色迦 (Kanishka)</u> 王興建一座雄偉的佛塔,堪稱世界建築的奇蹟,此佛塔以木材造成,高至少700呎,共十三層樓。塔頂有一根柱子,上面有十三個金碟子。<u>中國</u>早已有「樓」或「闕」之類的建築,這種好幾層的木構建築(圖122),亦可以作為宗教的用途。<u>中國</u>最早的佛教建築並沒有流傳下來,但在<u>日本奈良</u>近郊<u>法隆寺</u>與<u>藥師寺</u>的佛塔至今還保留著,它的造型非常簡單優雅。目前流傳下來最早的<u>中國</u>佛塔的<u>河南省北部嵩山</u>的<u>嵩岳寺</u>(建於520年),是一座十二層高的石彫佛塔(圖179)。到目前為止還沒有發現比它更早的佛塔。<u>嵩岳寺</u>的輪廓線常使我們想起<u>印度西哈拉 (Sikhara)</u> 寶塔,它外壁各面拱門凹進去的地方非常像<u>印度波加亞 (Bodhgaya)</u> 大佛塔的龕。<u>蘇伯 (Soper)</u> 教授發現<u>嵩岳寺</u>塔內許多細部,都是根據印度或受印度影響的東南亞(尤其是<u>占婆 Champa</u>)佛塔造型而建。此時<u>中國</u>與中南半島東海岸的<u>占婆</u>在藝術上已有來往。<u>印度</u>的佛塔建築被中國人引用,後來慢慢的被同化了。石頭與磚頭建造的<u>印度</u>佛塔演變成<u>中國</u>木構傳統典型中的柱子、斗拱及外伸的屋簷等。

178.中國不同的寶塔造型1.北魏山西大同雲岡佛塔(紀元460－524年)2.唐朝西安大雁塔 (紀元704年)3.明朝廣州六榕塔4.河南嵩山嵩岳寺 (約520年) 5.唐朝西安薦福寺小雁塔, 約公元707－709年。1～3塔由漢朝木構建築樓演變而成, 4 及 5 是從印度西克哈拉 Sikhara 塔型演變而成。

179.北魏河南嵩山嵩岳寺十二面寶塔(約520年)。

180.甘肅麥積山石窟，從東南
處觀望，紀元5－6世紀始建。
達布瓦 Dominique Darbois
攝影。

　　阿富汗巴米陽(大佛 *Bamiyan*)有一處很高的斷崖約1哩長，沿著山崖鑿了許多石龕。石龕中有壁畫，石龕兩側矗立著巨大的佛像，包括石彫佛像或泥土塑造成的佛像，表面塗上顏料。這種在岩壁上挖鑿，裝飾石窟的習俗最早發源於印度，後來傳至和闐(*Khotan*)、庫車(*Kucha*)及其它中亞細亞的城市。在這些城市國中，希臘印度的繪畫彫刻藝術傳統與波斯沙珊(*Sasani*)及大月(*Parthia*)的平塗裝飾風格混合在一起，然後沿著大戈壁沙漠(*Taklamakan Desert*)南北側在敦煌會合後傳入中國(敦煌當時是通往中國的門戶)。西元336年，有一羣僧侶在敦煌軟的岩石上開鑿第一個洞穴，後來經過一千年時間，敦煌石壁上陸陸續續的建造了500多個石窟，石窟內有塑造的佛像及手繪的壁畫。從敦煌向東行，第二個重要的石窟藝術就是炳靈寺(位於甘肅蘭州西北50

116

181.北魏大同雲岡石窟第20洞
大佛，約紀元460－470年，釋
迦牟尼及脇侍（可能是文殊菩
薩）1975作者攝。

182.北魏交脚菩薩，高129.5公
分，雲岡第15A洞，5世紀末，
紐約大都會博物館。

哩）及麥積山石窟（甘肅天水東南面28哩）（圖180）。炳靈寺石窟1951年重
新被發現後經過一番整頓。麥積山石窟雖然早爲天水一帶的人所知，
然而修護工作直到1953年才開始。這兩座石窟地點相當特殊，彫塑的
品質與數量均超越敦煌石窟（敦煌石窟以壁畫聞名）。

北魏的佛像彫刻，第一階段

　　1386年，土耳其鮮卑族的拓跋氏在中國北部建立北魏王朝，以山
西大同爲首都。北魏的統治者熱心於佛教（像印度貴霜王朝 Kushan 一
樣），主要因爲拓拔人與中國本地的傳統社會及宗教制度沒有關連，因
此對於外來的宗教思想比較容易接受（註五）。西元460年，由於大司教

(註五)這個動機在後趙時期（335年）一位胡王的敕宣中明顯的表明，他說:「我們
生長於邊壤草莽中，雖然沒有地位，然而我們依從天命統治中國人，就像中國本

117

183. 北魏雲岡洞穴天花板（承塵）第九窟前室北壁，約紀元475年。

184. 北魏雲岡第八窟石彫（入口處西壁）鳩摩羅天印度佛。

沙門統曇曜的鼓勵，皇帝在山西大同雲岡武洲山的斷崖上挖鑿，建造一排石窟寺院及彫刻巨大的佛像^(圖181)。這些石窟與佛像可能模仿阿富汗(陀歷國)達雷爾 *(Darel)* 地區的千尺彌勒佛像。這個佛像對於佛教來說，不但是一個歷史性的里程碑，同時也可以宣揚當時皇朝輝煌的政績。西元494年，北魏王朝南遷至河南洛陽，在洛陽北魏又建造二十個大石窟及其它一些小型的佛窟，譬如洛陽的龍門石窟（龍門石窟直到隋朝仍繼續在建造）。916—1125年間還有一段建窟的歷史，這段時期山西大同是當時遼朝的西都，雲岡石窟中年代最早的「曇曜五窟」（第十六洞～二十洞）是北魏四個早期的皇帝所造，可能由於這些皇帝對於他們信奉道教的先祖，在西元444年極力鎮壓佛教的行爲要表示歉意而建造石窟寺院。這五個石洞是直接從岩石上刻出巨型佛的立像或坐像。第二十洞釋迦牟尼結跏趺坐像^(圖181)本來有好幾層木構廟

地的皇帝一樣。佛陀雖然是戎族之神，然而也是我們崇拜的神。」參考亞瑟懷特(*Arthur Wright*)的佛圖澄傳記，1948亞洲學報第二期，第356頁。

185.北魏後期龍門賓陽洞南壁
菩薩羣像(約完成於523年)。水
野清一與長廣敏雄提供照片。

186.北魏後期龍門賓陽洞佛像
細部。

宇廊簷保護着。佛像高15公尺，臉上表現沈思的神情，他的肩膀與胸
部非常結實，彫像比例極爲平衡。臉部應用非常清晰的線條刻劃，表
情恬淡靜漠，這些都是犍陀羅佛像的特徵。釋迦牟尼身上袈裟的褶紋
皆以長線條刻劃而成，但這些線條最後逐漸消失於手臂或肩膀轉角處。
這點正如西克門教授所說：「這種奇怪彫刻方式，是因爲當時中國彫刻
家雖然仿造，但不很了解中亞彫像的造型。中國彫刻家以最著名的中
亞佛像爲模仿對象，只要模仿得像就滿意了。」

　　五世紀末期雲岡的彫刻有了變化，從中亞傳來結實而有重量感的
彫刻風格逐漸地中國化，同時中國傳統彫刻那種流暢、有韻律感的線
條表現也開始出現了。從第七洞(圖183)可以看出這種轉變的過程，第七
洞是所有石窟中最富有裝飾性的，建於480—490年間(北魏皇族所建)。
牆壁上全部以浮彫裝飾,浮彫表面塗以鮮麗的顏色。第七洞充分表現出
當時供養人慷慨捐助與謝佛恩的誠心，以及對於他們自己未來命運所
懷的焦慮心情。在長型的石板上，中國彫刻家以生動的浮彫來敍述佛
祖的生平故事。上面的天空世界中有立著或坐著的佛陀、菩薩、飛天、

187.北魏洛陽龍門蓮華洞右脇
侍頭像，高88.8公分，紀元 6
世紀日本收藏。

188.北魏龍門賓陽洞，天花板
蓮花石彫，北魏紀元522年。

樂師及其它天神，這個石窟中一方面能表現地面上人間生活的寫實，
另一方面能表現天國的輝煌，實可媲美於義大利文藝復興早期的宗教
藝術。

佛教彫刻第二階段

河南洛陽地區由於接近純粹中國藝術的傳統，因此彫刻風格上的
中國化是非常明顯的。中國繪畫傳統一向注重線條而不注重立體造型，
這種趨向在山西雲岡晚期的洞窟中可以清楚的看到，尤其在北魏朝廷
西元 494 年南遷之後有更進一步的發展。洛陽城外10公里處的龍門石
窟，由於該地盛產上等灰色石灰岩，石質比雲岡粗糙的砂石要精細得
多，更適合彫塑佛像的表情與神態上的細節。新的中國佛像風格，可
以龍門賓陽洞彫刻為代表(圖185)。賓陽洞為北魏宣武帝所開鑿，523年完
工。洞內每面牆上都彫著大型菩薩像，菩薩兩邊立著觀音像或佛陀最
寵愛的門徒阿難 (Ananda) 與伽葉波 (Kasyapa)。入門兩側牆壁上有許多
浮彫神像裝飾，包括本生故事 (Jataka)、維摩詰 (Vimalakirti) 與文殊兩
菩薩著名的佛理辯論以及當時皇帝與皇后到龍門石窟膜拜的情景，皇
帝與皇后後面跟隨著一大羣儀仗及侍奉的人。這幅北魏皇后禮佛圖，
好幾年前由於遷移到美國而遭到破壞，經過修護後現成為美國堪薩斯
城重要的中國彫刻藝術收藏之一。這幅「禮佛圖」採用平面浮彫，線條
流暢。圖中的人羣皆傾前而走，露出他們對於佛陀虔誠膜拜的神情(圖189)。
這件浮彫顯然是從北魏朝廷流行的壁畫形態演變而來。從浮彫上可以
看出，當時除了來自印度專門描寫神像的古怪造型外，還有一種純中
國面貌的風格，中國畫家與彫刻家利用這種風格來表現當時日常的生
活情景。

由於中國南部所保存這個時期的佛教彫刻並不多，因此一般人都
認為像龍門這類到達顛峯的彫刻風格一定發源於中國北方，慢慢地再
傳到南方。然而根據最近的研究與發掘正好相反，中國南朝的彫刻才
是這個時期佛教彫刻的主角，以江蘇南京為中心。當時最重要的彫刻
家戴逵，與晉朝南京顧愷之為同時代人。據說戴逵的作品顯著的提升
了當時的彫刻藝術水準，能充分表現同時代繪畫中人物的造型，如平
而瘦長的體態、流麗的長袍、拖曳的圍巾等等。這類服裝主要模仿顧愷
之畫卷中的人物造型。經過一百年後,這種人物與衣飾出現在北方彫刻
中，尤其是晚期的雲岡彫刻與早期的龍門彫刻。有許多證據可以證明
顧愷之型的人物與衣紋都是南方藝術家所創，後來才流傳到北方。

龍門賓陽洞內的各種安置可能是模仿廟宇內裝飾的情形。當時廟

宇內部的裝飾常包括凌空而立的石像、供奉的石碑及青銅鍍金佛像等。所謂供奉的石碑是供養人爲了感謝佛陀的恩惠而置立於廟中，上面刻著奉獻者的姓名。石碑通常是平的石板，造型上像一塊大菩提葉形，有一至三尊形式的佛像刻於其上。有時石碑呈長方柱型，四面刻著佛陀、菩薩及次要的神像，主要是根據當時最流行的佛經如*法華經 (Saddharma-pundarika Sūtra)* 或佛陀的生平故事而彫。這種石碑在很小的空間上，濃縮了當時的藝術風格與佛像造型，絕大部分的石碑都有年款，這幾個特點可以說是佛教石碑主要的藝術上及歷史上價值。

　　甘肅天水麥積山第 133 洞還留下十八塊石碑，是當時虔誠的信徒所捐獻的，現在還放在原來的位置依牆而立。其中有三塊是六世紀中期風格最好的代表，尤其中間那一塊對於當時中國文盲是非常有效的佛經故事講解（圖191）。上半部中間的浮彫採自金剛經中的一些故事，其中一個故事描寫釋迦牟尼由於高超的佛法，能使一位佛的前身──多寶如來 *(Prabhūtaratna)* 出現在他的身邊。石碑中間和下部佛像兩旁坐著菩薩，這種三尊像是樂園淨土的代表主題。左側浮彫由上而下：①釋迦牟尼從知足天的淨土下降，向他病中的母親傳道。②釋迦牟尼年輕時皇太子的模樣③棄世出家④在鹿苑第一次傳道。右側：①菩薩在樹下暝想②大般涅槃③普賢菩薩 *(Samantabhadra)* 坐於大象上④魔羅 *(Māra)* 的誘惑⑤維摩 *(Vimalkīrti)* 手中執扇與文殊菩薩 *(Manjuśri)* 辯論佛理。

189.北魏後期龍門賓陽洞浮彫「皇后禮佛」圖，約紀元522－524年。高198公分，美國堪薩斯博物館。

190.賓陽洞入口測繪圖，紀元522年。左邊爲1.文殊菩薩。2.薩埵那太子本生。3.孝文帝禮佛圖。
右邊爲1.維摩。2.達那太子本生。3.文昭皇后禮佛圖。

121

191.紀元6世紀初期甘肅麥積
山石窟第133洞第10號法華經
石碑，描寫佛祖生平及蓮花經
故事，達布瓦攝影。

192.北魏金銅釋迦牟尼與多寶
如來像，紀元518年，高26公分。
巴黎季美博物館。

193.北魏石彫佛像，6世紀，
巴黎季美博物館。

　　南北朝時期精彩的青銅佛像流傳下來的相當少。因爲在中國佛敎
歷史上，有許多皇帝在位期間曾下令廢佛，因此絕大部份的青銅鎏金
佛像都難逃噩運，不是遭破壞就是被溶化。現在流傳下來具有北魏線
條彫刻風格的最大型三尊像保存於日本奈良法隆寺的金堂中。這座三
尊像是西元623年一位從韓國來的和尚（鞍作首止利 Tori Busshi）所塑
造，具有中國六世紀中期的彫刻風格。此外還有一些規模較小的鎏金
青銅像，大半是爲私人的佛堂而鑄造，因此能逃過噩運。這些佛像的
造型非常精美，品質細緻，從簡單坐著的佛像直到複雜的祭壇系列造
像（包括佛柱、火焰曼荼羅 Mandala 佛光、脇侍菩薩）等。目前最精緻的
北魏鎏金佛像收藏於巴黎季美博物館 (Guimet)，這是一組釋迦牟尼向多
寶如來傳佛理的造像（多寶如來前生爲佛祖），鑄於518年(圖192)。這座佛
像的造型經過拉長變型，富於表現力量。人物的眼睛細長，嘴巴露著
甜蜜超然表情的微笑。佛像穿著衣紋複雜的長袍，無法表現出衣服內

的軀體，很像西洋羅曼內斯克 (Romanesque) 時期中法國麻沙克 (Moissac) 或維瑞雷 (Vézelay) 地區的彫刻一樣。藝術家主要是要利用這些衣紋來表現精神上的昇華，而不是要描寫肉體的存在。從這個時期的彫刻可以看出他們受到當時畫家有韻律感筆法的影響。這種精神上的氣質，是利用優雅的線條與風格上細緻的塑造來加以強調。

194.佛像的發展1.北魏雲岡佛像，約紀元460－480年。2.北魏龍門佛像，約490－530年。3.北齊北周佛像，約550－580年。4.隋朝佛像，約紀元580－620年。5.唐朝佛像，紀元620－750年。水野清一測繪。

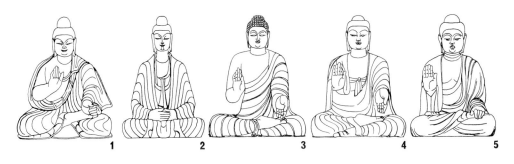

佛教彫刻第三階段

　　六世紀中期後，中國佛教彫刻經過另外一個風格上的演變，佛像的身體較為膨脹，外衣罩著飽滿的身體(圖194)。這個時期佛像的衣著不再顯得自由、鬆懈，逐漸變成圓筒式的造型，很細緻的描寫軀體的立體感。佛像的表面非常光滑，使得他們身上的珠寶成為有對比性的裝飾品。佛像的頭部變得圓渾而具有重量感，表情也顯得更為莊嚴，逐漸失去過去那種消瘦，精神性的表現(圖195)。北齊的石彫創造一種新風格，過去非常精緻的彫工及豐富的細部已成為次要的因素，彫刻家們著重於整體性雄偉端莊的效果。這種演變可能由於當時中國佛教藝術再度受到印度的影響。這個時期印度的影響不再經過中亞細亞的絲路（絲路由於野蠻民族入侵塔里木盆地而中斷），而是間接來自印度的影響東南亞國家。這些國家與南京的外交及文化來往極為繁密，六世紀時，有許多佛像從越南傳入南京。雖然到現在我們還沒有發現這些佛像，然而1953年，在四川成都附近邛峽縣萬佛寺所發現的兩百多尊佛像，有些顯然間接受到印度笈多王朝藝術 (Gupta art) 的影響(圖196)。另外有些與泰國伐拉瓦第王國 (Dvarāvatī) 的彫刻及古代越南占婆 Champa 王國洞陽 (Dong-duong) 及其它地區出土的佛像與浮彫非常相似。邛峽風格的佛像在南京並沒有發現，因為南京許多早期佛教古跡已受到嚴重的破壞。然而我們可以肯定的是，四川佛教藝術在這個時期一定受到許多南部佛教中心藝術的影響。

195.北齊菩薩立像，高188公分，紀元550－588年。美國費城賓夕法尼亞大學藏。

佛教繪畫

　　正如彫刻一樣, 佛教繪畫傳入中國時也帶來西方新的繪畫形式,
這種佛教藝術的內容與造型都是外國風貌。宋朝文獻上曾經記載一位
康居國 (Sogdia) 的僧侶—康僧會, 於西元247年(三國時期)經由中南半
島來到吳國(南京)。他設置佛像, 在各地舉行巡禮儀式。當時的中國
畫家曹不興 (活躍於三世紀時) 曾經臨摹康僧會所畫西方風格的佛像
抄本, 由於曹不興的臨摹, 這種風格一時流傳的很廣。但到六世紀末
期, 曹不興的作品除了秘閣的「龍頭」畫像外, 其它作品已不可見。這
種外來的新風格到梁朝張僧繇 (502－557) 時發展到顛峯。張僧繇是
梁朝南京畫壇上的巨匠。根據當時文獻的記載, 由於張僧繇的作品相
當寫實, 曾經一度爲人們所賞識。據說他在南京安樂寺牆壁上畫過龍,
原先他不願意畫龍的眼睛, 後來被人勉強要求點睛後, 壁畫上的龍却
在雷電中飛走, 因此中國有「畫龍點睛」的典故。張僧繇爲南京許多
佛教與道教寺院畫壁畫, 他同時還是一位人像畫家, 曾經畫過「漢武帝
射龍圖」、「醉僧圖」、「田舍嬰戲圖」等長的畫卷。可惜張僧繇的作品
沒有一幅流傳下來, 就是他的仿本也無從考據, 譬如大阪阿部房次郎
(Abe) 收藏的「五星二十四宿星神行圖卷」(現藏大阪博物館)並不是張僧
繇眞正的風格。然而我們可以肯定的說, 從印度所輸入的新面貌應該
是應用阿占塔 (Ajanta) 壁畫中那種自由的陰影法, 這種畫法使得繪畫
造型有一種立體圓型的效果, 這是中國藝術中前所未有的繪畫形式。

敦煌壁畫

　　慶幸的是敦煌麥積山炳靈寺的壁畫至今還保存著, 雖然這些壁畫

198.北魏敦煌莫高窟第249洞
壁畫「釋迦說法圖」，紀元5世
紀，伯希和101洞。

只是當時邊疆的壁畫風格，不能代表中國中原的壁畫形態。 敦煌第
一個洞建於西元366年。北魏與西魏的壁畫現在還可在第三十二洞中看
到，其中有的破損不堪，有的已經過後代的修補。敦煌壁畫中最精美
的是第二五七洞(伯希和 *Pelliot* 編號110)及第二四九洞(伯希和編號10
1)(註六)。第二四九洞中有一張釋迦說法圖(圖198)，這是敦煌壁畫常應用
中西混合風格中一個很好的例子。這位菩薩畫得非常生硬古怪，從他
站立的姿態上可以看到中國線條風格的表現。這種線條曾經影響當時
的彫刻，在壁畫上，線條成為平面裝飾性的飾紋。種種跡象顯示當時
敦煌有一羣中亞畫家與中國畫家一起工作著，在主題的處理上，他們
試圖表現出印度脇侍菩薩與飛仙立體性的塑造。早期壁畫的主題多半
為釋迦三尊像、佛陀生平事跡及闍陀伽本生經 (*Jataka*)。所謂闍陀伽本
生經就是講述佛陀前生故事的經典，主要是根據印度古代傳說與民俗
故事而編寫。事實上，能使中國畫家發揮才華的是繪畫左右兩邊一些

(註六)斯坦因 (*Aurel Stein*) 爵士於1907年考察敦煌石窟，他是第一位有系統記錄
敦煌石窟的人，曾在一個封藏室中發現大批手稿與繪畫。1908年法國漢學家伯希
和 (*Paul Pelliot*) 有系統的將敦煌石窟照像編號，估計約300個石窟，西方學者比較
熟悉他的編號，因此我在文章中括弧內P字開頭的號碼就是伯希和的編號。第二
種是張大千的編號，第二次世界大戰時他帶領幾位助手在敦煌臨摹壁畫。第三種
是敦煌國立研究所的編號，1943年以來在常書鴻所長的領導下進行保存修護敦煌
壁畫工作，目前這個研究所的編號已到達第四九二號。本書引用文物研究所的編
號。現在所長為段文杰。

有趣的故事，而不是中間生硬古怪的佛陀與菩薩像。很可能這些壁畫中的主要人物是由中亞的藝術家執筆，至於旁邊附帶的故事圖，壁畫贊助人則請當地的中國畫家來完成。

第二五七洞有一幅著名的壁畫「鹿王本生圖」(圖199)，在這幅壁畫中，遠處有一些簡單高低起伏的小山丘斜斜的排成一排，很像漢代畫像石中一排坐於地上的人物景像(圖123)。山丘之間，所有的造型皆以側面描寫，地上灑滿了花朵。這幅壁畫空間的處理與線條的韻律感基本上屬於中國的，至於人物裝飾性的平面表現、斑點花鹿及散播著花朵的平地都是受到近東的影響。第二四九洞的天花板像帳幕般的傾斜，天花板上的裝飾圖非常突出，作於六世紀初期(圖200)。此洞中主要的牆上都畫著佛陀像，天花板則畫滿了天上的神明，包括佛教、印度教、道教

199.敦煌莫高窟第257洞壁畫「鹿王本生故事圖」(Ruru Jataka)紀元450（伯希和110洞）達布瓦攝影。

200.西魏敦煌石窟第249洞「飛仙圖」，紀元540年左右，(伯希和101洞)窟中藻井。

201.北魏敦煌石窟第249洞飛仙圖細部。

202.紀元 3 至 4 世紀獅頭怪獸（或麒麟），長175公分，美國堪薩斯博物館。

203.南齊武帝蕭賾景安陵天祿石彫，南朝齊紀元493 年，高280公分，長296公分，江蘇丹陽縣建山公社。

204.北魏金銅龍，長19公分，紀元 4 世紀，美國福格藝術博物館。

在這些神的下面有彩色山丘橫飾帶，山丘叢林中有許多騎在馬上的狩獵者正在追逐野獸，這個景象正如我們在漢朝裝飾畫中所看到的一樣。這一類壁畫相當生動，民間畫工將印度的宗教與中國本地的道教及民間傳說混合在一起。

陵墓彫刻

魏晉南北朝為中國佛教鼎盛時期，當時的人死後多半舉行火葬，因此漢朝以來複雜的葬禮不再盛行。但儒教的葬禮並沒有完全被忽視，有些皇帝的葬禮仍然像過去一樣隆重舉行。梁朝皇帝的陵墓據說建於南京郊外青山與稻田之間，至今尚未發掘。現在我們所看到的是梁朝

205.約5世紀江蘇南京刻磚。「
竹林七賢嵇康像」(嵇康約223—
262年) 約402年，南京西善橋
出土。

206.江蘇南京刻磚「竹林七賢
像」，約402年（七賢249—253
年），南京西善橋出土，磚畫長
240公分，幅高22公分，南京博
物館。

207.北齊青磁蓮葉紋尊，高69.8
公分，河北景縣封子繪墓出土，
6世紀中葉，中國歷史博物館。

皇帝陵墓前神道兩側巨型彫刻(圖202,203)，這些六世紀長翅膀的鎮墓獸比漢朝的怪獸更富生命的動力感。這個時期還有許多小型鎏金青銅野獸，如獅子、老虎、龍等(圖203)，體積較小，但塑造得相當活潑。在西方博物館收藏中，我們還能找到許多這個時代的青銅動物造型。南京地區六朝的墳墓多半用磚頭砌成大墓室，這些磚頭砌的牆形成一種線條組合成的浮彫畫像石，佈滿了整個墓壁，其中有的描寫「竹林七賢」的故事(圖206)(譯註三)。「竹林七賢」的故事在中國南方貴族名門中非常流行。這些畫像石還保存早期南方大畫家如顧愷之等人的繪畫構圖與作風。

(譯註三)竹林七賢
竹林七賢是三國末西晉初的清談逸士。這種清談風氣盛行於河南洛陽附近河內之山陽縣約在公元250時盛極一時，在東晉時（公元400左右）為南京地區，墓中畫像磚的重要主題，竹林人物以嵇康224—264，阮籍210—264，山濤224—283，向秀228—281，劉伶，王戎，阮咸為主，在畫像磚中，有時亦加入春秋時代的榮啟期，秦代末年的「商山四皓」等（用里先生，夏黃公，東園公，綺里季），黃帝時代的名士，王子橋，浮丘公，騎鶴山人，傳奇性人物。相傳竹林七賢的行致，皆出於禮教之常規，喜愛音樂名酒清談，似阮籍「能為青白眼，見禮俗之士，以白眼對之，意氣相投者，以青眼對之」，因之，「禮法之士疾之若仇」，嵇康在「與山巨源絕交書」中，有「七不堪，二不可」之說，拒絕世俗，人情禮節之交往，康為鍾會所害，臨刑前奏古琴曲廣陵散，為絕響。

128

208.北魏洛陽陶馬，紀元 5 世紀，高24.1公分，加拿大多倫多皇家安大略博物館。

陶器

中國陶器經過四世紀許多天災人禍之後,北部的陶業慢慢的恢復,然而明器方面品質降低, 種類減少, 譬如能代表漢朝農村社會經濟的田舍、猪寮之類的明器到六朝時已不容易再看到。當時最好的人物俑有神仙般的優雅造型, 不禁使我們想起顧愷之畫卷中的仕女。六朝墓中的馬俑不再像漢朝藝術中的馬那樣寬胸、粗壯。六朝的馬外型清瘦,非常勻稱, 馬具裝飾得相當華麗, 常使人連想到當時武將豪傑騎馬瀟灑的雄風(圖208)。 北魏墓俑通常使用暗色的胎土, 不施釉藥, 有些墓俑表面塗上彩料, 但由於長年埋於土中, 原來顏色鮮明的陶塑都褪成淡紅或淡青色。

六世紀後, 中國北方才開始生產品質較好的陶器；其中有些陶器

209.北齊安陽淡黃釉綠彩瓶，
約紀元575年，高23公分，范粹
墓出土。河南省博物館。

210.隋唐越窯綠釉龍柄鷄首壺，
高51公分，口徑14.4公分，浙
江博物館。

211.北齊黃釉扁壺，河南安陽出
土，高20公分，紀元575年墓，
現藏大陸。

的種類很多，造型非常結實，與當時佛教彫刻風格非常相似。陶工採
用佛教藝術中的蓮花圖案及西亞沙珊 (Sasanian) 金匠常用的貼花陶飾如
獅面、圓珠貼紋等。此時雖是中國藝術史上非常不穩定的過渡時期，
但偶而我們也會發現一些特殊的作品，譬如在安陽一位北齊官員的墓
中（西元575年），發現一個非常漂亮近似瓷器的花瓶（圖209）。器表有一層
象牙白裂紋的釉彩，自上垂掛下綠釉，這種像唐三彩施釉的方式，過去
被認爲唐朝才有。在這個墓中還發現一些沙珊人物像的陶壺，人像的
表面塗上一層棕色的釉（圖211）。這類中國與西亞混合的主題與技術，在
六朝中國其它工藝品(像浮彫、金屬製品)上也可以看到。過去一般人
都認爲中西交流的現象產生於唐初，然而近年來的發掘，已將這種現
象提前到六世紀左右。

　　到目前爲止，中國北部很少發現六朝的窯址，然而在長江下游却
不一樣，光是浙江省至少有十個縣已發現重要的窯址。尤其是南京地
區，三世紀與四世紀有年份的墓中皆發掘到大量的越窯（圖210,212）。浙江
陶業中心以上虞縣及餘姚縣附近的上林湖畔最爲重要，這些陶業中心
直到唐末五代時期仍大量生產青瓷。除上面所說的越窯青瓷外，杭州
北部德清窯也生產濃厚的黑釉陶器。一般說來，早期浙江青瓷（圖210）
最大的特色是造型簡單純樸，可以看出中國陶瓷家已逐漸脫離金屬工
藝的束縛，獨自形成一種富於創見的陶磁風格。

212.西晉綿羊水注，1952年江
蘇楊州東北郊萬金壩出土，高
10.7公分，長26公分，4世紀。

213.西晉越窯獅形燭座，4世
紀，高20.3公分，南京博物館。

213A.吳穀倉高47.5公分，口
徑9.9公分，紀元3世紀，鎮江
博物館。

　　「自由與奔放」可說是南北朝藝術的重點。除了藝術外，在科技方
面也有這種趨向。由於南北朝的特權階級對於藝術有一種新觀念，因
此南北朝是中國第一個產生藝術批評家、美學理論家、文人畫家、
書法家與藝術收藏家的時代。這個時期文風鼎盛，庭園設計與清談極
爲流行，當時文人墨客非常嚮往修身養性的生活。六朝時，蕭統編纂
的文選就以詩歌本身的文學價值爲評選的基準，這個時代私人的收藏，
不管是書畫、青銅、陶瓷或玉器，皆以器物本身的美感爲收藏鑑賞的
標準。

214.三國持錘殺牛圖壁畫，甘
肅嘉峪關六號墓，約紀元220－
316年。1972年出土。

215.三國牧馬圖，紀元3世紀，
甘肅嘉峪關五號墓，1972年出土。

216.南朝劉宋馬與馬夫彩磚，
紀元500年，1958年河南鄧縣
學莊村出土。

217.南朝劉宋樂伎隊彩磚，紀
元500年，1958年河南鄧縣學
莊村出土。

7

隋 唐 藝 術

218.隋白磁黑彩武官俑，高72公分，1959年河南安陽張盛墓出土。紀元594年，河南省博物館。

　　六朝時，許多中國新的藝術形態、新的思想與價值觀第一次被人提出來加以考驗。可惜這些新觀念在這個動亂的時代並沒有表現的機會，它須要的是更穩定、更繁榮的環境才能充分發揮。西元581年隋文帝建立隋朝，他是一位精明能幹的將領，不但將分裂了四百年的中國統一起來，同時把軍力擴展到中亞細亞。可惜他的兒子隋煬帝却把全國的財富浪費在興建大規模宮殿、庭園及其它國家的大工程上，隋煬帝的庭園與宮殿堪與法國凡爾賽宮 (Versailles) 媲美。當時開闢的大運河主要是要銜接南北兩個首都，隋煬帝強迫五百萬男女老幼勞役以完成該項工程。明代一位史學家曾說過—運河雖然把隋朝縮短了好幾年，却使萬代得益。隋煬帝曾經向高麗發動四次戰爭，皆敗北。老百姓不堪壓迫，起來反抗，當時一位地方豪族李淵也參加反叛革命，不久隋朝滅亡。西元617年，李淵陷長安，第二年登位成為唐朝第一位皇帝。626年李淵退位，將王位讓給次子李世民，李世民26歲登位成為唐太宗。唐太宗繼位後，唐朝維持了一百多年和平繁榮的黃金時期。

　　六朝對唐朝文化的影響，就像戰國對漢朝或希臘對羅馬的影響一樣。唐朝時期許多新的觀念慢慢地建立起來，產生實際的成果，使得當時的中國人有一種榮譽感。唐朝藝術中我們找不到五世紀那種富於幻想的風貌，六朝時期的作品，幾乎每座山岳都棲息著仙人或仙女。唐朝藝術也不像宋朝藝術那樣，能將我們帶到一個天人合一的領域裡。唐朝雖然也有一些形而上學思想上的探索，譬如唐代盛行晦澀艱深的思想體系—大乘佛學唯心論 (Mahāyāna Idealism)，但這種佛學思想只有少數人感興趣(大乘佛學的思想結構及複雜的象徵，不易感動人心或引起一般人的興趣)。事實上，唐朝的藝術除了莊嚴雄偉外，還充滿了活潑的寫實作風。它描寫的是人們所知道的世界，而且對於這個世界有

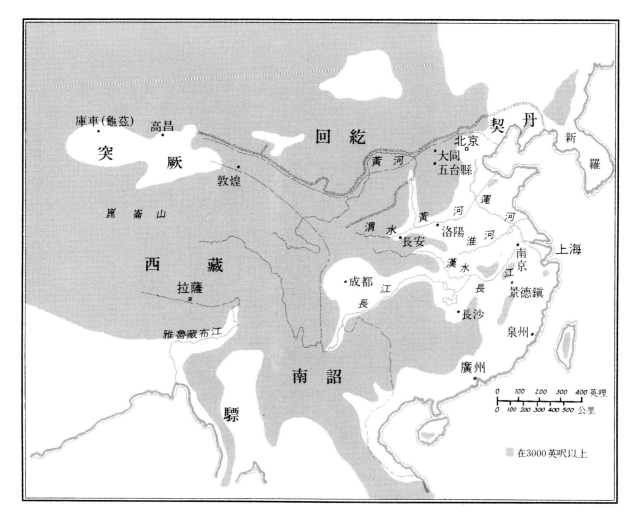

地圖8.唐代中國

相當的信心與把握。百姓們精力充沛，樂觀進取，非常坦誠的接受所能把握的現實，這種精神可說是唐朝藝術最大的特點。這種特點不只是在大師筆下精彩華麗的壁畫中可以看到，就是鄉下陶工所作最簡陋的墓俑身上也可看到。

　　西元 649 年唐太宗去世時，中國的版圖已伸展到中亞的于闐(Khotan) 與龜茲 (Kucha) 王國,同時開始征伐高麗。吐蕃由於與唐朝王室通婚，因此關係相當密切。當時與日本、東南亞國家如佛南 (Funan)、占婆 (Champa) 等也有外交關係。長安城的都市計劃在隋朝時已立下基礎，到了唐朝發展爲一個大都市,其繁榮的情形可與當時的拜占廷城市媲美。長安城呈長方形，長七公里，寬六公里，北面有政府機構及大明宮。後來皇宮搬到長安城東北角(地圖9)，這個地區氣候涼爽，不像舊皇宮地區人口那樣擁擠。在長安大街上很容易碰到印度東南亞來的高僧與中亞、阿拉伯、土耳其、蒙古、日本的商人。這些奇裝異服的外邦人士

133

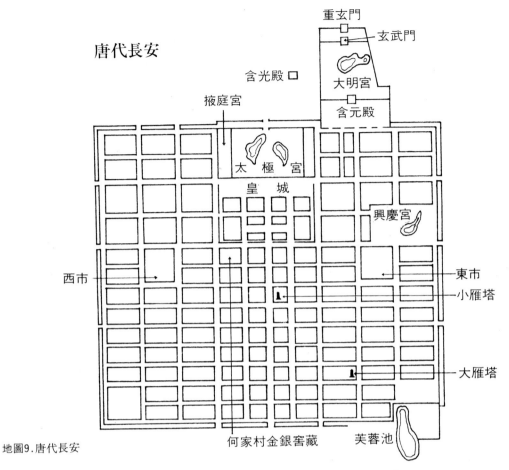

唐代長安

重玄門
玄武門
含光殿 □
大明宮
掖庭宮
含元殿
太　極　宮
皇　城
興慶宮
西市
東市
小雁塔
大雁塔
何家村金銀窖藏
芙蓉池

地圖9.唐代長安

219.隋末唐初白釉女俑,高26.5
公分,紀元 7 世紀,上海博物院。

在唐墓出土的陶俑中可以看到，他們的造型怪異滑稽。這些外國人爲
中國帶來不同的信仰，此時期的中國人對於宗教不但充滿好奇心，而
且心胸非常寬大。唐太宗本人雖然信奉道教，然而爲了治理國家，不
得不支持儒家以穩固其行政組織。唐太宗對於佛教也很尊敬，最顯著
的例子就是他對偉大旅行家兼佛教哲學家─玄奘的敬重。西元 629 年，
玄奘由於反對皇法而毅然決然的離開中國，經過長途艱苦跋涉最後才
到達印度，他在印度享有學者與思想家的聲譽。西元 645 年玄奘從印
度回到長安，同時帶回大乘佛教唯識宗的經典。唐太宗特別出城迎接，
玄奘以凱旋的盛勢進入長安。雖然當時佛教在中國並非唯一的宗教，
然而此時期佛教的盛況沒有其它的朝代能超越。長安城內除了佛教外，
尚有波斯的祆教(拜火教)、摩尼教及景教。八世紀中期後，長安還出
現回教堂，此時外來的各種主題充斥著中國藝術，就像長安街上所看
到的外國人一樣，眞是五花八門。

　　一百多年的和平、繁榮及強盛並非李世民一人的功勞。李世民之
後還有兩位出色的皇帝，其中一位是唐高宗(西元 649 年登位)，他爲

人雖然懦弱但非常慷慨。高宗在位時，妃子武則天總攬大權,西元683
年高宗去世後，武后寡廉鮮恥的自稱爲王。武則天生性殘暴，但却篤
信佛教，她對於佛教的支持從天龍山永傳百世的精美彫刻上可以看出
來。當時有一些儒教的官員們忠心耿耿的協助武后掌理國政,直到705
年武后被廢除爲止。在武則天的統治下，政治穩定，維持將近二十年
的太平盛世。武后退位七年後，皇位傳到唐玄宗（又稱唐明皇713—
756)。玄宗在位期間是中國歷史上最輝煌的時期，這段歷史可與印度
哈沙 (Harsha) 王的笈多 (Gupta) 王朝或文藝復興佛羅倫斯 (Florence) 的羅
蘭搓・德・麥第啓 (Lorenzo di Medici) 統治時期相提並論。玄宗也像太
宗一樣支持儒家以便統治全國。754年宮廷內設立翰林院，李約瑟 (Jo-
seph Needham 中國科技史作者）曾指出中國翰林院的成立比歐洲學院
(Academy) 早了將近一千年。這段時期全國的英才與財力不是集中於佛
寺或道觀中,就是爲朝廷所招收。唐玄宗的朝廷不但有輝煌的宮殿，而
且有皇帝賞識的詩人、畫家及學者。玄宗非常喜愛戲劇與音樂，他還組
織過樂隊,其中有兩支樂隊來自中亞。當時玄宗最寵愛的妃子就是楊貴
妃，透過楊貴妃的介紹，安祿山(可能是通古斯 Tungus 或蒙古族的將
軍)成爲玄宗的寵臣。西元 755 年安祿山叛亂,唐明皇率朝臣逃離長安,
爲了安撫保衛他的將兵，年過七十的明皇將楊貴妃交給手下衛兵，他
們立即將楊貴妃絞死(圖220)。幾年後叛軍被明皇的兒子肅宗平定，唐朝

220.陝西乾縣乾陵唐高宗(683
年去世）及武則天(705年去世)
墓，1973年作者攝。

135

的勢力表面上似乎再度恢復九世紀初期的盛況，然而國力大傷，唐朝的繁榮已如昨日黃花，種種衰微的跡象開始出現了。

西元751年，西方來的回教軍隊擊敗了中國駐中亞的軍隊，從此土耳其斯坦 (Turkestan) 地區長期的落入回教的勢力範圍內。中亞受到阿拉伯人的統治後，七世紀以來中西之間的要道遭到破壞，繼阿拉伯人之後還有兇狠的蒙古人佔領此地區。此時中西交通要道改爲海線，以中國南部海港爲貿易商口。當時的廣州有許多外國人，他們與中國人交易一直維持到879年黃巢發動農民革命，大肆屠殺外國人才停止。最近福建泉州（馬可波羅稱泉州爲 Zayton）的發掘顯示一直到十三世紀，仍有印度人、阿拉伯人、摩尼教徒、猶太人等居住在泉州。到現在泉州國際貿易的歷史關係還可以當地開元寺的雙塔作爲象徵。因爲這座雙塔十二世紀時是中國人與印度人合作完成的。

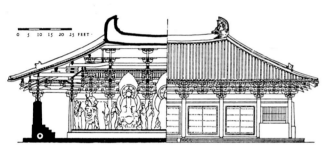

221.紀元9世紀山西五台山佛光寺大殿，公元859年。達發爾 Darvall 測繪，營造法社社刊資料提供。

222.唐山西五台山南禪寺正殿，紀元782年。

建築

像中國歷史上其它時代一樣，當國勢低落時，中國政府對外採取排擠關閉的政策，外來的宗教也會受到抵制。道教對於印度傳入的佛教在政治上所享受的特權尤其嫉妒，常常想盡辦法影響皇帝以反對佛教的政治勢力。儒教則認爲佛教某些行爲如出家、禁婚等，違反了中國的風尚。當時的朝廷看到國家大筆經費都花在建造佛寺及一大羣不生產的僧侶身上時，感到非常恐慌。根據統計，當時僧侶的人數高達幾十萬。西元845年，皇帝終於勅令廢除所有外國宗教，沒收所有佛教寺院，雖然後來的廢佛令略爲鬆懈，然而七世紀與八世紀之間，佛教的建築、彫刻與繪畫已遭受嚴重的破壞。由於歷史上不斷發生大肆搶刼與焚燒寺院，中國早期的佛教遺跡很少流傳下來。唐朝的建築，現在只有到日本才能看到，尤其是日本奈良佛教寺院全依照長安的標準來建造，可以說是唐朝建築藝術中保存最爲完整的例子。雖然奈良的東大寺不是完全正確的模仿唐朝廟宇，但東大寺宏大的規模與建築

構想，很明顯可以看出刻意要與中國的廟宇媲美。東大寺的設計以南北軸爲中心線，軸心兩端皆有寶塔，中間大道迎向天井。後面有一座大佛殿(大菩薩殿)，殿長290呎，寬170呎，高156呎。殿中放著一座巨型毘盧遮那佛 (Vairocana) 金銅坐像，西元752年舉行開光典禮。這座大佛殿經歷過多次的修補改建，現在稱得上是世界上最大的木構建築。據說唐朝洛陽乾元殿的規模比大佛殿還要大，可惜乾元殿早已不存在。

目前我們所知中國最古的唐朝木構建築就是山西五台縣南禪寺正殿(建於782)年，中國大陸最大的佛教建築首推五台山佛光寺大殿(建於九世紀中期)(圖221,222)。這兩座寺院的屋頂皆採用單檐四注式，建築翼角起翹形式愈到後代愈爲明顯，後來成爲遠東建築的主要特色。關於這種翹角簷，有各種不同的解釋，其中最離譜的說法指這種屋簷是要模仿中國狩獵遊牧時代帳幕下垂的曲線。事實上無須追溯到如此久遠，我們只要看看中國的樑架與屋頂構造就可以了解屋簷必須以曲線構造。中國不像西方屋頂應用三角形架構支柱 (Rigid Triangular Truss)，中間有主樑 (Central King Post)；中國屋頂構造是應用一排排平樑搭成梯形排列，只在橫樑上架著屋頂的支柱，建築師可任意升高或降低橫樑的高度，而形成屋頂橫剖面之斜曲線(圖223)。到現在我們還不能確定中國屋頂的曲線何時形成。至少在六世紀時就可看到屋頂的曲線，隋朝屋頂的曲線表現得極爲細巧。西安博物館中收藏一具漂亮的石棺，它的飛椽起翹，除了可增加屋頂的美觀外，主要是要安置屋簷下複雜的斗栱(尤其是轉角地區)(圖224)。

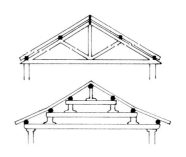

223.中西建築結構比較，西方固定的樑架及中國活動的樑架。

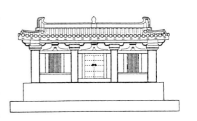

224.隋李靜墓石棺，紀元608年，1957年陝西西安出土，陝西博物館。

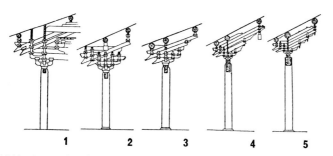

1　　2　　3　　4　　5

225.中國斗栱制度之演變及沒落：
1.唐朝（857）2.宋朝（1100）
3.元朝（1357）4.明朝5.清朝（1734）。

唐朝笨重的斗栱（斗栱主要的功能是將屋頂的力量傳達於柱上，中國斗栱組織與西洋的柱式非常接近）後來演變的非常複雜。斗栱向外伸展去支持兩個傾斜下來的「昂」，「昂」靠裡面的一端被橫樑繫住(圖225之1)。宋朝與元朝建築結構中的「昂」有一種微妙的平衡作用(圖225之2及3)，能發揮斗栱在結構上平衡支持的功能，這一點常令人連想到西洋哥德建築的穹窿建築 (Gothic Vaulting)。斗栱到了明朝與清朝時，雖然細節上發展的更爲繁複，但却逐漸失去其眞正的結構功能，成爲毫無

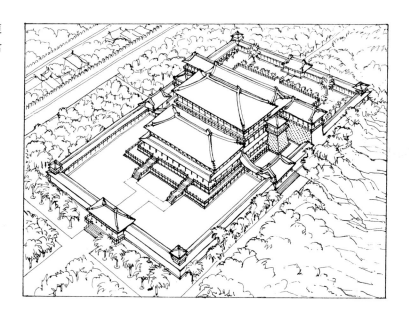

226.唐朝長安大明宮靈德殿復原圖，紀元635－663年，葛雷維思Greeves 測繪。

意義的木工技術展示及屋簷下一長條裝飾而已（圖225之4及5）。

圖226為長安大明宮的復元圖，我們可以拿這張圖與北京紫禁城太和殿作一比較（圖406）。雖然北京故宮面積較大，然而宮殿的組合沒有大明宮來得有趣。唐朝宮殿建築是一層層的升高，主要建築物兩旁都有樓閣扶持，使得唐朝宮殿升高的設計顯得更有力量，這種設計後來並沒有應用在北京宮城上。唐宋兩朝的宮殿設計，在建築學上不但有顯著的進步，同時更能配合周圍自然的環境，彼此之間產生一種和諧感，能適當的顯示出皇帝的地位與威嚴。不像清宮儀式用的建築結構，給人一種龐大、孤立、冷漠的感覺。

唐朝的石造與磚造佛塔還有一些保存下來，長安有一座佛塔專門安放玄奘的骨灰（圖227），塔的造型直接抄襲漢朝木構的「樓」。西安薦福寺的小雁塔（圖178之5）主要採自印度西卡拉 (Sikhara) 的石樓，這類石樓在嵩岳寺的寶塔上已看過（圖178之4）。印度石樓的模仿，在五台山佛光寺的寶塔上有進一步的發展，這座寶塔原先有一個圓頂，可能是模仿當時朝聖者從印度帶回來的草稿或紀念品而蓋的。由於神秘大乘佛教的影響，當時人試圖將印度舍利塔 (Stupa) 的圓頂改為方型木構寶塔。然而中國化的舍利塔並沒在中國本土流傳下來，有趣的是在日本石山寺可以看到一座十二世紀張冠李戴的多寶塔。

佛敎彫刻第四階段

唐朝皇帝勒令廢佛(845 年)之前，須要大量宗教貢物，大半的畫家與彫刻家都從事製造佛像、幡幟及繪畫。其中有些彫刻家的姓名被

227.唐朝長安興敎寺玄奘塔（699年初建，882年重建）。

編入文獻記載中，譬如張彥遠的歷代名畫記中有楊惠之的記載。楊惠之是吳道子同時代的畫家，由於發現自己在繪畫上沒什麼進展而改習彫刻，他認爲彫刻較容易表現。張彥遠也提到吳道子的學生及其他同時代畫家，這些人除了繪畫外也應用泥塑或石彫來創作。唐朝的彫刻，線條非常流暢，看起來好像是筆畫出來的，而不是鑿子彫的。佛教以外的彫刻流傳下來的數量非常少，所謂非宗教性彫刻就是陵墓神道兩旁的守護武將像及長翼的飛馬、飛虎石彫像。最早、最著名的唐朝陵墓彫刻就是唐太宗的「昭陵六駿」(圖228)，傳說是根據宮廷畫家閻立本的草稿而彫的。這個浮彫造型巨大簡單，充滿生命力，塑造方式極平面化。這種浮彫可能是依據素描上粗壯的輪廓線來塑造。

七世紀與八世紀所鑄造的金銅大型佛像都沒有保存下來，可能在845年廢佛時被溶化或遭破壞。這些金銅佛像的風格在日本奈良寺院中可以看到。中國石窟寺院中還保存一些唐朝石彫與泥塑佛像。西元672年，唐高宗勅令在龍門石窟塑造巨型毘盧遮那大佛(大明王 *Vairočana*)、徒弟阿難 (*Ānanda*)、伽葉羅漢 (*Kāśypa*) 及脇侍菩薩等(圖229)。龍門毘盧遮那大佛之製作顯然要與雲岡大佛比美，事實上龍門「無限光芒佛像」（大明王）的彫塑比例與微妙的表情，在藝術上遠超過雲岡大佛。儘管龍門佛像的局部受損，然而依舊能表現出大乘佛法理想人物

228.唐太宗墓昭陵六駿之一「靖露紫」丘行恭拔箭浮彫，紀元649年，長152公分，美國費城賓夕法尼亞大學博物館。

229.唐朝龍門石窟奉先寺中的
毘盧遮那 (Vairocána) 大佛與
脇侍菩薩像（阿難 Ānanda 、
迦葉Kaśyapa),紀元672－675
年。

230.河北曲陽修德塔之優填王
立像(Udayāna風格)，紀元 7
世紀，高145公分,倫敦維多利
亞與亞伯特博物館。

的造型。根據大乘佛法的解釋，佛陀不只是一位偉大的老師，同時能代表宇宙的真理，經過佛陀的解說，佛學真理可以永遠傳達到世界各個角落。當時還有一種直接模仿印度造型的佛像，圖230收藏於倫敦維多利亞與亞伯特 (Victoria and Albert) 博物館的佛像就是一個很好的例子（發現於河北曲陽縣），這個印度型大理石佛像完全依據印度笈多 (Gupta) 的泥塑半身像而作。根據文獻記載，佛陀還活著的時候，印度優填國 (Udayāna) 皇帝曾彫刻一尊檀香木佛祖像。玄奘於 645 年仿彫這尊佛陀像，帶回中國。利用石彫仿造泥塑佛像的風氣在唐明皇與武則天時期發展到最高峰，其中最明顯的例子是天龍山的石彫(圖231)。這座彫像以

231.唐朝山西天龍山石窟第21
洞北壁佛坐像,(頸部修補過),
紀元8世紀初, 高115公分, 美
國福格藝術博物館。

三度空間的方式來表現, 具有印度佛像高雅、柔和的特色, 另一方面
又充滿性感的魅力,很像紀元前四世紀希臘彫刻所表現的肌肉感一樣。
佛像身上的衣紋線條好像流水一般,在他肥滿的軀體上流轉。這種佛像
給人一種清新的韻律感, 是第一次印度結實飽滿的彫刻造型與中國傳
統韻律性的線條成功的結合在一起, 產生一種新的彫刻風格。這種風
格後來成爲中國一般佛像彫刻的基本模式。

佛教繪畫: 外來的影響

　　七世紀時佛教繪畫正像彫刻一樣, 流行中西合璧的混合作風, 當
時盛行天台宗, 天台宗以法華經爲經典。法華經是一部百科全書型的
經書, 包含非常豐富的佛理、形而上學、倫理學、道德論、秘術以及

141

簡單富於人性的傳說故事。當時確實能滿足各方面人士的需要，我們在北魏的石碑裡已看過這一類的主題。當時另外還有一支流行的宗派——淨土宗，淨土宗簡化許多大乘佛教形而上學抽象的觀念，主張只要信徒有簡單的信念即可進入西方極樂淨土，獲得安息與永恒的幸福。但在七世紀中期，佛學思想又產生許多新觀念，這種新觀念却造成後來佛學思想的衰微。印度後期的大乘佛教，一方面在形而上學與思想上變得更爲抽象與理想化，另一方面又受到復古及印度教 (Hinduism) 眞言密宗 (Tantric sect) 的影響。密宗佛教相信信徒如能集中意志力，並借咒文與曼荼羅圖像 (Mandala) 法術的協助，便能呼喚神明，扭轉乾坤，改變現有的狀態。密宗同時還信奉印度教鑠訖底 (Śakti) 神，此神一身兼有陰陽兩性，由於他具有兩種法力，因此常以男女交媾，恍惚結合的狀態出現。最精美的密宗藝術對觀衆能產生極大的吸引力，但也很容易淪爲一種沒有靈魂，程式般的仿造(註一)。此時密宗中心在西藏的荒原上，西元750—848年間西藏人佔領敦煌，影響了敦煌藝術，使得敦煌藝術變得死板。當時中國的思想界(譬如禪宗)極力反對這種感傷主義、過度玄虛的思想及密宗走火入魔的佛教宗派，禪宗主張靜穆暝想以達正覺。禪宗的思想直到宋朝才對繪畫產生直接的影響，在第八章中我們將會詳談。

　　西元 847 年，學者兼鑑賞家張彥遠完成了他的歷代名畫記。這是世界上第一本繪畫史，我們慶幸這本重要的書能流傳下來，它的內容包括當時在長安與洛陽的壁畫目錄。此書記載許多當時著名的畫家與作品，眞像西洋貝德克 (Baedeker) 所寫佛羅倫斯導遊記一樣。很可惜張彥遠所記載的壁畫由於 845 年的廢佛及後來的戰亂已蕩然無存。根據記載，許多外國畫家的作品曾引起當時中國民衆的興趣，對於當地的畫家也有很大的影響。北齊畫家曹仲達所畫人像的衣紋緊貼於身上，好像整個身體浸在水中，因此有「曹衣出水」之稱，這種描寫也很適合於天龍山的彫刻。隋朝時，于闐國的畫家尉遲跋質那來到長安，他不但專攻佛教主題，同時也擅長於畫外國珍奇的花卉與器物，他所畫的東西非常寫實逼眞。尉遲跋質那的兒子尉遲乙僧被唐太宗封爲郡公。九世紀唐代朱景玄的唐朝名畫錄記載乙僧的畫不管是佛像、人像或花

(註一)唐朝時大乘佛教須要許多佛像、圖式、呪文及經典，由於當時木版印刷發展得很快，因此能使佛教傳教工具廣爲流傳。最早的印刷木版圖製於西元 770 年，是一卷佛教唸誦文，爲斯坦因爵士所發現。中國人與西藏人很可能在六世紀中葉已開始印製木版圖。至於商朝印章的使用及石刻文拓本(可能由於漢朝紙的發明)，可以把中國的印刷術推展到更早的時期。

卉，皆用外國方式來表現，不太像中國人的作品。張彥遠描寫乙僧的
線條筆法如「鐵線銀針」一樣，非常緊湊有力。元朝藝評家敍述尉遲乙
僧運用濃厚的色彩，層層堆積於絹上，可惜他的作品沒有一件保存下
來。我們猜想他的凹凸花風格並不是一種很細膩，以陰影法建立的立
體造型。根據早期文獻上的描寫，尉遲乙僧的技術應用很厚的顏料，
一層層塗上去，使得他所畫的花卉能凸出於牆面。事實上這種繪畫技
術，我們在麥積山受損害的壁畫上還可以看到一些遺跡。

吳道子 (701－761)

　　當一些唐朝畫家正對國外傳來的繪畫技術感興趣時，唐朝最偉大
的畫家吳道子却應用一種完全中國化的風格來繪畫。吳道子充沛的創
造力與雄偉的繪畫構思，可與米開蘭基羅 (Michelangelo) 比美。吳道
子生於西元 700 年左右，據說他一生畫了將近三百張的壁畫，大部分作
品保存於長安與洛陽的寺院中。這些壁畫與西方濕壁畫 (Frescoes) 不一
樣，主要畫在乾燥的石灰牆上，可惜沒有一件作品保存下來。十一世
紀的蘇東坡曾說他看過兩幅吳道子的眞跡，蘇東坡之友米芾看過三、
四幅。我們可以從看過吳道子眞跡的人的記載去了解吳道子的作品，
總括來說他的畫充滿活力、實質感與寫實主義。這些描寫及讚美遠超
過我們現在所能看到的轉手模本、拓本或草稿。十二世紀的文人董迿
形容吳道子的畫「吳生畫人物如塑，旁見周視，蓋四面可意會，其筆
跡圓細如銅絲縈盤。」(蘇立文註：吳道子的人物畫像彫塑一樣，畫中
人物如凌空的主體形象。他的筆法細如銅絲盤繞。)另一位文人指出這
種像銅捲絲的線條是吳道子早期作品的特色，同時亦可看出他受到尉
遲乙僧的影響。董迿又形容吳道子所畫的人物「朱粉厚薄，皆見骨高
下，而肉起陷處，此其自有得者，恐觀者不能知此求之，故並以設彩
者見焉。」(蘇立文註：吳道子的紅白顏料畫得很厚，人物的顴骨高聳，
鼻肉豐滿，眼窩深陷。這種效果並非運用墨色渲染的陰影所造成，而
是自然形成。)當時的人都認爲吳道子的筆法充滿旋風式的動力感（吳
帶當風），當他畫畫時，常吸引了一大羣人圍觀。吳道子的作風也許在
敦煌第一○三洞，印度高僧維摩的身上可以想像得到(圖232)，這幅畫是
八世紀一位不知名的敦煌畫家所畫。吳道子對於後來中國人物畫的影
響很大。

232.唐朝敦煌石窟第 103 洞維
摩 (Vimalakīrti) 論經圖壁畫
(伯希和137洞)，8 世紀。

日本奈良法隆寺金堂壁畫

　　雖然我們已談到佛像彫刻第四階段，然而還是無法看到任何唐朝

143

中國傳統筆法與印度立體造型混合的繪畫作品。歷史上這種中西混合風格確實曾經在中國發生過，並經由高麗傳入日本。八世紀初期，日本奈良法隆寺金堂內有四方佛陀淨土的繪畫，這是一位佚名繪畫大師畫於牆壁四塊巨大的木板上（圖233）；另外還有八塊垂直的長形木板上畫著菩薩像。這些木板畫曾經保存了1200年，不幸在1949年一場大火中幾乎全毀。這種藝術上的天災，就像米開蘭基羅的西斯汀 (Sistine)壁畫或印度阿占塔 (Ajanta) 石窟寺院壁畫突然遭到破壞一樣，是人類文化的一大損失。圖154是當時最流行淨土變主題中描寫阿彌陀佛淨土的一部分，這幅畫構圖簡單，所有佛像的神態極為靜穆，阿彌陀佛兩旁站著阿婆盧吉低舍婆羅 (Mahāsthāmaprāta) 菩薩及大勢至 (Avalokiteśvara) 菩薩。阿彌陀佛 (Amitābha) 坐於中間的蓮華座，頭頂上有珠寶裝飾的華蓋，手作轉法輪勢。這些佛像的線條非常細膩、正確及流暢。雖然原來印度可觸性的肉體感已經經過高度的抽象化，然而仍舊能描繪出佛祖本身結實的立體造型。事實上除了印度佛像基本圖像造型及主要輪廓線外，在畫面上我們已看不到任何濃厚的印度色彩。畫家應用一種似是而非的陰影法，適可而止的來強調手腕與下顎圓渾的造型。這種不留形跡的塑造，主要是靠線條的流轉來達成立體的效果。衣紋也以陰影法表現，這種方法可能是受到五世紀顧愷之女史箴圖中所應用技術的影響（如果大英博物館所收藏的畫果真是顧愷之原作的仿本）。唯有在珠寶

233.紀元 8 世紀初期日本奈良法隆寺金堂第 9 號壁畫「西方阿彌陀淨土圖」，約708年。

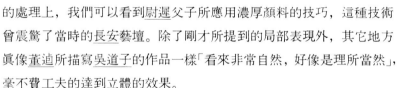

的處理上，我們可以看到尉遲父子所應用濃厚顏料的技巧，這種技術曾震驚了當時的長安藝壇。除了剛才所提到的局部表現外，其它地方真像董迫所描寫吳道子的作品一樣「看來非常自然，好像是理所當然」，毫不費工夫的達到立體的效果。

234.唐朝敦煌絹軸幡幟釋迦牟尼削髮圖， 背景山水爲中國風格， 9世紀，倫敦大英博物館史坦因收藏。

敦煌的繪畫

　　儘管阿彌陀佛的信仰在中國本土已經沒落，然而在朝聖地敦煌及鄉下地區仍很流行。尤其當朝聖者與鄉下信徒看到敦煌七世紀與八世紀描寫西天樂園淨土變的巨型壁畫時，他們的心裡感到十分敬畏。在敦煌一間封藏室中，奧略爾・斯坦因 (Aurel Stein) 爵士發現一大堆手抄本與絹本幡幟。這些作品中許多出自工匠的手筆，整體說來，斯坦因的收藏毫無疑問的是中國唐朝絹畫的眞跡，數量亦相當可觀。斯坦因的收藏中最突出的是一系列佛教人物像幡幟，這些畫顯然是臨摹印度佛像草稿：一張描寫佛陀在菩提樹下頓悟的景象，兩張臨摹犍陀羅的人物，還有一張是靈鷲山 (Volture Peak) 釋迦牟尼說法像。斯坦因博士

235.盛唐 (712－762) 敦煌323
窟壁畫摹本。

還指認另一幅畫的風格與于闐 (Khotan) 寺院殘壁上兩個立體造型浮彫完全相同。這些幡幟中有許多描寫淨土變相及單獨的神像(尤其是當時漸受歡迎的觀音像),畫家採用暖色的色調繪畫,細部的表現非常富麗,同時還以花紋來裝飾。這些幡繪最活潑吸引人的地方就是兩旁小的配景,它們很像十五世紀義大利祭壇畫下部的小畫面 (Predella)。這些配景主要描寫佛陀現世的事蹟,以山水為背景^(圖234)。在西藏密教影響敦煌畫之前,中國畫家皆以山水背景來畫佛畫,有時山水甚至佔據了整個畫面,畫家完全以一種非印度的方式來作畫。敦煌第一○三洞及二一七洞的壁畫,把傳統的繪畫方式分成幾層平行長卷形構圖,將整個牆面畫成高峯聳立的大山水畫^(圖236)。這種大山水畫的構圖是將畫面分成許多小的獨立空間單元,中景與遠景之間的空間處理並不高明,比堪薩斯 (Kansas) 收藏的石棺浮彫^(圖172)進步不了多少。但與敦煌其它繪畫作比較(譬如第三二三洞壁畫上山水的細部),可以明顯的看出八世紀空間深遠的處理方式已獲得圓滿的解決。

宮廷繪畫

我們現在從敦煌地方文化的自然主義回到宮廷的光輝藝術。目前保存於美國波斯頓 (Boston) 博物館的「十三帝王像卷」^(圖237),傳說為閻立本 (600－673) 的手筆,主要描寫從漢朝到隋朝十三位帝王畫像。閻立本的長兄閻立德及父親閻毗均為著名畫家。閻立本曾任唐太宗的宮廷畫學待詔,後升為右相。這部手卷絕大部分為宋朝的仿本,它主要是要表現儒教的理想人物。這個時期,儒教已恢復領導社會的地位。畫卷中每組人物都能結合成獨立的肖像畫構圖,整本手卷可說是當時中國帝王威風凜凜儀仗行列最好的寫照。畫中的人物都是全身像,人像的朝服寬敞,線條運轉流暢,粗細一致。臉部略施陰影,微具立體感,衣折上的陰影較為顯著。畫工對於服裝轉折陰影的處理方法與日本奈良法隆寺金堂的阿彌陀佛像相同。

近年來有關唐朝的繪畫資料增加了許多,尤其是西安西北乾縣梁山山麓永泰公主墓群的發掘。這些壁畫是否出自閻立本弟子的手筆?不得而知。永泰公主十七歲時不幸被武則天謀害而死(或被迫自殺),武則天死後,繼位的中宗於 706 年為他不幸殉難的女兒建造地下陵墓。陵墓牆壁上畫著九位侍女圖^(圖238),線條非常流暢自由,充滿活潑的生命力,雖然筆法有些潦草,但筆力剛實成熟。這些繪畫主要是提供死者一個享樂的環境,它們的出現使我們了解八世紀唐朝宮廷壁畫所到達的顛峯水準。高宗與武則天的墓至今尚未被挖掘(似乎從未被盜掘過

236.唐朝敦煌石窟第 217 洞壁
畫,「沒骨山水」(伯希和70洞),
紀元 8－9 世紀。

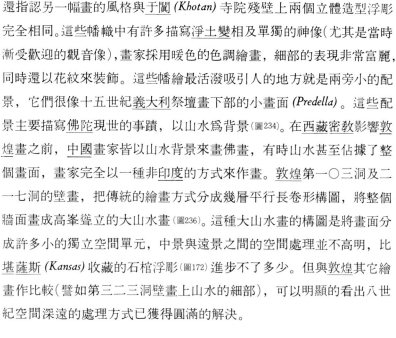

237.唐朝閻立本「歷代帝王像」
圖卷局部，陳宣帝像（十二帝
王從漢朝至隋朝）高51公分，
美國波斯頓博物館（約673年）。

），我們只能想像陵墓內可能有豐富的寶藏。兩座墓在佈滿岩石的小山
中（圖220），離永泰公主的墓不遠。

　　唐朝宮廷的生活在傳周昉與張萱的作品中可以看到。張萱是唐玄
宗時代的宮廷畫家，專畫「貴公子、鞍馬、美女」。雖然張萱沒有眞跡
流傳下來，但我們知道有一幅「搗練圖」（圖239）可能是宋代仿唐朝張萱的
畫。這幅畫傳爲宋徽宗的手筆，但可能性較大的是宋徽宗畫院中畫工
的代筆。宋徽宗不太可能有時間來臨摹這樣的古畫，不過他倒是常在
仿本上簽名。搗練圖上有一位宮女正捲起她的袖子準備搗練絲絹，另
一位在抽絲捲線，還有一位在縫紉，左邊的仕女用扇子扇著炭火。這
幅畫的顏色豐富鮮明，所有細節都像寶石一樣安排的精確細巧。畫中
既沒有背景也沒有底色，但有深遠感，人物之間有一種中國繪畫特有
的空間感。

　　周昉（活躍749－810）、張萱（活躍714－742）這類的宮廷畫家與
當時的詩人一樣，常被皇帝召喚。他們必須參加朝廷的文化與社交活
動，同時還必須替皇帝最寵愛的妃子、德高望重的大臣及西方來的番
族使節畫肖像圖。當時的中國人對外國人奇異的長相非常感興趣。另
外他們還畫一些較嚴肅的肖像圖，譬如佛教高僧像，畫家李眞（活躍
780－804）曾經畫一系列眞言宗祖師肖像圖。李眞爲周昉同時代的畫
家，雖然在中國並不被重視，然而他的作品在日本非常受歡迎，他的
作品表現了佛教神秘主義嚴謹高貴的精神。

238.唐朝陝西乾縣永泰公主墓
之壁畫「宮女圖」，紀元706年。

239.宋朝傳宋徽宗（1110－11 25）臨唐張萱「搗練圖」12世 紀初臨本，高37公分，美國波斯 頓博物館。

一般宮廷的藝術家在宮廷內並不受重視或禮遇。張彥遠曾記載閻立本所受的無禮款待：有一天閻立本被太宗召去趴著畫宮廷內湖中游水的小鴨，回家後告誡他的兒子與門徒，希望他們不要靠畫畫謀生。當時的朝廷人士稱畫家爲畫師，相當於畫工的老師，這類名稱絕不會用在學者、高官或紳士的身上。唐玄宗很喜歡馬，尤其是西域來的高大悍馬，據說玄宗的馬槽內養著四萬匹西域的馬。現在還留下一幅傳爲畫馬專家韓幹(約715－781)所畫的「照夜白圖」(圖240)(紐約大都會博物館藏)，照夜白是唐玄宗最喜愛的一匹馬。圖中照夜白被拴在馬柱上，它的前腿提起，神情緊張，好像受到驚嚇。馬的頭、頸、前身爲眞跡，後半身爲後人的補筆，馬的尾巴已不存在。然而這些對我們來說已足夠了，我們可以看到像唐代陶馬一樣充滿生命力的動作與立體性的塑造。

山水畫

唐朝興盛時期，雖然畫家忙著畫佛教壁畫、人像畫及參加社會活動，然而他們一心想遠離喧嚷的城市，遨遊於山水。中國山水畫的傳統發源於六朝，經過一段極爲緩慢的演進後才達到圓熟的地步。六朝的畫家一方面忙於畫佛像，另方面由於技術上對於山水畫的深遠空間感尚不知如何處理，因此山水畫發展得很慢。這些技術問題到唐朝時才一一的被克服。

根據中國後來藝評家與史學家的分析，唐朝山水畫可分爲兩派：一派爲青綠山水派，以宮廷畫家李思訓父子爲首；另一派是詩人畫家

王維所創的水墨畫派。青綠山水派應用非常正確的線描，這種線描是顧愷之、展子虔所傳下來的，他們同時還將裝飾性的礦石顏色填入輪廓線中。王維所創造的山水畫以潑墨的方式來表現。青綠山水畫派後來在明代被稱爲北宗畫派，是宮廷畫家與專業畫家專攻的領域。王維的南宗畫派是當時的文人與非職業性畫家所表現的方式。當我們討論明朝繪畫時，南北宗畫派的理論及王維所創造南宗之說極爲重要；因爲分宗的理論大半是明末的文人所提出來，以顯示他們的繪畫作風高於當時的職業畫家與宮廷畫家。在這裡我特別提到南北宗，主要因爲中國山水畫受到這種宗派的影響長達四百餘年。事實上這兩種不同的畫派並不像後代劃分的那樣清楚，王維之所以被人推崇爲中國繪畫史上的領導人物，主要由於宋朝以後文人畫的興起。文人畫家相信一位畫家的繪畫就像他所留下的親筆書法一樣，重要的是他個人的品質，而不是他的筆法技術。王維旣是一位理想的文人，因此也被認爲是一位理想畫家。

　　王維(699－759)是一位天份很高的音樂家、學者與詩人，同時是唐玄宗之弟岐王所供養的文士與畫家。安祿山造反時，王維受到政治的牽連陷入困境，後來爲其弟王縉所救，返回朝廷後受到皇帝的重視。

240.唐朝傳韓幹「照夜白」圖，韓幹活躍於740－760年間，照夜白爲唐明皇之愛馬，手卷，高20.5公分，紐約大都會博物館。

241.傳王維「雪溪圖」約10世紀
局部，前滿州皇家收藏。

242.唐章懷太子李賢墓壁畫，
李賢爲高宗與武則天所生之第
二子，陝西乾縣乾陵陪葬墓，
706年。

西元 730 年王維之妻去世，他開始篤信佛教，這種信仰是否影響他的繪畫，我們無法確定。王維在有生之年雖以畫雪景聞名，然而後代畫家對於他所描寫長安郊外別墅的「輞川圖」較爲熟悉。這幅長卷的眞跡已失傳，有許多仿本保存下來，明朝時還有刻於石頭上的輞川圖。雖然留下如此多的仿本，然而我們對於王維眞正的風格與繪畫技術却一無所知。王維對於自然詩情畫意的表現,我們在清朝皇室收藏的一幅「雪景圖」(圖241)中也許可想像到。王維雪景圖原作已失傳，這幅畫可能是晚唐或十世紀仿王維作風的山水畫。在一個寒冷的冬天裡，白雪罩滿了大地、屋頂及枯乾的樹頭，夕暮中有一個人正忽忙地趕回家去。圖中的山水雖然古拙，技法單純，然而沒有一幅早期的中國山水畫能像這幅畫一樣，動人地描寫出寒冬河邊的氣氛。

　　關於唐朝山水畫的風格，我們很難確定，因爲到現在可以肯定的唐朝作品只有敦煌的壁畫、幡幟及最近發現唐墓中的壁畫。從這些資料我們可以簡單的將八世紀唐朝的山水畫分爲三種風格：①線條畫②沒骨畫③繪畫型。第一種線條畫可追溯到顧愷之及後繼的畫家，這類作品皆應用精巧明確的線條勾勒，線條粗細一致，最後在輪廓線中填入顏料，最好的例子是懿德太子墓中的壁畫（圖243壁畫中山水細部）。第二種沒骨畫，在敦煌第二一七洞壁畫中可以看到(圖236)。畫中的顏色以不透明的方式畫在牆上，沒有任何線條勾勒。這種上彩的技法似乎只限於壁畫上。第三種繪畫型(Paintly)是應用極活潑書法的線條，在線條中應用墨色渲染，產生一種極豐富的皴法(圖234)。第三種繪畫型風格事實上是王維同時代人張璪所創立(註二)，這種繪畫直到八世紀時才有充分的發展,敦煌幡繪中有一張畫得較爲粗糙,見圖234。繪畫型風格後來被一些重要的畫家發展成中國山水畫的主流，而第一種線條畫成爲專業畫工最常表現的方式(青綠山水)。至於第二種沒骨畫，在中國逐漸的消失，長久不再被人引用。

　　唐朝末期，中國的文化活動開始從長安及洛陽遷到中國東南部。這個地區由於人口集中與經濟繁榮，人才群集於南京與杭州。畫家們嚐試以沒骨破墨方式作爲山水畫技術上的試驗，同時亦打破了傳統對於藝術及風尚的約束。當時的人鼓勵文人墨客從事丟墨及潑墨的技法，他們兇猛強勁的表現很像1950年代紐約畫派 New York School 一樣。可

(註二)張璪對於唐朝風景風格的貢獻可參考筆者所著一位被人遺忘的唐朝風景畫家 (A Forgotten T'ang Master of Landscape Painting) ，1975年 7 月，伯林敦雜誌 Burlington Magazine 第484－486頁。

惜這些「表現主義」的作品皆已失傳。十世紀一些禪宗畫家與南宋晚期
的畫家承襲這種風格，繼續作潑墨的實驗。

243.唐朝陝西乾縣懿德太子墓
內壁畫（約706），線鉤畫，陝
西乾縣乾陵陪葬墓（李重潤墓
出土）。

裝飾藝術

除了繪畫與彫刻外，唐朝文化的成就在西方收藏中大半是器物，
其中以明器佔絕大多數。這些東西雖然充滿活力，造型單純，然而並
不能代表唐朝工藝美術品最精美的水準。唐朝工藝品有時也埋在墓中
（可能爲其它理由而埋藏），譬如1970年陝西西安何家村出土的兩個巨
型陶甕中放滿金銀器與其它寶藏。許多人都相信物主在安祿山作亂時
（756年），爲了逃難而將這些寶物埋於地下。這些器物中以圖244的蓋
罐最爲精美，罐子採用鎏金及敲花細工完成，表面飾以牡丹花及鸚鵡
圖樣。但這些金銀器如果陳列在一起，不見得會比日本的收藏精彩，紀
元756年，日本光明皇后 (Kōken) 將她生病的丈夫聖武天皇 (Shomu) 一
生所收藏的寶物獻給東大寺大佛。現在這些寶物收藏於奈良正倉院中，
包括唐朝的傢俱、樂器、彩繪遊戲盤、漆器（有的漆器以螺鈿鑲嵌出

244.唐西安何家村鎏金敲花蓋
罐，上有鸚鵡及牡丹花紋飾，
重1.9公斤,高24公分，1970年
出土，現藏大陸,(紀元756年)。

245.唐朝西安何家村鎏金敲花
　八角形酒杯。高6 5公分，現藏
　大陸，(756年)。

246.唐山羊銀盒，高5.7公分，
　寬7.9公分，美國堪薩斯博物館。

247.唐鍍金舞馬銜杯紋銀壺，
　1970年陝西西安南郊何家村出
　土，高18.5公分，寬2.2公分，
　重548公斤，陝西博物館，756年。

248.唐四鳥紋草鏡，直徑22公
　分，美國佛利爾博物館。

動物或花卉紋飾)、鼈甲、金銀器等，另外還有來自阿拉伯國家的玻璃
杯、銀盤、水瓶、水壺、鏡子、絲絹、陶器、地圖、書畫等。這些收藏
最令人驚奇的是中國藝工對於外來的造型與技術的處理充滿自信（如
果這批收藏都是中國或仿造中國的器物）。唐朝以前中國金銀器多半受
到青銅器設計的影響，唐朝時由於近東器物的輸入，金銀器的設計有
許多新的突破，譬如奈良正倉院收藏的兩只大銀碗就是用整體鑄造而
成的。唐朝這類昂貴的金屬器很少，當時爲了要以最少的材料儘可能
塑造最大的器物而採用銲接的方法。金工將內外兩薄片在邊上銲接在
一起，如此可在金屬兩面敲打出凹凸的花紋。許多造型像高足杯、蓮
花鉢、平盤(上面敲打著動物飾紋)及八角杯（圖245）等，都是發源於波
斯。這些器物上的裝飾，充分表現出唐朝華麗與精巧的金工。動物、
人像、狩獵者、花卉、鳥類、捲花圖案等飾紋常被敲打或彫在器物上，
地紋則以小的圓圈裝飾。這些都是從中亞沙珊 (Sasani) 金匠處學來的外
國技術。

　　由於唐朝人豪華奢侈的風尙，他們常要求在鏡子背面鍍一層金或
銀。過去鏡背上抽象與道教圖案的設計，現在已被複雜象徵吉祥的裝
飾圖案所取代。譬如夫婦幸福的象徵常以交龍、鳳、鳥、花卉等浮彫
或嵌銀、嵌青貝螺鈿裝飾。正倉院中有兩個很漂亮的鏡子，仍保存古
代ＴＬＶ型的象徵符號、符號之間有浮在雲海中的山峯，山頂上有仙
人，仙女圖像。卡門 (Cammann) 教授曾指出摩尼教(Manichaeism) 的象徵
圖案在唐朝的器物中亦可找到，尤其是獅子與葡萄的圖案（圖252）有一

249.唐鍍金八曲銀杯，陝西西安何家莊出土，紀元756年，陝西博物館。

252.唐青銅禽獸葡萄紋鏡，直徑26.8公分，日本大山祇神社，日本國寶。

250.唐三彩貼花瓶，上有舞伎與龍之浮彫，高24.2公分，加拿大安大略博物館。

251.唐三彩罐，高17公分，舊金山亞洲藝術博物館。

段時期相當流行。後來這類圖案忽然消失了，這可能與843—845年間禁止外國宗教的傳播有關。

陶瓷

　　唐朝的陶瓷也採用許多外國的造型與主題，甚至於金屬壺的造型亦出現在中國高溫陶器中，表面以模型造花貼飾，最外層由上部垂流下青或棕色的釉(圖251)。牛角杯是模仿波斯舊的造型。唐朝圓型朝貢瓶也可在安息、波斯及敍利亞的青釉陶器中看到。這些外國器物後來又重新在中國出現，器物表面貼上粗糙的葡萄花飾、少年舞蹈者、樂師及其它狩獵景象的飾紋。希臘海倫時期 (Hellenistic period)的大型雙耳壺傳到中國的陶瓷時已失去其穩定的對稱平衡，然而頑皮的龍耳把手却使它們的側面輪廓線充滿活潑的生命感。另外一種技術是隨意將釉漿潑在陶磁表面上(似唐三彩)，這一切均能表現出中國陶工的特殊創見，死沉沉的陶土在他們的手中都會產生新的生命。

　　在中國歷史上，唐朝的陶瓷以其精力充沛的器形、多彩釉藥的發展及瓷器的完美華麗著名。唐朝的陶工不像漢朝侷限於單純的綠釉與褐釉。北齊時(550－577)，中國南方正開始將青綠釉藥應用在白陶上。到了唐朝，細膩的白陶上常施以五彩釉，釉藥裡混合著黃銅、鐵或在鈷中混合無色含鉛之矽酸鹽。這些混合釉藥能產生多彩的釉色，包括青、綠、黃、褐等不同的色澤。當時的釉調得很薄，讓釉藥從上端垂掛到瓶底，釉本身出現極細的裂紋(圖251)。盤子表面壓印成花瓣或蓮花型，最外層施以釉彩，釉常積於中間線刻凹紋中。唐朝人喜歡各種色彩，他們也製作像大理石的陶瓷，陶工將棕色與白色陶土捏合在一起

製成器物後，表面再塗上一層透明釉。唐朝時，製作較為雄渾結實的陶瓷外銷到近東波斯與兩河流域，當地的陶工再以品質較差的陶土加以仿造。

彩陶在中國北方有兩個主要生產中心：一為陝西西安生產的容器與陶俑（淺黃色胎土），一為河南所產之唐三彩。後者胎土中由於含高成份的高嶺土因此呈白色，非常接近瓷器，胎土較軟。西元755年安祿山反叛後，這類彩陶在陝西與河南已開始減產。唐三彩在四川與新興起的揚州仍繼續製造，揚州位於運河與長江之交叉口，在當時非常繁榮。遼朝時，北方地區仍繼續生產這類三彩陶瓷。

此時中國北部政治經濟雖然衰落，中國東南部相反的却愈來愈繁榮。唐朝末年杭州上林湖畔的越窯已到達顛峯，它的胎土具有瓷器的品質，陶工在常見的造型─碗及壺上印花或彫花，最後塗一層黃綠色釉。低溫燒成的北方陶器，不是平的就是稍微凹入，而越窯的足相當高，且足緣向外撇（圖256）。

可能在七世紀時（隋代）中國陶工開始發展眞的瓷器。瓷器品質堅硬而光滑發亮，以高溫還原焰燒成。它含有大量的長石 (Felspar)，以手指敲之能發出清脆的響聲。西元851年巴斯拉 (Basra 伊拉克境內) 發現一本古書中國與印度的故事（作者不詳）。書中的商人蘇拉曼 (Sulaiman) 談到許多廣東人的生活習俗，他說：「當時的廣東人製造品質極高的瓷器，他們的碗像玻璃酒杯一樣光滑精緻，其透明程度，可到達看透杯中流質的反射閃光，事實上它們是陶器而不是玻璃。」(註三)此時中國的白瓷早已銷到國外，非常受國外市場的歡迎。近年來綠色越窯與白磁碎片在沙馬拉 (Samarra) 的阿巴西 (Abbasid) 城遺跡中被發現。這個遺址是836－883年間回教教主的夏宮，雖然後來被其他人所佔領，然而遺址內所發現的殘片皆屬於這個時期；我們很明顯的可以看出當時這個地區與中國陶瓷方面的交易相當繁密盛大。

這種神秘的白陶到底是什麼？七世紀初期，河南鞏縣生產純白的瓷器，另外唐朝還有一種更潔白細膩的瓷器。根據八世紀晚期詩人陸羽「茶經」的記載：「邢瓷類銀，越瓷類玉，邢不如越一也。若邢瓷類雪，則越瓷類冰，邢不如越二也。邢瓷白而茶色丹，越瓷青而茶色綠，邢不如越三也……」雖然近年來不斷的有人在邢州附近（河南內丘縣）考察，並沒有找到任何製造純白陶器的窯址。但1980及1981年，考古人員在邢州北方臨城縣發現四個窯址，窯址內的陶器非常接近陸羽所描寫的

(註三) *Ahbar as-Sin Wa I-Hind* 索發給 (Jean Sauvaget) 1948年英譯本第34節16行。

253.唐白磁碗，高10.5公分，9世紀初,1955陝西西安出土。

254.唐邢窯白磁穿帶瓶,高29.5公分，口徑7.3公分,上海博物館。

255.唐黃道窯黑釉黃斑紋罐，高39.5公分，英國紐渥克 Newark 博物館。

256.唐朝越窯青瓷碗，碗口呈花瓣狀，紀元 8 世紀，高10.8公分，口徑32.2公分，上海博物館。

257.回紇三彩酒商俑，7 至 8 世紀，高36.1公分，加拿大安大略博物館。

邢窯(圖254)。考古人員指出，像陸羽這類早期的詩人，通常不會仔細的去描寫陶器的產地。譬如當時亦有人記載唐朝定窯的窯址，事實上定窯並不在河北定縣生產，而是在附近的曲陽縣燒製。(註四)

當時白磁很快地受到大眾的歡迎，各地陶工紛紛仿造，尤其是湖南與四川地區，專門製造細膩陶瓷的窯業中心亦大量增加。根據杜甫詩中的敍述，唐朝後期四川大邑縣也製造白瓷，景德鎮石虎灣開始研製青白瓷，它是宋朝精美青白瓷或影青瓷的前身。江西省的吉州也產青白瓷，湖南長沙附近生產類似越窯的青瓷，長沙北部的湘陰縣開始在瓷器上實驗釉下彩與琺瑯彩。河南鈞州附近及郊縣有黃道窯，色灰，質地堅硬，是宋代鈞窯的前身。黃道窯的造型厚重，有一層豐富的棕色或黑色長石質釉，最外面有青白色燐酸鹽斑紋(圖255,258)。

事實上，我們現在最欣賞的唐朝陶瓷，製作之初並不是要滿足收藏家的喜愛，也不是供家庭用，而是作為墓中的陪葬物。由於這種特殊的用途，因此能透露出古拙樸素的美感與生命力，這些特質可在大量唐墓出土的人物俑上看到，它們表現了當時日常生活的情況。唐俑

(註四)河北省澗磁村的定窯很早就開始生產極細的白瓷，從這種瓷器上我們可以想像邢窯的情形，邢窯窯址至今尚未發現。(譯註：邢窯窯址於1980年在河北臨城祁村發現，1982年在河北臨城發現隋代邢窯窯址，北方白瓷最早1971年發現於在河南安陽范粹墓(575年)北齊武平6年。

彩　圖16─18

16.17. 閻立本(傳)　歷代帝王像　　唐（約673年）　設色絹本　51.3×531公分　美國波斯頓博物院藏

　　此圖卷是唐代傳世最精美的人物圖。歷代帝王像主要畫漢昭帝劉弗陵至隋煬帝楊廣間（紀元前二世紀至紀元十世紀）十三位皇帝的畫像。根據近年來的研究,前六位皇帝的畫像,可能是宋代的仿本,後七位皇帝是唐代的原作。帝王的姓名可能是後代加上去的, 因此並不一定準確。下面兩幅是歷代帝王像圖卷中最精彩的兩幅:

　　閻立本 （600─674）為唐代重要人物畫家, 此圖卷原作約完成於673年

16.陳宣帝陳頊 （529─582）在位十三年 （569─582）, 性寬宏大量, 一意要收復舊土,

克服淮南地區, 惟不善經營, 十年後盡失江北之地。圖中陳頊坐於板輿上 （又稱步輦）, 有八位步輿夫扛抬。中間兩人手執障扇為儀仗, 後有兩文官侍從, 紗冠執笏。陳頊頭戴平巾幘小冠, 手執如意, 黑袍長袖。圖十六局部放大, 毛髮清晰可見, 下筆轉折自然, 線條穩健, 極具生命感, 寥寥數筆勾勒出傳神的眼眉。宋代周必大 （1126─1204）聲稱見過歷帝圖卷, 認為只有陳宣帝這一段是閻立本真跡, 其餘均為後代仿本, 可見在宋朝時, 陳宣帝這段圖卷已有相當高的評價。

17.陳文帝陳蒨像　陳蒨(522─566年）在位六年 （560─566）是南朝南京的皇帝, 儀容俊

美, 舉止儒雅。在帝王卷上陳蒨頭戴菱角巾, 身披鹿皮裝, 手執長如意, 獨坐高榻, 神情端莊悠閒。背後有二位梳雙環丫髻妙齡宮女侍立, 宮女腳著高齒屐。陳蒨左手衣衫下露出一「手托靠」, 南北朝時手托靠有二足、三足不一。這幅畫線條穩定沈著, 力透絹背, 筆筆均能描繪出人物的立體造型, 是中國人物畫中用筆傳神的典範性精品。

18.　行道天王渡海圖　唐（九世紀末）　絹本著色　37.6×26.6公分　倫敦大英博物院藏

　　這是斯坦因敦煌絹畫中, 場面最雄偉, 保存最完整的傑作。圖中的毘沙門天王(Vai-sravana)為佛教中的護法神, 他左手執金戟, 右手掌中冒出紫色彩雲, 雲端有一寶塔, 內坐一佛。圖右方托盆花的女士為功德夫(Sridevi), 相傳為天王之妹。中間手抱金杯的白髮老者為婆藪仙（Vasu）。老者後方抱寶盆的綠衣少年與左側戴金幘合掌的紅袍少年皆為天王之子 （天王有五子）。其他人物為夜叉(yaksa), 左側鬚長鬚戴白荷葉帽夜叉, 手執弓箭, 仰望右上角雲端中之加樓羅(Garuda)凶神, 正準備射擊。天王兩肩冒出熊熊的火焰, 後方的彩旗搖曳飄捲。天降祥雲庇護著天王及其隨從, 一羣人浩浩蕩蕩, 氣象萬千。遠處的山巒呈波浪起伏, 可能是北方地區湏彌山(Sumeru)的景象。

　　整幅畫線條活潑, 色彩鮮艷, 造型上充滿了飄浮升騰的動感。

陳永帝在位八
平深崇道教

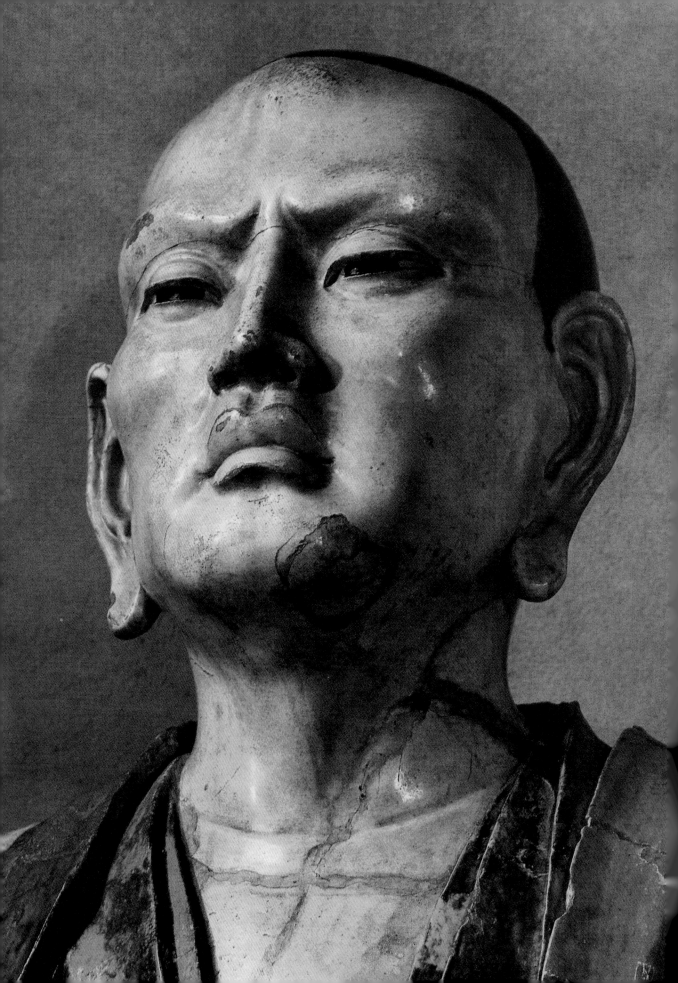

19．20．21．遼三彩羅漢　1912年河北易縣八佛窪發現

19 全身　高104.7公分　紐約大都會博物館

20 頭細部　高100.17公分　美國費城大學博物館

21 頭細部　高100.17公分　美國堪薩斯博物館

　　遼三彩羅漢1912年出現於北平，最早德國人佩奇尼斯基(Friederick Perzynski)曾撰文報導。在二十年中（尤其是1931—33年間），有九尊三彩羅漢像被轉手出售，流到海外各地。據悉英國大英博物館、美國費城大學博物館、波士頓博物館　堪薩斯博物館、加拿大安大略博物館、日本松岡先生Kojiro Matsukata各收藏一尊，美國大都會博物館收藏二尊。

　　佩奇尼斯基從中國帶一尊羅漢像到歐洲，經三次轉賣，最後流入柏林人類學博物館。1945年柏林大轟炸時，不幸被炸毀。

　　除了三彩塑像外，河北易縣亦產乾漆羅漢頭像，美國堪薩斯、芝加哥、克利夫蘭、西雅圖博物館均有收藏。易縣三彩瓷塑羅漢，在石窟中如何安置，因當時並無記載，不易考查。根據1912年佩奇尼斯基的照片來看，羅漢們圍坐於石窟四壁，類似四川大足寶頂山摩岩圓覺道場的佈置。這類石窟道場亦可能存在於北方石窟中。

　　易縣羅漢像純粹應用中國彫刻手法，寫實作風已到達國際的高水準。這些生動逼真的羅漢，個個跏趺而坐，正陷入佛徒坐禪時堅苦的精神狀態。那種剛毅凜然的決心，剖析過去，肯定現在，洗心滌慮的異想，洶湧起伏的思潮，全在他們的臉上留下了深刻的印記，足以證明中國彫塑家亦能描繪人性的莊嚴與內涵深刻的思想。

258.傳唐黑釉白斑扁壺河南黃道窯， 9世紀，高29.2公分，紐約大都會博物館。

259.唐三彩樂伎俑，高58.4公分，1957年陝西西安鮮于庭誨墓紀元723年，大陸歷史博物館藏。

有各種不同的尺寸，從幾英寸長的小型野獸與玩具，到巨型的馬匹、駱駝(圖259,260)、武裝軍隊以及富於幻想蹲立的鎮墓獸(稱爲辟邪或魌頭)(圖262)。這些唐俑中還包括一組非常有趣的官人、侍者、跳舞女人、樂土等，其中婦女佔多數(圖261)。有些婦女同男士們一樣騎在馬背上，有的甚至在打馬球。舊唐書「輿服志」中有一段敍述開元年間(713-42)宮內的生活片斷，宮女們坐在馬車後廂，戴著中亞輸入的胡帽，沒有面罩，整個臉露出來。當車子飛駛時，她們的髮髻由於一路顛簸而垂落下來，其中有些婦女穿著男人的衣袍與靴子。(註五)

　唐朝宮廷的逸樂生活在陶俑上都可以看到。六朝的婦女流行像仙女一樣纖細的身材，盛唐時這種風尚完全改變了，開始流行像英國維多利亞 (Victoria) 時代那種圓胖豐滿的體型。傳說中楊貴妃的身材非常豐滿圓渾(圖261)，雖然唐朝肥胖的婦女看起來不像過去那樣優雅，然而也相當具有媚力。中國陶工很喜歡以俏皮的方式塑造中亞與西亞的外國人，他們以變形的手法來描寫外國人的大鬍子、高鼻子及奇裝異服。(圖257) 唐俑人像多半利用模子，前部與後部分別鑄造。至於大型人物或野獸，則分開幾部位來鑄造，通常在它們的基座或腹部下方開個口，

(註五)參考中國墓中陶俑 (1953香港) 第9頁。

260.唐三彩騎駝樂人，高48.5公分，1957年，陝西西安鮮于庭誨墓，紀元723年，大陸歷史博物館。

261.唐加彩女俑,高48.8公分,
8世紀,日本京都博物館。

262.唐三彩辟邪門神,高49公
分,1959年陝西西安中堡村出
土,作於720-740年間。

裡面中空。這些陶俑常用三彩釉裝飾,有的全部塗彩釉,有的則讓釉
色自然垂掛下來。這些三彩釉常有細的裂紋,不太容易模仿。

　　唐俑中最奇特的就是那些勇猛的武士,他們常常站立在小魔鬼的
身上(圖262),有些武士可能代表歷史上真實的人物。三教搜神大全記載
唐太宗有一次生病,他房外有魔鬼吱吱作響,同時亂丟石頭與瓦片。
當時有位將軍叫秦叔寶,自稱他砍人頭像切西瓜一樣快速,同時能將
敵人的屍體像螞蟻山一樣堆積起來。　他向皇帝建議願意同另一位將
軍胡敬德一起守衛皇帝的睡房,晚上果然平安無事。唐太宗非常高興,
就把秦叔寶與胡敬德的像畫於宮門上。這種傳統一直保存下來,後來
這兩位將軍成為中國民間藝術中常見的門神。(註六)

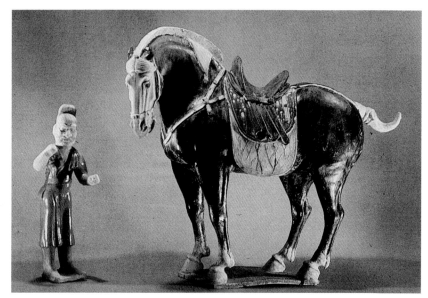

263.唐三彩陶馬與牽馬俑,馬
高66.5公分,長79公分;俑高
46公分,1969年河南洛陽出土。

(註六)參考魯迅中國小說史所提到的三教搜神大全(1959北京)第21-22頁。

166

8

五代與宋代藝術

安祿山之亂後，唐朝再也無法恢復過去的盛況，這次的動亂造成唐朝帝國精神與實質上的沒落。此時中亞被回教徒所佔領，西藏地區的藩鎮叛亂，國內農民暴動，灌溉設施遭到破壞（灌溉設施是唐朝財富的來源與生活穩定的基礎），這些因素使得唐朝的滅亡成為定局。西元903年中國進入政治混亂的局面，歷史上稱為五代。「五代」這個名詞我們應該解釋一下，它只包括定都於中國北部的五個王室（多半是由專橫的軍閥所建立），分別為梁、唐、晉、漢、周。後人在每代名字前加個「後」字，避免與以前同名的朝代相混。西元907－923年間，後梁經歷過四個皇帝，他們來自三個不同的家族。當時中國南方與西南方為10個小國所割據，這些地區生活較北方安定，文化經濟日益繁榮。前蜀(四川)被後唐征服(925 年)之前是一個富裕的國家，學術風氣鼎盛。唐朝末年許多長安、洛陽的學者、詩人、畫家紛紛遷居四川避難，他們將北方朝廷輝煌的文風也帶到四川。在前蜀皇帝王建(891－918)的墓中，我們可以看到唐朝晚期裝飾藝術的風貌，譬如墓中的玉器、銀器、浮彫、壁畫等。王建 918 年死於四川成都，墓中的陪葬品可代表晚唐的作風。(圖264)

中國內亂必招外患，這在歷史上屢見不鮮。五代開始北方塞外民族密切的注意中國內部的崩裂。936年石敬塘將長城以南、河北北部中部、山西北部等(即燕雲十六州)國防要地割給契丹，從此為中國帶來無窮禍患。十年之後，契丹在中國北部建立遼國，佔領中國北部廣潤的土地達四百年之久。

959年後周最後一位皇帝去世，第二年禁軍將軍趙匡胤被擁立為皇帝，改國號宋。開始時一般人都認為宋朝可能像其它朝代一樣短命，然而宋太祖是一位精明能幹的人，16年間他勵精圖治整頓國家。古特里

264.五代（918年）四川成都王建墓石彫武士支持墓廓之石壇。

265.五代南唐男女舞陶俑,高
46－49公分,1950年江蘇南京
市南郊李昇陵出土,紀元943年。

奇 (Goodrich) 教授指摘宋王室削弱藩鎮,邊疆上沒有鞏固的防線以防禦契丹(1125年亡)、女眞(金人,1234年亡)及蒙古人(韃靼)的侵略。除了這些異族外,當時西北邊境尚有黨項(Tangut 西藏民族)人建立的西夏(990－1227), 西南有安南與南詔。1125年金人大舉入侵宋,直攻開封,擄刦徽欽二帝以及王室、諸臣等三千餘人北去(宋徽宗在中國歷史上以畫家、收藏家及鑑賞家聞名)。1127年徽宗第九子構帶著殘餘的朝臣南奔,越過長江,定都臨安(臨時安居之都),是爲高宗。此時國號爲金的女眞族幾乎佔領了長江以北整個地區,他們暫時還沒有入侵南宋之意,因爲當時宋人答應每年增納銀幣及絹,宋金議和,因此能維持一段相當長的時間,直到蒙古成吉思汗南下,併吞了宋、金兩國。

宋朝在層層敵對勢力的包圍下,文化的發展非常內向。漢代的中國生活於幻想的世界中,西域有充滿神話的崑崙山,東邊遙遠的地平線外有蓬萊山。唐代的中國張手歡迎中亞文化,接受一切來自西方的影響。宋代的中國卻付出了相當大的代價才從強敵威脅下換來暫時的和平,宋朝人用新奇的眼光來研究周圍的世界,對於這個世界有深刻的洞察力。宋人將六朝充滿感情與幻想的境界再加以進一步的發展,

地圖10.宋代中國

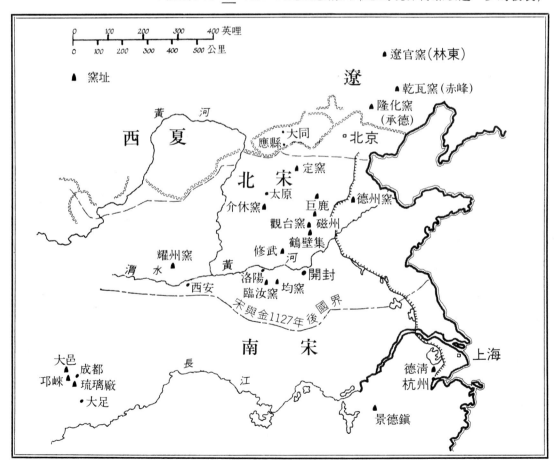

六朝的思想在唐朝的現實與樂觀主義下，曾經一度沒落。宋人的創造力、哲學上深刻的直覺、精密的技術發展等三者完美的平衡，使得十世紀與十一世紀成爲中國藝術史上一個偉大光輝的時代。

這段時期，中國史無前例接二連三的出現幾位眞正有文化修養的皇帝。在他們的領導下，中國的知識份子開始參與政治，他們受到社會的尊重，在皇帝面前可以坐下，自由發表政論。他們所以獲得這種特權，部分可能由於印刷術普遍流行的緣故。蜀的首都成都在九世紀時成爲主要的印刷中心，這時中國第一次發行紙幣。932－953年間，第一版四書印了130卷，佛教大藏經印了5000卷，十世紀結束之前道家的經文典獻「道藏」也印刷出版。新印刷術的發明可以將過去的知識綜合編纂，普遍流傳。中國知識份子從此開始他們無休止的文化發展工作，包括辭典、百科全書及叢書的彙編。這種思想上統一及綜合各家觀點的要求，引發宋朝理學思想家周敦頤與朱熹樹立新的儒教思想。二者將儒家的「理」與道家的「太極」合併爲一種形而上與道德的力量，並從佛教那裡擴充知識及習得自修的功夫。對宋朝理學家來說，「理」是主導一切的原則，它能使所有外物發展它內在的本質。理學家所謂的「格物致知」，「格物」一半應用科學，一半應用直覺，從外在的事物慢慢引向身邊的事物。一個有修養的人實踐「格物致知」的方法後，對於宇宙的知識能深入了解，並懂得「理」的應用。北宋繪畫緊湊的寫實主義，譬如畫家對於岩石表面紋路、花鳥造型及河中船隻結構細密的觀察，顯示出當時畫家對於視覺世界有敏銳的觀察與深刻的體會。這種「窮理」的態度，在宋朝理學的哲學思想上可以找到根源，尤其是剛才所提到「格物致知」的理論。

當時儒教復古運動的一項重要副產品（或可說是後顧趨向的平行表現），就是對古代藝術與器物發生新的興趣。宋朝時，仿古青銅（或玉）禮器與器物的市場很大，這些仿製品我們沒有直接的證據來確定其年份。有人認爲宋朝的仿古品比明、清的仿古品手工較爲細巧，感覺上更有古意。宋徽宗在十二世紀時曾出版過博古圖（王黼：宣和博古圖1111年），將他所收藏的銅器與玉器編纂成一本圖錄。博古圖後來出現幾種不太可靠的版本，好幾世紀以來它們成爲複製古董器物的依據。（圖266,267）

建築

由於宋朝有集大成的文化趨向，因此在建築上出現中國第一本建築手冊營造法式（李誡作，1103年出版）（圖268），這本手冊在1100年獻給皇帝，這樣的書只有在宋朝才可能完成。作者李誡是當時負責朝廷建

266.宋錯金銀銅壺，高50公分，11至12世紀，倫敦維多利亞與亞伯特博物館。

267.宋生翅錯金銀銅獅，高21.5公分，11至12世紀，倫敦大英博物館。

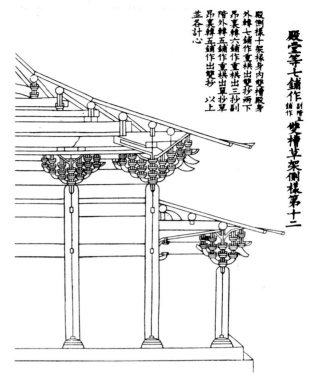

268.宋朝李誡「營造法式」內所記載七層斗栱的架構，可能是宮殿之大廳，1103年。

殿堂等七鋪作副階五鋪作　雙槽草架側樣第十二

殿側樣十架椽身內雙槽殿身
外轉七鋪作重栱出雙抄兩下
昂裹轉六鋪作重栱出三抄副
階外轉五鋪作重栱出昂抄單
昂裹轉五鋪作出雙抄
並各計心　以上

築實際營建專家，這本書一方面有歷史上學術性的探討，另一方面是營造的直接經驗，包括許多材料與技術結構上的知識。宋朝的建築雖然比不上唐朝的雄偉，然而技術上較為複雜、細緻。宋朝的「昂」不像唐朝只是簡單的懸臂，伸展出去支持上面的屋簷，宋朝的「昂」兩頭不再受到其它結構的支持，它是放在一塊造型複雜的「斗栱」上，在下壓與上抬的力量中得到平衡。這種「斗栱制度」，由於結構過份複雜，常導致建築結構上的鬆弛與混亂。慶幸的是宋代建築師對於木造建築結構本身非常大膽，同時能兼顧到細節上的精美，他們摒除剛健、巨大、結實的建築外型，崇尚輕巧、纖細、高聳的造型。當時的開封城到處都是尖頂樓閣，廟宇屋頂鋪著黃色琉璃瓦，地板則以黃釉或綠釉的地磚鋪蓋。木造或石造寺院佛塔的屋簷並沒有伸展得很長，只在屋簷與牆之間稜線地方略微起翹。

　　拓跋魏佔領中國後提倡佛教（因為在中國本土上他們是一支外來的民族），遼金也像魏一樣在中國北部提倡佛教，佛教到了宋朝仍然很受歡迎。陝西應縣佛宮寺有一座十二面的釋迦木塔(1058)，是現存遼朝重要佛塔中的一座（圖269）。這座佛塔細節非常豐富，外表莊嚴，斗栱結構更是富於動力感。山西大同在遼金時代是第二個京城，現在還保存兩座重要的廟宇，它們平排而立：下華嚴寺完成於遼代(1038)，至今仍保存的相當完整，上華嚴寺於1140年遭回祿之災後，又重新大規

269.遼朝山西應縣佛宮寺十二面釋迦木塔，1058年。

模興建。上華嚴寺內的五尊大菩薩像都是明朝時重新鑄造的，牆上的壁畫亦畫於十九世紀，下華嚴寺內的彫刻不但是遼朝時的原作（圖272），同時牆壁內還保存藏放經佛的書樓（薄伽敎藏殿壁藏，1038年以縮小的木構樓閣體來建造）。藏經樓細木工的結構提供當時遼代建築罕有的木造例子。遼朝的建築師與彫刻家應用他們特有的藝術風格，爲佛敎寺院創造出一種極莊嚴華麗的佛敎世界。當佛敎徒踏入佛堂時，立刻被這種光耀奪目、莊嚴的氣氛所包圍。佛陀、菩薩、羅漢、四大金剛等在這個巨大三度空間設計中有它們自己固定的位置，這種整體性的安排不但能使觀衆一飽眼福，而且還能滿足觀衆心靈信仰上的要求，使他們沈醉於莊嚴宗敎氣氛的籠罩之下。

270.山西應縣佛宮寺解剖圖。
1058年。

彫刻

遼金彫刻中最具有幻想力，最動人心魄的就是幾年前在北京附近易州（易縣）洞窟中發現的一系列陶製羅漢像。其中一尊現在保存於倫敦大英博物館，另外五尊分散在西方各大博物館的收藏中。由於這些陶像強而有力的塑造、尊嚴的體態、寫實的作風以及表面的三彩釉等種種特色，在剛被發現時幾乎所有專家都誤認爲是唐代的作品（當時對於遼金陶像的認識有限，因此不認爲是遼金的作品）。現在我們知道遼金時代中國北方文化發展相當蓬勃，仍保存著過去唐朝的傳統，但在彫刻及陶瓷上與唐朝略微不同。由於這些作品造詣甚高，不愧爲遼金藝術的代表。這些塗上三彩的羅漢像，並不是某一位僧侶個人的造像，他們所要表現的是僧侶趺坐沉思的精神狀態。尤其是美國堪薩斯（Kansas）畫廊收藏的年青羅漢像，刻意的表現出羅漢趺坐靜修時內心的矛盾。這位羅漢正襟危坐，全神貫注，沉緬於修禪入定的深思中。紐約大都會博物館收藏的是一位佛家的長者（圖271），他氣宇軒昂、目光炯炯、風貌卓然，充分表現出經過一番內心搏鬥後靜穆的神態。雖然這位長者在修禪趺坐的過程中肉體曾受到折磨，然而他仍表現得精神奕奕，吐露著智慧的光輝。

遼金時代並非所有彫刻作品都是古典形式的復興或唐朝傳統的延續，有些木彫與泥塑佛像風格是唐朝所沒有的。這類佛像或菩薩像全身經過仔細的塑造與處理，有時創造出一種深具寫實作風的肌肉感，反而顯得粗俗不堪。這些彫像雖然不像唐朝佛像那樣充滿生命力，但它們却顯得莊嚴而富麗堂皇（圖272）。這類佛像平時放置在大型壁畫之前，遼金時代的壁畫與這些佛像彼此相互配合，留給人氣勢磅礴、華麗多

271.遼朝河北易縣三彩羅漢像，
11－12世紀，高105公分，紐約
大都會博物館。(局部)

272.遼朝山西大同下華嚴寺塑
像(紀元1038年),1975年作者
攝。

273.山西大同下華嚴寺觀音像,
約紀元1038年。

采的印象。事實上,遼金的佛教壁畫與彫刻藝術的特徵是互通一體的。
西克門 (Siekman) 教授有一段文章描寫遼金的彫刻(圖274),這段話同樣的
也可應用在繪畫上。他說:「這些佛與菩薩的儀態非常自然,好像他們
正莊嚴地走向前來,或剛剛坐在蓮花座上。由於一些動作使得他們的
衣裳及圍繞身上的彩帶飄動。這些彩帶非常重要,因爲它們能在空中
產生飄轉的旋渦,有的彩帶繞著手,有的繞著身體,有的甚至繞到背
後去。在三度空間中產生一種激盪特殊的效果。衣紋與彩帶的褶紋彫
得相當深,同時有極尖銳的稜角;因此當光線照在彫像上,能產生光
影強烈的對比。彫工在飄帶與天衣末端部分常以螺旋渦捲的形態來表
現飄舞的尾帶或衣角,這與當時中國繪畫中的筆法非常相似(似吳帶
當風)。」(註一)

　　這種含蓄但充滿絢麗的動感,就像歐洲巴洛可(Baroque)藝術一樣,
主要是要把觀衆帶入感情激動的境地裡。其中尤以觀音菩薩最能表露

(註一)西克門 (Sickman) 及舒伯 (Soper) 所著中國藝術與建築 (*The Art and Architecture
of China*) (1968. 倫敦)第97—98頁。

這種慈悲的情懷(圖274)，因爲觀音是慈悲菩薩，她不但爲信徒帶來子息，並且當衆生遇到災難時只要口唸觀音佛號即可去難消災。觀音常以平靜而超然的眼光觀望着受苦的衆生，她並非漠然無動於衷，她的眼神流露着慈祥但不感傷的目光。遼金觀音像顯然有內在誇張的造型趨向，這種趨向適時地被宋代藝術細膩典雅的特質所抑制。

　　從另一方面來看，宋朝的彫刻應該是非常高雅細緻的。然而由於中唐以來，中國知識分子對於佛教教會所持的思想立場愈來愈不感興趣，但佛教的善有善報，惡有惡報，因果輪廻之說，對一般民衆却

274.金或元 木彫彩色觀音菩薩像，12－13世紀，高225公分，美國堪薩斯博物館。

275.南宋四川大足石刻大佛灣，寶頂山北壁，1179－1249年。

能產生相當大的吸引力；因此有些宋朝宗教藝術變得非常寫實，主要為了教育大眾。宋朝彫刻寫實主義中，最駭人的例子就是描寫一個靈魂受到地獄痛苦的折磨(圖275，276)。這件靈魂的造像是四川大足石窟中數百尊佛教彫像中的一個，一位佚名彫工將它刻在岩石上。這種宣揚教義生動的民間彫刻，在現在中國的廟宇中，仍然可以看到，是一種綿延不斷悠久的民間傳統。

五代的禪畫

　　中國佛教經過唐武宗845年實施廢佛之後，已無法重新恢復過去的盛況。唐朝後期佛教密宗 *Tantric* 開始沒落，這可能由於密宗無法在中國生根的緣故。禪宗的立場就不一樣，禪宗像道家一樣主要強調修身自救，將一個人的心靈從思想與物質困擾中解放出來，同時要接受倏然入定的頓悟，從頓悟中豁然體驗到「空」的內涵。為了要創造靜坐瞑想的適當環境與氣勢，禪宗僧侶常選擇風景秀麗，隱密的地點建造寺院，院內萬象寂靜，唯一能聽到只有風嘯樹動及雨打石階上的聲音。禪宗最終目標及修持證悟的方法與道家非常相似，然而他們堅忍苦修的態度却是道家所不及。佛教傳入中國雖然已有千年之久，直到現在才開始溶入中國本土的思想與文化中。禪宗畫家試圖尋找一種表現方式來傳達他們直覺頓悟的經驗。他們應用中國的毛筆與水墨的形態，

以書法精神描繪菩薩、羅漢或任何他們所選擇的主題來表現佛學思想的眞諦。事實上在唐朝末期，中國已有畫家應用癲狂的方式來作畫，很像現在美國的行動畫家一樣 (action painter)。這些唐末畫家的作品雖然已失傳，但根據文獻記載，當時有一些性格獨特的畫家受到禪宗思想的啓發與影響，而朝非理性與自動自發性的藝術創造路線發展，後來的禪宗畫家即承襲這一脈路線。禪月大師貫休 (832－912) 居於長江下游，一生專攻佛像畫，後來服膺於四川成都王建的宮廷中，榮封國師。貫休所畫的羅漢造型非常奇特誇張，這種變形的羅漢頗合於禪宗的觀點。貫休的羅漢像粗眉垂髮，道骨仙風，顯然取自胡人的面貌造型。這些羅漢非常像現代漫畫中的人物，古怪而醜陋，好像只有靠變形的軀體才能傳達禪宗頓悟的經驗。事實上禪宗頓悟的經驗本身是無法言傳或描繪的，藝術家所能做到的只是創造一個使觀衆震驚的形象，藉以驚醒他們輪廻的迷夢，而能立地成佛。如果說每位禪宗畫家畫羅漢時心中就存有這種想法，似乎又言過其實，我們只能說這是一種象徵性的繪畫，表現一種無法言傳的直覺經驗。它們好像在說：「所謂頓悟就是這樣罷了。」

有幾幅保存下來仿貫休的作品在日本非常受重視，禪宗流行於日本的時間比中國長久。貫休死後，石恪繼承他的衣鉢，石恪是一位狂放、古怪的畫家(圖277)。根據十一世紀歷史家的描寫，石恪常口出狂言揶揄別人，或寫諷刺的詩句嘲諷世俗。當時的作家喜歡將畫家分成三種品級─能品、妙品、神品，像石恪這類畫家冠以神品並不合適，因爲神品的含義是要依循某些繪畫成規，因此當時人另外爲他取一個

276.南宋初四川大足石窟浮彫（寶頂山摩岩造像），表現在地獄中受苦之寃魂，紀元1179－1249年。

277.傳五代石恪「二祖調心圖」局部，石恪活躍於十世紀中期，高44公分，東京國立博物館。

名稱「逸品」。逸品是指完全超脫，不受任何法規的限制。有一位畫論家曾經說：「繪畫要達到逸品最爲困難，追求逸品的畫家常以速寫的方式來處理造型，細膩的描寫外界事物或賦予豐富的色彩對他來說並不重要，重要的是要把握住自然的本質。」這種逸品的觀念，在中國繪畫史上一再地出現，專門指那些無法以平常傳統法規衡量的畫家。

278.傳五代顧閎中（ 10世紀）「韓熙載夜宴圖」局部。高29公分，北平故宮博物院繪畫館。

279.韓熙載夜宴圖細部

此時另外一種繪畫傳統在南京地區發展得相當蓬勃，這羣畫家看到成都瘋狂野獸派畫家的作品時，都搖頭皺眉。在成都，南唐皇帝李後主建立一個輝煌的小朝廷，主要摹仿唐明皇豪華的宮廷生活。最近有一位學者認爲李後主朝廷中所產生的藝術是唐代藝術的延續，也有人稱它爲未成熟的宋朝藝術。我們認爲這種藝術是唐宋時代重要的銜接橋樑。在李後主的支持下，周文矩與顧閎中（活躍於943－960）除了繼承周昉與張萱的繪畫傳統外，同時更進一步的加以發展。顧閎中的「韓熙載夜宴圖」（圖278,279）可能是12世紀的仿本，與原作應該非常接近。這幅畫主要描寫南唐左右丞相韓熙載召歌舞妓女百餘人，在家中夜宴的情景，他這種反儒教的放蕩奢侈行爲最後傳至皇帝耳中。李後主特派宮廷畫家（待詔）顧閎中參加韓熙載的盛宴，暗中描繪夜宴景象，以作爲彈劾韓熙載的實證。實際上圖中人物的行爲相當規矩，只有韓熙載的態度較爲隨便。席上的賓客與歌妓之間曖昧的眼神及半藏於床簾後的人物，皆以暗示性的手法描寫。奇妙的是畫家能以細膩嚴謹的畫法來表現一個淫靡放蕩的場合，確實是一個耐人尋味的問題。雖然十四世紀評論家湯垕認爲這類主題的繪畫不值得高尚人士收藏（譯註：湯垕古今畫鑑記載「李後主命周文矩、顧閎中圖"韓熙載夜宴圖"，余

176

見周畫二本，至京師見宏仲筆，與周事蹟稍異，有史魏王浩題字並紹勳印。雖非文房清玩，亦可為淫樂之戒耳。」然而這幅畫可說是中國社會生活很好的寫照。在這幅畫中我們可以看到當時的傢俱、瓷器，以及如何將水墨山水畫應用在室內裝璜上，譬如高立的屏風與寢台的裝飾。掛軸繪畫在五代時似乎不太流行。

　　唐朝傳統人物畫最後一位大師—李公麟(1080－1106)，又稱為李龍眠，晚年由於隱居在龍眠山莊仿效王維的輞川圖而得名。李公麟曾經畫過一幅「山莊圖」畫卷，現在保存著好幾種不同的版本。李公麟在宮廷知識份子中非常活躍，交友極廣，包括詩人蘇東坡、史學家歐陽修在內。根據當時文獻記載，大政治家王安石雖然交友謹慎，亦曾經謙虛的來拜訪李公麟。李氏年輕時以畫馬著名，當時傳說有一位道士告訴他，如果他繼續沈迷於畫馬，有一天他會變成一匹馬。由於這個忠告，李公麟開始畫其它的主題，他畫的主題很廣，曾經好多年專門模仿古人的作風(他本身的繪畫技術多半限於白描)。李公麟的繪畫主題包括各種類型的馬匹(圖280)、道家仙境、佛像及岩石中的觀音等。尤其是觀音像，李公麟創造出一種理想型的觀音像，非常受大眾歡迎。李氏極為流暢的線條，可以說將唐朝吳道子的風格應用宋朝細膩的方式來處理，在中國畫史上建立了一種人像畫的標準。這種傳統標準直到明朝還繼續被人引用。

280.傳李公麟「五馬圖卷」之一，11世紀末，高30.1公分，前滿州皇家收藏，現藏日本。

鑑賞學

　　李公麟不但熱心於模寫古代的名作，同時對於古代繪畫傳統非常

敬仰，使鑑賞學在中國成爲士大夫愛好的風尚。書畫鑑賞是一門相當艱深的學問，書畫眞偽的辨識常困擾著專家。在中國，畫家根據謝赫的「六法」而臨摹古畫，以傳達古人的畫意，仿古人的作品是一種名正言順的繪畫目標（譯註：西洋的藝術價值在於創見，仿畫不像中國那樣被認爲有價值）。中國有許多畫家仿吳道子的筆法，他們常像鋼琴家演奏巴哈 (Bach) 或貝多芬 (Beethoven) 的作品一樣，一味的在表演不再尋求藝術上的創意。藝術家們仿古畫的目標不是創新而是認同，中國畫家認爲對自然與傳統兩者都必需認同。西方的藝術家常把許多事物孤立起來，對他們來說，繪畫是直接觀察記錄他們眼前所看到的東西。中國畫家主要是記錄一般性的印象，他們的作品並不限於某時或某地的自然景象，而是自然形態的精髓。畫家一方面表現其內心的感情，另一方面必需控制筆法的精美。要達到這個目標，畫家就必須像鋼琴家一樣，不斷練習，要把筆墨技巧運用的得心應手，沒有一點技術上的困擾，也沒有一點思構與操作間的差距。中國畫家繪畫的過程是要把他們心裡的景象付諸於現實，因此畫家藝術訓練最重要的一環就是研究古人的筆法及創作。他們可能用薄紙覆蓋於古人的繪畫上然後描下來（摹）；或將原作掛於面前，照樣模寫（臨）；或根據古人的風格很自由的引伸出來（仿）。談到臨摹這兩種方式完成的繪畫，如果落在唯利是圖的收藏家或畫商手中，常把假的簽名、圖章或落款加在臨摹的畫上。有時還會加上許多其它的題款，以增加其爲眞跡的可信性。中國古畫有許多都有這類流傳的記錄。因此對於一幅古代的傑作是否爲眞品，由於眞跡的成例太少，很難證明，我們只能說這件作品具有某某大師的作風，屬於某一時期；或者這幅古畫看起來古舊，筆墨精美，算得上是眞跡。常常一張公認的古畫最後被人證明不過是一張後代的模本而已，因爲另外又發現一張同樣的畫，它的筆法較爲精美。在這種極爲錯綜複雜的鑑賞領域中，沒有一位書畫鑑賞家不犯錯誤，不曾被欺騙過。西方人士最近對於中國繪畫的鑑定似乎過分謹慎，中國與日本鑑賞家多半不同意西方專家的看法。

山水畫：中國北方畫家對於古典山水的理想

這個標題非常特別，顯然是指幾張五代及宋初偉大的山水畫家：如活躍於十世紀的荆浩、李成（圖281）、董源、巨然與活躍於十一世紀的范寬、燕文貴、許道寧等的作品。950－1050年間，中國一連串出現幾位偉大的畫家，這個時期可說是中國古典山水畫最光輝的時代。荆浩（活躍於900－960年間）一生大半隱居在山西省東部的太行山中，相傳

281.傳北宋李成（919－967）。
「靖山肅寺圖」，絹軸高112公
分,10世紀末,美國堪薩斯博物
館。

荆浩曾經寫過一篇筆法記（又稱畫山水訣）。在這篇文章中，荆浩提到
他曾經在深山中遇見一位長者，這位長者傳授他關於山水畫的秘訣。
荆浩引用長者的論調來表現他個人對繪畫的看法，長者認爲繪畫有六
種必備的條件及因素：氣（精神）、韻（韻律）、思（構想）、佈景、筆法、
墨色。事實上，荆浩的理論比謝赫更有邏輯性，因爲它是從繪畫思

282.北宋郭熙「早春圖」，紀元
1072年，絹軸高158.3公分，台
北故宮博物院。

想發展到繪畫形態的表現，然後再發展到構圖問題。布景要忠於自然，再談到筆墨的技術問題。最後這位長者又把形(似)與真(理)分開，所謂「形」是將一件外界事物的造型加以複製，而「真」是牽涉到內在的法則(理)。畫家應該把「形」與「真」溶合在一起，使得形式與本質能完善的配合，而後再應用合適的筆法去描寫不同的事物。荊浩強調畫中的花卉、樹木應該與季節相配合，人絕對不能大於樹，這不只是因為客觀的寫實主義，而是要忠實於眼睛所看到的自然，藝術家才能表現出山水畫中更深一層內涵的意義。如果不依從自然規律發展來作畫，藝術家就無法完全掌握自然的運轉，他的繪畫也不會成功。

　　把寫實主義的理論提升到理想主義的層次，是十一世紀繪畫大師郭熙在著名的林泉高致一文中所強調的一點。郭熙的山水畫不但應用李成強勁有力的筆法與凹凸不平山形的輪廓線，同時混合晚唐畫家以水墨塑造浮彫效果的手法(圖282)。郭熙對於宋朝山水畫的貢獻正如吳道子對於唐朝佛教藝術的貢獻一樣。郭熙是一位多產畫家，精力充沛，他喜歡畫大幅壁畫或巨幅屏風畫。在他所寫林泉高致(或稱山水訓)一文中，他一再堅持每位畫家在道義的原則上應該仔細觀察自然的每一面，注意季節的變化，同樣的景象早晨與晚上我們觀看後的印象是不同的。畫家應該記下各種時光的變化及每種事物的特質，在複雜的景象中應該知道如何選擇重點。畫水和雲時，應該賦予自然運轉的形態。他曾說過：「山以水為動脈，以草木為毛髮，以烟雲為神采」。事實上每座山皆有生命，因此畫家應該將生命(氣)放入他所畫的山林中。(譯註：荊浩，郭熙原文見本章後附錄)

透視學

　　可能有人會問，為什麼中國畫家一再地強調要忠於自然的形態，然而對西方人所了解最簡單的透視學原理却一無所知？答案是中國畫家故意避免透視學，就像他們故意避開光影的原理一樣。所謂科學的透視學，主要是要在一個確定不動的位置上來觀察世界，畫中所有的景象都從那一點上來觀看。這種方式可以滿足具有邏輯頭腦的西方畫家，然而對於中國畫家來說，這樣的觀點是不足夠的，他們會問為什麼要如此限制自己？為什麼只畫我們眼睛從一點上所看到的東西？北宋畫論家沈括批評李成由於以仰視的方法畫飛簷而約束了自己觀察的能力(圖281)。在夢溪筆談中沈括寫道：「李成畫山上亭館及樓塔之類，皆仰畫飛簷。其說以謂自下望上，如人平地望塔簷，見其榱桷，此論非也。大都山水之法，蓋以大觀小，如人觀假山耳，若同真山之法。以

181

下望上，只合見一重山，豈可重重悉見，兼不應見其谿谷閒事。又如屋舍，亦不應見其中庭及後巷中事。若人在東立，則山西便合是遠境，人在西立，則山東却合是遠境，似如何成畫。李君(李成)不知以大觀小之法。其間折高折遠，自有妙理，豈有折欠屋角也。」(註二)

山水畫家的理想

在西洋畫中，畫面空間受到畫境中四面牆所限制，中國畫則不然。中國畫家與西洋畫家構圖的觀念完全不同，一般西洋畫家在構圖上花很多功夫，因此認爲構圖根本不須要再檢討。中國的繪畫正如沈括所說是一個大自然的片斷，隨手撿來的，然而却有特殊永恒性深刻的意義。中國藝術家所記錄的並不是單獨視覺上的經驗，而是許多經驗的聚合。當畫家面對大自然的美景時，一刹那間啓發了經驗所累積的靈感，這種經驗是以形式來表現，它不但經過一般性的處理，同時還賦予象徵性的意義。中國一般性的處理是不同於西方克羅德·羅蘭 (Claude Lorrain) 或蒲桑 (Poussin) 對風景的處理。這兩位法國畫家創造一種恬逸理想化的風景，主要是要勾起人們對於過去希臘羅馬黃金時代的回憶。當中國畫家畫一幅廬山圖時，廬山眞的面目對中國畫家來說並不重要，一座山之所以重要是因爲可以對著它凝想，可以遨遊，可以描繪；而廬山能包含所有「一般山」的內涵。　同樣地，宋代畫院中畫家畫樹上的小鳥時，這隻小鳥並不是一個被畫框框起來的東西，這隻鳥是無限空間中一個生命的象徵。畫家選擇這個主題，主要是要表現鳥在樹枝上的永恒性。常聽人說:「中國畫家在畫面上留下很大的空間，如此可讓欣賞畫的人應用他們自己的想像力將這些空間填滿」。事實上這是錯誤的，不合於中國人的思想，中國人並沒有填滿畫面的想法。中國畫家之所以要避免一個完整構圖上的說明，主要是因爲他們認爲我們不可能知道每一件事，我們能夠描寫或補充的只是一種有限的眞理。因此一個畫家所能做到的就是解放他們的「思念」，讓這種「思念」自由的在宇宙無限的空間裡飄遊。即使是他們的山水畫也不是最後的敍述，它不是一個終點的目標，相反的是一個開端。因此我們可以說雷姆布蘭特 (Rembrandt) 的速寫素描與近代西洋表現主義畫家的作品，比十七世紀西洋風景畫家那種古典理想的構圖更接近於中國藝術的精神。

(註二)這段內容採自宗白華所著中國繪畫中的空間感 (中奧文化學會刊物，第一期，1949，第27頁)。中國繪畫理論家常把中國繪畫分成三種不同的遠近法：高遠、深遠及平遠。高遠：觀者由下往上看。深遠：俯瞰，由高處往低遠地平線處看。平遠：平視，往遠方地平線處看。平遠是我們在西洋繪畫常見到的遠近透視法。

283.北宋范寬「溪山行旅圖」，范寬活躍於10世紀晚期11世紀初期，高206.3公分，台北故宮博物院。

前面我們曾經引用沈括的說法，他很清楚的表明中國繪畫中「移動焦點透視學」(shifting perspective)，這種觀點引發我們去探討自然，遨遊於山谷、河流間，每移動一步都會發現新的美景(譯註：郭熙所謂山形步步移)。事實上我們不可能一眼橫掃全景，畫家也不要我們這麼去做，欣賞風景畫我們最好能花上幾天或幾個禮拜的功夫，慢慢的瀏覽畫家所呈現給我們的景色。當我們展開畫卷時，無形中已把時間與空間結合在一起，統一在四度空間中。西洋直到近代才有人作這樣的繪畫嘗試，事實上在西洋藝術中我們找不到適當的比喻，也許以音樂比喻較為適當(就像音樂的主旋律 Theme 隨著時間逐漸的發展開來)。當我們展開中國的手卷時，可以很方便的從右邊看到左邊，一望千里的山水逐漸的展露出來（中國手卷欣賞的方式不應該像博物院那樣整幅攤開展示，應該一手展開，另一手捲合，其中亦包括手指推展的動作）。在手推展的過程中，我們自然而然地走入畫中，跟隨著畫家在彎曲的小路上行走，來到河邊等候船舶，渡過河後不遠處有個小村落，偶而村落可能被前面小山遮住看不見了，再移動幾步，村落中的房子又出現了。不知不覺中我們來到一座橋上，這裡可以看到從高處一瀉而下的瀑布。當我們悠閒的走入山谷，突然間發現遠處樹叢上端露出寺廟的屋頂，為了要歇腳，我們加緊腳步前往寺廟，在廟中，一面搖扇，一面與和尚喝茶聊天。

　　唯有應用我們的視點與景物並行移動的方法，才能夠在每一條小徑的轉彎處突然發現新的景象，才能藉著繪畫完成一椿奇妙的旅程。事實上，一幅偉大的中國山水畫能夠引導觀眾跟著畫家的觀點來遊賞，常常在手卷終了時，畫家會把我們留在河岸邊觀望著對岸雲霧中重疊的山峯；山的後面好像有無窮盡的空間，我們的思緒可推展到天外之天，水外之水。中國畫家有時會應用另外一種方法結尾，他們將長滿樹的岩石擺在最後前景處，將我們從幻想世界中帶回到現實的世界來。

　　中國偉大山水畫其主要內涵力量在於能引導觀眾「脫離自我」，觀眾可以從繪畫中得到精神上的慰藉，心靈上亦有清新脫俗之感。郭熙在林泉高致畫論(圖282)(附註)的開頭談到「仁者樂山」。為什麼只有仁者有此愛好，因為仁者(標準的儒者)能負起對國家與社會的責任。當他從政時，整日受到城市庸俗生活的束縛，無法逃避或拋棄周圍的一切，逍遙於山林中。但在一幅山水畫裡，仁者可以陶醉於幻想的旅程中，這種神遊可充實其內在的精神。由於中國畫家能將自然的美景、山林的雄偉及天地的寂靜加以濃縮，因此當仁者瀏覽一幅山水畫後再度執事時，內心會有一種清新靜穆的感覺。

范寬

十世紀與十一世紀的繪畫大師有時亦被人稱為古典畫家，因為他們建立了中國巨幅山水畫理想的標準。後來的畫家為了吸取靈感一再地回顧這個時代，這些畫家都認為他們是承襲荊浩、李成、關同、郭忠恕等畫家的筆法。這不過是一種傳統的習慣而已，事實上早期的大師們很少有真跡流傳下來。慶幸的是在這些早期宋代畫家中竟有一幅傑作隱藏著畫家的簽名，那就是范寬的「谿山行旅圖」（台北故宮藏 _圖 283），這幅畫可以確定是范寬的真跡。范寬生於十世紀中期（直到1026年時還活著），他生性害臊嚴峻，不拘世故。范寬像同時代的畫家許道寧一樣，早期亦仿李成的作風。有一天范寬豁然自悟，感嘆的說：「與其師人，不若師造化。」前人的畫法都是觀察實物體會得來，因此他選擇陝西終南山與太華山作為餘生隱居之地。范寬經常從早到晚凝視著岩石的結構形態，在冬夜裡他會到野外聚精會神地研究月光照在白雪上的效果。如果要我們選一張代表作來總結北宋山水畫的成就，我想只有「谿山行旅圖」最為恰當。畫中巨石絕壁直下，密密的叢林中出現一隊趕路的行人及騾子。這幅畫的構圖相當古拙，畫面中央擺置巨石絕壁的作風可以追溯到唐代。范寬畫樹的方法還保持著許多早期繪畫的程式，岩石上的皴法接近於機械式重覆的排列筆法（雨點皴），皴法本身變化不多（事實上山水皴法要在二百年後才有進一步的變化發展）。

284.北宋張擇端「清明上河圖」，張擇端活躍十一世紀晚期十二世紀初期，絹本手卷，約1120年。大陸故宮博物院繪畫館。

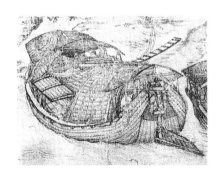

285.張擇端「清明上河圖」細部。

這幅畫由於構想上的雄偉，煙霧中明暗戲劇性的對比以及岩石與叢樹用筆的活潑有力，使得整座山看起來像活的一樣。當你觀賞畫中的絕壁時，好像可以聽到長瀑瀉落下來怒吼的聲音，在你的四周產生回響。這幅畫實現了北宋山水畫的理想，那就是說一幅山水畫應該具有逼人的真實感，能引導觀眾走入畫境，到達忘我的境界。

宋朝寫實主義另一個高潮就是張擇端的「清明上河圖」^(圖284,285)。這幅畫非常出色，主要描寫開封城春天清明節前的景象。張擇端對開封城內社會生活的細節瞭如指掌，譬如當地的房子、店舖、飯館、河中的船隻、街上行走不同階層的社會人物等等都描寫的非常精細準確。他的觀察力幾乎像照相一樣真實，譬如船底彎曲的線條、物體的投影、器物間遠近的差距、前大後小的比例等皆能切實詳細處理。這裡值得一提的是張擇端除了這張畫著名外，其它可說名不見經傳。他雖然是宋朝的士大夫，却不惜去描寫當時社會生活及市墟。清明上河圖（約作於西元1120年）可說是北宋寫實主義的一大傑作，同時也是中國寫實主義的絕響，它建立了寫實主義繪畫的理想標準。自張擇端之後，文人畫家再也不畫這類圖，只有在畫院或職業畫家的作品中才可以看到一些仿作。

董源與巨然

上面提到的畫家都是北方人，他們生活在中國北部寒冷荒漠的平原上，北方的氣候與環境對他們的畫風有顯著的影響。南部的畫家生活在暖和的環境裡，尤其是長江下游的丘陵地山坡不高，陽光照射在潮濕的氣層上顯得格外柔和，冬天也不像北方那麼寒冷。董源（活躍於937－975）與巨然（活躍於960－980）都是十世紀中期生活在南京的畫

286.傳五代董源「瀟湘圖」，絹本手卷，10世紀，大陸故宮博物院繪畫館。

186

家，他們的作品中所有輪廓線皆採用圓渾的造型，筆觸自由放縱。這種作風與李成范寬繪畫中有稜有角的岩石及蟹爪的樹枝風貌完全不同。沈括在「夢溪筆談」中記述董源「尤工秋嵐遠景，多寫江南眞山而無奇峭之筆」其畫「皆宜遠觀，其用筆甚草，近觀即不成物形，遠觀則景物燦然，幽情遠思，如覩異境」。令人驚訝的是董源也能以李思訓青綠山水的風格作畫，董源與學生巨然應用潑墨方式創造了許多具有革命性的繪畫，譬如圖286董源所畫瀟湘圖卷（湖南）的山水風景。這本手卷一部分藏在北平故宮博物館，另一部分藏在瀋陽遼寧博物館。手卷的畫面整個籠罩在夏日傍晚寧靜的暮色中，遠山有柔和圓潤的輪廓線，叢林間聚結着薄霧，幾位漁夫與旅客各自忙著自己的事，整幅畫洋溢著一片祥和的氣氛。我們彷彿可以聽到畫中人物隔河呼喚的回音，這是中國山水畫中第一次表現出田園抒情的詩意。

287.傳五代董源寒木重汀圖，179.9×115.6公分，日本蘆屋市黑川古文化研究所。

文人畫

北宋的寫實主義影響到南宋畫院，而畫工專業性繪畫的影響一直延續到明朝及清朝。譬如在清朝袁江的繪畫中（圖415），北宋的寫實主義已形成一種典型繪畫型式。清朝的藝術家並不用新的觀點來觀察自然，他們只憑腦中的記憶來思構繪畫。在北宋，當寫實主義畫家高唱直接觀察自然時，亦有一小羣知識份子對繪畫持另外一種看法。這一羣畫家的領導人物就是著名的大詩人蘇軾（蘇東坡1036－1101）、文同（蘇東坡畫竹的老師，死於1079）、米芾（1051－1107）及黃庭堅（學者兼書法家1045－1105）等人。這些文人開始發表他們革命性的觀點，他們認爲繪畫的目標並不在於表現物體的外型，而是表現內心的一種氣質。對他們來說，畫山水畫並不是要引發觀衆與他們有相同的直覺感受，

288.傳蘇東坡（1036－1101）「古木竹石圖」手卷，11世紀末。高23.4公分，北京故宮博物院繪畫館。

187

而是要告訴他們的朋友，當他們遨遊山水時內心的思想與感覺。這些文人曾說過要將他們的思想與感情寄託在岩石、樹木或翠竹中。譬如董源描寫瀟湘山水風景，這些文人認為董源並不是真正要表現瀟湘河流兩岸的風景如何，而是要人們從畫卷中看出董源是一個怎麼樣的人。文人畫的筆墨全在表現畫家私人特有的筆法，就像他們的簽名一樣，能真摯流露出他們獨特的文人氣質與個性。

范寬對於山川那種寫實的熱情在文人畫中慢慢消失了，起而代之的是一種更文雅、更超然的態度。文人畫竭力避免真實的自然或物質性的事物出現在畫面上。他們以士紳、詩人或學者自居。畫畫不過是他們生活中的一種客串，是他們修身養性的筆墨遊戲，不成熟、古拙的筆法對他們來說是一種天真無邪的表現。文人畫家不喜歡用絹本作畫，他們喜好紙上戲墨，不上顏色。就是對中國觀眾來說，文人畫亦是最不容易欣賞的藝術。宋代學者歐陽修形容欣賞梅堯臣(1002－1060)的詩如同嚼橄欖：「尤古硬，咀嚼苦難噉，又如食橄欖，真味久愈在」(註三)。這些評語也可用來描寫蘇東坡、文同及米芾的畫。

289.南宋米友仁(1086－1165)「雲烟山水」掛軸，約1130年。高24.7公分，大阪市立博物館，阿部房次郎收藏。

(註三) *Yoshikawa Kojiro* 所著，伯頓・華生 *(Burton Watson)* 翻譯的宋詩導論 *(Introduction to Sung Poetry)* (1967，英國劍橋)第37頁。

為什麼這些文人的藝術觀點有如此大的轉變？文人畫如何會產生？目前我們還不太清楚，但文人畫的啓發點應追溯到唐代詩人畫家王維。後代文人畫家始終認爲王維是這類山水畫傳統的創始者，事實上這種趨向直到宋代才變成一種具體的藝術哲學，這可能同當時代的理學思想有關。因爲宋儒理學相信，應用直覺可以把一切自然的現象、宇宙的動力、心的內涵包括在相互關係的思想系統中。宋代的理學是一種集各家大成的哲學體系（中國的八卦就是一種簡單—初期集大成的實驗）。當時的理學鼓勵思想家從研究個別事物的經驗中直接獲得一般性的結論,這種結論（心源）是萬物所相通的,因此不必在物質經驗的世界上爲格物而格物,主張直躍心源直接得到一切眞理的核心。當時的知識分子對於這種直接能夠獲得一切知識泉源的說法非常感興趣，因此他們不再鼓勵任何用科學方法（格）去研究事物及藝術上的寫實主義。理學促使高階層知識份子與物質社會間的距離愈來愈大，從此以後，書生除了做官負責行政工作之外，不再關心自然界的物質世界。這種文人的趨向，使得元、明、清的紳士畫家再也無法產生像張擇端「清明上河圖」這樣一類偉大的作品。

　　雖然我們不知道文人畫爲何會產生，但至少目前我們還保存幾幅傳爲北宋文人的眞跡，這些畫充分表現當時的繪畫趨向。圖288這張很短的手卷，南宋（十三世紀）時有人傳說爲北宋蘇東坡所畫，但眞正的作者到現在還無法肯定。這幅畫擁有十一世紀文人畫典型的技術與品味，它的筆觸乾枯而靈敏，故意避開能討好觀衆的效果，可說是一種毫不造作,自發自覺表現個人的作品,這幅畫呈現的不僅是一棵古樹，同時也表露出畫這棵古樹作者的風度及氣質。

　　早期的文人畫非常具有獨創性，並不是由於這些畫家有奇思異想，刻意創出一些新的作風，而是由於他們的藝術流露出自然的性格，這種性格，本身就是很有創造性的。

　　在這些文人中最突出的就是米芾，他是一位書畫家、藝評家及鑑賞家。米芾的性格怪異，他常準備一大堆畫紙與蘇東坡兩人飲酒暢談，興致來時即席揮毫，振筆疾書，一晚下來作品堆積如山，在他旁邊磨墨的書僮常因疲憊不堪而睡著了。米芾與蘇東坡最早可能相識於杭州（1081），後來兩人又有幾次一起神遊。傳說中，米芾的山水完全放棄線條，應用深淺濃淡的墨點構成煙雲樹林，這種技術可能來自董源的山水印象畫風，非常適合於描寫江南地區的煙雲山水。米芾獨創的「點」，後人稱爲「米點」，功力較差的畫家如果應用這種筆法只會得到反效果，後來米芾的兒子米友仁（1086－1163）(圖289)將米點技術加以改進。

290. 宋崔白雙喜圖, 絹本掛軸, 193.7×103.4公分, 作於1061年, 台北故宮博物院。

米點易仿而不易精，功力深厚運用得當，可產生墨光煥發，厚實龐大的造型效果，是一種相當複雜的技法。

宋徽宗與中國畫院（1104）

　　米芾的風格怪異，因而宋徽宗御府（宣和畫譜）中並不收藏米芾的作品，同時不准米芾一類的作風在畫院中流行。到目前為止，我們尚不知在南宋之前中國是否有官方的畫院。在唐代宮廷中，皇帝常賜給畫家一些文武官職頭銜，這些閒職通常是領乾俸。前蜀皇帝王建可能是第一位將畫家歸屬翰林院並給以官職的皇帝，南唐李後主沿襲這個慣例，宋初幾位皇帝也跟著效仿。當時的文章常提到某位著名的畫家在御畫院中被封為「待詔」，然而北宋的正史中從未提到這個機構，如果真有這種機構的話，那可能隸屬於翰林院中的一部門。

　　皇帝贊助藝術活動的政策在宋徽宗（1101－1125）時達到最高峯。宋徽宗是北宋最後一位皇帝，由於過份沉迷於繪畫與古物而忽略了國政。1104年，宋徽宗在宮廷中設立畫院，但在1110年獨立的畫院被廢除，重新歸屬翰林院。徽宗親自督導宮廷內的畫家，親自出題畫畫，並且招考畫家入院，正如當時政府招考行政官一樣。徽宗招考時，常

291.北宋宋徽宗五彩鸚鵡圖（宋徽宗1101－1125在位），掛軸高53公分，美國波斯頓博物館。

以著名詩句為題，以最能應用新穎與暗示性方式來表達詩意的作品為上品。譬如宋徽宗曾出過一道試題—「竹鎖橋邊一酒家」。第一名的畫家並不是直接描寫酒家的所在，而是畫一叢竹林中升起的酒家招牌。宋徽宗對畫家所要求的並非學院派的寫實作風，而是要活潑的構思及避免直接明顯的描述，事實上這與當時文人畫的要求很相似。宋徽宗本身就是一位優秀的畫家(圖291)。對於學生或宮廷畫家並不放縱其自由創作，相反地要求他們接受嚴格的訓練。宋徽宗對於畫院畫家繪畫的造型與技術上的要求，就像法國勒布朗 (Le Brun) 對於路易十四時代學院中畫家的嚴格要求一樣。如果畫家們想尋求獨立作風或自立門戶，就會受到開除的懲罰。宋徽宗除了本人具有繪畫天才與對藝術作品有狂熱的喜愛外，實際上對中國藝術的發展並無太大的裨益。宋代畫院建立了一種死板嚴謹的「宮廷作風」，這種墨守成規的裝飾風格，後來成為歷代官方藝術的標準尺度。宋徽宗不擇手段的收藏古畫古董，當時幾乎沒有一個收藏家敢拒絕宋徽宗的要求，然而他大規模收藏與搜括來的藝術傑作，卻逃不過北宋末年戰爭的浩劫，全付之一炬(1125－27)。

　　傳說宋徽宗完成一件作品時，畫院的畫家皆爭相模寫，一旦這些仿本獲得宋徽宗的題簽時，真是無上的光榮。這些畫家幾乎完全依據徽宗的品味標準來作畫，因此真本與仿本很難分辨。雖然有些專家曾嘗試做這一類的辨識工作，然而似乎不應該認定精美的繪畫就是徽宗的真跡。通常被認為是徽宗真跡的是那些工整秀麗的花鳥畫(圖291)，譬如「桃鳩圖」或「竹雀圖」等作品。這些畫非常優雅高貴、顏色細緻、構圖平衡，同時配以徽宗特有勁健秀麗的「瘦金體」書法。徽宗不輕易在繪畫上落款，他的題款代表著他對於作品的賞識及對畫院同仁的稱讚。圖291「五色鸚鵡圖」就是一個典型的例子，畫面上有徽宗的簽字與題詩，這幅構圖非常平衡的冊葉，事實上筆法顯得有點生硬、呆板（原作比照片更為明顯）。這種力求工整、正確的特點可能就是徽宗性格的寫照，也是我們在徽宗繪畫上所要尋找的特質。

花鳥畫

　　徽宗與畫院畫家所畫的花卉有許多不同的來源，並非全是中國本地的作風。譬如從印度或中亞傳入的佛教幡幟上有許多燦爛的花朵，這種技術與主題影響了六世紀末葉張僧繇的作品。唐朝文獻記載張僧繇在南京一座寺院門上畫滿凹凸花草，這種立體的畫法可能來自印度。主要應用朱紅、青綠及碧藍色來繪製，從遠處看像一幅浮彫，走近看

292.宋徽宗像，南薰殿帝王像，台北故宮博物院。宋徽宗1082－1135（在位1101－1125）河北涿縣人。

293.傳北宋初黃居寀「山鷓棘雀圖」絹本掛軸。高99公分，台北故宮博物院。

才知道是畫在平面上（註四）。唐朝佛教藝術中有許多這類裝飾性的花卉畫，十世紀時花卉畫成為一種獨立的繪畫形式，後來的畫家喜歡在花卉上添加活潑的鳥禽，使畫面更為生動，如此一來形成中國「花鳥畫」特殊的繪畫體制及類型（圖293）。

　　十世紀的繪畫大師黃筌(903－968)曾經是成都王建的宮廷畫家，他創造出一種新的畫花技術，據說是運用極細緻透明的彩色顏料，一層塗於另一層上。這種填彩的方式須要很高的技巧，類似我們曾經討論過山水畫中的「沒骨」法。

　　與黃筌同時代的大畫家徐熙(活躍於961－975)在南京作畫，他的繪畫方式與黃筌完全不同。據說徐熙畫花卉運用水墨以快速的筆觸完成，最後再加一些顏色。黃筌的風格比起徐熙來較富於裝飾性，須要花更多的功夫，很受職業畫家或宮廷畫家的歡迎；而徐熙的自由筆墨則受到文人畫家的偏愛。黃筌的兒子黃居寀(933－993)與其它畫家後來很成功的將兩種不同的風格混合在一起。儘管黃筌與徐熙的原作已失傳，然而他們的繪畫技術至今仍為花卉畫家所應用（圖293）。

　　畫論家沈括有一段筆記評論黃筌父子及徐熙不同的風格，從這段文字我們可以了解宋人對這類繪畫的看法：

294.宋王希孟千里江山圖，11世紀初，大陸故宮博物院。

295.傳李唐（活躍於1050－1130年間),「古峰萬木圖」團扇，高24.7公分，台北故宮博物院。

（註四）此段大半採自內藤藤一郎所著法隆寺壁畫，威廉亞克 (William Acker) 及班傑明・盧蘭 (Benjamin Rowland) 翻譯 (1943, 巴地摩)，第205－206頁。我所說的廟宇在梁朝末年已被燒毀，廟中的壁畫與張僧繇的關係只是傳說而已。但無可置疑的，這種繪畫技術在六世紀中國繪畫中一定存在。

192

「諸黃畫花，妙在賦色，用筆極新細，殆不見墨跡，但以輕色染成，謂之寫生。徐熙以墨筆畫之，殊草草，略施丹粉而已神氣廻出，別有生動之氣。筌惡其軋已，言其畫粗惡不入格。」（註五）唯有藝評行家才有如此深入的分析。

李唐（1050－1130）

1125年北宋政府崩潰之後，宋王室收拾殘破之局暫時偏安杭州，等待有朝一日能重新恢復開封繁華的景象。宋王室在杭州郊外武林地方重新建立宮廷畫院，這個畫院是中國歷史上第一個也是唯一正式的畫院。北方畫院中的大師被邀請來重新建立朝廷的繪畫傳統，由於杭州的社會生活相當悠閒繁華，當前的國難似乎已被人遺忘，北宋畫院的傳統經過李唐改頭換面後又在南宋重新建立起來，李唐是徽宗時代畫院資深的畫家。傳說李唐用斧劈皴創造出一種龐然的風格，所謂斧劈皴是運用毛筆的偏峯斜下，像斧頭一樣將岩石劈出有稜角的表面。台北故宮博物院所收藏「萬壑松風圖」上有李唐的款印（西元1124年），這幅畫可能是後來的仿本，很可能李唐沒有留下任何真跡，而小型團扇「古峯萬木圖」可以說是最接近李唐作風的代表作（圖295，彩圖24）。當

296.傳南宋趙伯駒（1120－1182）「江山秋色圖」，絹本手卷，高57公分，大陸故宮博物院繪畫館。

（註五）歐斯發・喜龍仁 *(Osvald Sirén)* 所著中國繪畫第一冊（1956）第175頁。

開封陷入金人的手中時，李唐的年事已高，他大半的眞跡在兵荒馬亂中與宋徽宗的收藏一起流失。但從李唐的仿本、摹本及文獻記載中，可以了解李唐的風格對於十二世紀南宋畫家的影響很大。李唐是銜接氣魄雄偉的北宋畫與浪漫的南宋畫（譬如馬遠、夏珪）重要的橋樑。

　　南宋山水畫家中我們資料較多的是趙伯駒，他是宋代趙家的宗室，年青時在徽宗的畫院中畫畫，南宋高宗時（1127－62）成爲皇帝最寵愛的畫家。趙伯駒曾任浙東路鈐轄，傳說他最善長於青綠山水與人物，這種風格最早開始於李思訓。趙伯駒最著名的畫是「江山秋色圖」卷（圖296，彩圖32），　圖296爲畫卷的一部分，這卷山水畫有極正確的唐朝裝飾風格及宋朝山水畫特有的親密細膩感覺。趙伯駒在這幅畫中巧妙的將唐宋兩種不同的山水風格融合在一起。

馬遠與夏珪

　　可能由於「馬夏派」給人一種視覺與感情上的吸引力，一般西方人都認爲馬夏派山水可以代表中國山水畫的精髓。不但在西方如此，馬夏派對於日本山水畫發展的影響也很大。事實上馬夏派所表現的並不完全是新的東西，譬如它的色調明暗強烈對比可以在范寬與郭熙山水畫中看到，蟹爪形的樹與樹根主要來自李成的風格，斧劈皴可以追溯到李唐的作品。馬遠與夏珪綜合這些前人的風格，他們的筆法到達圓熟的境界。由於這種圓熟的筆法富於詩意的內含，使得馬夏的繪畫不曾流入學院形式主義的俗套。除了深刻的詩情畫意之外，馬夏風格富有裝飾性的外型很容易被人模仿。日本的狩野派（Kano School）善於把握住這些特質來模仿馬夏的作風。馬夏山水畫創新之處就是對於空間的處理，他們一方面把畫中的山水推擠到畫面的一角，開闊了無限廣

濶的視野；另一方面他們的夜景畫創造出一種充滿詩意與沉鬱的氣氛，充分表現出當時杭州與臨安地區民心不安與亡國之痛的心緒。

　　馬遠在十二世紀末期被任命爲畫院待詔，(圖297) 夏珪直等到十三世紀初期才獲得同樣的頭銜。事實上要把馬夏的風格分開來很不容易，如果我們仔細的研究美國辛辛那提 (Cincinnati) 博物館收藏傳馬遠的「商山四皓圖」時，發現馬遠的筆法非常放縱奔放，同樣的特質可在台北故宮博物院收藏的夏珪「溪山清遠圖卷」(圖298) 上看到。我們不敢相信「溪山清遠」這幅雄偉蒼勁表現主義的傑作，竟是出自一位資深宮廷畫家的手筆。馬遠與夏珪運用李唐的斧劈皴都能獲得良好的效果，他們的墨色清潤、遠近分明、神韻煥發。成功地表現了一曠遠明亮的霧景。馬遠與夏珪相比之下，我們只能說馬遠的風格比較穩重，比較遵行畫規，所描寫的景象更接近於現實。夏珪是一位表現主義畫家，當他的靈感來臨時，筆墨像刀斧一樣在絲絹上自由劈砍。明朝浙派畫家對於夏珪筆法出色的表現特別感興趣，毫無疑問的，許多傳爲夏珪的作品事實上是由明朝載進與浙派畫家所仿作。眞正夏珪的作品構思非常高雅緊湊，簡潔而氣象萬千，濕筆與乾筆能巧妙地對比應用，皴法疏密亦應用得體，這些都是模仿者不容易效法的地方。

298.夏珪 活躍於1200－1230年間，「溪山清遠」局部，紙本手卷，12世紀末，高46.5公分，台北故宮博物院。

195

299.南宋牧溪活躍於十三世紀中期,「漁村夕照圖」,瀟湘八景之一,紙本手卷。高33.2公分,東京根津美術館。

禪畫

　　夏珪藝術筆勢的放縱性同佛家的禪畫相去不遠,這些禪宗畫家所住的寺院就在杭州西湖的對岸,他們的生活與藝術主張同當時皇家畫院的目標截然不同。禪畫的領導人物梁楷(約1200－1260)在宋寧宗時(1195－1226)授畫院待詔,賜金帶,後來出家為僧。梁楷的繪畫風格深受夏珪毫放筆法的影響。另外還有一位禪畫大師牧谿(約1200－1279),他住在杭州六通寺,十三世紀前葉成為杭州畫壇的領導人物。牧谿所畫的主題非常廣泛,山水、鳥類、老虎、猴子等無所不精,他對繪畫的主題亦無偏愛。在這些主題中,牧谿主要是要表現一種自然的精髓,不僅是物體外表的造型(圖299)(因為它的造型常常會破裂並溶化在雲霧中)還包括物體內在的生命力,這種內在的生命力源自畫家的內心。牧谿最著名的畫「六柿圖」(日本京都大德寺藏)是他天賦最高超的表現,他對於日常生活中最簡單的東西觀察入微(禪宗的日常道),並賦予深刻思想的意義。一般人都不太注意牧谿對於巨幅繪畫的設計能力,譬如大德寺的三幅立軸(圖300)。這三幅畫分別描寫白衣觀音在岩石中結跏趺坐,左邊畫著竹林中的鶴,右邊有松樹幹上的猿。這三幅畫是否必須掛在一起,對禪宗佛教徒來說並不重要,因為在禪宗佛家的眼光中,所有生物皆有佛性。這些立軸與其它精美的禪宗繪畫都有一個共同點,那就是禪宗畫家將觀眾的注意力引導到一些描寫細膩的細節上,至於他們認為不重要的地方却草草的消失在迷霧中。這種處理方法很像坐禪中暝思的經驗,至於集中思想與掌握筆墨的效果,唯有受過馬夏畫風技術訓練的畫家才有此種表現的能力。當時的文人畫家,雖然筆墨也相當豪放自由,然而由於缺乏繪畫的技術訓練,過於主觀或筆法鬆懈,在繪畫上無法到達這種藝術境界。

196

300.南宋牧溪「鶴,白衣觀音,猿」掛軸,1241年之前,高172公分,日本京都大德寺。

龍

宋代畫院的政策是要把繪畫專業化同時加以分類,宋徽宗主編的宣和畫譜將繪畫分成十種不同的類別:①道釋圖(雖然這類佛畫不像過去那麼受歡迎,但由於傳統的關係仍能保持傳統的地位)②人物圖(包括肖像畫及風俗畫)③宮室畫(最重要包括當時的界畫)④番族圖⑤龍魚圖⑥山水圖⑦畜獸圖(在此部門中有一派畫家專畫水牛)⑧花鳥圖⑨墨竹圖⑩蔬果圖等,最後的蔬果圖這裡我們不想專門討論,關於墨竹圖將在第九章中詳細介紹。結束宋朝繪畫之前,我們還要談談「龍」畫,龍對中國人來說是一種吉祥的靈獸,它能行雲佈雨、通靈變化,因此常作為帝王的象徵及標誌。龍對於禪宗佛家來說有更深一層的意義,當牧谿畫雲中突然出現的一條龍時,他所要描寫的是宇宙本體的顯象及對於禪學真諦一利那出現又突然消失的經驗,這種經驗倍受修禪者的重視。對道教來說,龍是代表道的本身,它是宇宙間主要的動力,常一瞬間出現又即刻消失得無影無蹤,我們不禁要懷疑是否真的看到龍的真相。日本學者岡倉覺三有一段文字精彩地描寫龍的出沒:「龍隱棲於深山幽谷中或盤旋於深海中,正伺機而動。在暴風雨的雲層裡它展露體軀,在黑暗的漩渦中洗刷鬃髮。龍身盤踞在老松樹上,利爪鈎住樹幹 一陣大雨淋灑過後,它身上的鱗片與崎崛不平的樹皮發出閃爍的光芒。疾風吹散了凋葉,龍吼聲在天地山川中回響,喚醒了新春的來臨,龍一刹那顯現,倏忽之間又消失得無影無蹤。」(註六)

301.南宋陳容「九龍圖」細部,1244年。美國波斯頓博物館。

(註六) *K. Okakura* 所著日本的警覺(1905)第77頁。

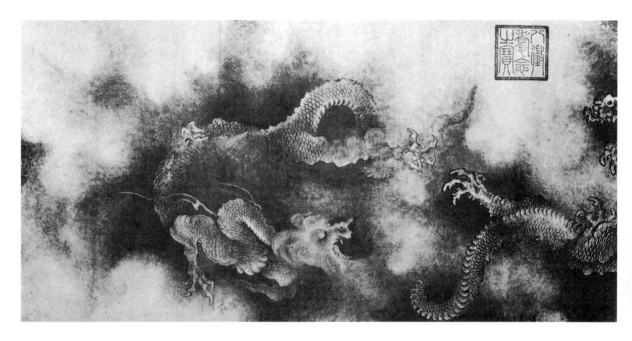

302. 南宋陳容「九龍圖」，1244年，陳容活躍於1235－1260年，高46公分，美國波斯頓博物館。

三世紀時曹不興以畫龍成名，眞正偉大的畫龍專家是十三世紀的陳容。陳容不但功成名遂，他所畫的龍亦很不尋常，深得雲煙翻騰之趣。元代藝評家湯垕描寫陳容作畫之情態曰：「近世陳容公儲本儒家者流，畫龍深得變化之意，潑墨成雲，噀水成霧，醉餘大叫，脫巾濡墨，信手塗抹，然後以筆成之。」（見湯垕「古今畫鑑」約作於1330年）。陳容的名畫「九龍圖」（圖301,302）（1244年作），圖中的雲彩可能先用頭巾濡墨塗抹後，再以畫筆小心完成，仔細的可以看出原作黑雲中頭巾所壓出的織紋。

陶瓷：北方瓷器

我們現在所欣賞的宋朝藝術品，是當時的社會知識分子所作，欣賞的對象多半爲文人階級，而宋代文人比中國歷史上任何一個時期都具有高度的文化修養。這從他們日常所使用的陶瓷上來看，亦可知道他們高超的藝術品味。唐代的陶瓷較爲厚重結實，清代的瓷器較爲精細完美，而宋瓷釉色特殊，具有純眞古典的造型美，它們在中國早期陶瓷粗壯與後期細膩風格之間獲得一個完美的平衡。雖然北宋宮廷所用的陶瓷有許多是來自江蘇與浙江，但北宋官窯中最著名的是河北定縣澗磁村出產的瓷器。這個窯址在唐代已開始生產白瓷。所謂古典定窯是指一種極精細手工製成的高溫白瓷，表面有一層象牙色的釉彩，這些釉藥凝結成「淚痕」時會產生淡褐色的痕跡，關於淚痕我們在前面的文章中曾提過。另外一種早期的定窯有花紋裝飾，譬如陪葬的枕頭（圖309），這類枕頭入窯燒製之前，陶工在瓷器「硬皮」表面上雕刻花紋。

303. 北宋劃花青瓷壺，11世紀。高22.9公分，舊金山亞洲藝術博物館。

304.北宋定窯白瓷嬰兒枕，12世紀初。高13.5公分，舊金山亞洲藝術博物館。

305.北宋汝窯天青無紋橢圓水仙盆，12世紀初，高6.7公分，深3.5公分，台北故宮博物院。

306.宋青白磁瓜形水注,高24.4公分，胴徑13.8公分，底徑8.6公分，11至12世紀，日本收藏。

307.北宋黑釉推線梅瓶及雙耳壺，高24.4公分及27.5公分，日本松岡藝術館。

後來的定窯，由於圖案較爲複雜，應用模子印上花紋。定窯多爲倒扣(底向上)燒製，因此口緣處沒有釉藥，顯得粗糙，等燒製完成後緣口再加一圈青銅或銀邊。中國瓷器專家認爲定窯除了白定之外，尚有非常精細的粉定、紫定(醬油黃)、土定(質粗色黃)。定窯與定窯型瓷器種類相當多，不太容易分辨。

近十幾年來由於廣泛的研究與發掘，發現同一個窯址可燒出好幾種不同的瓷器來，並非每一個窯址只燒一種瓷器。因此像定窯本身就有相當多的變化及變體，而同一類的瓷器也可能在不同的窯址燒製。這裡舉兩個例子說明，日本陶磁專家小山富士夫 Koyama Fujio 及近代中國瓷器專家都到定窯遺址考察，他們發現許多瓷器碎片，包括白瓷、黑瓷、棗紅色瓷、未上釉瓷、上彩瓷、白色條紋瓷、氧化鐵飾紋瓷、刻花瓷、黑色瓷及茶褐色裝飾的瓷器等等。另外一個例子是河南湯陰縣鶴壁集的宋代窯址，最早於1955年已有人在此地調查，當時所發現的都是白色器身，同一個窯址後來又發現彩色瓷器、白地加彩、內側白釉外表黑釉的茶碗、高溫鈞窯、黑釉黃色堆線紋梅瓶等。定窯之所以珍貴並不在於釉色與圖案，主要由於器型的純眞與比例上的均稱平衡。由於定窯造型的完美，因此有許多窯廠仿製，就連高麗時代遠方的朝鮮瓷器亦受到定窯的影響。1127年開封失守後，定窯型的瓷器繼續在江西東部吉州生產，很可能是逃難到南部的陶工繼續在那裡工作。在結束白瓷之前，我們還要談談在河北鉅鹿縣廢墟中發現的精美高溫白磁瓶與壺罐。鉅鹿縣位於定縣與磁州之間，它的窯址在1108年黃河改道氾濫時遭破壞。鉅鹿的瓷器由於長期浸於水中，表面顯得暗淡，

308.宋朝鈞窯變紫斑罐，13世紀，高12.5公分，倫敦維多利亞與亞伯特博物館。

309.宋磁州窯白釉黑花牡丹紋枕，11至12世紀，高7.5公分--19.8公分，徑30.1公分，日本收藏。

310.宋磁州窯白釉黑花龍紋瓶，高40.8公分，胴徑21.5公分，11世紀，日本白鶴美術館。

同時產生大而不規則的裂紋，上面亦出現粉紅及古象牙的顏色，然而這種損害並沒有降低其精美的品質。

宋以後，中國陶瓷鑑賞家皆認爲「定窯」是北宋四大名窯之一，所謂四大名窯即汝窯、定窯、鈞窯及傳說中的柴窯，柴窯有「雨後天青」的釉色。當講究的宋徽宗認爲定窯的「淚痕」與金屬裝飾的口緣不能合乎宮廷器物的標準時，他開始在汝州及開封城內建造新的官窯。開封的官窯由於黃河經常氾濫而窯址被埋入泥水中，到現在我們還不知道這個窯址生產什麼樣的瓷器。最近台北故宮博物院出版的書籍中介紹許多件精美的瓷器，這些瓷器相當接近於汝窯與杭州的官窯，認爲是開封窯址生產的官窯。汝窯是宋瓷中最珍貴而稀少的瓷器(圖305)，關於汝窯我們有幾種比較肯定的鑑定法：汝窯的胎土呈粉紅色或淡黃色，表面施一層灰青色釉，這種釉色帶有淡紫色的層次，它的外表有一層像雲母般極細的裂紋。汝窯的器型包括盌、筆洗、水瓶等，它的外型非常簡單能與表面高品質的釉色配合，相得益彰。當時宋朝尚有其它窯址生產北方青瓷，其中之一在西安北郊銅川縣。北方青瓷爲高溫陶瓷，上面有刻花或印花，表面施以暗綠色釉。早於六朝時，銅川的耀州窯已生產青瓷(圖303)，當宋朝的疆域擴展到浙江時，耀窯可能受到南方越窯的影響，此時顯然有許多越窯被運往北部出售而影響了當地的青瓷。

與汝窯有密切關係的是鈞窯，鈞窯不但在鈞州、汝州等地生產，還在河南省的鶴壁集、安陽磁州等地生產。最好的鈞窯皆具有官窯的品質，因此有些中國收藏家亦稱它們爲「官鈞」。鈞窯(圖308)的胎身比汝窯重，上面有一層厚厚的淡紫色釉，釉的表面出現許多小氣泡，使得鈞窯的外貌透露出一種誘惑性溫柔的光澤。鈞窯釉藥中的氧化銅經過火的烘烤會產生緋紅及紫色的窯變，中國陶工能充分把握並適當地應用這種窯變。後期的鈞窯像明代福建省德化與廣東省廣州所生產的變體鈞窯(如成對的花盆、球碗)一樣，常常沒有節制的過分誇張，顯得非常庸俗。

磁州窯是個相當突出的例子，由於最近15年的發掘我們已改變了對於磁州窯的觀感。磁州窯(圖309,310)現在常被用來指中國北方的石質粗陶。陶工以釉下彩、刻花、木片沾色料劃花來裝飾。釉下彩的技術在唐代河南地區已嚐試過，但到宋代(河北省)磁州陶工才達到成熟的地步。磁州窯典雅、樸素、自然的裝飾及用筆的穩重(圖309)，能產生一種人見人愛的魅力。磁州窯最近非常受到重視，而過去中國人的士大夫階級認爲磁州窯過於接近民間的日用品，不能登大雅之堂。

磁州窯的窯址早被人發現（河北磁縣），直到目前還繼續在生產中，根據中國最近的發掘與研究，他們稱磁州窯爲「北方石質裝飾粗陶」Northern Decorated Stoneware。事實上這類陶器生產的地區分佈得相當廣（從山東到四川），就目前所知磁州窯最重要的窯址除了磁縣本地外，尚有河南鶴壁集與位於河南河北兩省交界的觀台縣。這兩個地區的瓷器白釉上由於刻花或劃花，常露出底層深褐色的胎土。山西與河南邊界上的修武(焦作)窯生產黑花圖案的梅瓶相當出色，花紋都是刻在黑釉上，露出白色的地來(圖310)。

宋滅亡之前，河南省禹縣叺村、山西省長治縣八義村、山東德州等三處的北方陶工開始應用釉上彩。他們以快速的筆法在乳白的釉面上畫花鳥(圖311,312)，這些圖案多半應用鮮紅、黃、綠等鮮明的色彩。釉上彩可以說是琺瑯彩的前身，琺瑯彩在明朝的陶瓷中十分流行。

唐代滅亡後，中國東北地區由契丹族所統治，他們自稱爲遼國(907—1124)。我們前面提過雲岡石窟的佛教藝術在遼的統治下，曾經有重振唐代藝術之風。幾座著名的陶製羅漢像，我們也將它們歸爲遼代作品。在中國東北滿州遼代的遺跡中，日本學者與收藏家發掘出許多鈞窯、定窯、磁州窯的碎片。近年來中國考古學家也在東北地區發現許多地方性的窯址，這些窯廠生產一種磁州窯刻花與唐三彩陶瓷的混合瓷器。這種陶瓷具有唐瓷結實穩重的造型。遼瓷一般說來較粗糙，富於地方性民窯的色彩，它們的器型多半爲鷄冠壺、鳳首壺、長頸壺等。最精美的遼瓷在典雅上可媲美宋瓷，至於一些較粗糙的遼瓷，譬如仿馬鞍皮囊水壺的鷄冠壺(圖313)亦能保持古拙的自然美，很像西方人所喜愛中古時代西歐的陶瓷一樣。

從這一章所提到的陶器可以看出，中國南部與北部的口味完全不同。北方有古老的製陶傳統，窯廠亦多。北方人在技術上喜歡作大膽的嘗試，常在陶器上彫刻圖案，大筆揮釉，應用強烈的色彩。南方的陶工直到元朝仍非常保守，延襲古代傳下來的形態，除了黑白單色陶瓷或傳統青瓷外很少創新。

南方瓷器

北方窯中最引人注目的是黑釉陶器，人們稱之爲「河南天目」，這種名稱與中國南方有連帶關係。因爲唐朝時中國南方非常流行飲茶，陶工們利用黑釉來製造茶杯，這種黑釉能將像綠豆一般翠綠的茶色襯托出來。日文 Temmoku 就是中文「天目」(圖314,315)之意，因爲杭州附近天目山所燒的南方窯曾銷往日本。事實上真正的天目窯應該在福建省建

311.金磁州窯赤繪牡丹紋碗，13世紀，日本收藏。

312.金磁州窯赤繪花鳥紋碗，「秦和元年」字款(1201年)，高4.0公分，日本收藏。

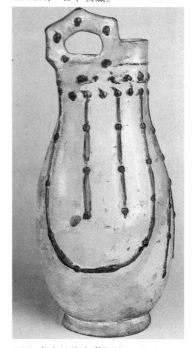

313.宋白地綠彩鷄冠壺，遼寧博物館。

314.南宋建窯曜變天目茶碗稻葉天目(12至13世紀),高7.2公分,口徑12.2公分,日本國寶,東京靜嘉堂藏。

315.南宋吉州窯,玳皮天目碗,12至13世紀,高6.4公分,口徑11.7公分,日本國寶。

安,這個窯址從十世紀時已開始生產,它所生產的天目茶碗在日本非常受歡迎。天目窯的胎土粗而粗糙,表面有一層厚厚含鐵質的釉,釉自碗上端垂流下來。天目窯的顏色爲棕黑色近乎黑色,有時黑色中帶有藍色或鐵灰色;釉的表面會產生「兎毫」開片或藍色「油滴」開片,這種表面自然的花紋主要由於灰色水晶體凝固所形成的。天目窯在江西吉州出現仿製品,但品質粗糙缺乏光澤,舊的文獻上混亂地稱爲「建窯」。另外在福建的光澤、福清、泉州等處亦有仿製品。

南宋遷都臨安幾年後已預測到可能要長久定都江南(地圖11), 因此開始大興土木建造宮殿與政府機關,同時還設立窯廠專門燒製宮廷所用的器物(圖213),這些器物以仿北宋陶瓷爲主。當時的窯務由邵成章監督,邵成章在宮城西側鳳凰山山麓役所(修內司)旁設置窯廠。根據宋朝文獻記載邵成章的陶工製造一種青瓷稱爲「內窯」(內府用之瓷器),胎身纖細精緻,釉色清澈光潤,常爲人所稱道。鳳凰山由於上面後來不斷的建造房屋,因此到目前爲止窯址尚未被人發現,沒有人知道鳳凰山的官窯到底生產多久。在鳳凰山建廠後不久,宮城西南郊外皇帝祀天的祭壇(郊壇)附近又建立一處官窯。這個地方是多年來陶瓷愛好者最常拜訪的地方,因爲這個地區還可以找到陶瓷的碎片,尤其是美麗的南宋官窯。這些碎片現在有許多西方收藏家收集,碎片的胎土多半爲黑色,表面施一層濃厚的釉,釉比胎土還厚。釉是一層層重疊加上去,釉色不透明含有玻璃質,上面常出現不規則的裂紋,顏色從粉青(淡青綠色)、藍色到灰色。這些瓷器非常高貴典雅,給人一種含蓄靜穆的感覺,很適合作爲南宋宮廷用具。

我們不應該在杭州官窯與浙江南部龍泉青瓷(圖318)間劃一道明顯的界線。杭州官窯除了暗色瓷器外還生產一種淡色的瓷器;龍泉窯釉色有淺青灰色也有深青色。現在我們可以更肯定的說,最好的龍泉青瓷也供給當時的朝廷使用,因此也是一種官窯。

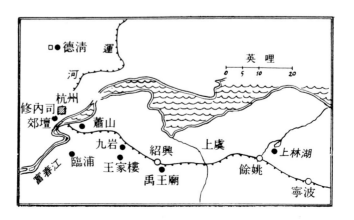

地圖11.杭州附近之窯址

在海外最受人歡迎的宋瓷就是青瓷,西洋人稱這種青瓷爲Céladon。
1610年一齣「星宿」(*L'Astrée*)戲劇首次在巴黎上演,戲中一位塞拉東(*Cé-ladon*)的牧羊少女,身穿青綠色衣服,顏色與青瓷非常接近,因此青瓷被
稱爲 *Céladon*。青是介於藍綠之間的中間色,青瓷的窯址相當多, 其中
以浙江省龍泉所產的青瓷品質最好, 產量最多。龍泉窯可以說是越窯
的後身,它的胎土是淡青灰色,在窯中燒烤時顏色略微帶黃, 釉色從翠
綠色到很冷的青綠色, 是一種含鐵的油質釉。表面有時出現紋片,主
要因爲釉藥經過火燒冷却後比胎土收縮得更快而產生裂紋(圖316)。後來
陶瓷家利用這種開片現象作爲裝飾效果, 尤其是「哥窯」, 除了第一次
開片外還發展第二次開片。龍泉窯中最精美的青瓷常帶有非常美麗迷
濛的青綠色,日本人稱這類龍泉極品爲「砧」(類似日本敲花生的木槌*Kinu-ta*)(圖317)。龍泉窯的器型很多,有的依據過去陶瓷的器型,有的仿古銅器
器型, 尤其是香爐皆仿三足鼎或四足鼎的形態(圖316)。銅器器型出現在
瓷器上, 顯示當時中國宮廷藝術中崇古風氣的流行, 復古之風對於高
階層品味上的影響有日益增加之勢。

近年來由於浙江青瓷發現的非常多, 因此我們可以把有年款的青
瓷從早期一直排列到明朝。明朝青瓷的器身大而重, 釉色也愈來愈鮮
綠, 含玻璃質越多, 產生反射的光澤。

南宋以後, 青瓷(包括南方製造的各種粗糙瓷器)成爲中國大宗出
口貿易瓷。南韓新安附近的一艘沉船內(1331年開往日本時沉沒)撈起
約6000件中國瓷器, 其中大半爲青瓷。這一類中國南方青瓷也在新幾
內亞、菲律賓、東非及埃及發現過。所有喜好古董的人都知道, 阿拉
伯的有錢人非常珍愛中國的青瓷,因爲他們相信這些青瓷碰到毒藥時
會立刻變色及破碎。

另外還有一種稱爲影青的瓷器, 開始時僅是內銷, 後來才大量出
口。這種半透明精美的瓷器, 它的胎土像糖粒一樣, 外面施一層淡青
色的釉。有許多人懷疑「影青」這個名詞是最近中國陶瓷商人所發明(圖
319),用來描寫微帶朦朧色調的淡青色瓷器。在中國文獻上根本沒有「影
青」這個名詞,可能是後人爲了要抬高它的身價而造出來的。原來可能
稱爲「青白瓷」, 這個名詞在宋以後的文獻中可以找到。然而中國學者
應用名詞時不太統一, 青白瓷在晚期時也被人用來指青花。影青本身
由於含有長石 *Felspar*, 因此可以用脫胎或半脫胎方式製成薄而輕巧的
瓷器。影青最早在唐朝景德鎮西部石虎灣製造, 直到宋朝在器型與裝
飾上才形成一種完美的平衡。宋朝影青的器形包括水壺、高足杯及盌,
它們的口緣外撇呈葉狀, 上面印或刻著龍、鳥、花卉的飾紋。這種瓷

316.南宋官窯粉青弦紋三足爐,
高14.9公分, 深11.6公分, 口
徑23.2－23.8公分, 台北故宮
博物院。

317.南宋官窯青磁下蕪瓶, 高
23.5公分, 口徑8.9公分,12至
13世紀, 日本國寶。

318.青磁鳳凰耳瓶，12－13世
紀，龍泉窯，高30.7公分，口
徑11.0公分，底徑11.4公分，
日本國寶。久保惣收藏。

器由於胎身很薄，給人一種非常輕巧細緻的感覺。宋朝的青白瓷在中
國南部有許多窯廠仿造，多半輸往東南亞與印尼諸島，在這些地區的
考古遺址中，若發現中國青白瓷，都可以相當於宋朝末年（十三世紀）
來定年。

附錄：荊浩："筆法記"與郭熙："林泉高致"原文

　　叟曰「子知筆法乎？」曰：「叟，儀形野人也。豈知筆法耶？」叟曰：「子
豈知吾所懷耶？」聞而慚駭。叟曰：「少年好學，終可成也。夫畫有六要：
一曰氣，二曰韻，三曰思，四曰景，五曰筆，六曰墨。」曰：「畫者華也，
但貴似得真，豈此撓矣。」叟曰：「不然。畫者，畫也。度物象而取其真。
物之華，取其華，物之實，取其實，不可執華為實。若不知術，苟似可也，
圖真不可及也。」曰：「何以為似？何以為真？」叟曰：「似者得其形遺其氣，
真者氣質俱盛。凡氣傳於華，遺於象，象之死也。」謝曰：「故知書畫者，
名賢之所學也。耕生知其非本，翫筆取與，終無所成。慚惠受要，定畫不
能。」

五代荊浩筆法記公元九二〇年前後

　　蓋身即山川而取之，則山水之意度見矣。真山水之川谷，遠望之以取
其勢，近看之以取其質。真山水之雲氣，四時不同：春融怡，夏蓊鬱，秋
疏薄，冬黯淡，畫見其大象，而不為斬刻之形，則雲氣之態度活矣。真山
水之烟嵐，四時不同：春山澹冶而如笑，夏山蒼翠而如滴，秋山明淨而如
粧，冬山慘淡而如睡。……

　　山近看如此，遠數里看又如此，遠十數里看又如此，每看每異，所謂
山形步步移也。山正面如此，側面又如此，背面又如此，每看每異，可謂
山形面面看也……

　　山大物也，其形欲聳拔，欲軒豁，欲箕踞，欲盤礴，欲渾厚，欲雄豪
，欲精神，欲嚴重，欲顧盼，欲朝揖，欲上有蓋、欲下有乘；欲前有據，
欲欲有倚，欲上瞰而若臨觀，欲下游而若指麾，此山之大體也。

　　水活物也，其形欲深靜，欲柔滑，欲汪洋，欲回環，欲肥膩，欲噴薄，
欲激射，欲多泉，欲遠流，欲瀑布插天，欲濺撲入地，欲漁釣怡怡，欲草
木欣欣，欲挾烟雲而秀媚，欲照溪谷而光輝，此水之活體也。

　　山以水為血脈，以草木為毛髮，以烟雲為神彩。故山得水而活，得草
木而華，得烟雲而秀媚。水以山為面，以亭榭為眉目，以漁釣為精神，故
水得山而媚，得亭榭而明快，得漁釣而曠落，此山水之布置也。

郭熙：林泉高致公元一〇八〇年

319.元月白印花番蓮洗樞府窯，
高4.5公分，口徑12.0公分，台
北故宮博物院。

9

元 代 藝 術

十二世紀時，中國與北方異族之間的緊張情勢已緩和下來，這些異族開始接受漢化。但在北方民族背後中央沙漠地帶，還有一支強悍的遊牧民族—蒙古人。費茲潔羅 (Fitzgerald) 博士稱蒙古人爲歷史上最野蠻最殘忍的民族。1210年蒙古勇武的首領成吉思汗大舉進攻金人，1224年攻陷金的中都(大興府，今日的北京)，滅了金。1227年成吉思汗又破西夏，大肆屠殺，生還者只有百分之一，西夏的滅亡使得中國西北部有一段長時期土地荒蕪人煙稀少。三年後成吉思汗去世，蒙古大拓疆土，兵力日張，1235年大舉南下侵宋，宋軍苦戰四十餘年，最後終於爲蒙軍所滅。1279年宋朝最後一位皇帝衛王昺被廢，蒙古人改國號爲元。比起其他被蒙古人征服的民族來，中國人算是非常幸運，他們沒有受到蒙軍殘酷的蹂躪，因爲當時有一位契丹籍的蒙古將軍主張活的中國人比起死的中國人更有用，活的中國人能繳稅，而死的却不能。然而由於戰爭的破壞與行政機構的毀損，忽必烈所統治的是一個脆弱貧窮的國家，宋代中國約有一億人納稅，到元朝時只剩六千萬人納稅。雖然忽必烈(1260－1294)本身精明能幹，極仰慕中國的文化，但他的屬下極端殘忍與腐敗。忽必烈去世後四十年中，元朝共換了七個皇帝。

1348年由於元順帝的專權跋扈，民間發生暴動，二十年間反元的勢力日益擴大，各地天災頻仍，叛亂不絕，民不聊生。此時的蒙古人早已失去昔日窮兵黷武的精神，無力鎮壓叛亂。1368年元順帝被暴民逐至塞外，終於結束了蒙古90年短暫而不太光榮的統治。在征服中國之初，蒙古人就像其他遊牧民族一樣高掌遠蹠，肆無忌憚，然而不到一百年，中國人使他們耗盡了野蠻民族好戰尚武的精力(此種精力即爲蒙古人征服中國的原動力)，最後將他們逐回沙漠。

在政治上元朝可能是一個短暫而不甚光輝的時代，但在中國藝術

320.元（1327）侍女俑，1978年陝西戶縣賀氏墓出土。

321.元胡人騎駱駝俑，紀元1327年，1978年陝西戶縣賀氏墓出土。

205

322.元朝大都（北京）出土琉璃五彩香爐，高36公分，13世紀末，現藏大陸。

323.元釋迦出山像，美國底特律Detroit藝術研究中心。

史上却有其特殊重要的地位。元代的中國人由於現實生活的不安定，只得回顧過去與前瞻未來。在繪畫與裝飾藝術上他們要恢復古代的風格，尤其是唐代的藝術風格。唐代藝術在中國北方雖然經過歷代的摧殘與融合，然而在遼朝與金朝異族的統治下還能保留剩餘的傳統。元代的藝術從某些方面來說相當有革命性，它的復古運動不但對於過去傳統有新的解說，同時造成蒙古朝廷與中國知識分子之間的距離。中國人受到蒙古異族的統治後，士大夫階級自行組織起來，形成一個獨立自主的文人集團。這種士大夫文人組織一直維持到二十世紀，後來由於受攻擊而解散，元代文人對中國繪畫的影響很大。

在裝飾藝術上元朝也有許多新的創見。當時人不喜歡宋代細膩的風格，他們採用大膽略帶粗獷通俗的新作風，這種變化亦能代表蒙古統治者及色目人的品味（圖322）。色目人包括西域各部族，如維吾兒 Uighurs 人、土耳其人等，這些部族曾經被蒙古人征服，後來與蒙古人聯合攻打中國。征服中國之後，他們被封為地主與諸侯，逐漸漢化，這些新貴令原有中國南部統治階級感到厭惡與嫉妒。蒙古人壓榨他們所統治地區的藝工與工匠，這些人像羊群一樣被分工編隊為蒙古人服務。這些工匠中有許多是中亞民族、波斯民族，甚至也有歐洲民族在內，對當時藝術影響最大的很顯然是中國人。馬可波羅 (Marco Polo) 描寫忽必烈在大都（ Khanbalik 或 Cambaluc 北京）（圖324）（註一）的宮殿與歐多里克 (Odoric) 修士描寫元帝在上都的夏宮一樣，都指它們是根據中國建築的風格而建。蒙古人喜歡應用金色或其它鮮明的顏色來表現他們的財富及豪華的排場，這種品味與宋代流行的素雅正好相反。另外蒙古人在地上鋪著皮革與地毯，牆上掛著獸皮的習俗是沿襲遊牧民族的傳統，中國式的宮殿建築配上這些裝飾，真像是一個富麗堂皇的蒙古包一樣。圖322這個五彩奪目的香爐，1964年在北京元代的遺址中挖掘出來，從這個香爐上可以體會到蒙古征服者的品味以及當時中國人為了要討好外來征服者所設計的造型。香爐本身是中國的器型，但上面的裝飾與色彩都是為了迎合蒙古人炫耀財富權勢的口味。

建築

忽必烈時期興建的大都留在地面上的遺跡很少（圖324），現在的北京城主要建於明永樂時代。1417年永樂皇帝將都城由南京遷到北京，繼

（註一）參考亨利・育爾 (Henry Yule) 爵士所譯馬可波羅遊記 The Travels of Marco Polo）（1903，倫敦）。

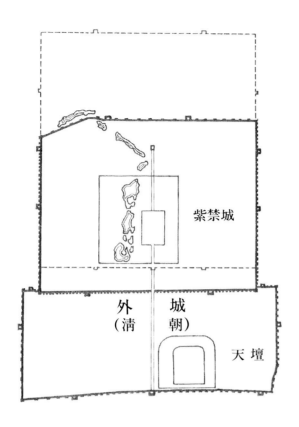

紫禁城

外　城
（清　朝）

天　壇

324.元朝大都（虛線）與明朝清朝北京（實線）比較圖，13世紀末。

325.元末明初水月觀音鎏金銅像，高33公分，寬20.3公分，舊金山亞洲藝術博物館。

永樂之後明朝與清朝皇帝逐漸將北京城建立起來。1644年北京被滿州人征服後稱爲韃靼城，現在的北平比元代的北京小一點。當滿州人將當地居民遷往南方後，整個大北京城地區又擴大了許多，現在的北平是一個城套在另外一個城外。韃靼城的外邊圍著15哩長的城牆，它本身包圍著皇城，皇城的周界爲 6.5 哩，皇城中間有紫禁城，紫禁城即現在的故宮（圖326，327）。南北軸心線長達 7.5 哩，南端有三層大理石階梯作成的天壇和圓形祈年殿。天壇是皇帝每年冬至日祭天的地點，屋頂以藍色的琉璃瓦舖成，天壇是每位到北平遊覽的旅客必遊之地。

　　依據古代周朝的「三朝」制度，天子必須在三個宮殿中執政。明朝與清朝的皇帝皆能遵循周禮，因此在紫禁城的中心地區有三大殿，依序排在軸心線上。太和殿是從南面開始第一個最大的殿（圖327），亦是皇帝舉行朝會大典的地方，它高高的矗立在三層白石基座上。太和殿後面有一個專門等候用的大廳，稱爲中和殿，中和殿後面爲保和殿，保和殿是朝廷饗宴的場所。至於皇帝生活起居之所，諸官執政廳、宮廷工房、御花園等皆在皇城的北半部。我們現在所看到的故宮已不再是明代原有的建築，只有現在的太廟還保存了明代建築的模樣，因爲故宮在1464年慘遭祝融之虐。太和殿的歷史是一個很典型的例子，太和殿最早爲明永樂皇帝所建(1427)，1645年根據原有的設計重新再建，

326. 北京城中心空中鳥瞰圖。
中間部分爲萬壽山新夏宮的湖，
右邊長方形爲紫禁城，有三大
殿南北直線排列。北方有景山，
南方爲紫禁城之正門即天安門。
此照片攝於1945年，當時天安
門的廣場尚未興建。

1669又再次重建，經30年才完成，1765年又再重建，此後不斷的修補
與重漆。清朝的建築師相當保守，他們不會擅自修改明朝原有的設計，
而明朝的建築不過是重覆遵循元代(十四世紀)的建築設計。

　　從元代以來中國建築缺乏創新的冒險精神。宋朝建築革命性的嘗
試像四半式天井、歇山式、旋渦形天蓋、結構性的斗栱制度等，到了
元朝全都消失了。晚期的中國建築皆爲簡單的長方型，屋簷下堆積許
多沒有實際功能的斗栱架構。由於屋簷載重量增加，建築師不得不在
房子外圍加一圈廻廊柱子支持屋簷，如此一來複雜的斗栱與昂失去其
原來的作用，而變成純裝飾性的橫飾帶或從屋簷垂掛下來的雕花工程。

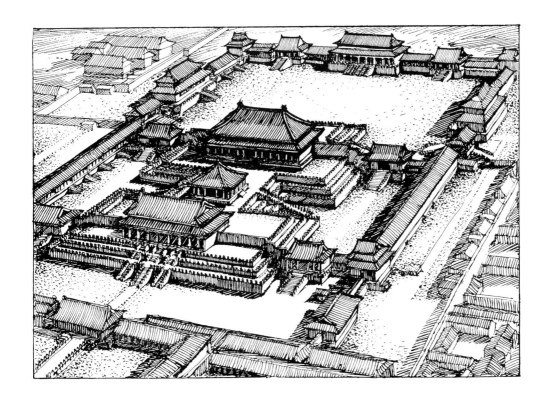

紫禁城的輝煌並不在於它的細節，而是由於它非常豐富的裝飾色彩，這些裝飾色彩因為年代悠久別具一番成熟的古趣。屋簷起翹的曲線相當優雅，故宮整個地區的設計及建築比例，不管是平面或立體，都相當出色輝煌。

327.從南面看紫禁城的三大殿，葛里維斯Greeves 測繪。

蒙古人統治下的藝術

　　蒙古人像其它過去侵略中國的外來民族一樣支持佛教，對於西藏喇嘛教的秘術與驅鬼法術尤其感興趣，蒙古人鼓勵喇嘛教徒在北京建造寺院。事實上宋以後漢人的建築，除了房子的面積擴大、裝飾更輝煌外，沒有其它新的突破。蒙古人入侵後對於中國繪畫的影響很大，此時還有幾位禪畫大師如顏輝、因陀羅及一些職業畫家，他們能配合當時朝廷保守的趨向。這些職業畫家的畫風非常接近馬遠，另外他們也畫大型的山水畫（中國北方這種山水畫在金代幾位皇帝的贊助下繼續不斷的發展）。但這些職業畫家却很少在中國的文獻中被提到，主要因為中國繪畫文獻多半由文人畫家執筆，他們從來不提其他職業畫家，因此關於中國職業畫家的資料非常少。元人對中國南方的士大夫相當猜忌，中國文人由於沒有機會從政而改以教書、行醫或算命維生。另有些文人被迫離開政壇，而改從事小說或戲曲的寫作，這些作品使中

328. 錢選 (在1301年後去世)
「王羲之觀鵝圖」局部，高
23.2公分，紐約大都會博物館。

國的文學領域更爲廣濶豐富。除了少數幾位外，大半的中國文人畫家都設法與元朝宮廷保持一段距離。

當宋代滅亡時，畫家錢選(約1235－1300年)已屆中年，蒙古人統治之後他過著隱居生活，一生忠於宋王室。錢選有兩幅小冊頁，一幅畫松鼠，另一幅畫麻雀，從這兩件作品可以看出他繼承細膩的宋代花鳥畫作風。雖然錢選的作風看起來非常溫和，但事實上他是一位繪畫的革命者，除了瘋癲的米芾之外，錢選可能是中國第一位決心想從過去作品中吸取靈感的重要畫家。錢選在一幅手卷中描寫「王羲之觀鵝」，這幅畫應用非常古拙的唐畫風格(圖328)。他選擇這個主題一方面是要摒棄與反對宋代的繪畫作風，另一方面是要重估過去的藝術。這種復古運動後來變成文人畫發展的主要目標。

奇怪的是像忽必烈所統治如此輝煌的宮廷內，竟沒有一位天分高的畫家。元朝皇帝最欣賞的畫家是土耳其族受漢化的藝術家高克恭及趙孟頫(1254－1322)。元朝皇帝重用趙孟頫，因爲他能爲元朝廷與中國知識分子之間搭起一座橋樑。趙孟頫是宋朝趙家的皇室，他在宋朝時已作了好幾年官，後來受到忽必烈的重視。趙孟頫最早是替皇帝寫回憶錄與詔示，幾年後躍爲奉訓大夫、兵部郎中及翰林院要職。他一直後悔與蒙古人合作(尤其是他本身與宋皇室有近親關係)，然而就是因爲有趙孟頫這樣的人，才能慢慢漢化蒙古人，使他們變得更文明，

間接地也削弱了他們的鬥志。趙孟頫不但是一位大畫家，也是一位大書法家，他善寫各種書體，包括大篆、隸書、楷書、行書（圖334）。

書法

在這本書中關於中國書法藝術談的非常少，尤其是有關中國書法藝術的表現性及實質。書法在中國是一種藝術，它細膩之處只有在研究與實際學習中才能體會到。書法史家蔣彝曾道：「對中國人來說喜愛書法是從小的時候就開始，中國人對於書法的尊重遠超過其它藝術。在中國，我們常看到商店開張掛新的招牌時，要舉行特別的儀式；詩人在書寫之前必須點香方能獲得靈感，方能使他的書法如舞劍般有龍飛鳳舞之勢。從書法上可以看出一個人的個性與道德修養，中國文字為方塊單字，每個字本身充滿了豐富的內容與形象的連想；中國文字整體的內涵，即使是最有學問的人也無法全部了解。本書中的插圖顯示中國文字書體的發展，目前我們所知道最早的文字是刻在龜甲與獸骨上（占卜用）的甲骨文（圖329），接著就是鑄刻在青銅禮器上的金文。金文產生於商朝末年，這種原先可能用筆寫在泥土上的造型，在商朝滅亡後，慢慢演變為氣勢雄偉的大篆（周朝中期青銅器的銘文上可以看到）（圖330）。

戰國時中國疆域開始擴大，同時分裂成許多諸侯國，大篆的書體由於地區不同，風格也不相同。紀元前三世紀時，大篆變成較細膩的小篆，小篆在秦朝時成為官方的文字。到了漢朝，小篆已不流行。目前圖章上還可以看到小篆，偶而在書寫時也應用，因為小篆體能帶來一種古趣。同一時期還發展一種新書體即隸書，隸書基本上其筆畫粗

329.商朝安陽甲骨文，紀元前12世紀，台北中央研究院。

330.周朝石鼓文拓片篆書，東周春秋末（紀元前6－5世紀）秦國石鼓文。

332.明朝陳淳(1483－1544)草書「寫生圖卷跋」，紀元1538年。手卷，台北故宮博物院。

細不一，主要在於發揮毛筆轉折的筆勢(圖331)。隸書的筆觸非常細緻，具有重量感，尤其強調字體的轉折處。隸書在秦朝以前主要書寫在竹簡上，至漢朝時，廣泛使用於碑文上。事實上隸書非常適合於碑文，因爲它能發揮造型的巨大感。

漢字有的筆劃多達二十幾劃，後來傳說漢朝由於須要一種快速書寫的字體(尤其應用於戰爭時)，而產生簡化字體的草書(圖332)。事實上一部分簡略的文字由於實用或商業關係早已存在很久，直到漢朝這種簡化字體才發展成一門獨立的藝術。尤其是漢朝以後的混亂時期，文人的草書與當時的道家思想同時流行，草書(圖332)變成當時相當流行的一門藝術。此時的書法比較注重形式，有稜有角的隸書也慢慢的發展成更流暢、更和諧的楷書(圖333)。楷書經過多次變化後，現在成爲中國小孩學習書法最標準的文字形式。

331.漢朝隸書拓片，狄斯科 Driscoll 與托達 Toda 資料，東漢 1－2 世紀。

333.宋朝宋徽宗瘦金體「牡丹詩」楷書(宋徽宗在位期1101－1125)，12世紀初，手卷，台北故宮博物院。

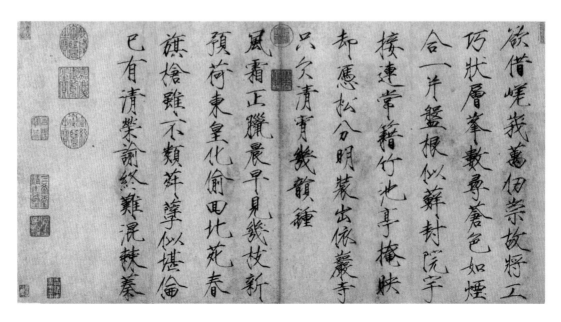

22 • 23. 傳宋徽宗臨唐張萱　搗練圖　37×145.3公分　美國波斯頓博物館藏

　　此圖卷可能為宋徽宗（1082—1135）時代北宋畫院臨本。張萱為唐開元（714—42）時期著名仕女畫家，卷首有金章宗（1189—1208在位）瘦金體題款，描寫唐代宮女在後宮搗練絲絹、紡織衣裳的情況，為宋代畫院名手所繪，但筆法與遼寧博物院張萱虢國夫人遊春圖卷（宋摹本）不同。

　　日本Mitsuto Gomi女士認為，此卷首段與後段熨衣烘衣部分，用筆與著色均不同，可能完成於不同時期，搗練圖較接近周昉的作風。

　　此圖卷以鐵線銀鈎方式來畫人物，服裝上的圖案花紋清晰可見。人物的輪廓造型均經過精心的處理，安置於空白絹地上，造型顯得自然而突出，且具有空間感。搗練圖稱得上是中國人物畫中最細膩精緻的作品。

24. 李唐（1050—1130後）　萬壑松風圖　宋宣和甲辰春（1124年）　188.7×139.8公分
雙拼絹軸　台北故宮博物院藏

　　李唐萬壑松風圖中的山水極為特殊。宣和甲辰（1124年）正是宋徽宗在開封東北建造壽山艮嶽皇家林園完工的那年。艮嶽的完成是當年汴京一大盛事（見張淏艮嶽記）。有些人認為李唐這類實地寫生的繪畫，可能是以當時的艮嶽為主題。這類山水，植樹疊石、筍峯、山泉，一再地表現人工造境的跡象，以與當時道家方士的理想仙境相配合，本質上不同於前人的自然山水。1970年，日本學者認為萬壑松風圖是明代十六世紀仿本，但十餘年來，我們對於明代仿李唐畫風的作品有更深入的了解，多方面比照下，萬壑松風圖顯然不是明代的作品。

25.—30. 金代磁州窯

25 白地鐵繪牡丹文雙耳壺　金磁州窯　高20公分　日本
26 白地鐵繪魚藻紋鉢　金磁州窯高　24.5公分　日本
27 白地鐵繪草蝶紋鉢　金磁州窯高　14公分　日本
28 白地鐵繪魚藻紋鉢　金磁州窯高　13.2公分　日本
29 白地鐵繪草蝶紋瓶　金磁州窯　20公分　倫敦亞爾伯博物院
30 白地鐵繪瓶　金磁州窯　高14公分　日本

　　南宋（十三世紀）時，杭州盛行馬遠、夏珪流傳下來的簡筆山水。當時的代表性畫家馬麟及畫院畫家李嵩、劉松年皆以人物畫見長。此外尚有佛教畫家如梁楷、牧溪、瑩玉澗等，參合文人畫技法及禪意來創作。正如宋代的理學一樣，印度佛家哲理直到南宋才真正影響中國本土的傳統思想與藝術。

　　北宋末期（十一世紀）蘇軾云：「畫竹，必先得成竹於胸中，執筆熟視，乃見其所欲畫者，急起從之，振筆直遂，以追其所見，如兔起鶻落，少縱則逝矣。」這種看法，實際上是佛家參禪的功夫，佛家在打坐中豁然頓悟，達到佛的境界。蘇軾將參禪的方法應用在寫竹上，藉以忘卻自我，領悟到竹本體內在的生命，從這內在的生命中，再創造出竹子的外形來。人與竹之間的結合就在那一剎那間，是藝術家所要捕捉，最微妙的時刻；因此藝術家振筆疾書，冀望能一氣呵成。

　　南宋江南地區出現禪宗畫，北方金朝的黑釉鐵繪磁州窯，亦表現類似禪宗的思想。一花、一草、一魚、一蝶都是一揮而成的精品，造型優美，構想絕妙。圖完成後，再利用利刃在黑地上刮劃出乾淨俐落的白紋。魚藻紋則用流暢的書法線條，描繪漂浮在水波中的水藻，另加一條翻騰跳躍的河魚陪襯，更能傳達生氣蓬勃、舒泰祥逸的氣氛。圖像中看不見一線水波，但似乎處處充滿流水的韻津，可說是彩繪陶器中精美絕倫，最具現代趣味的佳品。

31. 李衎(1245—1320)　雙松圖　元（十四世紀）　156.7×91.2公分　台北故宮博物院　鈐印仲賓更字息齋

　　李衎以著「竹譜」聞名，惟李衎畫竹之實例難尋。此幅「雙松圖」畫的雖非墨竹，但筆法蒼勁穩健，散發出內涵的力量，是一幅難得精緻的元畫。

32. 江山秋色圖卷　宋（十二世紀）青綠設色長卷部份 55.6×324公分　大陸故宮博物院藏

　　明人題為南宋趙伯駒畫，有人疑為北宋院體山水畫。整幅畫嶺岫重重，叢林迴環，氣象萬千，設色穠麗而不庸俗。散見行人屋宇，碧水縈迴，佳境巧思。圖為中間一段山環水抱的局部，下方溪水潺潺、修竹參差、古松林立，上望怪石嶙岣，似波濤汹湧起伏。右樓閣層疊，依山形而建，左有山坡，三兩行人正於登高途中。全卷千巖萬壑，脈脈相連。

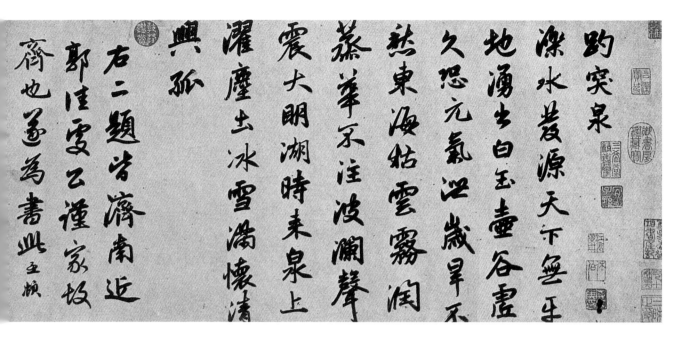

齋也圖為書此主順
郭注雲乙謹家牧
右二題皆濟南近
興弧
濯塵出冰雪滿懷清
震大明湖時來泉上
蒸華采注波瀾聲
慈東海粘雲霧潤
久恐元氣泄歲旱不
地湧出白玉壺谷盡
深水發源天下無牛
趵突泉

後來的每一種書體皆有它自己的「行書化」的變體。南方書法家<u>王羲之</u>(303—379)與其子<u>王獻之</u>創造一種優柔的楷書與行書^(圖167)。這種南方充滿「女性化」優雅感的書法與北方男子雄壯氣概的書法，風格上有強烈的對比。北方書法主要延續古代漢朝隸書的傳統，即富於稜角的傳統。<u>六朝</u>時南北兩種傳統並肩發展，<u>隋唐</u>時<u>中國</u>再度統一，此時一些偉大的書法家(尤其是<u>顏真卿</u>)成功地將北方古拙有力的書法與南方優柔流暢的書法溶合為一體。

隋唐時期幾種主要的書體都已建立，此後<u>中國</u>的書法只是個人風格的發展。譬如禪宗的書法家、道家瘋癲好酒的書法家等，這些充滿個人主義的藝術家皆創造出自己獨樹一格的狂草書法。狂草的筆勢是驟雨旋風，驚虵走龍，充滿着精力，每個書法家都以古怪、不易辨認的字體出奇制勝。像<u>趙孟頫</u>這一類文人君子可能會欣賞或羨慕狂草書法^(圖335)，但他們自己畢竟不會輕意的去嘗試。

趙孟頫 1254—1322

<u>趙孟頫</u>不但書法著名，他的畫馬技術更是聞名天下，到現在任何以馬為主題較好的古畫都傳說是他的作品，<u>趙孟頫</u>是<u>元朝</u>宮廷畫家。<u>元</u>人早先為遊牧民族，天生喜歡動物，因此<u>趙孟頫</u>畫這些動物取悅於<u>蒙古</u>人是理所當然的。事實上<u>趙孟頫</u>的山水畫最具特色，像塞尚(*C'eza-nne*)一樣，<u>趙孟頫</u>可能亦會說：「我發明一種新的繪畫風格，我是新繪畫的創始者」<u>趙孟頫</u>在<u>中國</u>山水畫史中的地位相當重要，他生於傳統

334. 元朝趙孟頫(1254—1322)「趵突泉卷」行書，13世紀末，手卷，台北故宮博物院。

221

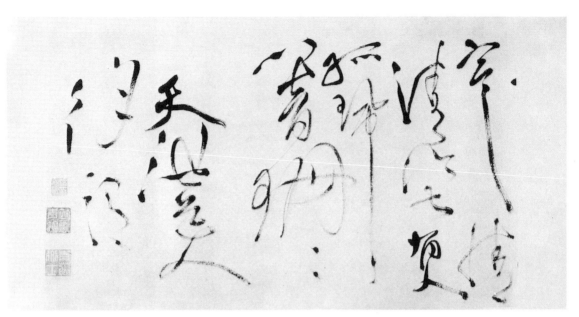

335. 明朝徐渭(1521－1593)狂
草書，詩篇手卷，紐約翁萬戈
收藏。

336. 元朝趙孟頫(1254－1322)
「鵲華秋色圖」，1295年，高28.4
公分，台北故宮博物院。

繪畫已到山窮水盡的宋朝末年，當時流行大筆揮毫，墨色淋漓的禪畫。
趙孟頫的繪畫作風自發展的感情與對懷古幽情融合在一起。趙孟頫越
過了宋朝正統的畫派，重新去發掘長久被人遺忘的董源與巨然江南的
筆墨。他不但為下一代的元朝文人畫家(如元四大家)開闢一條新的道
路，同時也為元朝以後(直到今日)的中國文人畫創造出一個新的境界。
「鵲華秋色圖」是現存趙孟頫最著名的山水畫卷(圖336)，這幅畫是趙孟頫
描寫他的朋友所未曾去過山東故鄉的景色。趙孟頫在這幅畫中應用乾
枯的筆墨及帶有書卷氣的風趣來描寫回憶中的事物。他的繪畫一方面
要恢復唐代古拙的山水風格，另一方面再度復興了董源那種寬潤靜穆
的境界。

元四大家

　　五十年後，趙孟頫的復古運動開始在元四大家作品上獲得圓滿的成果。所謂元四大家是黃公望,倪瓚、吳鎮及王蒙四位畫家，其中年紀最大的是黃公望(1269－1354)。圖337為黃公望流傳下來的代表作「富春山居圖卷」，關於黃公望的繪畫生涯我們所知有限，只知道他曾任浙西縣令，後來退休隱居富春山以教書、畫畫、寫詩為生。「富春山居圖」黃公望共花了三年時間(1347－50)才完成，由於他興致來時才動筆揮毫，因此作畫的進展很慢。黃公望以一種舒暢、寫實、輕鬆自然的態度來處理山水，絲毫沒有南宋杭州畫院的造作裝飾意味，像「馬一角」馬遠的構圖或其它形式化繪畫的俗套。在這幅畫中我們感覺到黃公望所要表現的是他內心深處的感受。沈周與董其昌在題跋中曾提到董源與巨然的作風影響了黃公望。但從黃公望筆觸的自然流露，明顯的可以看出他能把握住古人的精神，而不淪為古人筆墨的奴隸。

　　倪瓚(1301－1374)將黃公望高雅簡化的風格加以進一步的發展。倪瓚是一位富裕的田莊隱士，為了逃避當時的動亂及繁重的課稅，大半生住在一條船舫上，飄泊於江蘇東南方的山水湖泊間。他有時住在山上寺院中，有時住在朋友家，直到1368年明朝建立後才結束他的流離漂泊生活，回到老家後不久即瞌然去世。對明朝文人來說，倪瓚是一位不受世俗渲染的畫家，如果黃公望被稱為是一位嚴謹畫家的話，那麼我們應該用什麼形容詞來描寫倪瓚的繪畫？幾棵獨立的樹叢矗立在坡石上，掩翳著孤亭,隔岸是沙渚平丘，這就是倪瓚畫中所見到的景象(圖338)。倪瓚用筆疏朗閒散，墨色乾枯淡雅，色調呈銀灰色的層次。在平

337.元朝黃公望(1269－1354)「富春山居圖」，紙本手卷,1350年，高33公分，台北故宮博物院。

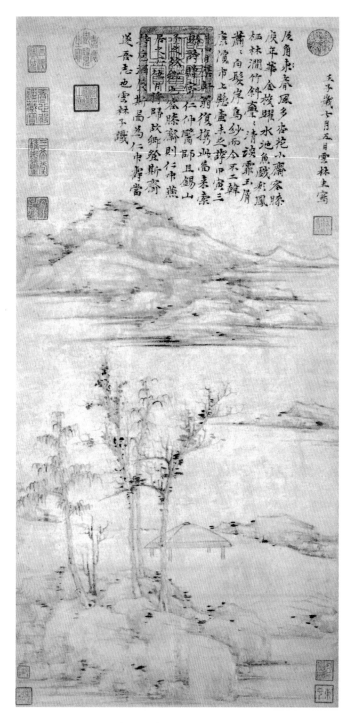

338.元朝倪瓚(1301－1374)「
容膝齋」,紙本掛軸,1372年,
高73.3公分,台北故宮博物院。

舖的皴法中,濃墨的臥筆能襯托出點線間奇妙的韻律感。倪瓚被喻爲
「惜墨如金」,在他的畫中沒有人物,沒有小船,沒有白雲,靜穆得沒
有一點動靜。這種雲淡風輕,空漠的境界,令人有無所寄托之感,畫
中的靜寂就像兩位知心的朋友相處,無須言語,彼此即能心意神會。
倪瓚之後,有許多畫家模仿他的作品,真品與僞品相較之下,才會發

339.元朝王蒙花溪漁隱，紙本掛軸，124.1×56.7公分，「敬為玉泉尊舅畫」字款，台北故宮博物院。

現倪瓚的繪畫表面看來柔弱，實際上是棉裡藏針，有種豐富的內涵力量。看似猶豫不決的筆法，實際上却暗藏著高超的技巧；看似靜穆空虛的畫面，實際上却包含著深刻的思想。

王蒙的風格異於倪瓚，他洶湧的山水充分表現出生活在一個動盪不安的時代。王蒙(1298－1385?)曾任元朝的官職，復明後又任縣官，

340.元朝唐棣(1296－1340)「寒林歸漁圖」絹軸，紀元1338年。高144公分，台北故宮博物院。

1385年死於冤獄。他的作品常交互使用各種不同的山石皴法及扭轉捲曲的線條，將不同的點線編織成變化多端，包羅萬象的畫面。他的筆觸纖細靈敏，構圖組織嚴謹(圖339)，是中國少數幾位能應用激盪刻意的筆法以達到靜穆效果的畫家(明末石谿亦是這類畫家)。

　　此時的藝術家很自然地遵循錢選與趙孟頫的例子，他們不再靠自然的觀察來創作，而是依據古代的藝術品而畫。這種仿古風氣，事實上是一種具有革命性新的創作態度，對於後代的影響很大。元朝時，中國的藝術家一方面依據前人的成就，另一方面從自然的觀察中將這種傳統再作進一步發展，使繪畫更為豐富。早先郭熙依據李成，李唐依據范寬的繼承方式，到了元朝已逐漸中斷。元朝畫家所回顧的是整

個過去的傳統，他們仿造古代大畫家的作品（尤其是十與十一世紀的大師），同時將他們的作品加以演變。譬如唐棣試圖復興與改變李成及郭熙的風格，正像吳鎮與黃公望醉心於董源的畫風一樣（圖340）。另外有些畫家將馬遠與夏珪的傳統風格轉變為職業性繪畫。元朝提倡「藝術史歷史性的畫風」，一方面使中國繪畫傳統更為豐富，另方面亦受到古代傳統的拘束，對於後來的畫家來說，必須要有強烈的藝術個性才能突破這些束縛。由於蒙古人佔領中國，使得中國文人畫家遠離朝廷，宮廷畫與文人畫之間的距離也愈來愈大，這種現象一直持續到清朝末年。

元朝文人畫家與文學、詩詞的關係密切，為中國繪畫開創了新路線，同時亦提高了繪畫的地位。元朝的繪畫上，我們開始可以看到畫家的印記、題詩或款識。後代的鑑賞家也設法在上面加簽或加題，直到一幅畫擠滿了款印為止。在中國人眼裡，文字並不會破壞畫面空間的統一，反而可以增加畫本身的聯想價值。從元代開始文人畫家喜歡在生紙上作畫（與書法家使用的紙一樣），因為生紙比熟絹更能吸墨，更能表現筆觸的靈敏性(註二)。

畫竹

元朝時竹畫非常流行，因為這是當時隱居的驕傲文人所選擇最適當的主題。對這些文人來說，竹是真正君子的象徵，竹幹剛毅不屈，在環境壓迫下也許會暫時低頭，最後仍舊能回復到原來的形態，正如君子能保持其原則及尊嚴，不受任何外界的影響。尤其是竹子光滑優雅的主幹與像劍一樣的竹葉最適合畫家墨筆的揮毫，畫竹最重要是畫家能感覺到非常接近書法的藝術境界。談到墨竹畫，畫家對於每一棵樹及每片葉子都必須清楚的交待，每根粗笨的竹節絕不能像山水畫裡霧中的景物一樣含糊不清的交待。從近景的深色葉到遠景的淡色葉皆需要清楚的描繪，竹幹與竹葉間的平衡,虛與實之間的關係都以明確的筆法交待。除了這些技術上的問題外，畫家還必須了解一棵竹如何生長，他要從竹的內部體會到一棵有生命的植物成長的趨勢。因此畫一幅偉大的墨竹畫，畫家必須要有高度的技術與修養才能完成。

竹畫從六朝開始流行(註三)，當時的畫家喜好畫小幅墨竹，並用雙

(註二)關於中國人為什麼要在繪畫上題字？題些什麼?在拙作中國藝術三絕：詩、畫、書法 (Three Perfections: Chinese Painting, Poetry and Calligarphy) 中有詳細討論（1974，倫敦）。

(註三)張彥遠在歷代名畫記中提到三幅竹畫,這三幅畫在紀元 600 年之前還存在。此外在敦煌石窟六朝壁畫中也可看到竹畫。

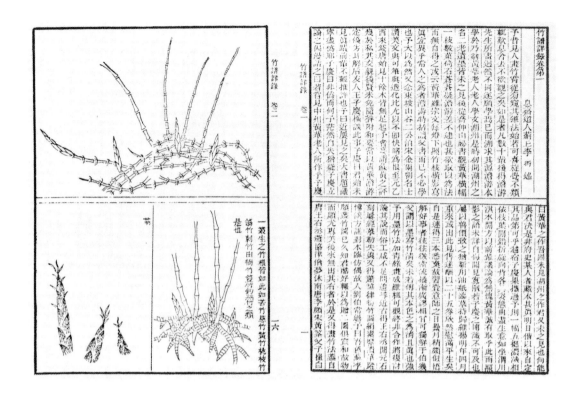

341.元朝李衎(1245－1320)「
竹譜」（息齋竹譜）自序，約
1312年出版。

342.元朝吳鎮（1280－1354)「
墨竹册」，1350年。高42.9公分，
台北故宮博物院。

鈎的方式畫竹幹的輪廓線，而後填入顏色。這種極為細膩的雙鈎技術是當時的學院畫家所流傳下來，宋朝的畫家崔白及十四世紀的大師王淵作畫時也常應用雙鈎。唐朝竹畫似乎不太流行（宋徽宗收藏的唐畫中沒有一幅竹畫），到北宋時竹畫盛行，其中最著名的墨竹畫家就是文同與蘇東坡（大書法家兼詩人），他們兩人極力提倡畫竹。元朝時有幾位偉大的文人學者也精於畫竹，像倪瓚、趙孟頫、趙孟頫之妻管道昇、李衎等。李衎（約1260－1310）一生專攻墨竹，師宗文同（圖343），他一方面像業餘的植物學家一樣研究竹的種類及生長的過程，另一方面以畫家的眼光來描寫竹。李衎著有竹譜詳錄（附有插圖），此書後來成為畫竹專家必備的參考書，同時亦是初學者的啟蒙書。比李衎畫風更自然的就是吳鎮的「墨竹譜」，圖342這幅墨竹以最簡單、細膩的筆墨將書法與繪畫結合在一起，給人一種書畫同源的調和感。

343.元朝青瓷龍紋大盤，14世紀初。直徑42.9公分，倫敦戴維德中國藝術基金會。

瓷器

一般人常認為中國的裝飾藝術到了元朝時已逐漸地沒落或停滯下來。事實上就我們所知並非如此，元朝是一個革新的時代，技術上有新的嘗試。陶瓷方面新的技術，像釉裡紅或釉裡藍的彩繪方式，有的從外國引入，有的是中國陶工自己的發明。另外有些舊的技術再度被人引用，像釉下貼花等。北方的窯址除了磁州與鈞州外，其它都受到遼、金、蒙古等異族的侵擾破壞。元朝以後中國陶瓷中心開始南遷，以後一直集中在中南部，元朝浙江的龍泉窯與麗水窯繼續大量的生產青瓷。這些窯址由於中東路線的開放，因此有大量的瓷器輸出。倫敦戴維德 (Percival David) 基金會收藏一只圍一圈唐草花紋的瓶子（1327年年款），這件瓷器非常接近巴洛可 (Baroque) 的作風。陶工在釉下應用非常複雜的貼花方式來裝飾，看起來並不高雅。比較有獨創性的技術就是在碟子中央安排裝飾主題（譬如龍），不上釉，利用印花方式強調主題（圖343），這類浮彫效果有時是用手塑造。戴維德收藏中另有一個青瓷碟子與水壺，表面有一對同樣龍的圖案，其中一條龍上釉另一條龍不上釉，這顯示出當時的陶瓷家曾經應用模子來刻印花紋，再貼花完成。另外還有一種鐵斑紋青瓷釉（即飛青瓷），可能也是元朝的一大發明。十四世紀龍泉窯的品質開始下降，這可能由於當時有江西景德鎮瓷器的競爭。

宋朝景德鎮生產的瓷器中以青白瓷及仿北宋定窯白瓷最為精美。十四世紀初期，景德鎮窯在技術上也有新的發展。根據浮梁縣志（寫於1322年之前）的記載，景德鎮有印花、劃花及刻花的陶工，關於劃花

344.元朝貼花青白瓷瓶與瓶座，上有浮彫與珠線飾紋，14世紀，高24.1公分，舊金山亞洲藝術博物館。

345. 元大都（北京）出土青白瓷觀音像，13世紀末。高67公分，現藏大陸。

346. 元景德鎮窯青花雙龍紋扁壺，高38.9公分，口徑 7.9 公分，日本出光美術館。

我們在後面會談到，至於印花與刻花的技術可在樞府窯上看到。樞府窯可能是景德鎮第一種官窯，主要的器形是盌、碟子等。在青白釉下，陶工以線彫或陶范印成花紋裝飾，飾紋包括花朵、荷葉及雲中飛舞的鳳凰等。有時器底還刻上樞府兩字或福祿壽等吉祥的文字。與樞府窯非常接近的還有一些高足杯、壺、瓶、罐等，他們主要以貼花紋飾來產生浮彫的效果(圖347)，這些紋飾通常以連珠或人物(觀音像)隔開，這類瓷器多半作爲私人祭壇用。青白瓷中有許多精美的例子，如圖345這件觀音像，在北京元大都出土。

釉裡紅與青花

景德鎮在十四世紀初期可能已經發明釉裡紅，就是在釉下以銅紅彩繪。這種釉裡紅的技術最早是否爲中國人所發明尚無法肯定，我們知道不是近東的技術，很可能像一些日本學者所說的是十二世紀末或十三世紀初高麗時代韓國人的一項發明。中國早期釉裡紅的形態多半爲優雅的洋梨型瓶，口緣外撇，陶工以疏朗的筆觸來畫花卉或雲彩。明朝時這種圖案變得較爲複雜，顏色呈暗紅色很容易垂掛下來。因此在十五世紀時青花代替了釉裡紅。元朝有段時期陶工不但在一件器物上使用釉裡紅(圖350)、青花，甚至於混合使用貼花(連珠)、透彫、劃花等複雜的技術。圖347這件器物在河北保定出土，是元朝混合技術一個很好的例子，可以充分表現出當時的品味。

在中國陶瓷史中沒有其它瓷器比青花更受外國人歡迎。中國青花日本、印尼、波斯等都有仿造，荷蘭臺夫特市 (Delft) 及其它歐洲窯廠也受到它的影響。美國畫家惠斯特勒 (Whistler)、英國詩人王爾德 (Oscar Wilde) 及婆羅州獵人頭的野蠻人都崇拜中國青花，青花對人們的吸引力直到現在還延緜不斷。關於青花在中國第一次出現的時間，目前仍在爭論中。早於唐朝時已有釉下彩，宋朝磁州窯與吉州窯的釉下彩製作得較爲成功。遺存最早且有年份的中國青花，就是倫敦戴維德中國藝術基金會所收藏的兩只花瓶，製於1351年江西景德鎮。從這兩只花瓶(圖348)可以看出當時陶工製作青花的技術已相當純熟。最早討論青花的文獻就是1387～88年出版的格古要論，書中批評青花與彩瓷非常庸俗。1375年後景德鎮已開始引用青花技術，可能在十三世紀時由波斯傳到蒙古首都和林 (Karakorarm) 後來再傳入中國。(圖346,349,348)

元朝瓷器在裝飾花紋方面非常大膽，器型主要爲盌、盤、高足杯、酒壺、梨形花瓶、近東造型之酒器等，圖案則包括龍、蓮花、菊花唐

347.元朝河北保定出土青花釉
裡紅開光鏤花蓋罐，14世紀。
高36公分，現藏大陸。

348.元朝景德鎮青花對瓶,1351
年製，高63公分，倫敦戴維德
中國藝術基金會。

草、細長花瓣(南宋吉州窯已出現過)及近東的尖形拱等。從1351年景德鎮製造兩只現收藏於英國的花瓶後好幾百年，景德鎮的瓷器不管是器型或裝飾都是其它窯址所無法媲美。這種青花圖案不但大膽、自由，同時非常細緻，所燒成的顏色從最純正的蔚藍色到暗灰色。當鈷的顏料凝結在一起時，顏色會加深近乎黑色，十六世紀中國陶瓷家針對這個缺點加以改良，十八世紀青花再度廣泛被人應用。

349.元朝景德鎮窯青花麒麟草
花紋盤，土耳其托卡比沙雷
Topkapi Saray 博物館。

350.元末明初景德鎮窯釉裡紅
菊牡丹唐草紋鉢，高16.3公分，
口徑40.5公分，十四世紀末葉，
荷蘭海牙傑蒙德 Gemeente 博
物館。

10

明 代 藝 術

351.明永樂銅龜，北京故宮太
和門，1427年。

　　當蒙古人失勢時中原政局一片混亂，直到1368年朱元璋登基後才
開始穩定。朱元璋幼年家貧，曾淪爲牧童、和尚、強盜、霸王，最後
躍爲大明帝國開國皇帝。1368年朱元璋派兵北伐大都，元順帝見大勢
已去，棄城而逃。朱元璋定都於應天(今南京)，國號明，是爲明太祖。
在他統治的四年中，收復了盛唐時的疆域，將勢力擴展到貝加爾海(
Trans-Baikal)地區，同時還征服東三省。明太祖在南京四周建造廿哩城
牆(世界上最長的城牆)，從太祖以來接連幾位皇帝英明的統治，使得
中國中部及南部經濟繁榮，地位日益重要。1417年燕王棣(明太祖第
四子)篡位，稱爲永樂皇帝(註一)，他把首都遷回北京，因爲北京是他
奪取政權的勢力範圍。明太祖重建北京(現在的北平大體上還保持明
朝的樣子)，然而北京並不是一個很理想的國都，因爲它的位置過於偏
北，離當時的經濟中心長江流域太遠。另一方面北京非常接近中國北
方的敵人，很容易被攻擊，此時中國北方的強敵爲滿州人，滿州的軍
隊只要跨越長城(圖353)即可直逼北京(長城離北京只有四十哩)。明朝後
來所遭遇到的困境可以說都是這些缺點所引起的。永樂皇帝(明成祖)
精明能幹，勵精圖治，尚能穩固疆土，然而他的後繼者儒弱無能，朝
廷中宦官弄權，與閣臣狼狽爲奸，地方上流寇四起，北邊的疆域已無
法防守。

　　前面幾章我們曾經將中國戰國時期與希臘古典時期，漢朝與羅馬

352.明永樂銅獅，北京故宮太
和殿，1427年。

(註一)：永樂並非皇帝之名，而是成祖爲他的年代所選擇的吉祥名稱。成祖廢除
了過去中國皇帝每隔幾年就要換新年號的慣例。清朝諸代皇帝繼續採用永樂皇帝
所創立的新制度，譬如康熙是清聖祖的年號、乾隆是清高宗的年號等等。這些年
號由於常出現在瓷器上，研究中國藝術的西方人相當熟悉，因此在此書中我們也
經常應用。

353.明八達嶺的長城，平均高8公尺，寬7公尺，基面寬6公尺。

時期相互比較。有人認爲歷史不會重演，事實上明朝與宋朝有許多相似之處。就像羅馬帝國一樣，明朝的政權也是專橫、腐敗、窮兵黷武、過於現實而缺乏理想。明朝皇帝所要模仿的並不是懦弱過著夢幻生活的宋代皇帝（明朝皇帝一向看不起宋代皇帝），而是生氣勃勃光耀輝煌的唐朝（這種精力有時也顯得有些庸俗）。十五世紀初期明朝的國勢非常強大，它的海軍在大將軍鄭和的率領下航行南海。鄭和世稱「三保太監」，永樂皇帝非常寵信他，事實上鄭和的遠征並沒有要征服任何異邦的野心。1405－1433年間，他曾經五次遠征，向南海諸國展耀大明帝國的軍事力量，建立外交關係及開闢新的貿易路線。另一方面鄭和還蒐集當地的香料珍品獻給皇帝。當時中國本身對於其它國家並不感興趣，但在西方十五世紀時期，達伽瑪 (Vasco da Gama) 已渡過好望

354.蘇州網師園月到風來亭。
南宋故址，清乾隆中葉改建，
約紀元1770年。

355.十七世紀流行之樹根傢具。

角，1509年葡萄牙人到達麻六甲 (Malacca)，1516年到達廣東。由於這些西洋人不斷的在中國海岸邊挑釁騷擾，最後中國人被迫不得不去正視西洋野蠻人的存在。

明代朝廷表面上看來非常繁榮輝煌，內部却隱藏着痲木腐敗的暗瘡。明朝科舉制度考試的科目爲複雜的八股文，獲選者授以文官。由於八股文文體呆板，造成知識分子過分保守，只知埋守於空洞的形式中，朝廷中的學者多半時間花在編纂巨大的書籍如永樂大典，而少從事有創見的學術著作。永樂大典這本百科全書編於1403－1407年間，全書長達11095卷。宋朝諸代皇帝本身都是學者兼藝術家，品味修養相當高，他們鼓勵及領導當時優秀的學者與畫家。反觀明朝皇帝，不是流氓、爭權奪位者就是宦官內戚鬪爭下懦弱的犧牲者。在這種環境下，宮廷繪畫傳統僵化成沒有生氣的學院藝術。當時在野的學者、收藏家及文人畫家，他們以私人的財富繼續發展文人所創造獨立性格的傳統。假如我們將中國後期繪畫史完全集中於文人生活與作品上時，可能有許多中國讀者會反對。因此現在我們將箭頭指向中國東南部，包括江蘇省南部與浙江北部，即所謂的長江文化三角洲（地圖12）。這個地區的農業與絲織品都非常發達，城市發展迅速，所有財力與文化皆集中於城市。尤其是十五世紀許多蘇州與無錫的文人花園中，建造亭台、樓閣、曲徑及富於幻想的假山石頭造景。這些石塊最早從太湖中撈起後，經過假山石專家的加工，再放入花園內。現代的遊客仍舊非常欣賞這類巧工佈置的花園，像蘇州的網園（圖354）及拙政園。（圖356）　紐約大都會博物

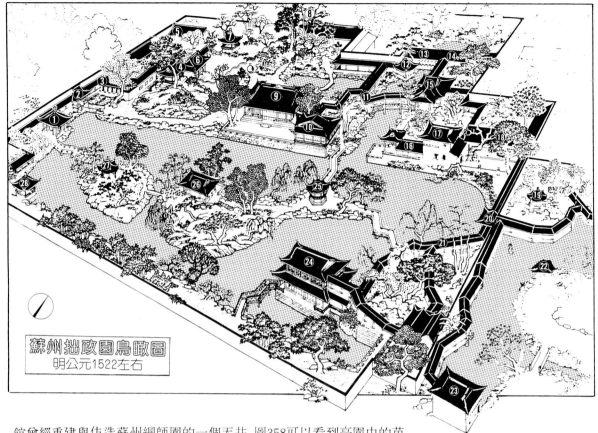

✓正門入口

蘇州拙政園鳥瞰圖
明公元1522左右

館曾經重建與仿造蘇州網師園的一個天井。圖358可以看到亭園中的芭蕉與假山,這座假山是從蘇州一處荒蕪的花園中搬到美國去的。

　　在蘇州附近有些私人收藏家如項墨林(1525-1590)、梁清標(1620-1691),尤其是梁清標,當人們發現一幅古畫上有梁清標收藏的印章時,常會相信這幅畫是眞品。明朝不是皇帝,而是一些江南的收藏家保存了宋元的傑作,直到十八世紀才有一部分私人收藏的書畫重新回歸到朝廷中去。

　　明朝由於民間生活富裕,人們不但有空閒從事藝術活動,同時也有精力討論哲學。當時的哲學分成許多派別,其中多半爲儒學略帶一些佛學或道家的思想。北宋的儒學著重於修身、「格物致知」的理論。所謂「格物致知」不但包括內心,同時涉及一切萬物所根據的原理,可以說是包括現象與物質本身。但到了明朝,對格物也牽涉到其它相關的問題,像「心」與「理」、「知」與「行」之間的關係。至於集中精神去分析事物方面,明朝思想家的趨向是要得到一般性的結論。明朝的文人畫就像他們的思想一樣傾向於一般性的感性表現。明朝以前的畫家注重直接去研究自然的世界,而明代畫家正像蘇東坡所說一樣,只要借山水、石頭、樹木,就能把這些主題變成他們思想與內心表現的工具。

356.明代最精緻的中國花園──江蘇蘇州拙政園,約紀元1522年。

①梧竹幽居②倚虹③海棠春塢④繡綺亭⑤聽雨軒⑥玲瓏館⑦嘉寶亭⑧腰門⑨遠香堂⑩倚玉軒⑪小飛虹⑫松風亭⑬小滄浪⑭志清意遠⑮得眞亭⑯香洲⑰澂觀樓⑱玉蘭堂⑲宜雨亭⑳別有洞天㉑柳陰路曲㉒與誰同坐軒㉓倒影樓㉔見山樓㉕荷風四面亭㉖雪香雲蔚亭㉗北山亭㉘綠漪亭

235

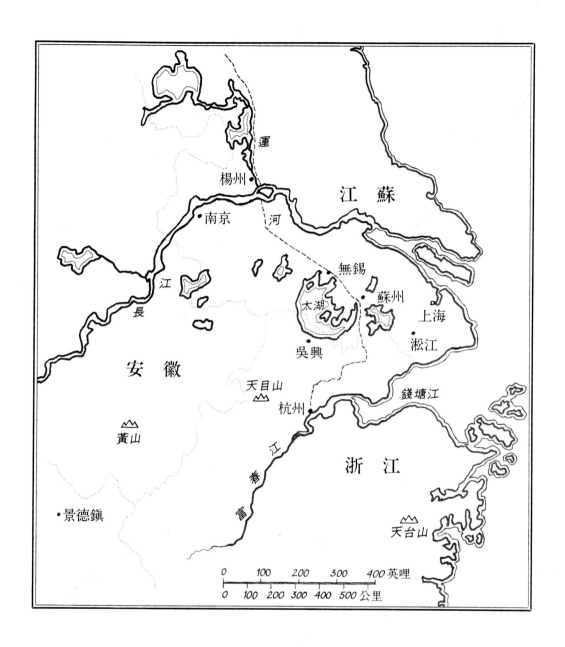

明代畫家一方面「不及」宋代畫家，另一方面又「超越」宋代畫家。所謂「不及」就是指他們很少告訴我們關於我們所見到的自然，這一點只要將明代沈周、文徵明的山水畫與宋代張澤端的作品相比較即可明瞭。所謂「超越」就是指明朝的繪畫包含更多的詩意與哲學思想。換句話說，明代的畫家無法應用傳統的繪畫語言來表現事物，為了要表現畫外之意，畫家的題款愈來愈長，包含更多的詩意與哲學思想。因此明代的繪畫藝術是要表現高層知識分子的心態與理想，而遠離一般大眾社會及面對自然的直接經驗。

358.蘇州花園中的芭蕉假山布
景,紐約大都會博物館,假山
移自蘇州一荒廢之花園,1982
亞斯特Astor 基金會捐贈。

357.清初樺木根老子騎牛像,
20.7×25×17.7公分,17-18
世紀,台北故宮博物院藏。

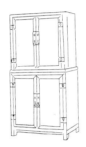

359.明代傢具,16-17世紀,
比例均衡,秀麗挺拔,樸實大方。

360.明朝石榴木刻套色版畫,
十七世紀。高35.5公分,卡恩
佛Kaempfer 系列,英國大英
博物館。

361.明朝十竹齋套色版畫，16
33年，高25.8，英國大英博物
館。

套色版畫

　　明朝是一個學術研究氣氛相當濃厚的時代。不但是收藏家、鑑賞家，就連畫家本身都可說是傳統繪畫的學生，古代大師的作品比自然給他們更多的靈感。當時許多人從事研究與模寫古代藝術作品，由於套色印刷的發展及流廣，使得畫家能進一步的了解古代的作品，增加許多知識。中國最早的套色印刷(可能是世界上第一張)是用兩色套版，譬如佛教金剛經卷畫，印行於1346年。明朝的色情小說中都附有線條的木刻印刷插圖，有的甚至用五色套印。第一本全部應用顏色來套印的書是1606年出版的程氏墨苑，裡面有幾張黑白插圖是耶穌會傳教士利馬竇 Matteo Ricci 提供給程氏的西洋版畫，作者將這些版畫加以複製。套色印刷技術到達最高峯可以卡恩佛(Kaempfer)系列版畫(圖360)爲代表，卡恩佛是早期一位西歐收藏家，原作者已無可查證，但可確定爲十七世紀的作品。僅次於卡恩佛系列版畫的就是1633年出版的十竹齋書畫譜(圖361)。1679年出版的五冊芥子園畫傳，這部書對於推廣與普及繪畫技術的功勞很大(後來又增訂篇幅)。到目前爲止，芥子園畫傳仍是中國學國畫的學生及業餘畫家繪畫的入門書。

　　十七世紀末期中國套色印刷術傳入日本，推進了日本藝術的發展，然而日本套色印刷直到十八世紀中期才開始成熟，後來日本版畫形成一門獨立蓬勃的藝術，也產生了一些大藝術家，他們充份地發揮了版畫藝術可能的表現方式。在中國，木刻版畫就像其它東西一樣，永遠只爲繪畫藝術而服務。中國木刻版畫最完美的理想就是要複製並傳達墨色及水彩顏料的效果。木刻藝術在十九世紀曾經沒落過，1920年代又重新被人提倡，北平的榮寶齋一直出版以木刻水印箋紙出名。榮寶齋還忠實的複製中國畫，甚至於一張畫可印上兩百多塊版本，以不同顏色來作套色水印。

明朝宮廷與工匠繪畫

　　明朝宮廷中沒有像趙孟頫這樣能爲宮廷畫家，與文人畫家搭一座橋樑的人，明朝的文人畫家與宮廷畫院保持著距離，他們並不想去影響宮廷藝術。明朝皇帝依照唐朝的風氣在翰林院中設立繪畫館，然而這個繪畫館並不像過去的繪畫館，成爲藝術與文化中心。明朝的繪畫館設立在仁智殿，是太監的直屬機構，有一個部門專門監督繪畫館內的朝廷畫家。當時的畫家皆以軍事頭銜稱封，以別於文官。宮廷畫家一方面享受很大的優待，另一方面必須完全服從朝廷所訂的規律與法

362.明朝呂紀「雪岸雙鴻」，十
六世紀初，絹本掛軸,高150公
分，台北故宮博物院。

令；因此這些畫家常感到生命受威脅。洪武年代有四位宮廷畫家包括周位、趙原在內，由於激怒了當時掌權的宦官，而遭殺身之禍，但令人驚訝的是，就在這種情況下居然也有好的作品產生。明朝宣德時期（1416−35），由於皇帝本身也是畫家，因此朝廷中高層畫家的生活也有所改善，有些被封為待詔，有些却被開除。傳說載進由於將漁夫的衣服上了紅色而被驅逐出宮外，因為紅色只有朝臣上朝時才能穿的顏色。

這個時期宮廷畫家中最有天份的是邊文進（約1400−1440），他擅長以精細鉤勒塡彩法畫花鳥。邊文進的作品充滿了裝飾風味，風格非常接近五代的黃筌，被認為是明初宮廷活躍的三大畫家之一。邊文進的線條鉤勒的非常細膩正確，顏色明朗，這種風格事實上較接近宋徽宗，而不像其他明朝宮廷的裝飾畫工。明朝畫工的作品相當多，其中最突出的畫家是十五世紀晚期的呂紀，他的作品形式保守，構圖富於裝飾性，色彩豐麗，造型明快精緻（圖362），能迎合皇帝的愛好。山水畫方面，當時的畫院以馬遠、夏珪為模仿的目標，主要因為馬遠夏珪都是宋朝宮廷畫家。馬遠派就像花鳥畫家一樣，對明代宮廷畫家來說並不是一種自我表現，而是一種技術，技術是可以模仿學習的。譬如倪

363.明朝石銳「青綠山水」（十五世紀中期）「花中間步圖」，手卷。高25.5公分，日本大阪橋本收藏。

364.明沈周「樹陰垂釣」折扇高18.4公分，長49.9公分（折扇最早在1465年流行），台北故宮博物院。

365.明朝載進（1388－1452）「漁父圖」，紙本彩繪手卷，15世紀中葉，美國華盛頓佛利爾博物館。

366.明朝沈周（1427－1509）「仿倪雲林山水」，紙本掛軸，1484年，美國堪薩斯博物館。

端曾以馬遠的作品為範本，周文靖模擬馬遠與夏珪的風格。李在傳說對於日本偉大山水畫家雪舟（1420－1506）的影響很大，李在主要繼承馬遠與郭熙的畫風。目前在美國克里夫蘭 (Cleveland) 博物館中有一幅石銳精美的手卷（圖363），在這幅畫中石銳很有技巧的將北宋龐然的山水畫風格與早期青綠山水的傳統融合在一起。雖然明朝畫家多半受到馬夏派的影響，然而宋朝浪漫的神秘感經過他們的手筆，都顯得有些僵化。明朝畫家以特殊折衷方式來表現，把宋畫中的詩篇也變成了散文。

　　戴進（1388－1452）浙江杭州人，是明朝宮廷技術相當高的山水畫家。十五世紀時南宋畫院的風格在浙江仍然延續著，戴進被畫院開除後即回到杭州老家，他對於當地藝壇的影響很大，受他畫風影響的一羣職業畫家，因此而被稱為浙派畫家。浙派畫家一方面繼承馬夏的傳統造型與手法，另一方面應用一種非學院派疏朗、自由的方式來表現。其中比較典型的例子就是戴進的手卷漁夫圖（圖365），佛利爾博物院 *Freer Gallery* 收藏。其它浙派較突出的畫家就是吳偉與張璐，這兩位畫家善長在山水畫中畫人物。明朝末年浙派有一段最後的繁盛時期，可以藍瑛（1578－1660）為代表，藍瑛的作品非常典雅瀟灑，他進一步發揚前人的畫風，使得浙派繪畫得以迴光反照。

吳派文人繪畫

　　蘇州在明朝中期繁榮時期成為中國藝術中心，當時吳派的領袖沈周（1427－1509）亦被人稱為吳派的創造者。事實上沈周是蘇州地區傳統的山水畫家，這個傳統可追溯到唐朝的張璪（唐玄宗時人）。沈周從未作過官，是一位寬宏大量的地主，一生過著安穩舒適的隱居生活，他的周遭常圍著一羣學者及收藏家。沈周年青時跟隨有書卷氣的劉珏

習畫，從他那裡學來許多南宋畫院與元代文人的風格。沈周一幅著名的「仿倪瓚山水」(圖366)最能代表明朝文人畫的演變，因為倪瓚的作風平凡簡略，而沈周的作品由於本身外向的性格，很自然的會在這種嚴謹的作風中加入一些溫暖的感情。沈周曾說過：「倪瓚以簡取勝，吾以繁取勝。」當沈周仿倪瓚風格畫山水時，劉珏在旁不斷搖頭大叫：「畫得太多！畫得太多！」

　　事實上沈周不喜歡摹仿別人的作風，他要從古人的作品中提煉出自己的作風來。沈周的作品不管是長卷山水畫、立軸或小至斗方的冊頁，粗看他的筆法相當隨便，事實上非常沈著有力，充滿着自信心。沈周山水畫的細部非常清晰明朗而不造作，他所畫的人物像義大利畫家卡納雷多 (Canaletto) 一樣簡略為一種速寫的筆法，充分表現出他的個性。沈周的構圖非常開朗、自然，每樣東西都很調和，能完美的配合在一起，他的顏色給人一種清新淡雅的感覺。由於這些特點，他的作品不但在文人畫中非常受歡迎，甚至現在仍是許多收藏家收藏的對象。從圖368「湖上歸舟圖」可以看出黃公望對沈周的影響，畫中的人物是沈周的自畫像，他正從仙境中歸來。船上除了他自己之外還立著一隻仙

367.明沈周題畫像(80歲)，絹本作於1506年，71×53公分，大陸故宮博物院。

368.明朝沈周「仙境歸來圖冊」現改裝為掛軸，紙本。高38.9公分，美國堪薩斯博物館。

369.明朝文徵明(1470－1559)
「樹石圖」，紙本手卷,1550年，
高26公分，美國堪薩斯博物館

鶴，這隻仙鶴可能就是黃公望的靈魂。畫面上有題款：「載鶴携琴湖上歸，白雲紅葉互交飛，儂家正在山深處，竹裡書聲半榻扉」(註二)。這幅畫非常引人入勝，但當我們將它與黃公望、吳鎮的作品相比較時，才發現元代畫家那種龐大、寬曠的視野在沈周的作品上已看不到了。沈周把元人高超的風格演變爲平易動人的繪畫語言，使得天分較差的畫家也能應用這種風格創作繪畫。

就像沈周一樣，文徵明在十六世紀亦成爲整個蘇州地區畫壇的領導人物。文徵明曾經參加十次的科舉考試，十次落第，後來被任命爲翰林院待詔，但他在京城的官場生涯並不順利。1527年文徵明回到蘇州開始從事書畫工作，他有系統的收藏與研究古人的作品，不但研究元朝文人畫，同時還研究古典及學院畫家像李成、趙伯駒的作品。他的畫室變成非正式的畫院，在畫室中文徵明傳授高深的繪畫知識與技術給學生們。他的學生包括兒子文嘉、姪子文伯仁、花卉畫家陳淳(1483－1544)及一位較繁瑣的山水畫家陸治(1496－1576)在內。文徵明的作品非常細膩靈敏，晚年時他畫了一系列老松樹，這些老樹有飽經風霜扭曲的造型，可能藉以象徵這位年老畫家內在高貴的精神。(圖369)

唐寅與仇英

十五世紀初有兩位無法歸類於浙派或吳派的畫家，一位是唐寅(

(註二)這段文字採自理查·愛德華(Richard Edwards)的沈周藝術研究 (A Study of the Art of Shen Chou) (1962，華盛頓)第40頁。

1479－1523)，另一位是仇英（約 1494－1552）。唐寅少年時由於牽涉到考場舞弊醜聞而斷送了仕途的機會，在文人中他不再被認爲是一位高尚的士大夫。唐寅後半生不是出入於蘇州妓院與酒家，就是隱居在寺院中以繪畫爲生。唐寅曾拜周臣爲師，但他真正的老師應該是李唐、劉松年、馬遠及元四大家。由於唐寅是沈周與文徵明的朋友，因此常被歸爲吳派，然而唐寅運用水墨在絹上所畫的山水，可說是宋代傳統山水形態與筆法的再造（儘管他在繪畫中以形式主義及誇大的態度，把宋代的山水作風，加以改頭換面）。台北故宮博物院所藏的「鳴琴圖」稱得上是唐寅最細膩的代表作(圖370)，雖然這幅畫的主題充滿書卷氣，但技藝高超，能充分傳達彈古琴時優雅脫俗的音樂氣氛。唐寅的風格與社會地位很難歸於某一階級或畫派，有位日本學者乾脆稱他爲「新學院派」畫家。

仇英也屬於同一類畫家，他生於江蘇蘇州，出身低賤，既不是畫院畫家也不是學者，只是一位平庸的畫工而已。在仇英的繪畫中，他將當時士大夫的逸樂生活加以美化及理想化，雖然他不是士大夫階級，但他最快樂的事情莫過於有文人願降低身份在他的繪畫上題款。仇英最著名的畫是描寫白居易「琵琶行」(圖371)的長手卷、唐明皇的宮廷生活及宮女的生活寫照等。他把這些故事的細節以極精細的筆法與細緻的顏色來表現。仇英是青綠山水最後一位大師，偶而他也畫吳派的水墨畫。仇英輕巧的繪畫不管在中國或西方都很受歡迎，他與王翬是中國藝術史上被模仿與仿造最多的畫家。

370.明朝唐寅（1479－1523)「鳴琴圖」，1516年左右，紙本手卷，高27.3公分，台北故宮博物院。

董其昌與南北宗

在文人畫的發展中，沒有一位文人畫家像董其昌一樣擁有如此重要的地位。董其昌(1555－1636)在萬曆年間出任高官，他在繪畫中不但表現文人畫家的美學理想，同時發表藝術評論以建立他的繪畫理論。董其昌是一位著名的書法家與水墨畫家(圖372)，雖然他常應用古代大師的手法，很自由的畫畫，但他並不因模仿古人而感到滿足，他很有創造性的把過去的風格加上自己的新面貌。董其昌對於山水純正的造型非常感興趣，這些新的造型皆經過一番有表現性的變形手法，後來仿董其昌畫風的人很少了解到這一點。他們一味的接受他的理論仿造他的作風，造成後來三百年文人畫衰微不振的局面。

董其昌最著名的還是在藝術評論方面，他是第一位運用十五世紀畫家杜瓊所創立南北分宗的理論，這個理論主要是在表現文人畫傳統的優越性。董其昌認為學者與士大夫能夠在山水畫中表現自然道德的發展，同時以此能肯定他們自己的道德價值。唯有文人能做到這一點，因為他既不受畫院的限制，也不須依靠繪畫謀生。另一方面由於他是一位學者，詩歌與古典文學方面的修養使他對於所有事物的本質有深一層的理解。另外文人畫家還需要有高尚的人品，這是下層階級畫工所永遠無法得到的品質，尤其在筆墨自發的遊戲中，文人能自由取捨筆墨或暗示他所畫要的主題。文人畫家創造出一種新的繪畫形態，它能傳達與表現最高超、最細膩的思想及情操。

這種具有獨立性的文人畫家傳統，董其昌稱之為南宗畫派，它可與唐朝禪宗南派相提並論。唐朝禪宗認為頓悟是突發與自發的現象，它反對北派漸悟的佛學。北派佛學主張徐徐的修練，才能達到悟境。

371.明朝仇英(約1494－1552)「潯陽話別圖卷」紙本手卷，1545年左右。高34公分，美國堪薩斯博物館。

對董其昌來說，所有偉大文人畫家都屬於南宗。從唐朝以來中國山水
就分爲南北兩派：南派以王維（董其昌花了一生時間在尋找王維的作
品眞跡）爲領導人物，而後傳至五代及北宋大師如董源、巨然、李成、
范寬、米芾（南宗畫派的理想人物）及元四大家。繼元四大家之後就是
董其昌同時代的畫家，包括文徵明、沈周在內。北派以李思訓父子的
青綠山水畫爲主，包括所有畫院與宮廷畫家在內，像李唐、劉松年、
馬遠、夏珪等。在建立這個畫論時，趙孟頫顯然爲董其昌帶來一些困
擾。如果當他是一位學者、書法家、山水畫家來看，董其昌非常敬慕
趙孟頫；然而要把趙孟頫歸爲南宗畫派顯然有些牽強，因爲趙孟頫曾
在蒙古異族政權下任高官，顯然是一位漢奸。

　　董其昌武斷的分宗法對於中國藝術批評的影響長達三百年，這種
分宗法由於本身的矛盾而常引起許多觀念上的混亂。對於董其昌尚南
貶北的偏見我們不可全信，在某些個別的情況下亦可反對他的分宗法，
但董其昌南北宗的分派事實上是把兩種不同的繪畫很正確的分開來，
一種是純畫院派的表現，這類畫家應用一種非常正確、客觀及裝飾
性的手法來繪畫。另外一類畫家較爲自由，他們可以順應自己的個性
求取表現。這種南北分宗的理論可以反應出當時的學者對於歷史的看
法。當明朝崩潰之際，許多有遠見的人士都紛紛從政壇上隱退。一些
文人畫家更因爲能維持儒家的美德而感到自慰，他們認爲宮廷的畫家
與御用學者都在出賣他們自己的才智。雖然這種畫論對於中國繪畫史
的解說相當含糊不正確，然而這是說明文人的一種思想表現，這種思
想也表現在他們的繪畫上。

　　當明朝朝廷腐敗不堪時，對知識分子而言朝廷不再是他們忠心效

372.明朝董其昌（1555－1636）
「青卡隱居圖」，水墨紙本掛軸，
1617年，高224公分，紐約翁萬
戈收藏。

373.明邵彌山水人物圖册，第
十圖芙蓉夾岸，路幽花自香，
台北故宮博物院。

374.明邵彌山水人物圖册，第
六圖閒雲出岫，倚石仰觀，台
北故宮博物院。

245

375.明朝陳洪綬(1599－1652)
「白居易像」,仿李龍眠筆,1649
年,高31.6公分,瑞士蘇黎士
德雷諾瓦茲Drenowatz 收藏。

376.明朝吳彬(約1568－1626)
「山水」,彩墨軸紙本,高306公
分,寬98.4公分,舊金山亞洲
博物院。

勞的地方。大部分知識分子對政途失望而過著隱居生活,少部分熱心國
事者秘密組織東林黨(董其昌與東林黨也有關係),然而由於文人之間
意見分歧,內部分裂孤立,因此始終無法團結起來。蘇州、松江、金
陵(南京)是當時的藝術中心,畫派林立。由於明朝政權的沒落,傳統
對於畫家創意的限制也相對的減少了,其中有許多畫家還本著沈周與
文徵明的吳派作風,也有些畫家另開闢新路線,他們將傳統繪畫中某
一部分根據個人的觀點或變形的方式重新加以詮釋。譬如蘇州的畫家
邵彌 (圖373,374)、趙左,從北宋繪畫中吸取靈感,陳洪綬將古代人物予
以變形(圖375)(這類人物畫風格來自顧愷之),吳彬把李成、范寬的古典
風格應用幻想加以變形(圖376)。吳彬這種北宋寫實主義事實上還滲入西
洋銅版畫的影響,西洋銅版畫最早由耶穌會教士帶到中國。有些畫家
宗法馬夏畫派,其中有一位畫家甚至利用馬夏畫風來配合渲塵不染的
倪瓚風格。在這一個混亂即將崩潰的時代裡,畫家試圖在傳統中尋找
一種風格、一種態度或一個立腳點,事實上也可說是在尋找一種自我
表現,依古創新。在這種情況下,像董其昌這樣一位德高望重的士大
夫很容易操縱當時的畫壇。但當時也有一些性格派畫家極力反對這種
控制,他們稱董其昌畫派為「官方畫派」。

彫刻

　　對許多人來說,明朝藝術的特點並不在於繪畫,至於國外,明朝
繪畫直到最近才受西方人的欣賞。許多人認為裝飾藝術才是明朝藝術
最大的特長。在討論明朝裝飾藝術之前,我們先談一談明朝彫刻。佛
教在宋朝和元朝時已不再是中國的中心思想,佛教彫刻也跟著沒落。
明朝時雖然佛教有復興的現象,然而佛教彫刻已失去其精神內涵,取
而代之的是充沛的活力。這種充沛的活力我們可以在南京與北京明陵
神道兩旁巨大的官吏、衛兵、鎮墓獸石像上看到。宋朝人以鐵鑄巨型

人像代替價值昂貴的青銅人像（譯註：山西太原晉祠鐵人1097年及河南嵩山鐵人1213年），這些鐵鑄人像外型簡單明快，非常吸引人。陶製彫像能更自由的發揮，尤其在明朝宮殿與寺廟屋脊上常看到陶製裝飾彫刻，它們的色彩鮮麗，喜氣洋洋。屋頂的琉璃瓦也採用燦爛的顏色，如黃、青、綠等色，當陽光照射在上面時會閃閃發亮。圖377這座三彩陶像的外表施以黃、褐色釉，它的構想非常大膽，器底有馬家製及嘉靖銘款。在這件作品上明朝陶工以非常自信的方式來復興與改造唐俑的作風。

377.明朝馬家製三彩閻羅王像，1524年，琉璃瓦。加拿大多倫多皇家安大略博物館。

織品

　　明朝人對於色彩的愛好與奢侈生活的嚮往充分表現在景泰藍、漆器與五彩繽紛的織品上。這些織品專供當時士大夫階級與富裕的中產階級使用。繡著人物的絲織品、刺繡與織錦在中國有一段很長的歷史，唐朝或唐朝以前各種不同的織品幾乎都可在新疆或中亞地區找到，因為這個地區是乾燥的沙漠地帶，織品很容易保存下來。中國織品保存最好的是日本奈良正倉院的收藏。唐朝許多織品圖案到宋朝時仍繼續使用，明朝重新恢復這些舊圖案，清朝時這些圖案經過改頭換面後再度出現。宋朝的織工最大的貢獻是改良緙絲的技術，緙絲多半以絲為材料，各色緯線在預定的圖案內來回穿梭。這種技術最早由回鶻人所發明，經維吾爾人改良後於十一世紀傳入中原。緙絲又名「刻絲」，拿起織品對著陽光看時會發現顏色與顏色之間有直行空隙。有人認為緙絲是波斯語 gazz 或阿拉伯語 Khazz 的變音，因為這兩個字的意義都是絲或絲織品。北宋瓦解後，緙絲技術從北方傳到江南杭州，當時一位史學家曾記載緙絲是宮廷中用來裱畫或裱書用的材料。緙絲有時也被織成袍子或裝飾的旗幟，最令人驚奇的是緙絲也可用來仿繪畫及書法(圖378)。從下面的統計數字我們可以了解中國緙絲細密的程度，西歐最精細的高布林 (Gobelin) 織掛毛毯每方公分 8～11條經線，22條緯線，宋朝緙絲經線24條，緯線116條。元朝時，中西交通經中亞的通商路線可能比中國歷史上其它時期更為暢通，此時許多緙絲以高價運往歐洲，作為教堂內聖袍的裝飾。在波蘭但澤 (Danzig)、維也納、佩路幾亞 (Perugia)、累根斯堡 (Regensburg)，甚至於埃及等地都可以發現中國精美的緙絲。明朝時由於明太祖反對奢侈，因此緙絲被禁止織造。十五世紀初宣德時期解除禁令，緙絲又開始恢復生產。(圖378)

　　雖然現在流傳下來的宋朝緙絲並不多，然而從明朝的朝衣蟒袍上(圖379)亦可窺見中國織品藝術輝煌的成就。這種朝衣蟒袍是皇帝祭祀時

378.明朝緙絲「化龍圖」，仙人將一根竹杖變成一條龍，台北故宮博物院。

247

379.清旗服龍袍，長57.5公分，紀元1768年，大陸故宮博物院。

所穿的禮服，上面織著「十二章」神聖的象徵。（譯註：所謂十二章，即日，月，星辰，山，龍，華蟲，宗彝，藻，火，粉米，黼，黻，見書經）。至於龍袍是明朝以來朝臣與官員所穿半正式的長袍，上面繡一些圖案，其中最重要的就是龍。從古代流傳下來的繪畫中可以看到唐朝的龍有三爪，元朝時龍開始定型。十四世紀時政府明令四爪龍之蟒袍爲低階級貴族或士大夫所穿，只有皇帝或皇子才准穿五爪龍袍。明朝皇帝平日所穿的皇袍上有龍與十二章紋飾。 龍袍在清朝相當普通，1759年公佈「十二章」圖案只限於皇帝使用。

明朝與清朝官員的朝服上還有方形胸飾，這種代表官位的徽章在1391年元朝時已規定官吏的服裝上一定要有標誌。明朝的方型胸飾相當寬，常織成一片緙絲緞錦。清朝時刺繡代替緙絲，方型胸飾也變成前後兩塊像一件背心，文官以鳥（象徵文雅）爲圖案，武官以野獸（象徵勇猛果敢）爲圖案。文官依官位的不同採用的動物也不相同，譬如公、侯、皇婿等使用麒麟，官一、二位之士大夫使用白鶴或金雉子，官五位至九位使用銀雉子。武官也以不同的野獸來分等級。雖然1912年滿清政府被推翻後，豪華織繡大袍在中國官場中已消失，然而在傳統的京戲中仍可看到舊日華麗絢爛服飾的神采。

漆器

漆器在戰國與漢朝時已有高度的發展，當時的紋飾技法都是利用繪畫方式或在漆上線彫而露出下層顏色。彫漆的創製始於唐朝，漆工

380.明剔紅花卉錐把瓶，「永樂」字款，高16.4公分，徑9.2公分，台北故宮博物院。

在胎上塗上一層層漆（唐鏡即是一個例子），當漆尚未硬化時嵌入螺鈿。宋朝的漆器非常素雅，表面沒有裝飾，譬如花卉型碗鬆塗深紅、棕色或黑色漆。元朝時漆工再度引用刻花、嵌花等技術。另外還有一種新技術日本人稱爲屈輪（即剔犀），就是在漆器表面彫刻Ｖ字型捲花刻紋，由於刀痕非常深能露出多層漆的各種不同顏色。

　　典型明朝漆器以紅色爲主，花紋豐麗，漆工用刀彫刻，故稱爲「剔紅」。有的漆器表面刻成各種浮彫紋飾，有的背景剔除使得主題變成平面浮彫，與漢代的畫像石手法一樣。明朝嘉靖年代（1522－66），中國的漆器有兩種風格：一種刻工深峻，圓潤光滑，另一種鋒芒顯露。圖381這件漆器是明朝「剔紅」一個很好的例子，它歷經兩個朝代，上面有「永樂年製」款識（1403－1424）及乾隆的題款（1781）。十七世紀時出現許多多彩漆盤，這類茶盤比以前作得更爲精緻細膩。明朝初期彫漆名手雖然都有記載，然而漆器很容易仿造，許多十五世紀署名或刻有年款的漆器，很可能是後來中國或日本的仿製品。十五世紀時日本漆工的技術已相當高明，當時甚至有中國漆工渡洋到日本去學習漆藝。

381. 明朝永樂（1403－1424）彫漆托盌，15世紀初，杯口直徑6.5公分，有1781乾隆款，倫敦里載爾Riddell收藏。

382. 清乾隆（1736－1796）剔彩春壽寶盒，高12.6公分，直徑35.4公分，台北故宮博物院。

383. 清乾隆剔彩春壽寶盒細部。

掐絲琺瑯

　　中國最早提到掐絲琺瑯的書就是格古要論，這是一本收藏家與鑑賞家討論古物眞僞的專門書籍，出版於1388年。書中掐絲琺瑯又稱爲「大食窯」（阿拉伯之意），十四世紀中國琺瑯器並沒有流傳下來，但很

384.明朝掐絲琺瑯香爐，16世紀，直徑19公分，美國華盛頓佛利爾博物館。

可能此時北京喇嘛寺院已使用琺瑯器作爲祭祀法具（註三）。

　　由於掐絲琺瑯能產生富麗光耀的色彩效果，明朝時成爲一門獨立的工藝技術。最早有款識可以肯定年代的就是宣德的掐絲琺瑯（1426－1435），其形態包括香爐（圖384）、碟子、盒子、獸型、鳥形容器、文房四寶等。明朝初期掐絲琺瑯的表面非常粗糙，並沒有完全塡滿，然而器型本身設計的非常大膽，生動活潑，形態也很多。後來雖然製作的技術有所改進，然而品質降低，譬如乾隆時代的掐絲琺瑯技術最爲圓熟，

（註三）參考戴維德(Pericval David) 爵士的中國鑑賞學：中國古董的鑑定原則 (Chinese Connoisseurship: the Essential Cirteria of Antiquities) （1971，倫敦）第143－144頁。

385.清朝掐絲琺瑯天鷄尊，18
世紀，乾隆時代。高34.9公分，
台北故宮博物院。

然而已趨於機械化，缺乏生氣(圖385)。同樣造型與設計的琺瑯器，在十
九世紀一百年中不斷的仿製，直到今天這種設計還保存下來。就是現
在中國大陸，我們還可看到傳統的景泰藍，它們仍舊保存古代的設計。

386.明嘉靖三彩飛龍紋水注，
高24.7公分，口徑5.6公分，16
世紀，穎川美術館。

瓷器

　　一般瓷器收藏家都同意青花在宣德年間，不管在選料、製樣或彩
繪方面都到達最高峯。青花瓷到宣德時才開始有年款，器形多爲高足
杯、罐、扁壺、碟等。早期青花瓷的紋飾佈滿了器物的表面，包括花
卉、水波、蔓草及其它圖案，這些圖案都描繪在凹凸弧面的器型上。
宣德時開始應用纏枝番蓮、葡萄、菊花等圖案，很輕巧的組合在一起
畫於白地上。這類圖案很顯然是受到當時宮廷花卉畫的影響(圖388)。

　　明朝不同年號的青花各有不同的特徵，瓷器鑑賞家很容易的可以
分辨出它們不同的風格。成化窯(圖389,390)一方面繼承宣德的青花瓷，另
一方面開創新風格，它的造型輕巧單薄，紋飾較爲瀟灑，不似宣德窯那
般嚴整凝重。十八世紀的陶工很喜歡模仿成化窯。正德年間（1506－
21）回教官史非常喜好中國瓷器，他們大量進口中國青花瓷。這類瓷
器稱爲「穆罕默德瓷」，形態包括筆架、燈、盒子及文房四寶之用具，
圖案旁邊常附加波斯文或阿拉伯文。嘉靖(1522－1566)與萬曆（1573
－1620）年間的瓷器有很大的改變，陶工將舊有的圖案變得更爲寫實、

387.明宣德龍紋天球形扁壺，
土耳其伊斯坦堡托卡比Tokapi
博物館。

388.明永樂青花扁壺，長27.3
公分，寬26.4公分，紀元15世
紀初，台北故宮博物院。

389.明成化窯青花夔龍高足盌，
15世紀末，高11.9公分，口徑
17.6公分，台北故宮博物院。

390.明成化花鳥鬥彩高足盃，
15世紀末，高7.7公分，深3.6
公分，瑞士周氏收藏。

自然。嘉靖時由於道教在宮廷中非常流行，因此在瓷器上也出現一些
吉祥的主題，像松樹、壽星、仙人、鶴、鹿等。

萬曆年間官窯承襲嘉靖的形式，但品質較爲低落，一方面由於大
量生產且宮廷御用品的規格太嚴；另一方面由於景德鎮好的胎土已用
盡。因此在明朝最後一百年中，活潑而充滿生命力的青花瓷多半來自
民窯。民窯可分爲兩種：一種專銷國內市場，另一種爲出口瓷，多半
傾銷東南亞市場，它們在造型與紋飾上較爲粗糙，後面我們還會提到。
1600年後，萬曆青花出口瓷銷到西歐，歐洲人稱爲克拉克 (Kraak)瓷〔圖
391,392,393〕。因爲當時有兩艘葡萄牙大型帆船 (Carrack) ，裡面裝滿了瓷器，
在公海上被荷蘭人扣住，並將船中的貨物充公。當這些瓷器後來在荷蘭

391.明青花草花紋盤，16世紀
末17世紀初，口徑50.4公分。

392.明天啓（1621－27）青花
花籠圖盤，口徑33公分，日本
根津美術館。

393.明五彩花鳥紋水注，高20
公分，印尼雅加達蒲沙特博物
館。

市場出現，曾經引起一陣轟動，不久荷蘭的臺夫特市 *(Delft)* 與羅茲托
夫特 *(Lowestoft)* 地方的陶瓷家開始模仿中國瓷器的製作。 直到1709
年，一位來自德雷斯登 *(Dresden)* 的陶瓷家約翰·波潔 *(Johann Bottger)*，
第一次成功地製造眞正的瓷器。波潔是德國薩克森 *(Saxony)* 地方一位
諸侯奧古斯都 *(Augustus)* 的錬金師。歐洲人製造瓷器比中國人晚了一千
年。

景德鎭

　　十五世紀中期，景德鎭已成爲中國最大的陶瓷中心。由於景德鎭
接近鄱陽湖口， 因此這些瓷器可經由水道運到南京， 再經運河北上
運往北京。景德鎭附近的麻倉山有供應不完的高品質麻倉土，同時在
對河湖田縣還蘊藏一種製造瓷器的主要材料—瓷石（又稱爲白玉子）。
洪武時期可能已開始製造眞正的白色瓷器，它們非常接近宋元白色的
青白瓷及樞府窯。永樂時代的白瓷製作得最爲精美,瓷器上多附有割花、

394.明朝宣德（1424－1435）
寶石紅僧帽壺，15世紀，壺底
有乾隆題款1775，台北故宮博

彫花或在釉下用刀平雕（這種技術稱爲「暗花」），因爲這種瓷器上的花紋必須對著光才能看到。從技術觀點來看，十八世紀的白瓷最爲完美，然而清朝白瓷的表面不像明朝能發出柔和的光澤。永樂瓷盌的胎土常用刀刮得像紙一樣薄，看起來好像只有釉而沒有胎身，因此又被稱爲「脫胎瓷器」。景德鎮所生產的單色瓷也非常美麗，尤其是碟子、高足杯、盌等常以祭紅色來裝飾⁽圖394⁾或在黃釉與靑釉下畫著龍的圖案。⁽圖387⁾

德化窯（德華窯）

景德鎮雖然是明朝最大的窯業中心，但並不是製造單色瓷的窯廠。福建德化窯在宋朝時已生產白瓷⁽圖395⁾，福建的瓷器有獨特的品質，它們沒有年號，很不容易鑑定瓷器的年份，品質的差異也很大。最好的瓷器不但釉色明亮，而且溫和滑潤，當釉很厚時略帶黃褐色。最近一百年的瓷器品質較差，有一種類似金屬的質感。除了器皿、盒子、祭器(如香爐)或其它仿青銅器器物外，德化窯還製造白瓷人物像,圖395

是倫敦維多利亞・亞伯博物館 (V and A Museum) 收藏的觀音像。在這座白瓷彫像上，我們看到觀音很微妙的轉身姿態，她的衣紋像流水一樣，很明顯的受到當時人物畫線條的影響。十七世紀以後，德化窯經過廈門銷往西歐，當時歐洲人稱它們為中國白瓷 (BLanc-de-Chine)。德化窯在歐洲相當受歡迎，而且有大量的仿製品。

397.明法華水禽紋壺，高30.5公分，寬34.5公分，16世紀，華盛頓佛利爾博物館。

琺瑯瓷

明朝瓷器生氣勃勃的趣味在三彩瓷上發揮得更為淋漓盡致。三彩的產生我們不太清楚，有人認為三彩發源於河南鈞州，鈞州窯廠在十六世紀時還很活躍。此時景德鎮窯也製造三彩瓷器，品質相當優良。所謂三彩就是指鮮艷的天藍色、綠色及茄紫三種主要顏色，實際上常多於三色。三彩瓷常應用非常大膽的花卉主題，主題以凸出的線條來劃分，這種凸出線條的功能就像掐絲琺瑯一樣(圖397)。 有時這種青色釉被單獨使用，譬如倫敦戴維德基金會收藏一件非常出色的花瓶就是個例子，(圖396) 瓶肩上有「內府」款識。雖然這類瓷器的造型可在早期鈞窯上看到(像水壺、花瓶、球型盆等)，但明朝瓷器生氣勃勃的造型與鮮明的顏色，看起來似乎更接近於唐朝的風格而不像宋朝的鈞窯。

明朝另外一種重要的瓷器是「五彩瓷」，五彩是應用琺瑯在白瓷上畫花紋，這可能是宣德或略早於宣德的陶工所改良的彩料。琺瑯彩的顏色主要來自鉛釉，陶工將它們直接畫在釉上彩（或直接畫在乾的陶器上），然後以低溫烘烤。這種瓷器的體積一般都很小，有的還經過脫胎的過程。器物上的紋飾主要為葡萄、唐草與花卉等，形態非常典雅，能與白色的背景相配合(圖398)。這種瓷器有時以「鬥彩」方式來混合製造，就是利用青花與釉上彩拚湊成畫。事實上鬥彩本身色彩的強烈對比，很難與它們輕巧調和的品質相配合。成化時期的五彩琺瑯瓷造型上的純正與精巧的彩繪是後來的瓷器所無法超越的。從萬曆開始已有陶工仿成化五彩琺瑯瓷，到了十八世紀時這種仿製品非常精美，就是專家也很難分辨出真偽。

398.明嘉靖（1522－66）五彩魚藻紋壺，高41.7公分，大陸歷史博物館藏。

出口瓷

除了上面所談精美的琺瑯瓷外，十六世紀中國南部的窯址還生產一種風格成熟的五彩出口瓷，這種瓷器主要利用紅色與黃色色料來畫生活的景象。過去有人稱它為「汕頭窯」(圖399,400 這似乎不太正確,因為汕頭本身並沒有任何窯址。這類瓷器也有在青花上加紅綠彩畫，它們

雖然粗糙但充滿了生命力，主要在福建潮安縣或石瑪地方製造。最近在泉州附近還發現青花出口瓷窯址，汕頭可能是當時主要的出口港。

宋元時期，中國輸往南海的貿易路線非常繁忙。明朝初年中國的瓷器，譬如青瓷、景德鎮白瓷、磁州窯、青白瓷、德化瓷等在海外（從菲律賓到東非洲）有大量的發現。這類出口瓷對於東南亞地區陶瓷業的影響很大。日本人仿造青花瓷，稱爲「伊萬里窯」，安南地方也仿造，然而安南仿造得並不成功，因爲他們缺乏鈷的顏料。泰國 *Sawan-kalok* 的陶工也仿製青花，緬甸陶工很成功的生產一種獨特風格的青瓷。明朝滅亡之前,中國許多陶工接受雅加達轉來的歐洲方面的訂單(1602年荷蘭在雅加達建造荷蘭陶瓷廠）。這種出口貿易對於中歐之間的關係非常重要，下一章我們的將進一步討論這種關係。

399.明萬曆五彩鳳凰紋盤，汕頭窯出口磁，16世紀末，直徑38.8公分，倫敦戴維德中國藝術基金會藏。

400.明五彩帆船圖盤,汕頭窯,17世紀。

11

清 代 藝 術

　　明代的傾覆也像中國歷史上其它朝代一樣，由於王室的腐敗及宦官弄權造成政治的衰落，當時流寇猖獗，　北方邊境又有滿人乘機入侵。1618年滿人在荒蕪的松花江岸建立滿州國，七年後大汗努爾哈赤 *Nurhachi* 定都瀋陽，1636年建國號爲清(純正之意)以與明朝(光明之意)分庭抗禮。1644年明朝大將吳三桂乞求清軍支援，以合兵滅流寇李自成，當時李自成軍隊已進逼北京，這對於清軍來說是一個大好機會，清軍很快應允，出兵將李自成逐出北京。吳三桂一方面追趕李自成到西方，清軍乘機正式入京師，定都於北京，開始大清帝國王朝。由於清兵出乎意料獲勝，頓時成爲攻擊的對象，吳三桂經過十年後才開始想反叛，以復明爲號召，然而爲時已晚。吳三桂與其子世璠佔據中國南部四十年，直到1682年清兵擊敗世璠平定三藩，整個中國本部才正式歸清室統治。中國由於長期的內戰，形成南比對峙的局面，南方的百姓對於遙遠的北京清室心存疑慮，他們極力反對中央政權。

　　事實上滿州人並不是一支野蠻有破壞性的民族，相反的他們非常仰慕中國的文化，採用懷柔政策來統治中國。中國文人書生、士大夫階級的不肯合作，對於清廷來說是一種潛在的威脅。清廷雖然在政治上信賴中國文人，然而對於十八世紀中國文人的新潮思想並不贊同。由於滿州人本身並沒有深厚的文化傳統，　因此他們只能依賴中國比較保守的儒教形式來統治中國，　滿人可以說比漢人更漢化，同時對於當時新的改造派的新思想始終採取反對的立場，最後終於造成大清帝國的滅亡。清廷最初統治的一百五十年間，中國非常富強，政治安定，這應該歸功於清朝第二位皇帝康熙的治政能力。康熙於1662－1722年間統治中國，平定了全中國，同時使中國躍升爲亞洲最強大的國家。

401.康熙（1654－1722）讀書像，大陸故宮博物院。

402.雍正（1678－1735）像，大陸故宮博物院。

403. 郎世寧 清乾隆與九后圖，作於1736年。52.9×688.3公分，乾隆 1711－1795（在位1736－1795年），此像作於1736年乾隆25歲時，美國克利夫蘭博物舘。

404. 圓明園，大水法，蔣友仁 Benoit神父設計1747年。

405. 圓明園，方外觀，西洋樓，郎世寧設計1745－1759。

十七至十八世紀初期，歐洲列強非常尊重中國，尤其是西歐啓蒙思想家對於中國的政治制度極爲仰慕。此外中國藝術亦引發西歐產生兩次中國風的藝術運動(Chinoiserie)：第一次產生於十七世紀晚期，第二次產生於十八世紀中期。這段時期中國文化對於歐洲思想、藝術、物質文明的影響要比歐洲對於中國的影響來得多。西洋對於中國的影響只侷限於朝廷中，1601年耶穌會傳教士利馬竇(Matteo Ricci) 來到中國，透過利馬竇的介紹，中國皇帝與朝廷中的名仕政要對於西洋藝術與學術有相當的認識。除了亞當‧夏爾(Adam Schall)的曆法改良與維必斯特(Verbiest)的火砲術外，其他耶穌會教士所帶來的藝術與科技，在少數的中國學者眼裡不過是一種新奇的把戲而已。雖然當時的文人完全忽視西洋藝術，然而朝廷畫院畫家却極力的學習西方的光影與透視學，他們對於寫實主義非常感興趣。

清朝的知識分子就像明朝的知識分子一樣不太有創見，他們最大的貢獻就是綜合過去的說法，並加以分析。譬如1729年出版的巨著古今圖書集成及1773年開始編纂，九年後完成的四庫全書（全書共計三萬六千卷）。清朝學者在書籍整理上的努力遠超過明朝。四庫全書編纂的特點就是並非完全測重於學術性，而是要修改任何對於清朝不利的看法與資料。這次大規模的編纂除了在學術上有相當的成果外，還發現許多新的文獻資料。清朝非常崇尚古風，可以說比中國任何一個時代的人更回顧過去，更注重經史的考據訓詁及考古。他們大量收藏書畫、手稿、歷代陶瓷及仿古青銅器等，其中收藏古畫最著名的是梁清標（前面已提過）及鹽商大富家安儀周(1683－1740)，後者所收藏的許多寶物後來被乾隆皇帝收購。1736年乾隆繼承了雍正皇帝的皇位（雍正皇帝精明而殘酷），乾隆本身對於藝術品非常感興趣，在他統治期間皇家的收藏驟增，可與宋徽宗時代相媲美(註一)。然而乾隆皇帝的藝術品味比不上他對於藝術收藏的熱情，他常在喜愛的繪畫上題上幾句無關緊要的詩句，同時蓋上斗大的印章。1796年乾隆下台，因爲他認爲如果自己任位時間比著名的祖父（康熙）更久的話，就是不孝。乾隆的下台也是清朝黃金時代的結束，不但滿清內部有紛爭，國外又有西歐列強的侵略。此時西洋人對於中國，已從過去的羨慕逐漸轉變爲敵

(註一)乾隆收藏的書畫古董目錄石渠寶笈共分三冊，於1745－1817年間出版，道釋人物分開來編纂。1928－1931年間，故宮博物院專家重新整理，包括9000張繪畫、碑帖及書跡，10000件陶瓷，1200件青銅器，其它尚有數量相當多的玉器、織品及手工藝品。一些較好的精品早於1911年國民革命後20年間被溥儀（清朝最後一位皇帝）盜賣或贈送給別人。留下的一部分於1948年由國民黨政府運到台灣。

406.明永樂時代重建北京紫禁城，公元1406－1420。從午門望太和殿。

407.清朝圓明園廢墟，蔣友仁設計，大水法遺址。1975作者攝。

視，尤其對於中國在貿易上的種種限制感到不耐煩。關於十九世紀中國悲慘的歷史，譬如鴉片戰爭所簽訂奇恥國辱的和約、以復國為號召的太平天國之亂以及1900年後國勢的日益衰微等，在這裡我們不再詳談。雖然這個時期政治上與藝術上並沒有偉大的成就，然而在這種環境下仍有一些文人能夠秉持獨立的精神，知識分子開始脫離滿清人保守的桎梏，領導羣眾走向新的方向。

建築

清朝的建築一般說來相當平穩，保守地繼承明朝的樣式(圖406)。唯一例外的是北京西北康熙皇帝建造規模龐大的「夏宮」(這個地區原來是漢朝與梁朝諸皇帝的狩獵場)，雍正皇帝時經過擴建改稱為圓明園，乾隆皇帝時又添加許多新宮殿及專供遊樂的亭閣，主要由耶穌會傳教士與宮廷畫家郎世寧(Giuseppe Castiglione 1688－1766)所設計。這位義大利藝術家將十八世紀「巴洛可」(Baroque) 風格予以中國化，房子的四周並安置蔣友仁神父 (Benoit) 設計的各種噴泉及水池。蔣友仁是法國耶穌會教士，他對於法國凡爾賽宮 (Versailles) 與聖克魯德 (Saint Cloud) 噴水池的結構與裝置非常熟悉。圓明園室內的傢具與裝璜都請專家特別設計，其中有許多是依法國版畫上的傢具仿製，牆上掛著法國式的鏡子及高布林 (Gobelin) 織掛毛氈(1767年法國宮廷向比利時訂製)。這種中西合併的房子，整體性的效果一定相當古怪。圓明園(圖407)的輝煌時期非常短暫，十八世紀末期時裡面的噴泉早已停止使用，乾隆之子嘉慶皇帝對於圓明園根本不感興趣。1860年英法聯軍焚燬圓明園，收藏的珍品洗劫一空，事實上此時圓明園早已被人廢棄。從1876年郎世寧中國助手所監製的版畫上可以看到圓明園全盛時期的大略情況。清廷最後一項大工程就是西太后在北京郊外渤海岸邊建造的避暑山莊(圖408)。雖然當時許多人責怪西太后私自挪用公款（人民為建造海軍艦艇所捐的款）建造避暑山莊，但如果她真正將錢用在海軍艦艇上，一定會在1895年的戰爭中被日本海軍擊沉；所幸是建造避暑山莊，至今才能流傳下來。另外一座比較不誇張的建築就是「祈年殿」，建於十九世紀末期。「祈年殿」是專供皇室祭祀的場所，位於京城南面天壇(圖410,411)附近。祈年殿建造在大理石基壇上，建造本身應用鮮明彩繪木構柱樑，屋頂為深藍色琉璃瓦，是一座非常引人注目的雄偉建築。但如果我們仔細的觀察這幢建築的細部，會發現它的結構非常簡陋粗糙，缺乏幻想地塗上五彩繽紛的顏色(就像童話裡的建築一樣)，此時中國偉大的建築傳統已步入尾聲。

408.頤和園全景銅版圖冊，1702－1888年，倫敦大英博物院。

409.清頤和園佛香閣，1888年
完工。

410.天壇，北京南郊1420年左右之設計。

411.天壇祈年殿，1420年創建1545、1752、1889、
1896重建。

412.清乾隆袖珍耕織圖，18世紀，
台北故宮博物院。

413.清焦秉貞仕女圖，30.9×20.5公分，18世
紀，台北故宮博物院。

宮廷藝術受到西方影響

　　在故宮紫禁城的一角，康熙皇帝特別設立一間綺絳宮畫室兼爲修
理工房。在這裡中國畫家、耶穌會西洋畫家及機械工人一起工作，他
們在一起製造版畫，修理自鳴鐘與音樂盒。在耶穌會教士的指導下，
宮廷畫家焦秉貞開始學習西洋透視學，他運用這種畫法畫了46幅著名
的「耕織圖」（圖412）。焦秉貞的學生冷枚以畫宮廷仕女聞名，他的仕女非
常可愛（有點過分典雅），她們常在庭園中散步或嬉戲。從冷枚的畫中
可以看出他對於西方透視學有相當的認識（註二）。郎世寧1715年到達北
京時，繪畫技術已相當高明，他很快地學到中國畫家的宮廷風格，逐
漸地再創造出一種中西混合作風。郎世寧將中國繪畫的工具、材料及技
術與西方的自然主義相配合，再借助細膩的光影法。他在中國朝廷裡非
常受歡迎，所畫的靜物畫、人像畫、宮廷生活畫或以風景爲背景的馬

（註二）西洋對中國藝術的影響可參考拙作東西藝術交流 *(The Meeting of Eastern
　　and Western Art)* （1973，倫敦及紐約出版）及一位在中國朝廷內的耶穌會畫家—
　　郎世寧 *(Giuseppe Castiglione: A Jesuit Painter at the Court of the Chinese Emperors)* （19
　　72，美國佛蒙特州 *Vermont* 拉特蘭 *Rutland* ）。

匹手卷^(圖414)都小心翼翼的簽上中國名字。郎世寧有許多學生與追隨者，他富於裝飾性寫實主義的風格正好能迎合當時宮廷的需要，因爲淸宮中有許多房間的牆壁須要這類裝飾畫來點綴，以配合傢具。事實上郎世寧並沒有眞正影響到中國繪畫的一般趨勢，就像當時許多中國畫家在廣州和香港專爲西洋人繪製「出口畫」一樣，對中國繪畫的趨勢絲毫沒有影響。乾隆時代的宮廷畫家鄒一桂（1686－1772）以寫實主義工筆花卉聞名（可能是鄒一桂的工筆花卉影響了郎世寧的作風）。鄒一桂極讚賞西方的透視學與光影學，他曾說：「西洋人善勾股法，故其繪畫於陰陽遠近不差錙黍，所畫人物屋樹，皆有日影，其所用顏色與筆與中華絕異，佈影由濶而狹，以三角量之畫宮室於牆壁，令人幾欲走進。學者能參用一二，亦甚醒目，但筆法全無，雖工亦匠，故不入畫品。」（小山畫譜"西洋畫"1795年）（註三）。

　　淸朝職業畫家中比較有趣，而被人忽視的就是像李寅與袁江等畫家，1690－1725年間他們兩人都在繁榮的揚州地區賣畫。1725年後，袁江像他的兒子袁曜一樣亦成爲淸朝宮廷畫家（譯註：1983年資料顯示袁江袁曜從未爲淸廷畫家，曾長期定居山西商人家中作畫）。這一派畫家試

（註三）此時歐洲人對中國的繪畫有同樣的觀感。1641年阿法茲・德・西美多（*Alvarez de Semedo*)曾寫到：「在繪畫方面，中國的作品只能引起一般人的好奇，它沒有完美的境界。中國畫家不知如何在藝術中應用光影的效果 ⋯⋯ ，但現在有一部分中國畫家接受我們的教導，懂得如何使用光影的技術，他們已能畫出完美的作品來。」山德拉 (*Sandrart*) 在他 *Teutsche Akademie* 書中（1675）也有類似的看法，參考拙作山德拉對中國繪畫的評語 (*Sandrart on Chinese Painting*) 東方藝術第一册（1949，春）159－161頁。

414.淸朝郎世寧「百駿圖」，彩繪卷本，1728年，高94.5公分，台北故宮博物院。

415.淸朝袁江(十八世紀初期)「對問圖」，彩繪卷軸，高213.5公分，舊金山亞洲藝術博物館。

圖復興久已沒落的北宋傳統，他們在繪畫中應用北宋初年郭熙一類的
風格與構圖，再加上晚明表現主義的幻想與變形。這種幻想與形式主
義的結合在袁江精細的山水畫中可以看到(圖415,彩圖28)。

文人畫

　　文人畫家並不像畫院中的畫家那樣崇拜西洋畫。此時的文人畫家

264

自認爲是傳統藝術的衛道者，他們相信中國的傳統比西方所能供給的任何新藝術刺激更爲寶貴。董其昌由於堅持己見，對於董源與巨然的畫風有新的詮釋，然而清代追隨董其昌畫派的畫家天分較差，反而機械化的應用董其昌仿古論。當時畫壇上有好幾百位畫家把董其昌放浪的風格逐漸僵化，成爲一種新的學院主義。這種泥古的風格如果稱爲「藝術史的藝術」(Art-historical Art)可能非常正確，因爲這些畫家的靈感並非來自自然，而是來自歷史上已成事實的名家作品。他們把一些舊資料應用得非常優美，他們從這類繪畫上所得到的享受並不是感性的領悟，而是一種加深細膩筆觸的表現。就像聽一首熟悉的鋼琴小夜曲一樣，我們早就熟悉曲子的內容，現在不過是由不同的音樂家來演奏罷了。

　　如果全用這種看法來描寫清朝的繪畫可能不太正確，因爲不是所有清朝的繪畫全是如此食古不化。十七世紀的歷史從明代政治的腐敗、滅亡、滿清的入侵、內戰等所帶來十幾年的內亂，以及康熙時代慢慢的把政治局勢穩定下來，這些外在動盪的環境亦都能在中國繪畫上表現出來。由於這個理由，明末清初的藝術最爲有趣，也最受人囑目。這個時期有一羣忠於明朝的漢族遺民，由於不願在異族統治的新朝代下做官，他們受到壓迫與打擊，有的自殺，有的意志消沉，有的到處流浪成爲和尚、隱士或狂人。也有一部分人接受康熙皇帝的籠絡，成爲忠於清王室的順民。

　　因此我們可以說明朝的遺民對於時代的顛覆各有不同的反應，譬

417.清朝龔賢（1620－1689）「千巖萬壑圖」，水墨紙本掛軸，公元1670年左右，高62.3公分，瑞士里特貝革 Rietberg 博物館德雷諾華茲Drenowatz收藏。

265

418.清朝朱耷(1626－1705)仿董源山水，水墨紙本掛軸，17世紀末,高180公分，瑞典斯德哥爾摩遠東藝術博物館。

如弘仁與龔賢兩人的畫風就有很大的不同。安徽的高僧弘仁（1610－1644)以超越的方式來處理困境,他的繪畫表現出一種內在的靜穆感,所畫的山水乾枯而疏朗，表面上顯得非常脆弱，私底下却隱藏著一股結實、敏感與雄偉的氣勢(圖416)。他的作品迷漫著一種非人間、清純的氣氛，非常接近倪瓚的藝術。相反的，南京畫家龔賢(1620－89)在明朝滅亡之後流浪了好多年，他受到政敵的逼迫，一直處於緊張的生活狀態。瑞士德諾華茲 (Drenowatz) 所收藏龔賢的「千巖萬壑圖」是一幅荒涼陰霾的山水畫，畫中沒有一點活潑的景物，人類好像無法在這種環境下生活(圖417)。這種風格可能受到董其昌表現性變形的影響，就像董其昌中年時的繪畫一樣，具有象徵性的含義。他所要表現的就是中國大漢山河受到滿清異族的摧殘，他自己面臨無路可走的境地。事實上龔賢的生活與事業並不像他的繪畫那樣有衝擊性，龔賢是當時著名的詩人、書法家及出版家，同時還教授繪畫。他的學生王槩是芥子園畫傳的編者(第十章中曾提過)。龔賢晚年靜穆與雄偉的風景畫，似乎在告訴我們他已找到了心靈平靜的歸宿。

明末清初的繪畫大師皆有強烈的個性與顯著的風格，尤其是朱耷

419.清朝朱耷「一鳥圖」紙本册頁，日本收藏。

(1625−1705)、髠殘(石谿1610−1670)、石濤(道濟1641−1710)等三人，他們三人藝術上的造詣更勝於弘仁與龔賢，他們獨佔了清初的畫壇。朱耷(晚年自稱八大山人)是明朝王室遠房後裔，滿清入侵時出家爲僧，後來由於父親去世而變得聾啞而瘋癲，經常突然呼叫大笑，或衣衫襤褸的出現在大街上，後面跟著一大羣戲謔他的小孩。朱耷不但反叛當時現實的世界，亦反抗當時流行的繪畫風尚，他的筆法放縱飛舞。朱耷以古代禪宗畫家爲師，但用筆十分沉着，筆筆中鋒，直透紙背。朱耷的山水畫可以說把董其昌變形具有創見的山水畫(尤其是南派的傳統)提昇到更高的境界。這對當時追隨董其昌的學院派來說是一種打擊(圖418)。朱耷特殊的天才，在快速筆法下完成的小幅册葉中尤其能表現出來。(圖419)我們看到一隻憤怒的小鳥棲息在荷葉枝幹上，周圍洋溢着一片無限的空間。另外一幅畫中有一條像奇石般的游魚，朱耷應用簡單精彩的幾筆塑造出古怪的造型。這些畫可說是墨戲最放浪的表現，然而朱耷的畫並不只是一種空虛的筆墨遊戲而已，朱耷表面上看起來很簡單的風格，事實上能正確的把握住花卉、植物及生物內涵的生命。

　　中國藝術史家稱石濤與石谿爲「二石」，事實上他們兩人並不是很親近的朋友。石谿是一位虔誠的佛教徒，大半生過著僧侶的生活，晚年在南京一座寺院中當住持，是一位清苦而不近常人的隱士。石谿在作品中以乾墨激動的筆法來畫山水皴法，就像塞尙(Cezanne)的作品一樣具有造型上激動而猶豫不定的特徵，給人一種古拙的感覺。石谿這種不入俗套古怪的特點，充分表現出他獨立超然的性格。舊金山博物館所收藏石谿精美的「秋色山水」手卷(圖421)是石谿晚年的作品，手卷中的畫面洋溢著龐然而淡泊的詩意。

　　石濤俗名朱若極，是明太祖遠房後裔。當明朝滅亡時石濤年紀還小，後來參加廬山佛教教會，佛名爲道濟，他既不是和尚，也不是隱士。1657年石濤來到杭州，偕同當時的畫友(如梅清)偏遊江南名山勝地。後來石濤在北京住了三年，同王原祈合畫過一幅「竹石圖」。晚年定居揚州，與佛教也脫離了關係。石濤當時雖然受到社會人士的尊敬，然而由於生活沒有著落而以賣畫維生。根據揚州府志的記載，石濤最喜愛的消遣就是疊石(即庭園設計)揚州以名園聞名全國。傳說石濤爲余氏所設計的「萬石園」當時非常著名，亦是石濤的一大傑作。石濤所畫的一些小幅册頁可能是專爲庭園設計而畫。

　　石濤的美學思想在他所寫的畫語錄中說明的非常清楚，畫語錄是一篇深刻但晦澀難解的文獻，不容易用簡單的文字來概括說明。畫語錄並不是一貫性美學理論的敍述，而是一系列對於現實、人物、自然、

420.清黃安平繪朱耷自題小像，當時朱耷49歲(1674年)，江西八大山人書畫陳列館。

421.清髡殘(1612－1674)山水
紙本立軸1661年款，100.3×
120公分，舊金山亞洲藝術博物
館。

422.清朝石濤（道濟1641－17
10)「桃花源」，17世紀末，彩繪
紙本手卷，高25公分，美國華
盛頓佛利爾博物館。

及藝術的感言，牽涉到很多哲理及思想性的層次(註四)。石濤的中心思
想是「一畫」，字面上的意義是一條線或一幅畫，但中文「一」字的意義
很廣，有天人合一或獨一無二之意。至於「畫」，可解釋爲繪畫藝術、
畫出線條的分界或更簡單的解釋就是線條。石濤的美學理論可追溯到
宗炳、謝赫及佛學道教形而上的思想，他評論畫家如何透過他們的筆
法，來表現與自然界生命混爲一體的藝術力量，畫家必須將統一不受

(註四)關於這篇文章的翻譯與評語可參考皮哀・里克蒙 (Pierre Ryckmans)的石濤畫
語錄 (Les Propos sur la Peinture de Shitao) （1970，布魯塞爾）

33．34．道濟(石濤)(1642—1708)　黃山八勝畫册　清（約1685年）　20.2×26.8公分

紙本著色全八圖　日本住友寬一舊藏

　　黃山八勝畫册爲石濤中年時期（約44歲）的精心傑作，此時石濤人在安徽，可能受到黃山畫派梅清的影響（見宣城勝景1680年瑞士戴那華茲Drenowatz收藏）。黃山畫派發明絳彩渲染的著色方法，使畫面產生一片清朗晶瑩的彩色感，五彩繽紛，却說不清色在那裡。這兩幅畫給人一種像白玉表面一樣的溫潤感，山、樹、人、物皆籠罩在一片和協的霧氣中，使觀者如置身於清新舒暢的山谷裡。石濤疏朗的筆墨，若即若離，若隱若現，細觀才能發現處處氣韻相通。石濤的山石有堅硬的實質感，草木生意盎然，靜觀端相後，令人回味無窮。

35．—38．明清人畫像 （右上王慶伯右下徐渭左上葛寅亮左下羅應斗）　40.3×25.6公分　大陸

南京博物館藏

　　中國人像畫，由於受文人畫簡單寫意的影響及以線條勾勒爲主，因此不太有眞實感。山水畫的人物，更以「遠水無波，遠人無目」爲標榜，對於人像造型常草草了事或公式化。唯南京博物院所藏明清人物畫，個個躍然紙上，性格突出，儀態逼眞。明末畫家善於描繪文人畫家與官吏的容貌，譬如對疏朗鬚髮的處理，面痣雀斑質感的描繪，均有刻劃入微的寫實工夫。尤其是老年人龍鍾老態、鷄皮鶴髮更是描寫得栩栩如生（這種寫實作風可能受到西畫的影響）。

　　王慶伯（圖37）、羅應斗（圖35）均爲明末萬曆、天啓年間金陵地區的官吏，事蹟不詳。葛寅亮（圖36）字水鑑，號屺瞻，錢塘人，萬曆二十九年的進士，歷任禮部郎中、督學等官職。

　　關於徐渭（圖38）(1521—1593）的生平，我們了解得較爲詳細。徐渭是明嘉靖、萬曆年間（十六世紀）相當傑出的水墨畫家，一生坎坷，堪稱中國畫史中的傳奇人物。徐渭的生母爲妾，渭出生百日失父，十歲時母親被逐離家，在兄長家中成長。二十一歲娶親，寄居岳家，二十七歲時妻患肺病卒，三十九歲娶王氏，不久即告仳離，四十歲再娶張氏。科場上，徐渭屢考屢敗。四十六歲時，張氏與僧私通，徐渭因殺妻被捕入獄，後以利斧擊破頭部，血流滿面，又以三寸長釘刺入左耳，自殺未遂，痊癒後一直活到七十二歲。

39．40．華嵒 (1682—1765)　寫生册　清（約1723年）　計24幅紙本設色　20.5×26公分

台北林柏壽（蘭千山館）藏　第四幅畫虎，第二十幅畫紅蓼蓮實圖。自題「飛入荷華裏，得魚帶香咽。」

　　華嵒所畫的生物非常特殊，所寫的自然亦非和諧的世界。紅蓼蓮實圖畫水鳥與湖魚爲生存而搏鬥，水鳥正在生吞一條湖魚，一副飽饗美食的模樣。下圖那隻餓虎一副心煩意躁無奈的表情，樹枝上的野蜂正神采奕奕的望著它。

　　華嵒以寥寥數筆，奇妙的表現出翎鳥羽毛、動物毛髮的實質感。每根毛髮似乎隨著動物體態來塑造，由體內向外生長。這種筆墨工夫，令人嘆爲觀止。

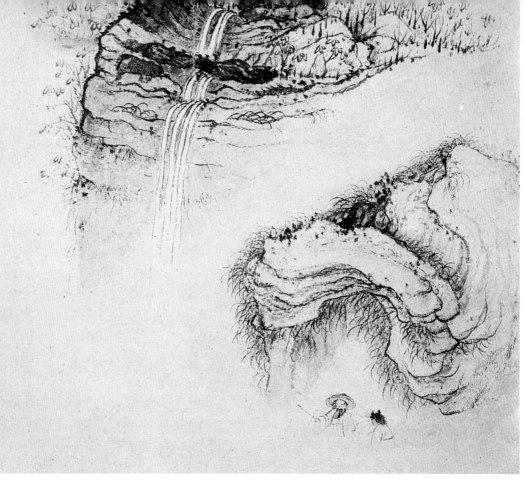

井不知處藥竈尚生煙何李來石虎
聽鳴乾泉
尋藥爐丹井後看鳴龍泉傍有山君也
石濤元濟苦瓜和尚

遊人若宿祥
符寺先去湯
池一洗之百
劫塵根都
洗盡好登
峰頂細吟詩
祥符題壁石濤僧

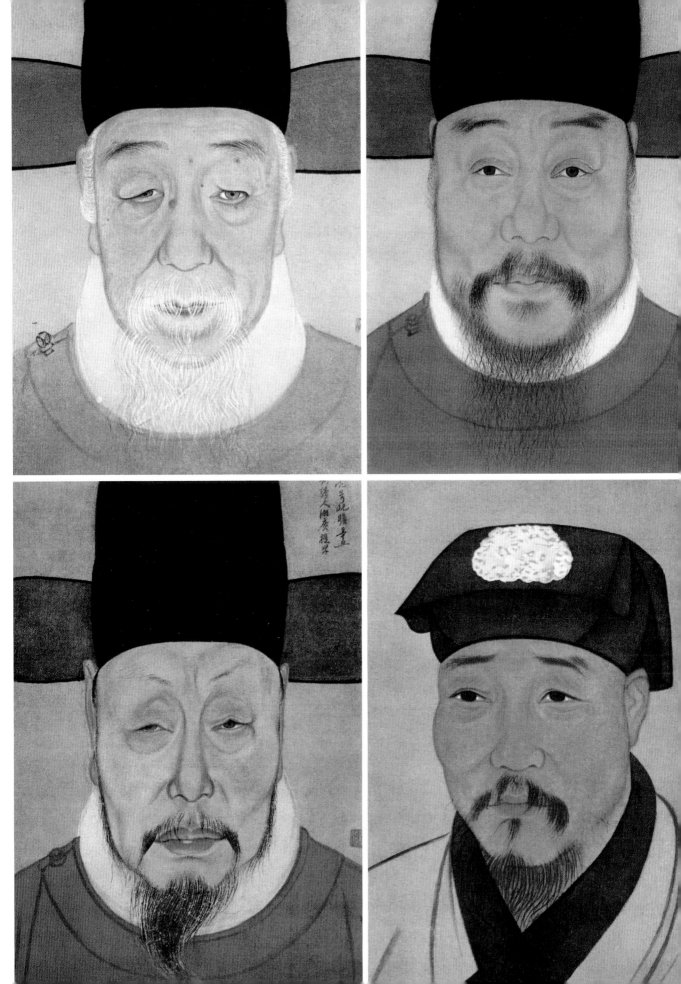

飛入荷華裏得魚帶香咽

42

余画此幅成有外人見之曰三百年來不逢专画法太息之而去白石

岱廟圖

48

41. 袁江（1671—1746）蓬萊仙島圖　清（1708年）　絹本立軸　162×99.5公分　大陸故宮博物院藏

　　袁江字文濤，號岫泉，江蘇揚州人，年青時受李寅蕭晨畫法的影響，賣畫於蘇杭揚州地區。晚年應山西大鹽商尉氏之聘，定居山西太原。近年聶崇正整理統計後，認爲袁江傳世作品約92幅，作於1693—1746年間。

　　袁江的山水參入西洋的陰陽法，傳統上繼承李郭派的北方山水，重振中國彩色畫的傳統。袁江山石似浪濤，浪濤似山石，澎湃洶湧，千仞萬壑，蒼茫中出現奇境，別有天地。但袁江的樓閣亭台，工整精密，與自由奔放的大自然成強烈的對比。袁江獨創的山石鬼面皴法，有嶄新的創意。

42. 齊白石（1863—1957）梅花圖　清（1957年）　紙本著色　款九十七歲白石　上款梅花爲中國萬花之力　香港一硯齋舊藏

　　這是齊白石最後一年（95歲）的作品，圖中的花不像花、樹不像樹，樹幹倒掛，梅蕊成放射性散點。齊白石的筆墨有排山倒海的氣勢，力飽扛鼎，是國畫技法上罕見，具有突破性的創新作風。

43. 齊白石（1863—1957）岱廟圖　66×33公分　紙本著色　藏處不詳

　　岱廟位於山東泰安縣西北，爲泰山名廟之一。漢武帝時下廟植柏樹，唐代時植槐樹，可謂古木參天。齊白石畫岱廟入口前之古柏似洶湧浪濤，遠山側筆直下，似兩顆巨大的壽桃。這種創新的畫法，宛若石破天驚，氣壯山河。圖右側齊白石題：予畫此幅成，有外人見之，曰三百年來不逢此畫法，太息之而去。

牽制的靈感從筆墨中流露出來。我們可能無法很正確的分析石濤的藝術思想，然而當我們閱讀畫語錄時，可以了解到對於一位敏銳的畫家來說，藝術與繪畫的行爲將包含多少重要的意義。

石濤試圖在自己的繪畫上實踐畫語錄的理論思想，建立所謂「一畫」畫法，從「無法」中創造出新的畫法。事實上石濤所提倡藝術家與自然融合爲一的觀念，在中國藝術史上並不算是新的創見。然而在中國藝術晚期沒有人能像石濤一樣利用如此自然與巧妙的文字表達出這種看法。石濤所畫的繪畫不管是陶淵明「桃花源記」手卷、「盧山高」高聳入雲霄的山水（日本住友寬一收藏）或任何册頁（圖422,423,彩圖25），它們的造型與顏色總是非常清新，神采清盈，洋溢着無限的創意及活潑情趣。

上面所提到的這些大師，他們從中國傳統中得到啓示，進一步的去發展豐富的繪畫傳統，終於達到藝術上高超的境界。但另一方面我們發現還有一羣藝術造就平平的正統派畫家（所謂正統派即繼承沈周、文徵明、董其昌一派的學院傳統），他們雖然經過許多波折，仍然能把握住一貫的傳統路線，不作過分的冒險。這種正統派的路線有時非常寬廣，有時變得狹窄，他們的藝術正像清代一般的文化一樣有一種復

423.清朝石濤「山居圖」，17世紀末，彩繪紙本册頁。高24.2公分，紐約王季遷收藏。

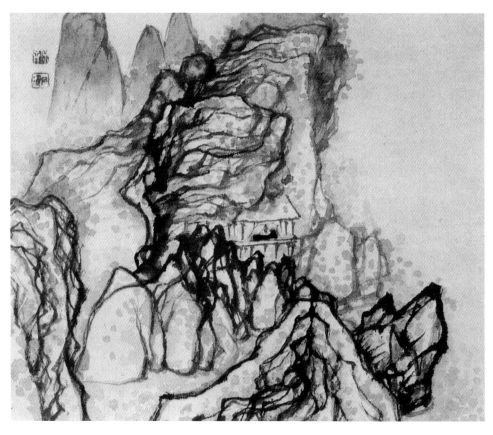

425.清朝王原祈(1642－1715)仿黃公望秋山圖，81.3×50.2
公分，1707年，台北故宮博物院。

424.清朝王翬(1632－1717)溪
山紅樹圖，彩繪紙本掛軸，11
2.4×39.5公分，作於1695年，
台北故宮博物院。

古停滯不前的趨向。十七世紀，正統派繪畫在清初六大家的作品中發
展得相當蓬勃，六大家包括四王、吳歷及惲壽平。四王中年紀最大的
就是王時敏(1592－1680)，他直接跟董其昌學畫。像董其昌一樣，王
時敏非常敬慕黃公望寬曠自然的風格，王時敏七十歲左右所畫的一系
列仿元朝風格山水畫，稱得上是清朝文人畫中最偉大的成就。王鑑（
1598－1677）是王時敏的好友與學生，他對元四大家的畫風非常崇拜。
繪畫天份高的王翬(1632－1717)年輕時很窮，經人介紹給王時敏後成
爲王時敏的學生。王翬大半時間花在模仿早期繪畫大師的作品，主要

以董源、巨然爲依據，這些董巨的作品都經過黃公望、董其昌與王時敏等人的重新詮釋，王翬受到他們的影響很大(圖424)。台北故宮博物院收藏一批仿製得相當精細，號稱是五代與北宋的山水畫很可能都是王翬的手筆。四王中王原祁(1642－1715)最有創見，他是王時敏的孫子，曾任清廷的高官。康熙皇帝非常寵信他，常詔他到御前作畫，並任命他編纂佩文齋書畫譜，書中記載各書畫名著，1708年在官方監製下出版。王原祁並非學院派畫家，雖然其繪畫主題多半取材自元朝大師的作品(尤其是倪瓚)(圖425)，然而在他有稜有角的岩石及瘦高的樹木上，可見到董其昌的影響。王原祁對於繪畫的立體造型非常注重，這種趨向在中國畫家中很少見到,因此有些西方學者將他喩爲「國畫中的塞尙」(Cézanne)。王原祁能全神貫注的將畫中的石頭與山分解後，再重新組合，這方面有點像西洋立體主義畫家。他所畫的山水很平面化沒有深遠感，因此觀衆無法進入王原祁的畫面中去暢遊。事實上這是一種半抽象畫像心中所創造的事物，如果觀衆能個別細看它們的局部，會發現它們相當有眞實感。王原祁的畫與袁江派形式主義變形山水畫，是兩種極端不同的趨向。

惲壽平(又稱惲南田1633－1699)的父親爲明末遺臣，由於這種關係，他不得不遠離北京、蘇、杭地區過著半隱居的生活，以賣畫維生。一般人都相信惲南田由於在山水畫上無法超越王翬,因而放棄山水畫。惲南田的花卉畫大部分畫於扇面(圖426)與册頁上，雖然他的沒骨畫應用

426.清惲壽平仿徐熙牡丹圖，26.2×33.3公分，此畫册有朱彝尊1702年款，台北故宮博物院。

427.清朝吳歷(1632－1718)「白雲青山圖」，彩繪絹本手卷，17世紀末。高25.9公分，台北故宮博物院。

的得心應手，然而他始終無法忘懷於山水，他偶而也畫畫山水。事實上，惲南田山水畫的靈敏性實非王翬所能及。

吳歷(1632－1718)的生平極爲特殊，他受到耶穌教的影響，臨洗爲天主教徒，後來在澳門讀了六年的天主教教理，1688年成爲教士。吳歷後半生在江蘇地區傳教，然而宗教信仰並沒有影響到他的繪畫風格。吳歷是王鑑的學生及王翬的好友，自稱爲墨井道人，有一段時期由於信奉天主教而停止繪畫。吳歷後來重新拾筆，以清朝早期文人畫的方式創作，絲毫沒有受到任何西洋畫的影響(圖427)，吳歷於1718年去世。

十八世紀時中國政治安定，經濟繁榮，藝術品的市場相當活躍，尤其是揚州(揚州位於運河與長江的交會點)。當時的鹽商與其它富商爲了要輝耀他們在社會中扮演的新角色，積極地建立私人的圖書與書畫收藏，款待學者、詩人與畫家，一方面希望能從交往中得到樂趣，另一方面希望能獲得文人的重視，以抬高社會地位。同樣地，當時許多畫家也希望這些有錢的商人能購買他們的作品，其中天分最高的就是後人所謂的揚州八怪。他們的繪畫技巧、瘋癲狂誑的行爲，一部分是由於職業上的需要。譬如金農能以熟練輕巧的筆觸畫花鳥、竹石(圖428)，另一方面又能搭配從漢碑上學來粗壯笨重的方形書法，書畫間形成強烈的對比。金農同時代的畫家黃愼(1687－1768)，善於陳洪綬的人物畫風並予以巧妙變形，事實上陳洪綬的人物也將古代的人物畫變形。華喦（1682－1755）是一位多產畫家，他所畫的花鳥是宋朝花鳥的變體(圖430 A，彩圖39,40)。揚州八怪的作品多半有復古傾向，這些畫家對於復古問題並不像明末清初畫家那般嚴肅，他們對於傳統的包袱採取輕鬆遊戲的態度，當時繪畫的目標顯然只爲了取悅觀衆。

428.清朝金農(1687－1764)蓮子葡萄册頁，大陸收藏。

429.清羅聘(1733－1795)鬼趣
圖，霍寶材收藏。

430.清鄭燮(1693－1765)竹石
圖，長60.9公分，寬35.9公分，
上海博物館。

事實上「四王」與「揚州八怪」這種歸類法，並無任何風格上相同的
根據，同時要割出個人主義與怪癖間的界限也很不容易。在揚州是否
眞有八位這樣的怪人？他們之間顯然有不同的怪癖，有些怪癖是天生，
有些是裝出來，有的畫家相當突出，有的却默默無聞。彼此之間有的是
朋友，有的互不相識。這種傳統上的歸類對讀者來說相當有用，尤其
像清朝如此多的畫家，歸類能建立秩序，易於稱呼，有益於澄清部份
畫家派別上的混亂。

揚州八怪的藝術生活，顯露出當時中國文人畫家的社會階級也有
所變化。理想的文人畫家應該是受祿的官員或經濟充裕的富人，他們
在閒暇時爲了樂趣而畫畫。事實上大部分清朝文人畫家既不是官員，
也沒有家產，必須靠賣畫維持生活。然而這些人從不公開承認繪畫是
他們主要的職業，譬如王翬爲他的贊助人畫了許多畫，因爲他在贊助人
的家中免費住了好幾個月。金農有一段時期由於經濟拮据，不得不替
人畫燈罩畫，後來爲了要吸引揚州鹽商的注意，與黃愼兩人刻意創造
一些古怪的畫風。儘管如此，在他們的藝術中依舊能持筆法功力，表
現出敏感、清新的特質，這不能不說是一項奇蹟。從另一方面來看，
這些個人主義與怪癖的畫家，對當時學院主義畫派來說是一種反叛與
對抗。這個時期由於清朝政治逐漸腐敗（幾乎所有中國的朝代時間一
長都要遭遇如此厄運），個人主義的表現愈來愈少。中國士大夫階級開
始呈現精神麻痹癱瘓的現象。此時藝術中心慢慢移向廣州及不平等條

430A.清華嵒(1682－1755)大
鵬圖，京都泉屋博物館。

281

431.清康熙素三彩神像,高60.6
公分，18世紀初，紐約大都會
博物館。

432.清乾隆夾彩萬花紋壺，高
48公分，胴徑36公分，巴黎季
美博物館藏。

約所劃的租界地上海，這兩個港口在十九世紀末期突然呈現一片繁榮與富裕的景象。雖然這兩個新興城市並不是一般文人畫家理想的環境，然而它為中國藝壇帶來了新氣氛，這正是中國社會受到西洋物質及工業文明衝擊之前。

陶瓷

　　明朝末年政治上的危機影響了十七世紀的中國畫家，也影響了整個中國社會，即使是窮困的農夫也無法避免。明朝萬曆皇帝去世時，中國已相當混亂，盜匪猖獗，時有內亂。直到清朝康熙皇帝時才開始平息穩定下來，這段時期的混亂使得景德鎮陶瓷業整個停頓下來。明朝末年官窯的品質與產量大幅度降低。天啟年間生產一種極粗糙、刺眼的青花瓷，這種瓷器在日本相當受歡迎，日本人稱為「天啟窯」。繼天啟之後崇禎時期的瓷器極為稀少，品質亦不精美。此時中國在東南亞與歐洲的陶瓷市場被日本搶走，直到吳三桂被清兵擊敗後才再度恢復。這段時期中國南方全歸清廷統治，因此在陶瓷史上有所謂十七世紀中期的「過渡瓷器」(Transitional Ware)。這種瓷器多半承襲早期的風格，不太容易鑑定。最典型的「過渡瓷器」是一種很結實的青花壺、盌、花瓶等，上面畫著以山水、石頭、花卉為背景的人物畫（鬱金香可能是歐洲帶來的新主題），有深紫色的厚釉，中國收藏家稱此類瓷器為「鬼面青」，西方人稱為「乳紫」(Violets in milk)。這些過渡的瓷器多半出口外銷，它們的彩繪運筆非常自由，很像嘉靖、萬曆年間青花出口瓷一樣，非常受西方市場的歡迎。

景德鎮

　　清朝初年景德鎮並沒有很大的變化，當時的官窯仍舊延續1650年代的風格生產瓷器。正如我們想像的一樣，在這段過度時期中景德鎮的瓷器仍然承襲萬曆的風格。1673－1675年間，江西省受到吳三桂軍隊的蹂躪，景德鎮的官窯也不例外，窯廠1675年毀於戰亂中，經過幾年後才再恢復生產。1682年康熙皇帝選派臧應選為督窯官，他曾任工部虞衡司郎中。臧應選於1683年春天到達景德鎮，他是景德鎮全盛時代三位著名督理官之一。我們不知道臧應選何時離開景德鎮，1726年雍正皇帝任命年希堯為督窯官，1736年副官唐英繼承他的職位。臧應選任職於康熙年間，年希堯於雍正年間，唐英則於乾隆初期。有兩本書提供我們關於官窯及彩瓷的知識，這兩本書寫於景德鎮陶瓷業最不景氣時期：一本為1774年出版，朱琰所著的陶說；另一本為1815年出版，

藍浦所著的景德鎮陶錄。事實上景德鎮最寶貴的資料是當時法國耶穌會東特雷可神父 *(Père d'Entrecolles)* 所寫的兩封信。東特雷可神父於1698－1741年間在中國從事傳教活動，他與清廷內的高官來往，同時還向景德鎮的陶工傳教。這兩封信一封寫於1712年，另一封寫於1722年。東特雷克神父觀察非常仔細（註五），他詳細說明當時景德鎮陶瓷廠生產的情況，譬如陶工如何將白丕子(即瓷石)及高嶺土(即瓷土)調合成黏土，再經過辛苦吃力的揉捏過程。當時的彩繪工作分得極爲細密，難怪所畫出來的圖案沒有什麼生感命。信中他寫道：「陶廠中第一位陶工專畫瓷器口緣下第一條彩線，第二位專畫花卉輪廓線，第三位專門上彩……。專門勾線條的工人必須有素描技術，但他不懂得上彩，專門上彩的工人只學上彩技術，不懂素描。所有工人都有整齊劃一的水準。一件瓷器的完工可能斷斷續續經過七十多位工人的加工。有時候一爐子瓷器，由於意外或製作上的錯誤全變成廢物。當時的皇帝常從北京送來宋朝的官窯、汝窯、定窯、柴窯等給當地的陶工仿製。北京宮廷曾訂製一口超大型魚缸，光燒烤的時間就花了十九天。對當時景德鎮工人來說，最大的挑戰就是廣東外銷歐洲瓷器中國代理商所提出的要求。他們訂製透彫瓷燈罩、瓷桌板，甚至瓷器製成的樂器。」1635年荷蘭人將他們木製的器型經由台灣運到景德鎮，要求陶工依樣仿製。關於景德鎮外銷貿易情形，從下面的數字可略知一二：1643年超過129,036件瓷器由景德鎮運到台灣，後運轉印尼雅加達，交給荷蘭總督，最後運到荷蘭。當時的外銷瓷器多半產自景德鎮。

433.清康熙(1662－1722)五彩鷺蓮尊，高45.4公分，口徑22.9公分，大陸故宮博物院。

康熙瓷器

　　康熙時期最美麗的瓷器就是一般中國人或西方人最喜愛的小型單色釉，它們的造型非常完美。從外表與顏色來看，似乎能做到宋代瓷器的細膩與嚴謹。景德鎮陶錄記載：「康熙年臧窯，廠器也，爲督埋官臧應選所造。土質膩，質瑩薄，諸色兼備：有蛇皮纖、鱔魚黃、吉翠、黃斑點四種尤佳。」另外還有漆黑(上面有金彩飾紋)、桃花紅（柔和的紅色略帶綠影，用以裝飾文人桌上文房四寶的瓶子）、嬌黃及吹青（利用竹管將青粉吹於瓷器上，後繪以金彩阿拉伯飾紋）。最受法國人喜愛

(註五)這些書信最早收集於耶穌會雜文集「趣味與見解書信」第12冊與第16冊中（1717及1724）。1900布雪爾(*S. W. Bushell*)出版的中國陶瓷文獻中重印這些書信。書信中比較有趣的報導可在 *Soame Jenyns* 的中國晚期陶磁中看到（1951，倫敦，第6－14頁）。

434.清康熙(1662－1722)五彩花鳥紋筆筒，高14.5公分，大陸故宮博物院。

435.清康熙寶石紅荸薺尊，高
38.8公分，台北故宮博物院。

436.清康熙青花白梅文瓶，高
37.9公分，口徑11.8公分，日
本永泰文庫藏。

的就是鑲金色銅邊的瓷器。康熙時代最華麗的瓷器是黃銅製成的鮮紅
色釉，歐洲人稱爲牛血紅(Sang-de-bœuf)(圖435)，中國人稱爲「郎窯」。有些
人認爲郎窯是由郎姓家系所發明，然而可能性最大的是因清初督窯官
吏郎廷極而得名。1705－1712年間，郎廷極爲江西巡撫兼景德鎮陶事。
郎窯可能是用吹的方式將釉藥噴吹於瓶上，釉由瓶的上端垂掛下來直
到瓶足，這須要相當的經驗與技術才能圓滿完成。乾隆時期陶工技術
較差，無法製作得像康熙時代那樣完美，直到最近人們再度發現如何
控制釉色垂流的技術。郎窯由於釉色無法完全「發展」開來，因此在頸
部地方略帶青色的光彩。康熙的陶工也仿製永樂時期的脫胎盌，事實
上康熙的脫胎瓷比明朝永樂時期製作得更爲精美。康熙陶工還製造精
美的宋朝定窯仿製品。

　　這種單色釉主要是要滿足當時一小部分品味修養極高人士的要求。
但對社會大衆來說，康熙瓷器中最受中外人士歡迎的就是青花(圖436)
及琺瑯彩。康熙時代大量生產青花，它們生產的方式正如東特雷可神
父在信中所描寫非常呆板的分工生產方式。在技術上，它們最後的效
果相當完美，有整齊劃一的水準。雖然製造的方式非常呆板機械化，
然而由於鈷藍本身的明亮性使得康熙的青花生氣盎然，發出濃厚的藍
色光輝，能超越過去及後來任何時期的青花顏色。十八世紀初期，康
熙瓷器在歐洲極爲流行，最常見的是薑糖蓋罐(Ginger jar)，表面裝飾
著盛開的梅花，白色的梅花畫於藍地上(圖436)，背景上還有冰裂的花紋。
這類瓷器流行不久後，就被顏色更鮮明的琺瑯彩瓷所替代。1667－16
70年間，皇帝勅令瓷器上禁用康熙年號，我們不知道這個禁令到底實
施多久。這個時期很少寫著康熙年款的眞品出現，陶工多半應用明朝
皇帝宣德或成化的年款。

　　在督窯官藏應選的指導下，當時景德鎮最大的成就就是琺瑯瓷的
製作。琺瑯彩在明朝末年時已分爲兩種：一種爲五彩，就是將彩料畫
於釉面上；另一種爲素三彩，就是將彩料塗於器坯上，加上透明釉後
入窯燒成。康熙時期五彩的釉上藍青彩料取代了萬曆的釉下藍。這個
時期同時出現一種像寶石一樣綠色的透明釉，十九世紀歐洲人稱爲(
Famille Verte)。琺瑯彩器形多半爲花瓶或盌，上面的紋飾與彩繪非常突
出，常以鳥或蝴蝶作爲主題，在主題的平衡上配置得非常精妙，它們
顯然受到繪畫的影響。畫於瓷胎上的復古形三彩琺瑯瓷主要是複製古
青銅、羅漢、仙人、孩童、鳥獸等。另外還有一種黑地五彩花卉，陶
工直接將黑色琺瑯畫於瓷胎上，藉以襯托五彩畫面，最後再塗上一層
透明的綠釉，產生一種五彩繽紛的效果。這類瓷器最近在外國市場中

非常受歡迎，就像其它清朝琺瑯彩瓷器一樣，它們在市場上賣到相當高的價錢，遠超過它們在美學上的價值。綠彩或黑彩瓷器底下常有成化年款，這顯示製造者非常珍惜它們。康熙末年結實而充滿生命力的綠彩開始發展出另一種新風格，它主要的顏色是柔和的胭脂水紅或粉紅色，在國外被稱為 *Famille Rose*，中國人稱「洋彩」。這是1650年左右一位荷蘭萊頓 *(Leyden)* 的安德然‧卡修斯 *(Andreas Cassius)* 成功地從赤金中提鍊出粉紅彩料。倫敦戴維德基金會收藏的一只碟子（1721年年款）可能是現存最早使用洋紅的中國瓷器，這種彩料可能由耶穌會教士帶到中國。

437. 清雍正琺瑯彩喜報雙安把壺，高11.3公分，台北故宮博物院。

雍正瓷器

1726年當年希堯任督窯官時，粉彩大行，尤其是景德鎮的雍正官窯以「仿古與創新」領先。仿古方面，年希堯所獨創的古典宋磁仿品模仿的非常精巧（圖440），譬如一件戴維德基金會收藏的仿汝窯瓶，多年來故宮瓷器專家一直誤認它為宋朝真品，直到發現下面隱藏著雍正年號才真相大白。事實上有許多收藏於宮中的雍正瓷器被盜出來，抹去雍正年號後當宋磁出售。創新方面有茶葉末釉色(將綠彩吹於鐵黃褐色釉

438. 清雍正粉彩花鳥紋扁壺，高29.1公分，倫敦戴維德中國藝術基金會。

439. 清鬥彩三友圖水注，雍正款，高19.3公分，倫敦戴維德，中國藝術基金會。

440. 清乾隆仿古銅犧耳瓶，高32.2公分，口徑43.2公分，大陸故宮博物院。

285

441.清朝乾隆粉彩錦地添花粉青鏤空蟠螭套瓶,18世紀後期,高38.5公分,台北故宮博物院。

442.清乾隆銅胎仿內填琺瑯花卉渣斗,高8.2公分,台北故宮博物院。

上)、改良的淡青色釉(歐洲人稱月光釉Claire-de-lune)以及具有歐洲洛可可(Rococo)效果的彩瓷(如黑地金彩或綠地紅彩)。1712年景德鎮官員要求東特雷可神父提供歐洲的奇器,他們以瓷器仿製後供奉給朝廷。雍正與乾隆時期,仿製歐洲奇器的風氣非常盛行,在求新與求變中花費了陶工許多心思,同時亦失去了許多真正細膩的品質。最可悲的是洋彩的沒落,這類瓷器在雍正初期製作的相當精美,後來由於外銷市場要求要有更豐富、俗氣的裝飾顏色而開始變調,到了十九世紀時開始大量採用庸俗的橙紅色。

乾隆瓷器

從純技術的觀點來看,瓷器在乾隆時期達到最高峯。此時景德鎮官窯督窯官為唐英,在他的督導下琺瑯彩瓷器製作的相當精美,品質無與倫比(圖440)。唐英與陶工在一起生活、工作,能親身體驗到許多製陶的訣竅,同時不斷的在試驗,期望得到新的製陶效果。他鼓勵陶工以瓷器複製銀器、木器、漆器、銅器、玉器、螺鈿及琺瑯器,甚至於仿製意大利彩陶藥瓶、威尼斯玻璃器、法國里昂舉 (Limoges) 琺瑯瓷、荷蘭台夫特 (Delft) 陶器及日本舊式伊萬里瓷器(日本仿明末青花)。此外唐英還複製一般人所熟悉的宋瓷(如龍泉青瓷,雖然玻璃質過度反光,但製作的相當精美)及廣東粗糙的瓷器 (一般人都認為它們比真正的廣東窯還好)。唐英所監製的瓷器中以半脫胎琺瑯彩瓷盌或瓷瓶最為精美。

近年來一般人對於這個時代精美的瓷器已不太感興趣,反而偏愛形態自由,具有生命力的唐宋瓷器,人們喜歡從瓷器上感覺到陶工做陶瓷時手指觸摸的痕跡,不管如何,從技術的觀點來看,沒有任何瓷器能超越乾隆時期的製品。

康熙末年時,西洋藝術對景德鎮瓷器裝飾的影響愈來愈大,尤其是瓷胎畫琺瑯,又稱為古月軒(圖437)。(註六) 許多古月軒應用西洋景物作裝飾,甚至在中國花卉主題中以西洋的寫實素描、光影及透視法來表現。這類西洋化的古月軒上面題著詩句及印記,底下以琺瑯彩書寫年款。

(註六)關於這個名詞的來源與意義有各種不同的看法,在建茲 Soame Jenyns 的中國晚期陶磁中曾經討論 (87-95頁)。

外銷歐洲市場的瓷器

　　這裡我們要介紹一些十七與十八世紀外銷歐洲市場的瓷器。十六世紀時，中國南部的陶工在瓷器上應用葡萄牙貴族家族的標誌。十七世紀荷蘭貿易商大量的向中國訂製這類瓷器，然後運到歐洲供給法國及德國貴族家庭瓷器廳 (Porcelain Room) 中擺設。當時歐洲的貴族如奧古斯都強健王 (Augustus the Strong)、波蘭皇帝、德國薩克森大公爵等，都喜歡在邸宅中裝飾一間「日本室」擺置瓷器。據說強健王曾經以一隊擲彈兵交換一套繪彩瓷瓶。十七世紀歐洲瓷器迷非常喜歡中國的造型與裝飾，但在十七世紀末期時却流行將歐洲的造型與所要裝飾的主題送往廣州，景德鎮也同時將未裝飾的瓷器送到廣州，廣州陶工在歐洲代理商監督下繪製他們所要求的圖樣，包括軍事徽章、生活景象、人物、肖像、狩獵、船舶等，這些圖樣通常都是從版畫上描繪下來。除此之外還有宗教主題，如耶穌臨洗圖、釘十字架圖、復活圖等（圖443）。十八世紀末歐洲人對於這類中國耶穌教會瓷器已不太感興趣，因為此時歐洲陶瓷廠已有相當的發展，他們自己有能力供應當地的市場。中國外銷器最興旺的日子已過去了，尤其是十九世紀的「南京赤繪」（琺瑯彩瓷器），品質上的拙劣，可證實當時市場的沒落。

十九世紀與民窯

　　官窯雖然在十八世紀末期時仍繼續生產，但自從唐英離開景德鎮後，官窯的全盛時期亦已結束。此時陶瓷業慢慢呈現衰微的現象，開始時我們還可以看到景德鎮生產複雜且富於巧思的瓷器，譬如附帶瓷器鍊條的瓷器盒、多層轉心瓶（圖441）等。然而從十九世紀初期開始，衰微的情形加速。雖然道光時代（1821－1850）也出現幾件相當精美的瓷器，但在太平天國兵亂時期，景德鎮陶瓷業受到嚴重的打擊。在同

443.清乾隆墨彩耶穌受難磁盤，口徑22.8公分，出口磁，18世紀中葉，大英博物館。

444.清康熙五彩西洋人物像，高22.2－24公分，18世紀初，倫敦維多利亞與亞伯特博物館。

445.清宜興窯紫砂筍形筆池，長11.2公分，約18世紀，瑞典斯德哥爾摩東方古物博物館。

446.清宜興窯陳鳴遠梅幹壺，17世紀，美國西雅圖博物館。

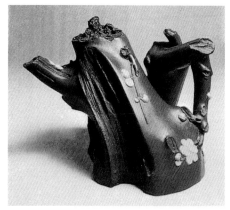

治年間（1862-73）及二十世紀初出現兩次瓷器業復興運動。現在的景德鎮瓷器廠已進入工業生產的架構，政策上仍舊注重保持傳統工藝的水準。

　　當官窯正集中力量力求技術上的精美時，地方性的陶瓷業，尤其是中國南部的民窯依然能保持中國瓷器傳統的創造力與精神。中國的民窯相當多，這裡我們只能提出幾個重要的窯廠，譬如江蘇宜興窯、福建德化窯及廣東佛山石灣窯。宜興窯以生產小型器物見長，這些器物皆用赤色黏土製成，作為文人書齋內的裝飾物，譬如精巧的花草樹木、甲殼蟲及老鼠等各式各樣的生物形態（圖445,446），此外還專製茶壺。德化窯在明朝時已不斷的製造極細膩的白瓷。其它民窯所製造的瓷器除供當地使用外，還外銷到歐洲以外的地區，這些地區對瓷器的要求不像歐洲市場那樣苛刻。廣東佛山石灣窯專門製造一些粗俗但充滿生命力的褐色瓷器，它們多半為裝飾品，譬如人物像、大型甕等，以青色厚釉為地，上加灰色或綠色斑痕釉。佛山石灣窯從明朝開始非常受當地人的喜愛，同時也大量銷往南洋。

裝飾藝術：玉器、漆器、玻璃器

　　1680年左右，康熙皇帝在內宮造廠製造瓷器、漆器、琺瑯器、玻璃器、傢俱、玉器等，這些器物專門供應宮廷的生活須要。原先製造瓷器的目的是想取代遠處景德鎮的產品，結果發現品質較差而作廢。其它工廠生產許多不同的裝飾器物，這些器物的品質相當精美。不知道什麼理由，一般人皆認為清朝玉器以乾隆時期最為精美（圖447）。玉彫很不容易訂年份，直到今天精美的玉彫仍不斷的在生產。

　　中國許多民間工廠專為當地富裕的中產階級及國外市場製造各種不同的器物。北京與蘇州以生產彫漆聞名。福州與廣東專製髹漆。廣東的髹漆中國人或外國人都認為品質較差，因為這個地區的漆器主要是供應在當地一年只住幾個月的歐洲商人，都是趕工完成。福州的漆器如折起來的屏風（圖302）或小櫃，不但銷往歐洲，還銷往俄國、日本、麥加、印度等國，他們的彫技非常大膽，顏色豐富，同時表面還撒以金粉（沈金）。福州漆器大半從印度南部科羅曼戴 (Coromandel) 海岸轉運到歐洲，十八世紀英國人稱之為科羅曼戴漆器。（圖448）

　　康熙玻璃廠生產許多不同顏色的玻璃瓶及壺，其中最引人注目的是不透明乳白玻璃，裡面還夾雜著幾種不同顏色的薄層，表面的裝飾花紋以沈彫的技法完成。中國的鼻煙壺（宋朝與元朝時是藥壺，專門裝

447.清朝玉鰲魚花挿，18世紀中葉（乾隆時代），高16.7公分，台北故宮博物院。

288

448.清康熙鳳凰花樹十二扇科羅曼戴Coromandel 漆屏，高 2.75 公尺，前盧芹齋收藏。

藥用來治病)多半是在玻璃上彫刻，然後塗上琺瑯彩。有的鼻煙壺（圖449-452）應用珍貴的寶石、漆器、玉器、水晶、珊瑚、或瑪瑙製成。這些不同的材料在景德鎮的陶瓷工廠都曾經以瓷器複製過。十八世紀時，玻璃彩繪（裡畫）技術由西洋傳入中國，傳說是郎世寧最早在北京所引用，後來在中國相當盛行，畫工們在鏡子內側畫上可愛的風俗圖。1887開始有人將這種技巧應用在透明鼻煙壺的內壁上，這種異想天開的創新技術可以說是清朝工藝最後的回光返照。

449.清藍玻璃鈿嵌鳥竹紋鼻煙壺，米勒 Pat Miller 收藏。

450.清光緒玻璃疊塑鼻煙壺瓶，漢特 Neal Hunter 收藏。

451.清乾隆五彩玻璃疊塑鼻煙壺，麥斯爾森 Ann Meselson 收藏。

452.清光緒瑪瑙鼻煙壺卡德威爾 Caldwell 收藏。

449

450

451

452

12

二 十 世 紀 現 代 藝 術

453.大陸天安門大會堂,1959年建造。

454.嫦娥奔月象牙雕刻（現代民間工藝），現藏大陸。

十九世紀後期，由於西方帝國主義的滲透與侵略，中國在震驚中甦醒過來。後來又經過幾十年的衝擊與模仿時期，中國才開始接受西方藝術的影響。中國領導當局與日本明治維新領袖的態度並不相同，他們不認爲西方藝術對於現代化與文化上的改革有所幫助。他們對於西方文化的看法就像對西方鎗砲的看法一樣，態度上是否定與敵對的，東西文化的磨擦因此自然而然的產生了。

建築

1850年以後，西式的商業大樓、學校及教堂開始出現於外國人居住或活動的地區。這些由西洋人建造的房子本身設計的很差，至於那些由中國建築師仿造西方建築的設計更不用談了。後來逐漸地出現中西風格合併的建築，然而直到現在，中國建築師對於傳統中國建築的特點，了解的並不深刻。他們無法成功的將傳統建築與現代的材料溶合在一起，造成許多建築上風格混亂的局面。

1930年，一羣中國建築師針對着這個缺點而成立營造學社，希望能研究並應用傳統的造型來滿足現代化的須要。1931年，梁思成加入營造學社，他影響中國建築的發展達三十年之久。從南京、北平及上海的政府機構與大學建築上可以看到營造學社的影響後果（包括外國建築師墨爾非 Henry K. Murphy 的作品），這些建築都是在日本侵略中國（1937年）之前一段繁榮與和平的日子裡建造的。雖然它們的外表看來精巧而吸引人，但基本上仍屬於中國化的西洋建築。建築師們應用許多建築裝飾細節及起翹的簷角，這種裝飾外表都是從木構建築翻版到鋼筋水泥上。 1965年所興建的台北故宮博物院（譯註黃寶瑜設計）就是這類建築中一個明顯的例子（圖455），很能博得一般外國遊客的喜

455. 1965年，黃寶瑜設計，台北故宮博物院。

456. 張玉亭「襲人像」(民藝雕塑)，高33.5公分，民初，天津藝術館。

457. 張明山「斷橋羣像」，高34公分，民初，天津藝術館。

好。建造這類宮殿式的建築師們不了解中國傳統建築的精華，並不在於翹起的屋角(雖然它們很吸引人)，而是在於建築中「柱與樑」的基本結構。日本建築師很早就發覺到東方建築的特點，很快的將日本傳統建築應用到現代的建築材料上去。

1949年中共佔領大陸後，有一段時期中共的官方建築受到蘇聯官方婚禮蛋糕式建築風格的影響，尤其是1950年代的公共建築 (如軍事博物館一類的房子)。後來蘇聯建築作風遭到批評，一方面由於這類建築不經濟，另一方面涉及美學思想的問題；中國建築師逐漸開始接受西方〝國際風格〞 (International Style)。其中比較成功的是1954年所建的北平兒童醫院，這幢建築能滿足〝功能決定外型〞的「國際風格」的原則，其它還有工人體育館、首都體育館等都以功能主義爲建築原則。規模最大的就是 大會堂(圖453)，1959年開始興建，動員萬餘人，在十一個月中完工。

裝飾藝術

最近一百年中，在裝飾藝術方面，風格上亦有所突破。中共佔領大陸後，設立了手工藝研究中心，目前北平玉器工廠擁有一千五百位官方經濟支持的工人，從事雕玉的手藝工作，許多秘傳的雕刻技術因此而能流傳推廣。手工藝廠的成品大半銷往國外，以傳統設計爲主，如嫦娥奔月的象牙雕刻。(圖454)雕刻上長生不老的嫦娥變成了仙女，手工之精細可比美於清朝任何象牙雕刻。在毛澤東政府下，據說這位女英雄是在反叛封建的破壞，爲追求更好的生活而飛向天空。毛澤東去世後，人們所愛戴的主題不再受到嚴厲政治教條的束縛。嫦娥爲一般中國人所敬慕，尤其是婦女，視嫦娥爲一種解放的象徵。這段時期，許多手工藝廠 (如景德鎮陶瓷廠) 開始大量採用機器製造。這些工廠就像十九世紀的歐洲及美國一樣，亦發生過因機器大量製造而產生設計水準低落的問題。

繪畫

最近一百年來，在「現代中國」形成的過程中，中國繪畫受到舊思想與新思想，傳統風格與外來風格的衝擊，顯得格外活潑。十九世紀的清朝宮廷畫家，過去曾經一度受到皇帝的賞識與器重，現在在宮內淪落得與佣人一般地位，沒有人知道他們的姓名。文人畫家亦成了清朝文化腐敗與僵化的犧牲品，傑出的畫家愈來愈少。十九世紀初期，畫家戴熙 (1801-60) 與湯貽汾 (1778-185) 皆爲王翬學院畫派的忠

458. 趙之謙(1829-1884)「石榴山芋圖」(四時果實圖),1870年，42歲作,241.2×60.4公分，紙本着色，上題
"百子千房奇樹傳，
領取宰相記十年"撝叔。
日本藏。

292

實繼承者。任頤（任伯年1840－96）稱得上是晚清最傑出的畫家，他將中國民間藝術傳統與在沿海繁榮大都市（如上海）中所感受到的外來文化刺激溶合在一起。

　　當時上海已開始受到歐美文化的影響。但任伯年的作品並沒有受外國的影響，在任伯年的繪畫﹙圖459﹚上出現一種凶猛與大膽構圖的新作風。這可能是當時文人畫家，潛意識裡對西方藝術的一種抗拒。這種新的文人畫精神，在後期蘇州畫派畫家如趙之謙（1829－84）暴發性的筆觸上可以感覺到。趙之謙是一位極出色的學者，同時以畫山石中的葡萄、花卉著名﹙圖458﹚，他的構圖與筆墨影響了現代畫家齊白石。趙之謙的學生吳昌碩（1842－1927）是一位多產畫家，以畫竹、花卉及怪石聞名﹙圖461﹚，他的書法與構圖彼此相互配合，產生雄渾的魄力。晚清畫家喜好厚重而豪放的筆墨及強烈的色彩，同過去那些拘謹而膽小畫家的畫相比，給人一種耳目一新的感覺。

459.任伯年(頤)(1840－96),「風塵三俠圖」，紙本立軸，無款，約作於 1895 年，56歲時。大陸故宮博物院。

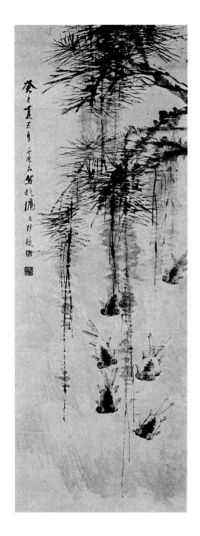

460.虛谷(1824－1896)「紫藤
金魚圖」，紙本掛軸着色，138×
67.3公分，1893年作，日本藏。

461.吳昌碩(1844－1927)
「桃圖」，紙本着色，上題度
索移來，日本藏。

462.齊白石1863－1957菊花
羣鷄圖。

463.齊白石(1863－1957)
「梅花圖」，紙本着色，169.2
×43.9公分，日本藏。

　　二十世紀的中國畫家中，能重新肯定中國傳統畫法的就是黃賓虹
(1864－1955)與齊白石（1863－1957）。黃賓虹是吳派山水畫家的最
後絕響。他經常往返於上海、北平之間，他一方面是專業性文人畫家，
另一方面又兼教師、藝術史家、鑑賞家。老年時的風格更爲大膽，筆
墨的塗抹充滿表演性。另一位畫家齊白石的家庭背景完全不同，他的
父親是湖南的佃農，靠著天才與毅力，齊白石成爲北平一位重要的藝
術家。齊白石的風格大膽而簡潔（圖462,463,彩圖42,43），他六十多歲時的山
水畫很有創見，晚年專攻花、鳥、螃蟹及蝦。齊白石的作品聞名於世，
他雖然以簡筆來表現生物，却能微妙的保存生物內含的生命力。另外
我們還要介紹一位多采多姿，細膩的畫家─張大千(1899－1983)。張

464.張大千（1899－1983)「長江萬里圖」,描寫四川岷江灌縣之山水,水墨彩色絹本,1968年作,台北張羣收藏。

大千1899年生於四川內江,年青時受過清朝文人風格的訓練,晚年山水畫中開始大膽嚐試潑墨、畫墨的效果。張大千可能受到外國抽象表現主義的影響,因為1950年代以後,西洋抽象表現主義影響了許多遠東畫家。基本上張大千的內心裡仍保持著中國的傳統,他的穿著與起居猶如生活在上一個時代裡。張大千最好的作品之一「長江萬里圖」(圖464,1968年作),在氣勢雄偉的水墨山水中,他依舊能精細而明確的畫出許多細節,不禁使我們回想到宋代山水畫的筆墨。張大千1983年逝世於台北。

現代國畫運動

一般人猜想二十世紀初期的西畫運動會像十九世紀日本藝壇一樣,使中國的傳統藝術癱瘓,然而這種現象並沒有在中國產生。一方面由於中國傳統本身非常深厚,知識分子對於自己的文化有足夠的信心;另一方面由於中國的純藝術操在非職業性文人畫家的手中,繪畫是他們職業以外的活動。也許他們的工作與生活環境有許多改變,但當這些文人提筆作畫時,他們仍舊應用董其昌與王翬的筆法來表現。中國畫家一向認為他們的傳統非常正確與穩固,他們可以從西洋藝術中吸收所須的部分,而不須完全屈服於西風之下,徐悲鴻(1895－1953)就是一個例子(圖465)。1920－1930年代藝壇上引起一番熱烈的爭論,一般來說,中國藝術家盡量避免全盤接受或全盤排除西方的影響。1868年明治維新時,日本就曾經產生這種極端矛盾的局面。

中國沿海的城市雖然早先已醞釀著現代國畫運動,但直到1916年高劍父(1878－1951)剛從日本回到廣州,才開始提倡新國畫運動。高劍父在東京時受到橋本雅邦與竹內栖鳳的影響,他們提倡復興日本

傳統，但要應用西洋光影明暗對比的技術及現代化的主題。高劍父早期出名的一幅畫就是描寫一架飛機與坦克車。事實上他領導的嶺南派風格給人一種過於日本化的感覺，這種混合的風格顯得有些矯揉造作，不太受中國大衆的歡迎，不過嶺南畫派的繪畫顯示出中國繪畫舊的形式可包涵現代的主題。1949年後，雖然嶺南派的作品我們看來筆墨鬆懈，缺乏實力，並且充滿着裝飾性的趣味。但在中共大陸，當局却大力提倡，因爲嶺南派的繪畫比較容易描繪現實的生活，有助於發揮繪畫的宣傳功能，同時亦部份解決了中國繪畫的現代化問題。

亞洲地區，第一所現代的藝術學院於1876年成立於東京，中國西畫藝術學院直到1906年才產生。當時的南京高等師範學校及北洋師範學校，都是根據西洋美術學校的模式而設立藝術系。不久，上海地區開始出現一些私人畫院，都是仿照巴黎的私人畫院來招募學生。事實上，這些私人畫院並非中國畫家親自到法國觀摹，他們主要依據日本的模式來設立。1918年第一次世界大戰後，北平、上海、南京、杭州等地區紛紛成立藝術專科學校。一些比較幸運的學生全湧向巴黎，在那裡他們受到後期印象派畢卡索及馬蒂斯的影響。

1920年代中期，徐悲鴻返回南京，劉海栗回到上海，林風眠回杭

465.徐悲鴻（1895－1953)「古樹喜鵲圖」，水墨紙本，作於1944年。

466.黃永玉（生於1924）「台灣
高山族」木刻，作於1947年左
右，私人收藏。

州。此時中國沿海各大城的藝術發展相當蓬勃，所謂西畫，事實上與
傳統的繪畫一樣，都趨向西洋學院派的作風；不管國畫或油畫，都是
根據保守的傳統而發展。當時的上海法租界很像巴黎的蒙馬特 (Mon-
tmartre) 藝術文化區，成爲一個從外國移植而來的波希米亞藝術區 (Bo-
hemianism)，與中國大部分老百姓的生活完全脫節。在杭州，林風眠與
學生開始發展一種新風格，雖然是應用中國的筆墨與技巧，然而却能
表現現代的精神。

　　1930年代早期，當中日戰爭的危機高升，中國的藝術氣氛也有顯
著的改變。上海龐薰琴主持的「都蒙社」(La Sociēté des Deux Mondes)
解散，改由「決瀾社」(The Storm Society) 取代。當時的藝術家與文藝作
家曾展開幾場激烈的辯論，就是關於藝術家對於社會的責任問題。波
希米亞派高喊「爲藝術而藝術」的口號，左傾的寫實派主張「爲生活而藝
術」，主張藝術應滿足其社會功能。

　　關於現代中國藝術家責任問題的爭辯，在1937年 7 月蘆溝橋事變
發生時獲得了結論；因爲後來藝術家與知識分子隨著政府西遷，他們
深入中國內地。龐薰琴晚期的作品、丁聰的寫實主義及其它優秀木刻
家的作品上充滿新的創意。藝術家們深入中國內地，不但能眞正接觸
到中國的老百姓，同時亦看到他們自己祖國大陸內地的情況，尤其是
從未受到外來影響的西南部地區。漫長的中日戰爭，使得藝術家們對
當時混亂的政局與道德的淪落感到失望，他們開始評擊社會。魯迅最早
在1920年代提倡以木刻作爲批評社會的工具，有許多藝術家響應這項
活動。另外還有一些藝術家以漫畫來諷刺社會，爲了避免政府的檢查，
他們應用社會象徵主義，非正面的方式來批評現實。

467.黃賓虹1864－1955蜀江歸
帆圖，長65.3公分，寬36.4公
分，1955 年作，上海博物館。

297

468.趙無極（生於1921年）抽
象畫。

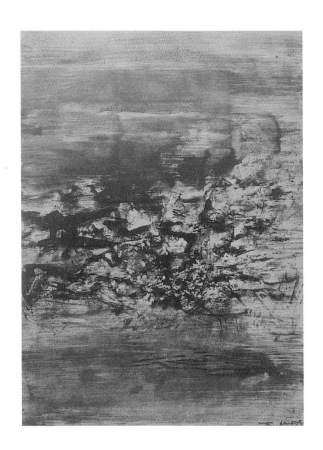

469.林風眠(生於1900年)，長
江三峽，紙本水墨彩繪，高51
公分，私人收藏。

1945年日本向中國投降，此時的中國人民已疲憊不堪，希望能過平靜的日子。不幸戰爭剛結束，中國又發生內戰，所有重建新中國的夢想都成幻影。當時，寫實派的作家對社會現象採批評、攻擊的態度，至於龐薰琹、黃永玉(圖466)、趙無極等則以抒情的情懷來表示個人對時代的觀感，趙無極早期是林風眠(圖469)杭州藝專的學生，在中國日本佔領區中，他開始發展一種敏感而創新的風格，他把中國繪畫帶入一個嶄新的領域(圖468)。1948年趙無極到巴黎，他在巴黎獲得了國際聲譽。最驚人的藝術演變應該是曾幼荷，戰後她跟隨溥儃學習中國學院派繪畫，後來在檀香山她受到最多西方前衛繪畫的影響(圖470)。

大約三十年間，住在國外的中國畫家，在國際畫壇上以中國藝術家的姿態出現。1950年代，亞洲畫家第一次受到美國抽象表現主義的影響，最早是日本畫家，中國畫家直到60年代才開始接觸到這種藝術運動，同時在這種趨向上加上新的面貌。在這個運動中，中國畫家重新回顧中國傳統中抽象與書法的根源，不像日本畫家僅是把外國的新風格搬到自己的國內。然而當中國畫家的抽象作品推展到極點，像唐代的表現畫家一樣，很難全部脫離自然，事實上我們可以把他們的抽象畫以中國山水的境界來詮釋。此時最前衛的中國畫派就是台北的五月畫會、香港圓會、In Tao 會、呂壽琨(圖471)及新加坡的鍾泗賓。鍾泗賓在利用金屬雕刻創作及成為抽象畫家之前，曾經應用清新自由的方式來表現新加坡的熱帶風光。鍾泗賓早期受到高更 (Gauguin)的影響，

470.曾幼荷(生於1923年)，「夏威夷的村落」，作於1955年，水墨紙本，檀香山藝術學院收藏。

471.呂壽琨(1919－1976)，「山水」，掛軸，水墨紙本，作於1962年，高69.6公分。

但他能完全擺脫這位法國畫家的束縛。目前這些海外中國畫家的作品在中國大陸非常受歡迎，逐漸地被公認爲是中國畫家對於國際現代藝術運動的特殊貢獻。

中共政權下的藝術

中共取得政權之後，發動了全民的力量，企圖想把中國從一個落後的農業國家改成一個新社會主義的現代工業化國家。基於這種出發點，藝術顯然該爲政治服務，1950年代，毛澤東號召中國藝術家離開都市及美術學院，下放到農場或工廠，與工人農人一起生活，並且學習他們的思想及階級立場。在這時期中現代藝術運動與國際性的西方藝術已被人遺忘，中國藝術充滿濃厚的政治宣傳意味。技術上來說，這時的中國繪畫富於實驗性的嘗試，因爲當時的畫家皆以傳統的筆墨來描寫新的主題，譬如煉油廠、大型建設工程及公社生活等。幾位老一輩的藝術大師如齊白石，幸運的不受到政令的騷擾，其它較活躍的畫家如傅抱石、錢松嵒、李可染等都被迫在他們的作品中加入政治教條。在他們所畫的山水畫中我們看到的不是富於夢想的詩人，而是測量土地的工程師與水利專家。

許多人認爲這種社會寫實主義，一定會驅使中國畫家放棄像芥子園畫傳中的傳統技法，改畫他們眼睛所能看到的現實。事實上，現在中國所謂寫實主義藝術並非眞正的寫實，而是一種革命性的浪漫主義。這種風格一半引用西方的繪畫技術，他們所描寫的並非現代社會的現象，而是理想中社會應有的狀態。藝術中比較高層的表現應該是─藝術家不放棄其傳統與技法，而將傳統的技法透過他們眼睛所看到的經驗加以考核，選擇的應用。錢松嵒曾說過：「古人的皴法必須引用活人的眼睛來加以修正」，李可染這幅「春雨江南」(圖473)就是一個很好的例子，他在中國傳統的山水中灌入新的生命。1950－60年間，老一輩子的畫家像李可染、錢松嵒、石魯(圖472)、亞明等，很成功的建立新的傳統作風，對於下一代年輕畫家的影響很大。

以西方的標準來看，1960年代的中國文化由於受到種種環境的限制還相當保守，然而到1966－69年間無產階級文化大革命時却把這個年代的作品作爲攻擊的目標。他們對於小資產階級在教育、學術及藝術上所走的路線大肆評擊，大學、藝術學院及博物館都關起大門，所有的藝術展覽會也停止舉辦，1966年6月，所有的藝術與考古雜誌突然停版，從事文化工作者都被批評爲「修正主義者」，其中有的公開受到羞辱，有的下放到農場與工場去作苦工，有的甚至被迫自殺。當這

472.石魯1919－1982春雨初晴。

473.李可染(生於1907年)，杏花春雨江南，江蘇寫生1957年。

474.李可染(生於1907年)江邊大佛，四川嘉定寫生1956年。

些消息傳到國外時，在中共當局也不否認，他們要去除藝術上所謂的高雅階級的特權。藝術活動開始從都市與藝術學院移向工廠及鄉下的公社中去。受過訓練的藝術家都必須向人民大衆看齊，相反的，有許多工人、農人及士兵以客串的方式從事藝術活動，發展出新的風格與技術來表現他們的觀感。這些新藝術大半缺乏技術與個性，但構圖大膽樂觀、顏色鮮麗，其中有許多充滿着宣傳意味。1972－73年間，這種嚴厲的文化政策稍微鬆懈下來，考古與文物雜誌停了六年後又開始發行。但藝術與文化方面的管制並沒有鬆懈，江靑與「四人幫」當時還掌權，他們嚴厲的控制各項文化活動。

在文化革命這段動亂時期，中國藝術家與彫刻家常把他們的個性隱藏在集體創作的作品中，像「收租院」(圖475)。這件作品雖然完成於1965年，但被文化革命當局推擧爲模範作品，全國各地開始爭相模仿，收租場彫塑以石灰泥塑成，與眞人一般大，主要描寫四川地區佃農受到迫害的情形，非常富於戲劇性。

此書早期的版本中，我曾說過：「經過1949年的風暴後，中國文化將朝著穩定的方向發展。」但現在很明顯的可以看出來，中國人所經過的風暴是猛烈而漫長的，至少對於外國觀察家來說，這種風暴是一波未平，一波又起，使人民疲於奔命。1957年有一項表面上看來是自由

475.傅抱石1904－1965山水圖，
1960年。

開放的「百花齊放自由文化運動」，這項運動一直維持到1976年「四人幫」
被捕爲止，前後達二十年。在這二十年中，如果藝術家不服從共產黨
政府的訓令，將受到奴隸般的迫害。1949年中國革命開始時，有創造
性的男女彷彿都能響應毛澤東的號召，爲了服務人民大衆不惜犧牲自
己，或放棄自己的特權。但到1976年時，這種理想主義都已煙消雲散，
因爲所有文化活動都被四人幫控制，四人幫的首領是瘋狂的毛婆江青，
除了江青所領導的藝術文化活動得以暢行外，其它一概禁止。

　　1976年9月毛澤東去世，一個月後四人幫也垮台，中國在思想上
略微開啓了閘門。 1979－80年間， 中國人民對於近年來所發生的不
法事件都想吐苦水，繪畫的主題也極力強調畫家記憶中的痛苦事件。
1976年4月4日及5日發生的天安門事件亦是畫家爭相描繪的主題，
這是中國藝術史上一個非常戲劇性的事件，它表現出一般百姓內發與
具有深刻意義的感情。

　　經過這段時期之後，老一輩畫家如劉海粟、李可染、錢松嵒、林
風眠等又開始活躍起來。中年畫家如黃永玉、吳冠中等把傳統與現代
的感覺結合在一起，創造出許多活潑自由的作品。吳冠中1950年代曾
在法國住過一段時期，毛澤東死後他的作品在中國藝壇上具有相當重
要的影響力量。吳冠中將西方現代藝術介紹給中國讀者，鼓勵他們不
要害怕抽象主義。西方的抽象主義，在毛澤東的教條下曾被批評爲小

476.四川集體彫刻創作，「收租
場」，石膏塑像，描寫四川大邑
地主家中的景象，1965年。

資產階級之形式主義。吳冠中的油畫非常清新細膩，圖477的四川風景可以看出吳冠中將法國畫家杜費 (Raoul Dufy 1877-1953) 的風格融入中國筆墨趣味中。

　　繼這批中年畫家之後就是一羣年青的畫家。他們雖然沈默，但充滿着精力與希望。他們與1930年代的中國畫家一樣面對著同樣的挑戰，一方面顧慮要表現中國人民真正的感情與希望，另一方面在藝術上要求更多的自由。目前中國新一代藝術的宣傳意味愈來愈少，裸體畫不再被禁，木刻顯得多采多姿，充滿浪漫氣氛。藝術家與學生，多年來與外面世界失去接觸，現在他們也開始對西方藝術產生強烈的興趣，不但是西方古代藝術，就是現代藝術如畢卡索 (Picasso)、波洛克 (Jackson Pollock)的作品亦令他們感到新奇。毛澤東時代的早期，中國藝術家的作品缺乏專業性，因為他們早就忘記如何表現他們真正的感情。但有一些年青的畫家像李華生、楊燕屏、陳子莊等，從他們的作品上可以

477.吳冠中（生於1919），「水田裡的倒影」，彩色水墨畫，作於1979年。

303

了解，中國畫家即使是應用他本身傳統的藝術語言，亦能充分表現出時代的思想與感情。

1980年中共政府認為過於放寬自由的尺度，他們關閉北平的民主牆。有些黨外畫家冒險舉辦非官方的展覽會，這些作品表現出畫家的希望與困擾，共黨政府立即對他們施加壓力。有創作力的藝術家，永遠猜不透明天政令要放寬？縮緊？或收放兼施？1981年夏天，一位共黨發言人評擊毛澤東的思想，毛澤東一向主張「紅比專重要,政治比藝術更重要」，這是共黨40年來的口號。這位發言人雖然批評毛澤東，但同時有多位文藝家由於太偏離了共黨彎曲狹窄的路線而被迫承認錯誤，他們必須回頭重新遵從黨的路線。儘管共黨政策很不穩定，然而在毛澤東死後，藝術已朝著開朗而多元性的道路開展。政策一旦開放，是不可能再回頭的，中國的藝術已慢慢走向新的世紀。

觀察家不應該冀望現代的中國藝術會像西洋民主國家那樣自由與開放，事實上在毛澤東與共產黨之前，中國藝術亦從未完全自由過。中國人一向相信個人應該具有道德觀念或對國家有責任感（對中國人來說 家庭或國家都很重要），中國畫家的個人自由是生根於中國文化傳統。中國畫家最終目標是要達到整個社會的和諧，唯有當和諧被破壞時（譬如國破家亡或受到無法忍受的壓力），中國的個人才會起來高聲吶喊。

我們不應該盼望，中國社會會產生像西方社會那種反文化當權派的運動*(Anti-establishment)*，除非有一羣傑出、瘋癲的鬼才畫家出現。現在的西方社會認為反文化上的當權派是一種活躍具有創意的文明表現。在未來的年月中，我們可能會看到中國藝術家與當權派之間產生磨擦，藝術家可能一方面要求更多的私人自由，另一方面又接受政府或社會對他個人自由的限制。事實上，在過去歷史中，偉大的藝術也是在這種限制與爭自由的夾縫中產生的；過去的藝術既然如此，將來亦不至於有太大的不同。

附　　錄

附錄 1　中國書法藝術名詞解釋

書法：中國傳統藝術之一。指毛筆字書寫的方法，主要講執筆、用筆、點畫、結構、分布（行次，章法）等方法。如執筆要指實掌虛，五指齊力；用筆要中鋒鋪毫；點畫要圓滿周到；結構要橫直相安，意思呼應；分佈要錯綜變化，疏密得宜，全章貫氣等等，都是前人在實踐中總結出來的經驗。

八分：魏晉時也稱楷書爲隸書，因別稱有波磔的隸書爲“八分”以示區別。關于“八分”的解釋，唐張懷瓘“書斷”引王愔說：“字方八分，言有模楷。”又引蕭子良說：“飾隸爲八分。”張懷瓘解釋爲“若八字分散……名之爲八分。”清包世臣說“八，背也，言其勢左右分布相背然也。”“唐六典”：“四曰八分，謂“石經”碑碣所用。同意張說的人較多。

大篆：小篆的對稱。狹義專指籀文。廣義指甲骨文、金文、籀文和春秋戰國時通行于六國的文字。

籀文：也叫“籀書”、“大篆”因著錄于“史籀篇”而得名 。字體多重疊。春秋戰國間通行于秦國。今存石鼓文卽這種字體的代表。

小篆：大篆的對稱。也叫“秦篆”，秦代通行的文字，在籀文的基礎上發展形成，字體較籀文簡化。秦始皇（246—210）統一中國後採取李斯的意見，推行統一文字的政策，以小篆爲正字，淘汰通行于其他地區的異體字，對漢字的規範化起了很大的作用。小篆形體勻圓齊整，存世有“琅玡台刻石”和“泰山刻石”殘石，可代表其風格。

甲骨文：龜甲獸骨文字的簡稱。也叫“契文”、“卜辭”、“龜甲文字”、“殷虛文字”。商殷王朝，常利用龜甲獸骨，占卜吉凶，旣卜之後又常于其上寫刻卜辭以及和占卜有關的記事文字。甲骨文出土於河南安陽小屯村（殷王朝都城遺址，也叫殷墟）1899年才被發現，1904年孫詒著“契文舉例”，始加以考釋。 1928年後又作了多次發掘，先後出土達十餘萬片。爲盤庚遷殷到紂亡 273 年間的東西。單字總數在4600左右，其中1700字已可認識。文字結構不僅已經由獨體趨向合體而且有大批的形聲字，是相當進步的一種文字；但多數字的筆劃和部位還沒有定型。到今天可識的漢字中，以甲骨文爲最古。

正楷：字體名，也叫“正書”、“眞書”、“楷書”爲了糾正草書的漫無標準和減省漢隸波磔而成的。形體方正筆畫平直，可作楷模，故名。始于漢末（220A.D.)盛行于魏、晉、南北朝，一直通行到現在。

行書：介于草書，正楷之間的一種字體。它不像草書那樣潦草，也沒有正楷那樣端正。楷法多于草法叫“行楷”，草法多于楷法的叫“行草”。相傳始于漢末(220A.D.) 流行至今。

金文：舊稱鐘鼎文。卽是鑄或刻在殷周青銅器上的銘文。周代金文的內容多爲有關祀典，賜命，征伐，約契等記錄。殷代金文的字體和甲骨文相近，銘辭的字數較少；周初仍繼承殷代，後漸趨整齊雄偉，銘辭之長有幾近五百字者，史料價值很高；到戰國末年字體逐漸和小篆接近。戰國以後，銘辭爲督造者，鑄工和器名等，很少有長篇巨製。

鐘鼎文：泛指古代一切銅器上的文字。古代銅器的種類很多，一般分禮器和樂器兩大類。禮器以鼎爲最多，樂器以鐘爲最多。故前人把鐘和鼎作爲一切古銅器的總稱。

飛白：1.一種特殊風格的書法。相傳東漢靈帝（168—188）時修飾鴻都門，工匠用刷白粉的帚子寫字，蔡邕(133—192)得到啓發，作“飛白書”這種書法，筆劃中絲絲露白，像枯筆寫成的模樣，用以裝飾題署官闕。漢魏時廣泛採用。

2.中國畫中一種枯筆露白的線條。

科斗文：也叫“科斗書”、“科斗篆”書體的一種。因頭粗尾細，形似科斗（蝌蚪）。

草書：爲書寫便捷而產生的一種字體。始于漢初(206B.C.）當時通行的是草隸，卽草率的隸書。後來逐漸發展成爲“章草”。至漢末(220A.D.) 相傳張芝脫去了“章草”中保留的隸書筆畫形迹，

上下字之間的筆勢，往往牽連相通，偏旁相互假借，成爲“今草”即一般所稱的草書。到唐朝，張旭，懷素（725—785）將今草寫得更加放縱，筆勢連綿迴繞，字形變化繁多，成爲“狂草”。

章草：是早期的草書，主要是還保留著隸書筆劃的形跡，每個字獨立不連寫，廣泛流行于兩廣。因這兩種字體構造彰明，或因適用于寫奏章，也有以爲因爲漢章帝（76—87A.D.）愛好，或以爲史游用以寫所著“急就章”而得名。

鳥蟲書：也叫“蟲書”。篆書的變體。因其像蟲鳥之形，故名。春秋戰國時，就有這種字體。

筆鋒：（中鋒，藏鋒，偏鋒）1.筆毫的尖鋒爲筆鋒。姜夔“續書譜”“筆欲鋒長勁而圓，長則含墨，可以運動，勁則有力，圓則妍妙”。2.字的鋒芒，也叫筆鋒。

運筆之時，能將筆之鋒尖保持在字的點畫之中者，叫“中鋒”。

其能藏在點畫中間而不出角者，叫“藏鋒”。

其將筆之鋒尖偏在字的點畫一面者，叫“偏鋒”，一般以“偏鋒”爲書法之病。

清周星蓮“臨池管見”「能將此筆正用、側用、順用、逆用、重用、輕用、輕用、虛用、實用、擒得定、縱得出、遒得緊、拓得開。渾身都是解數，全仗筆尖毫末鋒芒指使，乃爲合拍」。

漢隸：1.漢代的隸書，統稱漢隸。

2.由于東漢碑刻上的隸書，風格多樣，筆勢生動，而唐人的隸書，字多刻板，稱爲唐隸，因此學寫隸書者重視東漢碑刻，把這一時期各種風格的隸書，特稱爲“漢隸”與“唐隸”相對稱。

瘦金體：宋徽宗趙佶（在位1100—1126）的正楷學唐薛曜（649—713）的書法，略變其體，自稱“瘦金書”。

篆書：1.大篆小篆的統稱。狹義指籀文和小篆，廣義指甲骨文、金文、籀文和春秋戰國時通行于六國的文字和小篆。

2.王莽（9—23A.D.）時六書之一，即小篆。

館閣體：書體名。用明清科舉取士，考卷的字，要求寫得烏黑，方正，光潔，大小一律。至清代中期，要求更嚴，使書法藝術到了僵化的程度。當時館閣及翰林院中的官僚。擅寫這種字體，故名。後來把字寫得拘謹刻板的字，也貶稱爲“館閣體”。

擘窠書：指書寫大字。古人寫碑，爲求勻整，有以橫直界線劃成方格者，叫“擘窠”，唐顏眞卿“乞御書放生池碑額表”“前書點畫稍細，恐不堪經久，臣今謹據石擘窠大書”。後泛指大字爲擘窠書。

榜書：一作“牓書”古名“署書”。標題在宮闕門額上的大字。後來把招牌一類的大型字，通稱“榜書”也叫“擘窠書”。

隸書：1.也叫“佐書”“史書”是由篆書簡化演變而成的一種字體，把篆書圓轉的筆畫變成方折，在結構上，改象形爲筆劃化，以便書寫。開始于秦代，普遍使用于漢、魏、晉。衛恒“四體書勢”：“秦既用篆，奏事繁多，篆字難成，即令隸人（指當時胥吏）作書，曰隸字”。程邈將當時這種書寫體加以搜集整理，後世遂有程邈創隸書的傳說。早期的隸書，在字形構造上保留篆書形跡較多。後來在使用中加工發展，成爲筆勢，結構與小篆完全不同的兩種字體，它打破了六書的傳統，奠定了楷書基礎，標誌了漢字演進史上的一個轉折點。由於魏晉時也稱楷爲隸書，因別稱有波磔的隸書爲“八分”以示區別。

2.正書的古稱。因正書由隸書發展演變而成，故在唐以前仍有把正書沿稱隸書的。如“唐六典”：“校書郎正字，掌讎校典籍，刊正文字。其體有五：…五曰隸書，典籍，表奏，公私文疏所用”此隸書即指當時通用的正書。人們爲了把它區別于漢魏時代通用的隸書，又稱正書爲“今隸”。

附錄 2　中國繪畫的皴法及苔點

　　清代康熙年間，中國繪畫復古之風特盛，對中國的傳統繪畫語言及技法，有整體性的回顧、整理及檢討，尤其是王槩、王蓍、王臬合編的芥子園畫傳(1687年出版)，把古人的繪畫技法，以皴法(線)及苔點(點)來示範、分類、說明。

　　事實上，中國古代畫家點線的變化及應用，比芥子園的例子更為複雜，皴法及苔點的產生，一方面是由於畫家對客觀自然現象，深入觀察，所得的總結性印象，另一方面是由於畫家本人內心的感觀，精神的表現。畫家的風格顯然不能如此簡單地分類。

　　但我們亦不能全部否定清代藝術教育家的努力，皴法及苔點部份地說明了中國繪畫表象語言，對藝術批評提出了許多可用的詞彙。

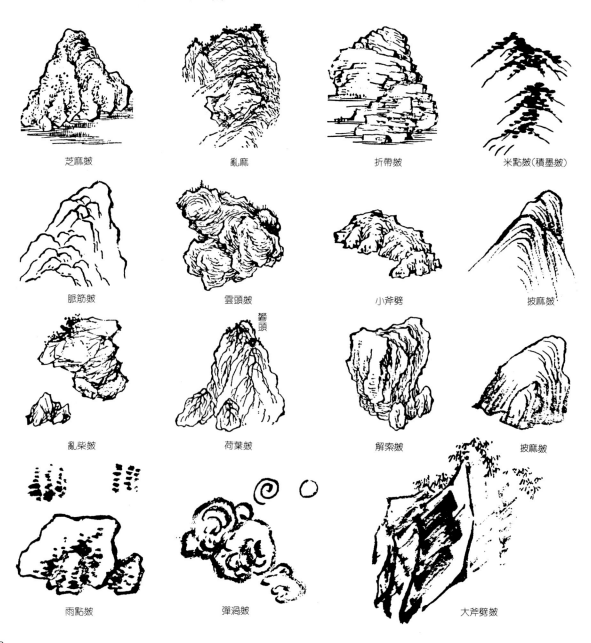

芝麻皴　　　　　亂麻　　　　　折帶皴　　　　　米點皴(積墨皴)

脈筋皴　　　　　雲頭皴　　　　　小斧劈　　　　　披麻皴

亂柴皴　　　　　礬頭　荷葉皴　　　　　解索皴　　　　　披麻皴

雨點皴　　　　　彈渦皴　　　　　大斧劈皴

308

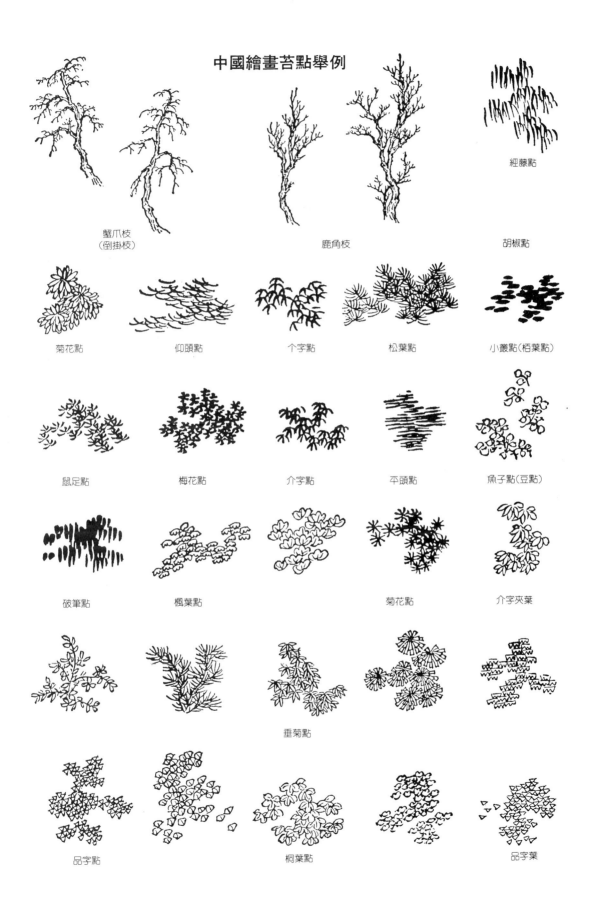

中國繪畫苔點舉例

蟹爪枝
（倒掛枝）

鹿角枝

胡椒點

絙藤點

菊花點

仰頭點

个字點

松葉點

小叢點（栢葉點）

鼠足點

梅花點

介字點

平頭點

魚子點（豆點）

破筆點

楓葉點

菊花點

介字夾葉

垂菊點

品字點

桐葉點

品字葉

附錄 3　中國繪畫基本型式

尾　　　拖	後隔水	畫　或　書

手卷型　最早見東晉顧愷之"女史箴卷"(公元4世紀)，可能更早

立軸裱裝型式（掛幅）

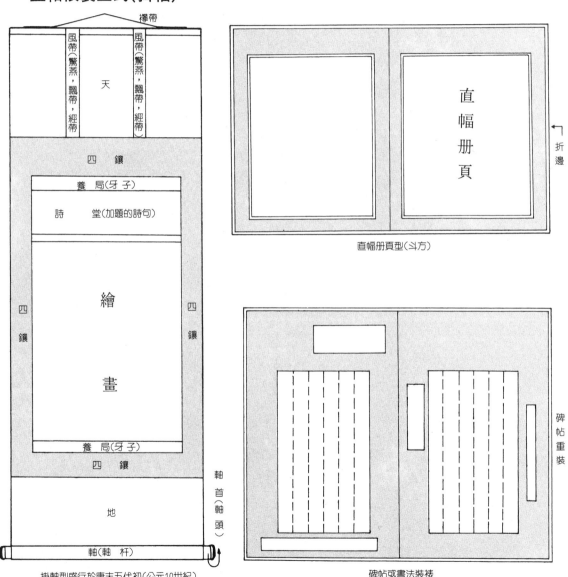

掛軸型盛行於唐末五代初(公元10世紀)
可能發展自戰國漢代墓葬的裴帛掛圖或佛教
的掛幢圖

直幅册頁型(斗方)

碑帖或書法裝裱

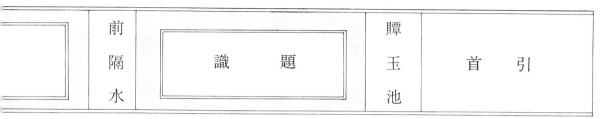

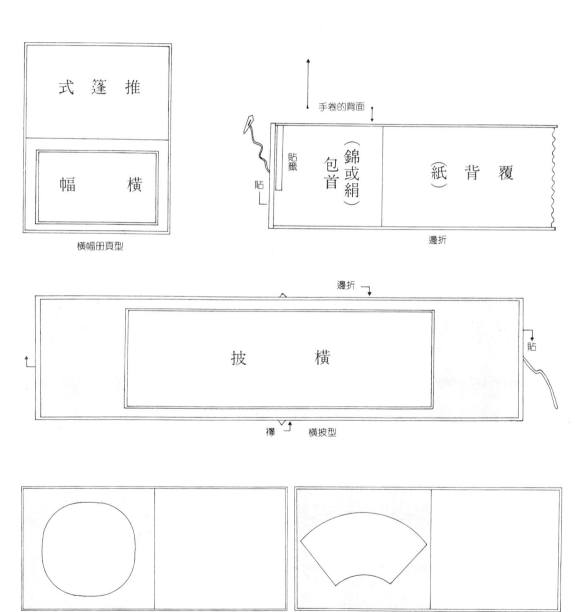

横幅册頁型

式篷推

幅横

手卷的背面

貼籤

貼

(錦或絹) 包首

(紙) 背覆

邊折

披横

邊折

貼

襷　横披型

團扇型 （產生於北宋南宋間12世紀，南宋時盛行）

折扇型 （產生於明成化間1470年，盛行於16世紀）。

前隔水

識題

贉玉池

首引

附錄4 中國雕塑基本姿態及釋名

中國雕塑造型複雜，其姿態可分臥，坐，站，跪，四種不同的形態。臥式表示佛祖涅槃圓絕（逝世）時的姿態。坐式分1.結跏趺坐型2.半結跏坐型3.交腿坐型4.倚坐型5.盤坐型（盤坐型較為複雜，有舉一腿，一腿下垂式，及雙腿彎曲對持式<>似7）。

6.思惟型是佛像特殊的姿態，這種姿態攔腿，左手輕托左額，閉目靜想。這類佛像自印度經中國傳至韓國及日本。

4.倚坐型
唐天龍山石窟造像

1.結跏趺坐型
印尼Borobodoir廟宇

2.半結跏坐型
釋迦和多寶菩薩授經條部份

3.交腿坐型
山西省大同雲崗第15A洞

6.思惟型
攔腿，左手輕托左額

觀音的坐姿

(5)觀音的盤坐及跪的姿態在唐代雕塑中已有，經遼金傳至後代。

金塑
荷蘭阿姆斯坦　公元12世紀

明　懸塑觀音（泥塑）
河北正定隆興寺摩尼殿

遼塑木雕（彩繪）觀音
公元11世紀

唐　菩薩跪坐像
甘肅敦煌千佛洞328窟

312

元代佛像

元代(14世紀)中國雕塑受尼泊爾及西藏密宗佛教造像，在造型及姿態上都有所突破，不尊順傳統之慣例。

釋迦冥想像

尼泊爾菩薩像

7. 菩薩坐像

孔雀明王

文殊菩薩

維摩詰Vimalakirti相傳與文殊菩薩論道，上為維摩詰像

普賢菩薩

金銅孔雀明王交脚菩薩
北魏神龜元年銘

文殊菩薩騎獅像〔文殊師利Mañjuśri智慧之佛〕
四川大足石窟北山摩岩136號窟

普賢菩薩騎象像〔Samantabhadra理智之佛〕
四川大足石窟北山摩岩136號窟

四大金剛

台灣台南開元寺
（清代）

多聞天王 Vaiśravana北方之神
手執棒棍

增長天王Virūdhaka南方之神
手執劍及鋼環

廣目天王Virūpākṣa西方之神
手執劍及龍頭蛇

持國天王Dhṛtarāṣṭra東方之神
手執琵琶

313

力士像中國唐後期 9 世紀已有此類造型，上身赤裸，下圍裙袴，赤脚握拳
似敦煌194窟（晚唐），麥積山043 窟（宋）。

天王

力士

力士像（阿形）（讀污）
日本奈良縣興福寺西金堂

力士像（吽形）（讀翁）
日本奈良縣興福寺西金堂

兜跋毘沙門天像Vaiśravana
日本教王護國寺

迦葉　　**阿難**　　　**道教造像**

敦煌45窟盛唐迦葉像
迦葉Kāśyapa爲佛祖弟子

敦煌328窟阿難像
阿難Ānanda爲佛祖弟子，
曾著經 傳佛法

張天師像
台北中央圖書館台灣分館

太上老君（老子）像（石雕）
山西省博物館

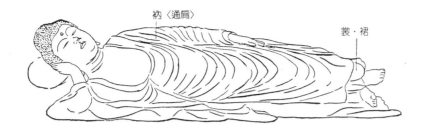

臥像　釋迦如來涅槃像

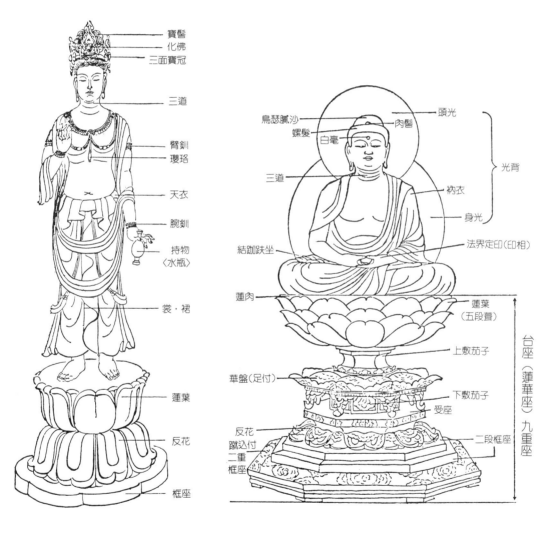

立像　觀世音菩薩(蓮華座)　　　如來坐像圖說

315

附錄5　中國佛教雕塑印相（佛像手勢）

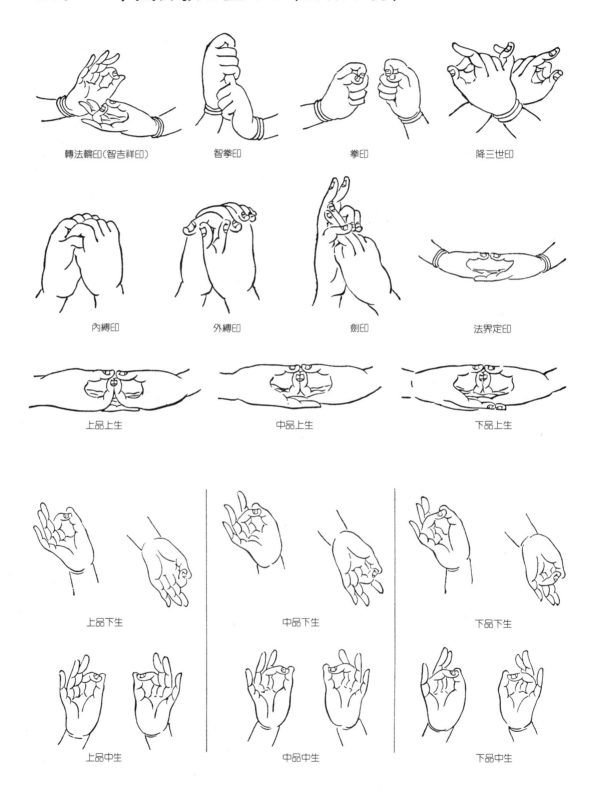

轉法輪印（智吉祥印）　　智拳印　　拳印　　降三世印

內縛印　　外縛印　　劍印　　法界定印

上品上生　　中品上生　　下品上生

上品下生　　中品下生　　下品下生

上品中生　　中品中生　　下品中生

附錄6　中國青銅器主要器型

商　　周	春　秋　戰　國

烹飪之器

鼎 ting　　鬲 li　　甗 hsien

鼎 ting　　鬲 li　　鍑 fu

容食物之器

簋 kuei　　簋 kuei　　簠 fu

敦 tui　　敦 tui　　豆 tou

盛酒之器

尊 tsun　　尊 tsun　　壺 hu　　卣 yu

壺 hu　　扁壺 pien-hu

罍 lei　　瓿 p'ou　　方彝 fang-i　　觥 kuang

方壺 fang-hu　　瓿 p'ou

飲酒之器

爵 chueh　　觚 ku　　角 chio　　斝 chia　　觶 chih

調酒之器，盛水之器

盤 p'an　　盉 ho

盉 ho　　盤 p'an　　鑑 chien　　匜 i

附錄 7 中國陶瓷器主要器型

史前・殷商

彩陶雙耳壺
仰韶文化
元前3000年左右

紅陶鬹
龍山文化
約前2000年

灰陶鬲(Li)
殷商
約元前1700－1300

白陶罍
殷商
元前1300－1100

灰釉壺
殷商
元前1300－1100

春秋戰國・漢

灰釉尊
西周
元前1000－900

多彩釉壺
晚周
元前300

彩繪壺
西漢
元前200－100

灰釉彩繪雙耳壺
東漢
元前100－紀元100

綠釉雙環壺
東漢
紀元100－200

東漢・魏晉・南北朝

青磁四耳壺
東漢
紀元200

青磁香爐
西晉
紀元300

青磁鷄頭壺
東晉
紀元400

青磁蓮瓣文壺
北魏　紀元600

青磁蓮瓣紋壺
南朝
紀元600

唐・五代

白磁鳳首壺
唐
紀元700－800

白磁壺
唐
紀元700－800

三彩壺
唐
紀元800

龍耳長瓶
唐
紀元700－800

白磁水注
五代
紀元1000

北宋・遼

白釉黑彩繪瓶（梅瓶）
磁州窯
北宋紀元1100－1200

青磁暗花瓶
北宋
紀元1100－1200

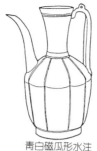

青白磁瓜形水注
北宋
紀元1100－1200

黑釉碗
北宋 紀元1100－1200

白釉黑彩繪碗
金　磁州窯
紀元1100－1200

白磁仿皮囊水壺
遼
紀元1000

南宋・元

青磁雙鳳耳瓶
南宋
紀元1200－1300

黑釉碗（建窯）
南宋
紀元1200－1300

黑釉黃褐班碗（建窯）
南宋
紀元1300

黑釉牡丹文瓶
金・元
紀元1300－1400

青白劃花瓶
元
紀元1400

青花牡丹紋瓶
元
紀元1400

明・清

青花龍紋瓶
明永樂
紀元1500

青花蓮池紋壺
明
紀元1500

五彩魚藻紋罐
明（嘉慶）
紀元1600

五彩人物尊
明（萬曆）
紀元1700

五彩桃形鉢
明末
紀元1/00

青花鳥文四耳壺
明
紀元1700

青花化丹紋瓶
清（康熙）
紀元1700－1800

青花雲龍紋瓶
清（乾隆）
紀元1800

粉彩碗
清（乾隆）
紀元1800

茶葉末瓢瓶
清（乾隆）
紀元1800

參考書目

中國文化一般書目

Raymond Dawson, ed., *The Legacy of China* (Oxford, 1964).

C. P. Fitzgerald, *China: A Short Cultural History,* 3rd rev. ed. (London, 1961).

Charles O. Hucker, *China's Imperial Past: An Introduction to Chinese History and Culture* (Stanford, 1975).

Joseph Needham（李約瑟）, *Science and Civilisation in China,* 5 vols. (Cambridge, 1954–).

中國藝術通論

S. Howard Hansford, *A Glossary of Chinese Art and Archaeology,* red. ed. (London, 1961).

Sherman E. Lee, *A History of Far Eastern Art,* rev. ed. (New York, 1973).

Laurence Sickman（雪克門）and A.C. Soper（蘇伯）, *The Art and Architecture of China,* rev. ed. (London, 1971).

Michael Sullivan （蘇立文） , *Chinese Art in the Twentieth Century* (London, Berkeley, and Los Angles, 1959); *Chinese and Japanese Art* (London and New York, 1966); *The Meeting of Eastern and Western Art* (London and New York, 1973).

Mary Tregear, *Chinese Art* (London, New York, and Toronto, 1980).

展覽與收藏

Wen Fong（方聞）, ed., *The Great Bronze Age of China: An Exhibition from the People's Republic of China* (New York, 1980).

Jan Fontein（馮方天）and Tung Wu（吳同）, *Unearthing China's Past* (Boston, 1973).

S. Howard Hansford, *Chinese, Central Asian and Luristan Bronzes and Chinese Jades and Sculptures,* Vol. 1 of *The Seligman Collection of Oriental Art* (London, 1957).

R. L. Hosbson and W. P. Yetts, *The George Eumorfopoulos Collection,* 9 vols. (London, 1925–1932).

Sherman E. Lee and Wai-Kam Ho （何惠鑑） ,
Chinese Art under the Mongols: The Yüan Dynasty (1279–1368) (Cleveland, 1969).

Nelson Gallery-Atkins Museum, Kansas City, and Asian Art Museum of San Francisco, *The Chinese Exhibition: A Pictorial Record of the Exhibition of Archaeological Finds of the PRC.* (Kansas City, Missouri, 1975).

Royal Academy of Arts, *The Chinese Exhibition: A Commemorative Catalogue of the International Exhibition of Chinese Art in 1935–36* (London, 1936).

Michael Sullivan （蘇立文） , *Chinese Ceramics, Bronzes and Jades in the Collection of Sir Alan and Lady Barlow* (London, 1963).

考古

Terukazu Ayiyama （秋山初一） , and others, *Arts of China, Neolithic Cultures to the T'ang-Dynasty: New Discoveries* (Tokyo and Palo Alto, 1968).

J. G. Anderson （安徒生） , *Children of the Yellow Earth* (London, 1934).

Anon., *Historical Relics Unearthed in New China* (Peking, 1972).

Edmund Capon, *Art and Archaeology in China* (London and Melbourne, 1977).

Kwang-chih Chang （張光直）, *The Archaeology of Ancient China* (3rd) ed. (New Haven and London, 1977), *Shang Civilisation* (New Haven and London, 1980).

Cheng Te-k'un （鄭德坤） , *Archaeology in China.* Vol. I, *Prehistoric China* (Cambridge, 1959); Vol. II, *Shang China* (Cambridge, 1960); Vol. III, *Chou China* (Cambridge, 1966); *New Light on Prehistoric China* (Cambridge, 1966).

P'ing-ti Ho （何炳棣） , *The Cradle of the East* (Chicago, 1976).

Li Chi （李濟） , *The Beginnings of Chinese Civilisation* (Seattle 1957); *Anyang* (Seattle, 1977).

Jessica Rawson, *Ancient China: Art and Archaeology* (London, 1980).

Michael Sullivan （蘇立文）, *Chinese Art: Recent Discoveries* (London, 1973).

青銅器

Noel Barnard （巴納）, *Bronze Casting and Bronze Alloys in Ancient China* (Camberra and Nagoya, 1961).

Bernhard Karlgren （高本漢）, *A Catalogue of the Chinese Bronzes in the Alfred F. Pillsbury Collection* (Minneapolis, 1952), and many important articles in *The Bulletin of the Museum of Far Eastern Antiquities* (Stockholm).

Max Loechr（羅越）, *Chinese Bronze Age Weapons* (Ann Arbor, Michigan, 1956); *Ritual Vessels of Bronze Age China* (New York, 1968).

J. A. Pope and others, *The Freer Chinese Bronzes,* 2 vols. (Washington, D.C., 1967 and 1969).

Mizuno Sciichi （水野清一）, *Bronzes and Jades of Ancient China* (in Japanese with English summary, Kyoto, 1959).

William Watson, *Ancient Chinese Bronzes* (London, 1962).

書畫

James Cahill （高居翰）, *Chinese Painting* (New York, 1960); *Hills Beyond a River: Chinese Painting of the Yüan Dynasty, 1279–1368* (New York and Tokyo, 1976); *Parting at the Shore: Chinese Painting of the Early and Middle Ming Dynasty, 1368–1580* (New York and Tokyo, 1978); *The Compelling Image: Nature and Style in Seventeenth Century Chinese Painting* (Cambridge, Massachusetts and London, 1982).

Chiang Yee （蔣彝）, *Chinese Calligraphy* (London, 1954).

Lucy Driscoll and Kenji Toda, *Chinese Calligraphy,* 2nd ed. (New York, 1964).

Richard Edwards （艾端慈）, *The Field of Stones: A Study of the Art of Shen Chou* （沈周） (Washington, D.C., 1962); *The Art of Wen Cheng-ming* （文徵明） *(1470–1559)* (Ann Arbor, Michigan, 1975).

Marilyn and Shen Fu （傅申）, *Studies in Connoisseurship: Chinese Paintings from the Arthur M. Sackler Collection in New York and Princeton* (Princeton, New Jersey, 1973).

Shen Fu （傅申）, *Traces of the Brush: Studies in Chinese Calligraphy* (New Haven, 1977).

R. H. van Gulik （高羅佩）, *Chinese Pictorial Art as Viewed by the Connoisseur* (Rome, 1958).

Thomas Lawton, *Chinese Figure Painting* (Washington, D.C., 1973).

Sherman E. Lee, *Chinese Landscape Painting,* rev. ed. (Cleveland, 1962).

Chu-tsing Le （李鑄晉）, *A Thousand Peaks and Myriad Ravines: Chinese Painting in the Charles A. Drenowatz Collection,* 2 vols. (Ascona, 1974); *Trends in Modern Chinese Painting* (Ascona, 1979).

Max Loehr （羅越）, *The Great Painters of China* (Oxford, 1980).

Laurence Sickman, ed., *Chinese Painting and Calligraphy in the Collection of John M. Crawford, Jr.* (New York, 1962); with Wai-kam Ho, Sherman Lee, and Marc Wilson, *Eight Dynasties of Chinese Painting: The Collections of the Nelson Gallery-Atkins Museum, Kansas City, and the Cleveland Museum of Art* （八代遺珍） (Cleveland, 1980).

Osvald Siren （喜龍仁）, *The Chinese on the Art of Painting* (New York, 1963); *Chinese Painting: Leading Masters and Principles,* 7 vols. (London, 1956 and 1958).

Michael Sullivan （蘇立文）, *The Birth of Landscape Painting in China* (Berkeley, Los Angeles, and London, 1961); *The Three Perfections: Chinese Painting, Poetry and Calligraphy* (New York, 1980); *Symbols of Eternity: The Art of Landscape Painting in China* (Stanford and Oxford, 1979); *Chinese Landscape Painting.* Vol. II, *The Sui and T'ang Dynasties* (Berkely and Los Angeles, 1980).

雕塑

Rene-Yvon Lefebvre d'Argence （達祥西）, ed., *Chinese, Korean and Japanese Sculpture in the Avery Brundage Collection* (San Francisco, 1974).

Mizuno Seiichi （水野清一） and Nagahiro Toshio （長廣敏雄）, *Chinese Stone Sculpture* (Tokyo, 1950); *Unko Sekkutsu* （雲崗石窟）*: Yun-kang, the Buddhist Cave Temples of the Fifth Century A. D. in North China,* 16 vols. in Japanese with English summary (Kyoto, 1952–1955); *Bronze and Stone Sculpture of China: From the Yin to the T'ang Dynasty* (in Japanese and English, Tokyo, 1960).

Alan Priest, *Chinese Sculpture in the Metropolitan Museum of Art* (New York, 1954).

Richard Rudolph, *Han Tomb Art of West China* (Berkeley and Los Angeles, 1951).

Osvald Siren （喜龍仁）, *Chinese Sculpture from the Fifth to the Fourteenth Centuries,* 4 vols. (London, 1925).

A. C. Soper (蘇伯), *Literary Evidence for Early Buddhist Art in China* (Ascona, 1959).

Michael Sullivan and Dominique Darbois, *The Cave Temples of Maichishan* (London, Berkeley, and Los Angeles, 1969).

建築及庭園設計

Andrew Boyd, *Chinese Architecture and Town Planning* (London, 1962).

Maggie Keswick, *The Chinese Garden: History, Art and Architecture* (London and New York, 1978).

Michele Pirazzoli-T'Serstevens, *Living Architecture: Chinese* (London, 1972).

J. Prip-Moller, *Chinese Buddhist Monasteries* (Copenhagen and London, 1937).

Osvald Siren (喜龍仁), *The Walls and Gates of Peking* (London, 1924); *The Imperial Palaces of Peking,* 3 vols. (Paris and Brussels, 1926); *Gardens of China* (New York, 1949).

陶瓷

John Ayers, *Chinese and Korean Pottery and Porcelain:* Vol. II of *The Seligman Collection of Oriental Art* (London, 1964); *The Baur Collection,* 4 vols. (London, 1968–74).

Stephen Bushell, *Description of Chinese Pottery and Porcelain: Being a Translation of the T'ao shuo* (Oxford, 1910) (陶說).

Sir Harry Garner, *Oriental Blue and White,* 3rd ed. (Londong, 1970).

G. St. G. M., Gompertz, *Chinese Celadon Wares* (London, 1958).

R. L. Hobson, *A Catalogue of Chinese Pottery and Porcelain in the Collection of Sir Percival David* (London, 1934).

Soame Jenyns, *Ming Pottery and Porcelain* (London, 1953); *Later Chinese Porcelain,* 4th ed. (London, 1971).

Margaret Medley, *Yüan Porcelain and Stoneware* (London, 1974), *T'ang Pottery and Porcelain* (London, 1981).

John A. Pope, *Chinese Porcelain from the Ardebil Shrine* (Washington, 1956).

Mary Tregear, *Song Ceramics* (London, 1982).

Suzanne G. Valenstein, *A Handbook of Chinese Ceramics* (New York, 1975).

See also Exhibitions and General Collections.

工藝美術

Michel Beurdeley, *Chinese Furniture* (Tokyo, New York, and San Francisco, 1979).

Schuyler Cammann, *China's Dragon Robes* (New York, 1952).

Martin Feddersen, *Chinese Decorative Art* (London, 1961).

Sir Harry Garner, *Chinese and Japanese Cloisonne Enamelo* (London, 1962); *Chinese Lacquer* (London, 1979).

S. Howard Hansford, *Chinese Jade Carving* (London, 1950); *Chinese Carved Jades* (London, 1968).

George N. Kates, *Chinese Howsehold Furniture* (Londong, 1948).

Berthold Laufer, *Jade: A Study in Chinese Archaeology and Religion* (New York, 1912).

Max Loehr (羅越), *Ancient Chinese Jades from the Grenville L. Winthrop Collection* (Cambridge, Massachusetts, 1975).

Pauline Simmons, *Chinese Patterned Silks* (New York, 1948).

雜誌

Archives of Asian Art (formerly *Archives of the Chinese Art Society of America*) (New York, 1945–).

Artibus Asiae (Dresden, 1925–1940); (Ascona, 1947–).

Art Orientalis (Washington, D.C., and Ann Arbor, Michigan, 1954–).

Bulletin of the Museum of Far Eastern Antiquities (Stockholm, 1929–).

China Reconstructs (Peking, 1950–).

Early China (Berkeley, 1975–).

Far Eastern Ceramic Bulletin (Boston, 1948–1950; Ann Arbor, Michigan, 1951–1960).

Oriental Art (Oxford, 1948–1951, New Series, 1955–).

Transactions of the Oriental Ceramic Society (London, 1921–).

327

中國藝術史／蘇立文（Michael Sullivan）著；

曾育，王寶連編譯．－－初版－－．－－臺北市

南天，民74

面； 公分

參考書目：面

含索引

ISBN 957-638-092-8（精裝）

1．藝術－中國－歷史

909.2 　　　　　　　　　　　　81000796

中 國 藝 術 史　　　　　　　　　　定價新台幣一千元正

民國七十四年十月初版一刷發行

民國八十一年三月初版二刷發行

中文國際版
翻印必究

編 譯 者：曾　　堉・王　寶　連

著　　者：蘇　　立　　　文

發 行 者：魏　　德　　　文

發 行 所：南 天 書 局 有 限 公 司

中華民國・台北市羅斯福路 3 段 283 巷 14 弄 14 號

☎ (02) 362-0190（代表號）電傳（Fax）(02) 362-3834

郵 政 劃 撥： 01080538 號（南天書局帳戶）

登 記 證：局 版 台 業 字 第 1 4 3 6 號

⋯⋯⋯⋯⋯⋯⋯⋯⋯⋯⋯⋯⋯⋯⋯⋯⋯⋯⋯⋯⋯⋯⋯⋯⋯⋯⋯

原色製版：上 都 製 版 有 限 公 司

☎ (02) 305-3207　台北市西園路 2 段 256 號 3 樓

原色印刷：皇 甫 彩 藝 印 刷 有 限 公 司

☎ (02) 303-5871　台北市長泰街 297 巷 14 號

ISBN 957-638-092-8

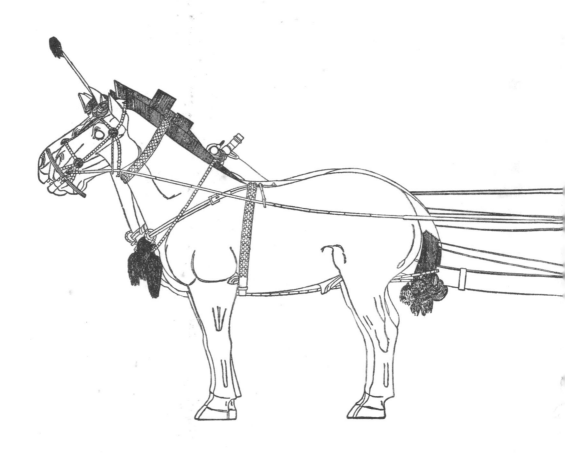